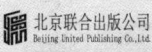

乐园

land of pleasure

北京联合出版公司
Beijing United Publishing Co.,Ltd.

图书在版编目（CIP）数据

乐园 / 南书百城著. — 北京：北京联合出版公司，2024.3
ISBN 978-7-5596-7309-1

Ⅰ.①乐… Ⅱ.①南… Ⅲ.①长篇小说 – 中国 – 当代 Ⅳ.①I247.5

中国国家版本馆CIP数据核字(2023)第241357号

乐园

作　　者：南书百城
出 品 人：赵红仕
选题策划：千十文化
责任编辑：牛炜征
特约编辑：高继书
装帧设计：他系力二工作室

北京联合出版公司出版
（北京市西城区德外大街83号楼9层 100088）
北京联合天畅文化传播有限公司发行
湖南天闻新华印务有限公司印刷　新华书店经销
字数365千字　880毫米×1230毫米　1/32　10.75印张
2024年3月第1版　2024年3月第1次印刷
ISBN 978-7-5596-7309-1
定价：45.00元

版权所有，侵权必究
未经书面许可，不得以任何方式转载、复制、翻印本书部分或全部内容。
本书若有质量问题，请与本公司图书销售中心联系调换。
电话：010-65868687 010-64258472--800

目录 CONTENTS

001 第一章 初恋脸
033 第二章 意难平
062 第三章 万年长
090 第四章 送我花

119 第五章 奔向你
149 第六章 人海中
176 第七章 深爱的
206 第八章 最热烈

230 第九章 雪山下
259 第十章 复乐园
301 番外一 谢先生
328 番外二 痴情种
335 番外三 最温柔

第一章 初恋脸

　　孟昭没想过会再遇见谢长昼,她跟着导师徐东明来上海参加建筑学会的学术年会,下午就要上台做设计展示,结果分给同门师妹的工作出了岔子,直到中午,宣讲材料都还没定下来。

　　舟车劳顿,孟昭忙得头昏脑涨。收到徐东明的短信让她们下楼,师妹童喻拉起她就跑:"快走,有大人物来。"

　　大人物?T大的学生,一年到头能见几个大人物?哪怕考到这个著名学府,顶级建筑师的圈子好像也始终与她这样的人如隔银河。

　　用过去某人的话来说:"收收你那点儿小心思。"

　　孟昭随手抓了根发圈将长发束成高马尾辫,抱起放在门口的外衣。

　　电梯间悬着水晶吊灯,淡金色光辉落满地。

　　上海刚下过雨,孟昭素面朝天,穿橙白格子的单层衬衫,深蓝牛仔裤裤腿束进中筒系带马靴,一双腿细长笔直,外着一件长到膝盖的白色羽绒服。

　　电梯壁上映出人影,女生二十出头的年纪,明明眉眼都秀丽,偏偏脸庞笼罩薄霜,模糊得好似水汽,显出苍白底色。

　　她脑海中突然浮现一个念头:这张脸,寡淡得让人不想看第二眼。

　　出了电梯,她们看到徐东明已经坐在人声鼎沸的会议厅。

　　童喻捧着文件,小跑过去:"徐老师。"

　　教授年过五十,头发花白腰杆笔挺,一年四季有三个季节都在生气。他翻开文件没看两页,就怒上心头,毫不顾及场合,大手一挥就把文件夹扔了出去:"什么玩意儿,拿回去重做!"

　　金属夹子"啪"一声,重重砸在会议厅门口的白色栏杆上。

一楼旋转楼梯旁有人在喷泉边弹钢琴，2005版的电影《傲慢与偏见》的插曲"Dawn"（《黎明》），正弹到剧中清晨阳光刺透薄雾，一位英国的绅士步行穿过田园农庄，撞碎草地上的露珠的片段。

曲调婉转悠扬，空气湿漉漉。穿堂风一吹，一张张纸像重获自由的白鸽，争先恐后地飞出来，最后落了满地。门口人来人往，有几个年轻面孔听见动静看过来，窃窃私语。

孟昭愣了一下，顾不上别的，连忙蹲下身去捡。四周嘈杂喧嚣，她怕材料被来往行人踩到，一边飞快地捡，一边在心里默数页脚编号：21、22、23……数到26时，周遭嘈杂忽然如潮水般退去。时间好似静止的一刻，她听见一旁的童喻低低地倒抽一口气。

她手一顿，一双锃亮的黑色皮鞋映入视野，停在她面前。说是"停在"也不确切，因为对方是坐着的，居高临下，矜贵沉默地被人推着，高级定制的皮鞋倨傲地落在脚踏上；烟灰的西装裤挺括平整，包裹住修长的双腿。

察觉到颇有压迫性的视线，孟昭稍稍抬眼，只瞥见裤腿下一截脚踝。再往上，男人修长的十指随意落在膝上，右手意味不明地，摩挲着戴在左手无名指上的一枚金属圆环。

孟昭心里一惊，对方伸出手，先她一步，抽走了被轮椅轮子压住的纸，页脚编号是27。

"谢先生，这是我们这次开会的地方。"头顶传来男声，对这场小小的插曲视若无睹，"参会教授还没来齐，可能要辛苦您等一会儿。您看看，想坐哪儿？"

周遭短暂静默，回应他的是清朗沉稳的一声低咳。男人的声音透出点儿漫不经心："都可以。"孟昭脑子里轰然一声，僵在原地。

童喻眼疾手快，拽住她，把她拉回徐东明身边。

会议厅挑高六米，灯光打得足，一眼望过去华灯璀璨，富丽堂皇。

孟昭艰难地偏过头。光芒明亮处，入口两个男人一坐一立，身后还跟着一群西装革履，她叫不出名字的行业大咖。

他们的到来瞬间就吸引了全场的目光。推轮椅的那个，孟昭上午才刚见过，徐东明的同门师弟，F大建筑设计研究院的副院长，裴樟教授。至于被裴樟推着的，坐在轮椅上的那位……

"这是我们T大建筑学院的教授徐东明——东明,给你也介绍一下,"裴樟语气热情,"这位是POLAR建筑设计事务所的投资人谢长昼,谢先生。"

场内立刻出现小小的骚动。在国内,无论资本界还是建筑界,"谢长昼"这三个字,都代表着超凡的可能性和某种意义上的绝对财富。

传闻中这人年纪很轻,家世显赫,祖父是香港巨富,祖母是建筑界泰斗。本科以近乎全满的绩点从美国斯坦福大学建筑系毕业,带着两只手都数不过来的奖项和公建设计作品转入哈佛大学读硕士。归国后,更成为家族集团公司的执行董事,短短两年间,公司市值翻了二十倍。随后又创立了建筑设计事务所"POLAR",在建筑界声名大噪。事务所和投资人本人,都被业内认定为"前途不可限量"。哪怕谢长昼不良于行,依旧是身价难以估量的天之骄子。

孟昭下意识地攥紧手中的文件夹。

"你就是谢长昼?久仰大名了。"徐东明赶紧起身,笑着过去握手,"真是年轻,听说谢工刚主持重建了杭市的新美术馆,果然后生可畏。"

他一声感叹,场内无数道目光落过来。男人坐在轮椅上,脸上没什么表情,微垂着眼看刚刚掉落的纸,对周遭声响置若罔闻。他大概三十出头的年纪,穿一件烟灰色西装,羊绒毛衣的领子靠在线条清晰的下颌,膝上盖着一条黑色薄毯。个头很高,长腿微微屈着,宽肩窄腰,背脊笔直如同一把利剑。

又是短暂的沉寂。谢长昼两指夹着纸,平静地放回膝盖,不紧不慢地抬头看过来:"徐工过誉了。"

猝不及防,孟昭与他四目相对。四年未见了,他仍然这副样子,不会老一样:肤白,脸偏瘦,唇色淡红,清冷得像三四月的海;戴着金丝框眼镜,表情冷淡,眼瞳漆黑,即使坐着,气场也十分惊人。

然而他只短暂停顿一下,下一秒,就平静地移开了视线:"我只负责给点子,项目也不是我一个人在做。"

从头到尾,好像只是看见一个无关紧要的路人。

孟昭眼睛忽然有些热。那些混乱的时光,在阳台或沙发上,昏暗灯光中,被他按着后脑勺深吻的时刻……他动情时气息不稳,唇色也跟着变红,抵着额头哑声喊"昭昭"的样子,原来早就过去了,已经是上辈子的事情。

徐东明毫无所觉,笑着一边寒暄,一边跟随他进场:"我昨天还跟裴樟聊,不知道今天谢工会不会露个脸,他说谢工只是路过上海,忙得很,估计不来。我说早知道这样,我们几个在广州就该见上一面。"

"在广州,那都什么时候的事了,那会儿他也不一定有空啊。"裴樟笑得斯文,接过话茬,"那时候G市大剧院刚建成呢,本来商量着说要请谢工吃个饭,结果他说要回香港陪家里小朋友过生日,下那么大的雨拎起衣服头也不回就走了,真是……"

大堂内钢琴声还没停,已换了首曲子。

他们太引人注目,其他教授也纷纷走过来攀谈,孟昭早被挤出人群。

她垂眼安静地跟在最后面,脖颈凉凉的,像是冷汗。

"这材料,"四下喧闹,谢长昼一直没搭腔,此刻不知是听见哪句,突然开口,漫不经心地打断,"不全。"

徐东明愣了愣,一拍脑袋,终于想起身后还跟着两个学生。

徐东明叫她:"孟昭。"

孟昭赶紧钻进人群跑过来:"我在。"

徐东明吩咐:"去把展示的材料重打一下,再打一份送到谢工手里。"

孟昭还想说什么:"老师……"

徐东明就来了火:"叫你去你就去!跟童喻一天到晚磨磨叽叽的,还想不想毕业!"

她只能讷讷说"好",而后道了谢,最后朝着裴樟和其他教授也颔了颔首,才转身走开。会议厅内灯光明亮,谢长昼的目光透过人群包围圈,落在她的背影上。她仓皇离开,像是落荒而逃。

她个子不算太高,肤白体瘦,穿件那么大的羽绒服,后背看起来空荡荡,腰肢细得好似一双手就能握住。

见他停顿,裴樟主动躬身问:"怎么了?"

谢长昼若有所思,收回视线:"没事,走吧。"话题很快又被转移开,他坐在喧哗人群中,摩挲左手的指环,沉默不语。是瘦了,他想。

孟昭一直在走神,她跟着童喻下楼重新打印材料,两个人去而又返,坐在会议厅的门前检查材料。童喻问她:"师姐,你不舒服啊?"

孟昭摇摇头,长发从肩后垂落,在脸颊一侧投下阴影:"没。"

"哦。"童喻也没往心里去,"我们的展示排倒数第三,还挺靠后的,你休息会儿准备准备？我去把材料拿给那位谢长昼先生。"

孟昭头也没抬，听到他的名字，心里就突地一跳："好。"

童喻"咔嗒咔嗒"订着书针，又问："你是不是不喜欢那个谢先生？"

孟昭一惊："啊？"

"你刚刚一副特别紧张的样子。"童喻手脚利落地将材料收好，"但我一说我去送东西，立马就放松了。"

"不是。"孟昭流露出不好意思的表情，"我见到陌生人，社恐。"

童喻有点惊讶："怎么会，'POLAR'都快写进我们教科书啦，你总不会没看过谢长昼的照片吧。"

"POLAR"，是目前国内最热的建筑设计事务所之一。由于项目跨度大，理念自由，国际性又极强，成立五年间，几乎吸纳了业界所有顶尖的年轻建筑师。是谢长昼，一手组建了这支国内最具多样性的年轻建筑师团队。

这支团队的研究范围覆盖建筑设计、城市规划和设计制图，短短几年，就斩获近三百项国际奖项，是不少年轻设计师挤破头想去的地方。

孟昭低下头："他真人跟照片，还挺不一样的。"

网上流传的谢长昼的照片其实很少，见报的也少，他家里人不想让他出现，有的是前赴后继拍马屁要替他删照片的人。他家规繁多，那时成立"POLAR"，大哥还颇有微词，觉得他有成立建筑设计事务所的精力，还不如再开两家银行。

但那都是很久之前的事情了。陈旧的记忆像毛玻璃一样看不清晰，孟昭现在努力回忆，只能想起两人四年前，在广州分别时的情景。

南方四季高温，少有那么冷的天气，偏偏那天台风过境，大雨浇头。谢长昼刚从ICU转到普通病房，看见人就烦，挥散了一群特护，只留下一个浑身湿透瑟瑟发抖的孟昭。

她站在床尾，明明腹稿已经在脑子里过了很多遍，可说话时声音仍在颤。谢长昼一言不发地听完，伸手想拿打火机，手伸进口袋又放下了，一口气憋在心里不上不下，出口化成一句讥笑："挺能耐的，昭昭。"

"我结不结婚，跟谁结，还真轮不到你来考虑。既然你什么都想好了，直接走就行，不用再来问候我。"

他从头到尾都没看她，声音冷漠平淡："出了这扇门，你走你的路，从今往后，别跟人说认识我！"

会议下午两点半开始，参会人员先在门口拍了合照，才分散入座。

孟昭听了几场展示，整理好状态，带着文件上台。

这次会议中，徐东明要拿来做展示的，是他去年给一座海岛城市设计的地标音乐厅。建筑还未完全落成，设计结合了南方地区气候特点，光与水面相互交织，内部空间空灵通透，算是生在北方、长在北方的徐东明职业生涯中一个小小的突破。

圈子里没什么人认识孟昭，她本来不紧张的，但一想到谢长昼在这儿，她就有点无法呼吸。哪怕不抬头看，她也知道，他带着秘书，坐在最后一排。

他一来不喜欢人多，二来不喜欢太亮。这人家境好得过头，从没吃过苦，从小到大被娇惯得厉害，光照多了也觉得眼睛累。以前两步路都懒得走，明明遥控器就在手边，非要拖着慵懒的腔调，哑着嗓子使唤她："昭昭，窗帘拉上。"孟昭收起思绪。

"……这是我们今天带来的分享。"到了末尾的五分钟交流环节，她熟练地做总结陈词，"如果有什么疑问，大家可以现场交流。"

场内大家礼节性地鼓掌。潮水般的掌声退去后，前排有个穿白衬衫戴眼镜的男生举了举手，按亮面前的麦："我有疑问。"

孟昭："请讲。"

"音乐厅在海边，前面也说过想做亲水设计，所以加宽了入口，希望能达成静止墙面与流动水体相呼应的视觉效果。"男生推推眼镜，"为什么首层的走廊，还要特意设计得比室外地面高出几个台阶？"

孟昭拍拍麦，刚要开口，站在一旁的童喻迅速抢话："因为好看。"

全场哗然，男生意外："只是因为这个？"

童喻抢答："是啊。"

孟昭脑子里"嗡嗡"响，有点震惊地转头看童喻。

男生皱眉："可是音乐厅整体设计很小巧，开间进深也不大，加高首层走廊只会让它看起来更复杂，跟最初的设计理念反而冲突了，这不合理吧。"

"因为……"童喻胡编乱造到这里终于卡了下壳，孟昭见缝插针握住麦，想将话茬抢回来。

场内另一侧突然传出麦克风被人试音的轻微"噗噗"声，旋即是一个男人低沉、略微喑哑的嗓音："之所以加高台阶，实际上是为了防雨。"

所有人的目光都被吸引过去。场内后排光线渐暗，清俊的男人坐在轮椅上，被人推着，停在大厅最后一排。

他膝上仍覆薄毯，脸上没什么表情。灯光斜斜打过去，在他另一侧脸庞打下一块有弧度的阴影，显得矜贵至极，目中无人。

孟昭的目光越过整个会场，看到他握着麦克风的、苍白的手指。

"建筑已经选用了小窗，不会遮挡光线。所以加高入口台阶，和室内通风、延展视线，并不冲突。"

谢长昼声音平和，唇角有些发白，身上萦绕着难以言喻的气息。在全场静默下，他不急不缓，竟然显出一点平易近人。

"建筑在南方，又在海边，容易遭遇台风和暴雨。高台阶和室外明沟，也有利于维持室内空气干燥——这个知识点，如果不在大一教科书里，就是在高二地理课本里。"

男生转过头，见是谢长昼，气焰已经消下去一半。他忘了关麦克风，嘟囔："那她不是应该在展示文件里写一下缘由吗……"

谢长昼笑了，笑起来是很和煦的，像冬天的光坠落在冰层，霜花里解了冻，一层层化开。只不过骨子里始终高傲，笑意总也到不了眼底。他声音平静，带着几分慵懒的倦意："你大学参加数学竞赛，还要老师从一加一手把手开始教起？"

全场哄笑。那男生的脸一阵白一阵红，匆匆扔下句"不好意思，我没问题了"，就关了麦坐回原位。

孟昭思维混乱，脑子里糨糊一样搅成一团，视线从谢长昼身上收回，几乎忘了最后该说什么。

童喻用胳膊肘捅捅她，提醒道："该结束啦，师姐。"孟昭如梦初醒，深深望她一眼，扔下一句"谢谢大家"，就匆匆结束展示，夹着尾巴冲下台。

徐东明位置靠前，孟昭穿过过道，抱着电脑坐到他身边，有点难以启齿："老师，我刚刚不是故意……"

徐东明没看她，神色平淡，拿起水杯喝了口水，又侧过身去，跟另一边的教授交谈，当她不存在。

孟昭脸颊火辣辣地疼，好像被人狠狠打了一记耳光，还想开口，身后响起一道低沉的男声。孟昭整个人僵住，他离得很近，在她身后，就半条手臂的距离。

徐东明立刻转过来。

谢长昼微抬了抬下巴,示意秘书给他留地址:"今晚一起吃个饭。"

"该我们请你的。"徐东明有点受宠若惊,赶紧接过来,"裴樟和我们几个在上海也约了好几次,次次说要叫你,结果次次撞不上时间——"

"都一样。"谢长昼唇角动了动,打断他。

他目光停顿一下,也不多说,只道:"有事求你。"

还剩最后一个展示,徐东明也没心情再听,起身:"我送你出去。"

孟昭坐在那排座位边上,起身给他让位置,将电脑抱在怀里。

徐东明火也没了,叹口气:"你要是真不想干,现在转行也来得及。"

孟昭微怔,眼前不自觉模糊了一下。

"地址发你短信,等会儿自己打车。"徐东明拍拍她肩膀,"去把童喻也叫来,都是小姑娘,放机灵点。"

孟昭坐在原地,看着徐东明跟着谢长昼和他秘书,一起离开会场。

在场内坐三个小时,应该已经到了谢长昼的极限,搁以前,他早开麦要求全场加速了。

孟昭和他接受的仿佛是两套教育,有次她忍不住了,让他好歹有点儿耐心。明亮璀璨的会场灯光下,他漫不经心地望着她,突然就勾唇笑了,声音发哑,有点痞:"也行,那你亲我一下。"

孟昭闭上眼,她当时没答应,后来也没机会了。

他现在确实也完完全全,把她当成了陌路人。

夜里的上海街头,雾气弥漫。出租车亮着头顶小黄灯,疾驰穿破夜雾,像闯入一个又一个虚浮的梦境。

孟昭上楼叫了童喻,两人坐同一辆车出门。抵达目的地,是宝格丽酒店的花园餐厅。孟昭有点恍惚。

戴白手套的侍者引导两人上楼,穿过光线透亮的走廊,尽头包间没有关紧的门缝里,漏出一点点笑闹声。侍者帮忙推门,屋内灯光璀璨刺目。

孟昭刚眯了眯眼,就听见徐东明的叫声:"你俩真够慢的,怎么才过来。"席间坐着一圈儿教授,饭局刚开始没多久,气氛正热。

童喻连声说:"不好意思路上堵车。"孟昭没说话,脑袋发晕,在新加的两把椅子中随便挑了一把坐下。

裴樟刚开启新话题，问："那谢工岂不是之后半年都在北京？我侄子也在北京呢，你们平时可以多联系啊。"

谢长昼坐下后，修长十指把玩着一个Zippo打火机，面无表情，没接茬。他在室内只穿针织衫和衬衣，外衣挂在一旁的木衣架上，脸庞被灯光照得很立体，看起来格外清俊。

"哪儿来的时间。"正主不说话，徐东明笑着道，"你以为谢工跟我们一样，平时没事做？他要结婚了，当然要多花时间陪未婚妻。"

孟昭没稳住，一口水呛进气管："喀……"

她抽纸捂住大半张脸，几乎瞬间咳出眼泪。下一秒，感觉到一道幽幽的目光，穿过整张餐桌，轻飘飘地落在她身上。

席间其他人跟着望过来，孟昭觉得抱歉极了："不好意思……"

徐东明叹口气，顺势道："谢工，跟你介绍一下，这俩是我学生，一个大四一个大五，园林设计原理和居住区规划住宅设计都是年级第一，还拿过国奖。回北京之后，如果你不嫌弃，可以叫她们也去府上看看。"

谢长昼表现出点儿兴致，竟然来了句："认识。"

孟昭心中一惊，徐东明张嘴："啊？"

谢长昼不疾不徐，接着道："今天下午，海岛音乐厅。"

童喻一听就笑起来："那是个意外，我们材料没准备好，没想到谢工还替我解围了，前辈果然像外界的传闻一样有才华人又好。"

她说着站起来："敬谢工一杯。"二十岁出头的姑娘，笑起来仿佛花开，一开口，包间里气氛都变得热烈了。

谢长昼漫不经心，冷笑："没想替你解围。"

气氛一瞬降至冰点，童喻的笑僵在脸上。

"大四的学生，连高二的内容都答不上来。"谢长昼伸手给自己倒了杯茶，手指扣在杯子边缘，语气冷淡，带着明晃晃的嘲讽，"那男生问的问题，在展示PPT里就有，你组员写的材料很详细，你没看过？"

席间有其他教授的目光落过来。孟昭愣了一下，才反应过来，这个"你组员"，说的是自己。

一片静寂里，童喻感到难堪："我看过的，我……"

"那就更不应当了。"谢长昼往后一靠,语气凉薄,"两句话都记不住,趁早转行。"

徐东明脑海中突然闪过什么,大笑:"哎,看来是我错怪孟昭了。谢工,说说你北京的新居吧。你说未婚妻对新居花园设计不满意,想找个熟人帮忙重建,是具体对哪儿不满意?回北京以后,我让孟昭去给你看看啊?"

孟昭彻底吃不下去了。给谢长昼的未婚妻,设计,新居,花园,每个词都足以令她眼前一黑。他那未婚妻实在不是什么好相处的角色,她现在想到,还觉得浑身疼。

席间话题转变太突兀。谢长昼轻笑一声,不急不缓开了金口:"不是未婚妻。"他声音有种异于常人的低,像是很少说话,沉沉的,寻常讲话,也透出不太高兴的压抑感。

谢家的产业在南方,跟其他几位纸醉金迷的少爷比起来,谢长昼见报的私生活已经干净得如同白纸。他花边新闻很少,一直在传的人就那么一个,是钟家的小姐。两人青梅竹马一起长大,这些年来很多次被传"好事将近",却也从不见他出面"盖章"。次数多了,看客心里都了然,猜测是女方在用这种方式催婚,但这话从他嘴里说出来,仍然有一种奇特的杀伤力。

谢长昼停顿一下,意有所指:"但花园确实要重建,如果徐工方便,可以叫学生来看看。"

"昭昭,别愣着了。"徐东明微怔一下才反应过来,转头看见孟昭还在拿着筷子发呆,他恨铁不成钢,干脆出声提醒,"给谢工敬个酒啊。"

孟昭正无所适从,服务生已经颇有眼色地拿起分酒器,给她倒好了酒。

白酒五六十度,她没喝过。但被一圈儿人盯着,她也只能硬着头皮,两手拿起酒杯,虚虚朝着谢长昼的方向举起来:"谢工。"

女生声音不大,轻柔,谨慎,有些闷。谢长昼随意把玩着打火机,目光没往她那儿落,像是在思考什么别的事儿。

她的手悬在空中几秒钟,他后知后觉,这才若有所思,朝她望过来。

谢长昼眼睛生得很好看,眼尾狭长,不笑时就显得寡冷,有一种近乎尖锐的凉薄感。桌上已经喝空了几个酒瓶,他却一点没喝,眼睛又黑又亮,沉静幽深,没有温度,满室华光也照不进去。

她心头猛跳,想起很多年前。也是这里,上海,深夜,宝格丽,他来见两个合伙人,捎着她来玩,桌上一圈熟人,看见了都打趣:"我们这一桌可就长昼自个儿带了家眷,小嫂子看着呢,今晚你得多喝点。"

摇晃的灯光里,谢长昼摇头笑得无奈,伸手去接酒杯。

孟昭一双眼瞬间睁圆,下意识轻拍一下他的手臂:"你真喝?"

她的声音温柔清亮,丝毫不加掩饰。

桌上其他人看见了,瞬间爆笑,她没懂他们笑什么,就见谢长昼又把酒杯放了回去,眼里漾着点儿笑意,转过来看她:"怎么?"

孟昭茫然:"医生不是不让?"

那时他身体状态比现在好,依然被医生叮嘱不可以碰烟和酒,孟昭便尽职尽责成为监工,没收小谢的打火机,时刻紧盯,检查他身上是否又有酒气。

谢长昼单手撑着脑袋,看了她一会儿,拖着尾音,神情慵懒地低笑道:"行,听我们昭昭的,不喝。"

孟昭自己也没想到。有朝一日两人位置调换,她会坐在人群中,主动向他敬酒。在分别之后的第四年,在偶然重逢的时刻,在上海初冬的宝格丽。

"您好,谢工,初次见面,我是徐老师的学生,叫孟昭。"孟昭笑笑,他平静地望着她,并不伸手拿酒杯。

她于是仰头,独自将杯中酒一饮而尽:"祝您新项目进展顺利,跟未婚妻百年好合。"太辣了,孟昭笑着笑着,呛出眼泪。

这酒局散场很早,谢长昼整晚滴酒未沾,无论谁向他敬酒,他都只是摇头:"喝不了。"十点半一过,就立刻表现出疲态,谁发声他都不搭话。

秘书适时出面:"谢先生需要休息了。"

裴樟不敢耽搁:"赶紧送谢工回房间吧。"

谢长昼完全没推辞,坐在轮椅上让徐东明推着就走了,一下也没回头。

孟昭有些头晕。她喝得不多,但白酒度数高,她喝得又急,很快上头。她去卫生间洗了个手后,搭乘电梯下楼走到酒店大堂,打电话问,才知道童喻已经提前离开了。孟昭更觉头痛欲裂,干脆在大堂坐下,想缓一缓再走。教授们大多已经离开,时近凌晨,四下安静空旷,如同梦境。

困意如同潮水,她扶住额头,听见身后有人叫:"昭昭。"

孟昭回过头,一个人宽肩长腿,大步朝她走过来。西装,平头,身材挺拔,一张"精英脸"。

孟昭神思恍惚，有一瞬，几乎以为回到了广州。

"阿旭？"脑子里尚未确定，她就下意识脱口而出喊了一声。

广州一别，她很多年没有见过向旭尧。谢长昼这样的人，用惯了的秘书也不好再换了，这么多年来来去去，向旭尧一直跟在身边。

他走过来，停在她面前，笑笑："是我，昭昭。"

这声音清亮温和，跟谢长昼不太一样，有种颇具伪装性的亲和感。孟昭脑子发晕，又听他说："好久不见了，刚刚在酒桌上看见，也没顾上跟你打个招呼，我看你今晚喝了很多酒？"

孟昭小声："也没有吧……"

"正好你还没走，我就回房间给你拿了解酒药。"一阵窸窸窣窣的响声，向旭尧将装在透明塑料袋里的药盒拿出来，"今晚我跟二少都没喝酒，用不上，大半夜的点外卖送药太麻烦，你直接带——"

谢长昼在家中排行老二，在家里时，大家就都叫他二少。

一激灵，孟昭突然清醒："不，不用了。"

向旭尧动作停了一下。孟昭忽然有点难过："谢谢你。"

短暂的静默，向旭尧在她身边坐下："你怎么也算我半个妹妹，拿着吧。"孟昭垂着眼，还是没伸手。

在向旭尧的记忆里，她确实也一直是这样，执拗、安静，不怎么说话。倒也不高冷，就是像活在真空里一样。只有跟谢长昼在一起的时候，才会活泼点儿。其他人没见过他俩私底下相处什么样，向旭尧见过。

孟昭前一天夜里说想要天上的星星，第二天清晨谢长昼就得把一摞星星命名文件放在她床头，问她想要多少颗，想取什么名字。他记得当时孟昭想了一会儿，眼睛弯弯的，说："叫，'少女小孟最喜欢的人送的星星，一二三四五号'。"

谢长昼就笑，声音低沉，调子拖得长长的："这么长——"

"可我就是最喜欢你啊。"那时候，她这么说。

就那么一阵子，好的时候好到天上去；后来分开了，闹到鱼死网破。

两个人最后一次见面，隔着门，向旭尧听见谢长昼在病房里砸东西大声让她滚，孟昭安静地关门走出来，捂着额头说没事。他总觉得哪儿不对劲，追上去看，硬把她手扒开了，里头是温热的血。什么都不一样了，就只有这两个人没变，一个比一个轴。

向旭尧想开车送孟昭回酒店，却被孟昭婉拒，他叹气，只能给她叫车。

他不用打车软件，输入一串数字，发了条短信。

得到那头确认，才重又抬头看她，语气寻常："去年春节，二少一个人回香港，做了个小手术。恢复得不好，之后一到阴雨天，就要坐轮椅。他心里不痛快，想回北京做复健。"

孟昭心中惴惴，不解地看他。风雨欲来，走廊没有关窗，传来寒意。

"他要在北京住一段时间，如果遇事儿，你来找我。"向旭尧轻声说，"别老这么犟，朝夕。"

刚认识谢长昼的时候，孟昭还不叫孟昭。她叫孟朝夕。

二〇〇七年，她十四岁生日过去没多久，父亲旧病复发入院观察，恰好撞上母亲怀二胎。前三个月胎气不稳，做饭送饭、照顾病人的活儿全交代给了她，护工不是二十四小时陪护，她就接上护工不在的时间段，每天放了学直奔病房。

步入六月，蝉鸣一夕之间如同涨潮的海水，窗外盎然的绿意一直延伸，融进远处波光粼粼的珠江。她抱着书和一大捧百合花，饭盒挂在手腕上，低头往屋里走。行色匆匆间，一打开门，结结实实撞上一个人。

孟昭心慌，条件反射先开口："对不起……"

百合花尽态极妍，被震得剧烈摇晃，缀在上面的盈盈水珠，"啪嗒"一声掉下来，香气四散。对方大手一伸，稳稳帮她扶住那捧花。她还没反应过来，头顶传来清亮的声音："咦，你也带了花。"

这声音底色里带点笑，拖着长长的尾音，跟她此前听过的所有声音，都不一样。落到耳畔，像某种极其昂贵的瓷器被碰碎了，但就算落地也是矜贵的，要妥帖收藏。

孟昭热得发昏，心头仍不免一震，目光越过百合花的间隙，抬头看向他。屋内光线钩织出小小阴影，明与暗的交界线像一把量尺，他也正好望过来，光线清晰地丈量过他清俊的五官。

青年人，二十岁出头的样子，个子很高，肩膀宽阔，长着一双黑色的、东方人的眼睛，眼皮褶皱很浅，鼻梁高挺，目光平静。

这样热的天气，他立在她面前，将最简单的衬衣长裤也穿出了时装感。阳光覆上脸侧，他长身鹤立，漫不经心望过来，带出点纨绔的风流意。

孟昭屏住呼吸。对视就那么短短几秒的事，他还挺轻车熟路，下一秒就移开目光，直接将花接了过去。"你也是孟老师的学生吧？"他嗓音低沉，语气轻松，迈动长腿，将花放在病床床头，"我今天来，带的就是百合，结果你也带百合。"这怎么还怪上她了。

孟昭抱着书往里走，见病床上空着，猜测，爸爸大概是去卫生间了。

她放下书包和饭盒，走到窗前，果不其然，见窗边已经放了一束花，但两个人买的显然不是一种。她的花是在天桥下买的，十块钱一把；他带的是花篮，看上去就价格不菲。她没忍住，一本正经地说："我错了，我不知道你今天来。"少女显得小小的，声音很轻，落下时，有如清风一般。

她一米五的个头，皮肤雪白，比同龄人要瘦一些，扎丸子头，穿着一套浅灰色运动服，背过去时，露出一点点耳朵尖，莹润如同美玉，像动画片里某种机敏的小动物。

谢长昼看见了，动作微停一下，然后就乐了："那咱们商量商量。"

他长腿一伸，在窗边坐下："以后岔开，今天你来，明天我来。间错开来，不至于太热闹，也不至于太冷清。"

他脖颈修长，嗓音震颤着从空气中流动过，整个人都在夏天的夕阳里闪闪发光。孟昭几乎被他逗笑，正要开口，门口传来清清朗朗一声笑："我就上个厕所，回来你俩还演上了，今天这出是什么？《红楼梦》第几回？"

"孟老师。"

"爸。"

两人赶紧转过去，两声叠成一声，谢长昼回头看她，微微瞪大眼，好像很吃惊："你是孟老师的女儿？"

孟昭摸摸鼻子，耳根突然红了："嗯。"

谢长昼上下打量她，感叹："你都长这么大了。"

孟昭奇怪："我们见过吗？"

"见过的。"孟老师在床上坐下，笑呵呵地招呼两人来跟前，"他大你十岁呢，你不记得，多正常。来，朝夕，跟你小谢哥哥打个招呼。"

孟昭有点意外，悄悄打量他。他刚刚还站在窗边，听见声音，应了一声，也起身走过来,长手长脚,像盛夏茂盛的植物,透着点说不上来的骄矜。

"你好,小谢哥哥。"父亲也没说他叫什么,孟昭就顺着叫,"我叫孟朝夕。"

他看见了,也笑着伸手过来,握上她的手道:"朝闻道,夕可死矣。你瞧这不是巧了,我叫谢闻道。"

孟昭有点困惑,转头看父亲。孟老师也没反驳,笑眯眯地看着两人,只说:"挺好。"后来想想,那真是两个人在一起的日子中,夏日里难得的好时光。她每天都来,要在医院里守到晚上十点,才到护工的工作时间。等护工的空当里,就坐在窗边写作业,到了傍晚夕阳满天,天空下总有飞翔的白鸽。

本以为孟老师治疗半个月也差不多了,结果到第三个星期还是不能出院,谢长昼起初一星期才来一次,后来发现小女孩天天半夜回不了家,索性没工作的时候,天天来找她。

他总是给她带吃的。大多是一些孟昭不太能辨认出名字的小零食,不知道印的是哪国文字,且包装精致,估算不出价格。

她深谙礼尚往来的道理,后来每每给父亲做小食,也都给他多准备一份。细致的萝卜糕,或是口味清淡的肠粉。他总是只尝一口,就竖着拇指夸:"我们昭昭可以去开店。"

孟昭问:"小谢哥哥呢,小谢哥哥是做什么的?"她总看见他带着电脑,敲一些她看不懂的数据。

谢长昼朝她笑:"家里有一点小产业,我帮忙打理一部分。"

哪句真,哪句假,孟昭也分辨不清。日子就那么过去,孟老师出院时,谢长昼也来接。少女心里涌起惆怅,孟昭觉得不会再见到他了。

在医院门口分别,她带着父亲走出去两步,忍不住,又回头问:"你留给我的名字,是真名吗?"

夏日长风燥热,谢长昼的白色短袖被吹得鼓成风帆,他笑:"你爸不是跟你说了,我跟你讲我叫什么,我就叫什么?没骗你,我就叫谢闻道。"

后来过去很久,孟昭偶尔还会想,他这人,其实真挺没诚意的。留下的名字是假的,号码是假的,一开始就没想着让她再找到他。至于他口中的"小产业",就更加离谱。他祖父母的家族往上数几代,还能在历史课本里找到名字,他祖辈留下的产业从金融横跨到矿业。这样一个人,这样的谢长昼,明明从一开始,就跟她活在两个世界里。

她待在他身边,喜欢了他那么多年,从暗恋到心碎,非要走到穷途末路反目成仇,才能明白他们根本不是同一片海域的鱼,最初,就不该相遇。

告别了孟昭,向旭尧回到酒店房间。总统套房是套间,谢长昼这两年身体不好,他只能住在隔壁,时刻注意。一走进客厅,就看到他正坐在巨大落地窗前,沉默地望着黄浦江。

向旭尧停在他身后,屋内静寂一阵,响起谢长昼低沉冷淡的声音:"不收就算了,扔了吧。"

不会喝酒还硬要喝,特地选了花园餐厅,结果饭也没吃饱。四年了,就这点儿长进!谢长昼气得胸闷。

"好。"向旭尧也没多说什么,将解酒药放到茶几上,突然想到,"对了,那位童喻小姐,刚刚来找过您。我说今天太晚了,让她明天再看日程。"

铺天盖地的烦躁将谢长昼包裹。他闭了闭眼,仍然无法忍耐,皱着眉,沉声:"让她滚。"正主溜得真快呢,他本来就烦,还有人往枪口撞。

"好。"向旭尧想了想,又说道,"裴樟教授想约明天中午一起吃午饭,私人的局,要不要把机票改签到下——"

"上午走。"谢长昼打断他。

向旭尧没说话,谢长昼看着手里的指环,沉默一阵,低声道:"明天一早,回北京。"

飞机在机场降落,已经是翌日中午。

回到学校,一群人在校门口原地解散。孟昭却被徐东明叫住,对方让她下午一个人去谢工府上,不用带童喻。孟昭没法拒绝,却隐隐觉得这一趟走下来,导师对她的态度似乎和缓不少。

孟昭在食堂打了一碗牛肉面,带回宿舍吃。她推开宿舍门,暖气拂面,传出一个女生打游戏的声音:"左边,左边啊!我都上高地了你还来打我,你……咦,昭昭,回来啦。"

"嗯。"孟昭点点头,摘了围巾拉开凳子,在桌前坐下,按亮台灯。

屋里打游戏的声音明显小下去,叶初然戴上了耳机。

孟昭宿舍里四个姑娘，分别来自三个学院。那年宿舍不够，她们被合并在了同一间。其中童喻跟孟昭同一个专业，都在建筑学院，甚至连导师也是同一位，只是童喻比她小一届。叶初然是北京本地人，学中文，父母都在T大教书，从不指望她出人头地。赵桑桑是孟昭旧识，两人高一做过一年同学，后来赵桑桑出国读书，到了本科，又以艺术生的身份考回T大。

她们的家里是什么情况，孟昭不清楚，但她知道赵桑桑家里巨有钱，跟谢长昼是一样的人。以至于本科都读到大五了，也没见赵桑桑在宿舍过过几次夜，她在外头租了房子，跟未婚夫住在一起。

一局游戏打完，叶初然分神来看她："你中午不吃点儿好的啊。童喻说，你接了一个很大很大的项目。"

孟昭："没啊……"

她本来有点不解，突然想到："她是不是跟你说，谢长昼？"

叶初然："对对对。"

孟昭"啪嗒"将一次性饭盒扣好，袋子系紧，起身扔垃圾桶，淡淡道："八字没一撇的事儿，一个敢说一个敢听。"

话音刚落，童喻就开门从外面进来。她刚好听见个尾巴，"砰"一声将门关上，笑了："怎么没一撇，说不定很快就要有一腿了。"

孟昭表情冷下去："你有病？"

"我也没说什么不好的话吧，师姐。"童喻拿着钥匙，无辜地睨她一眼，"昨晚整个酒局，谢工都在看你啊。"

当时谢长昼就坐在那儿，注意力始终有一个定点，牵动着他。童喻一开始也以为是错觉，直到孟昭向他敬酒，她心里那种强烈的直觉一瞬间达到顶点，立马确认了：他一直在专注注意着的，就是孟昭。

孟昭冷笑："你别读书了，腮红再抹得红一点，眉毛画到脑门，他一样多看你两眼。"

童喻："你！"

孟昭打开门，"砰"的一声关上门，将童喻的声音隔绝在另一侧。走廊上风"呼呼"的，深吸一口气，她将下巴埋进围巾，有点控制不住情绪。

有谁比她更了解谢长昼。他这个人，热恋蜜里调油，乱七八糟的情话说得少吗？把人捧到天上去，分不清哪句是真心。

刚在一起时,他不知道她喜欢什么,送她的珠宝首饰化妆品堆成小山。但她对奢侈品和口红的消耗都很小,并不常用。于是偶尔见她涂一次口红,他总要恶趣味地按住她的下巴,拇指食指形成挣不脱的扣,用指腹将她的唇膏抹花,再亲密地吻上来。把她呼吸都搅乱了,他才停下,勾着唇轻笑,低声重复:"我们昭昭真好看,是我的。"

可又能怎么样,表面上再温柔,他的血是冷的,骨子里冷漠的商人底色没有变过。她跟他在一起太多年,过于了解他,了解到了让自己都感到绝望的地步。不管重逢多少次,他永不回头。孟昭想。

他永远高高在上,她永远一无所有。

谢长昼的新居是一个新楼盘的小别墅,闹中取静,在东二环和东三环之间。出了东直门还有挺长一段路要走,孟昭出了学校,先是坐地铁往那边赶,后来改骑共享单车上路。

十一月底,北京周边叶子纷纷开始变黄,天高气爽,磨磨蹭蹭,三点半,孟昭终于抵达谢工"老巢"。

她登记进小区,保安放行,越往里走,越别有洞天。

独栋别墅楼与楼之间分隔得很远,白色的墙壁配着流水风车,坐落在大片粉黛乱子草里。鼠尾粟族的植物,花一开就毛茸茸的一蓬蓬,风一吹,整片草都蓬松摇曳,宛如误入童话之境。

孟昭都不知道北京还有这种好地方,找到谢长昼给的门牌号,再三确认,才上前敲门。门铃响了两声,里面却没动静。

孟昭打算按第三次的时候,白色的门"咯吱"一声轻响,朝内打开,亮出一条闪闪发光的防盗链。隔着巴掌宽的门缝,她看到屋内一室亮堂。

倨傲的男人坐在轮椅上,穿着居家米色长裤、银灰色短袖衬衫,一张清俊的脸阴云密布。

孟昭咽咽口水,突然有点紧张:"你好,谢工,我是徐东明老师的学生孟昭,昨天我俩在上海才刚见过的,我们……"

"快四点了,我跟你老师约的几点?"谢长昼声音冰冷地打断她,一字一顿,游走在发火的边缘,"你坐驴车来的?"

孟昭不乐意,共享单车半小时一块五呢!

"去叫徐东明换个人来。"说完,他挥手"砰"一声,关上了门。

孟昭站在原地,四下寂静,有花匠在给粉黛乱子草浇水,草坪上机器传来遥远的"嗡嗡"声。她愣了愣,脖颈后浮起冷汗。他生气了。

"谢……谢工。"孟昭手足无措,想去按门铃,也不知道自己说话他能不能听得见,"我,我错了,我不是故意的……"她攥住背包的背带,干脆鞠下一躬,"如果有下次,我一定早点来。"

一阵短暂的静默后又响起防盗链开锁的声音。

大片阳光在眼前泼洒开。孟昭抬起头,入目是客厅巨大的落地窗,以及窗外疯狂肆意、随风摇曳的粉黛乱子草。她愣了一下,旋即意识到,他这房子里面的区域,比自己想象中的还要更大。后院有个小山坡,坐在室内,能将室外植物与池塘尽收眼底。她就是从明朝开始打工,也不一定能在21世纪住上这样的房子。

"你还不进来?"帮她开门的是家中的阿姨,矜贵的谢总已经操纵电动轮椅走远了,走出去一段路才发现她没跟上,冷淡地质问,"要我请你吗?"

孟昭赶紧小跑过去:"不好意思谢工。"

谢长昼绷着唇,不说话。

孟昭环顾四周:"我从哪儿开始看?"

谢长昼眯眼:"你问我?你是建筑师,你问我?"

孟昭有些无语,打开包,掏出笔记本,心想,那就走流程吧。

"那我先问您几个问题啊。"她一板一眼,"听说这房子主要是想给您未婚妻重建花园,请问她有什么偏好吗?想在花园里放什么东西呢?要不要把地皮掘掉种别的植物呢?你们是想结婚前住还是结婚后住,打算生几个孩子,只是偶尔度假还是天天都来……"

其实她从进门起就发现玄关的鞋、厨房的餐具、茶几上的杯子,全都是单数。这房子没有女主人,不可能是常住的,但该问的,她一个也不能漏。

谢长昼朝着夕阳,被她吵得有点头疼,刚要开口,又听她手机响了。

孟昭赶紧说:"不好意思,我接个电话。"

是商泊帆。徐东明回到教研室,遇见来找另一个教授的小商同学,就随口给他提了一嘴谢长昼这花园的事儿。

商泊帆十分亢奋,打电话来确认:"是真的吗,昭昭?我们有机会做同一个项目?"屋内太安静,他这一声吵吵闹闹,被谢长昼也听了个正着。

孟昭眼看着他刚松开的眉头,又深深皱起来,立即告诉商泊帆自己正在甲方家里看房子,最后冷漠挂掉。

结束通话,谢长昼不出声。孟昭继续道:"好了,我们说回孩子……"

谢长昼感觉脑子里一根弦"啪"地就断了。情绪越过理智,他转过来对着她,生气地低吼:"生什么孩子!谁要跟人生孩子!我生几个孩子,关你什么事!就算我家里全是孩子,碍得着你做设计吗?离谱!"

谢长昼今天心情很糟糕。他从上海返程,走得急,没休息好,有点发低烧。中午抵达,想到下午孟昭要来,就取消了两个会议。

午觉睡醒,他不禁陷入沉重的思考:为什么自己年纪轻轻,有一副这样的身体?越想越生气,时间都给孟昭空出来了,她还一直不出现,于是更气。

室内一时静默,孟昭有点茫然,阳光透过巨大的窗玻璃,在两人之间无声流转。孟昭站在原地,心头一紧,面色有些泛白。她犹豫一下道:"对不起谢工,但这些都是基础问题,不然我也不知道你想建什么,如果你没有生孩子的打算,那是我冒犯了。"

谢长昼太阳穴"突突"跳。他好像在昨晚饭局上才说过,自己没有未婚妻?他现在觉得他是真的有病,如果脑子正常,怎么会大老远把她叫到跟前来?迟早被她气死。

谢长昼声音平稳:"我没结婚。"

孟昭慢吞吞:"哦……"

谢长昼:"也没有订婚。"

孟昭:"哦……"

谢长昼无语望天,他背对着她,缓了好一会儿,勉强将怒气强压下去:"我目前暂时没想好收拾成什么样,只觉得后院太空了,你已经看过房子的相关材料,现在脑子里有简单的方案或者想法吗?"

孟昭没想到他这么问。"啊?我……"她有想法,但她不敢说。她怕哪句话戳到谢长昼的点,他会突然暴跳如雷。似乎是身体原因,现在的他比四年前脾气更差。

谢长昼冷笑:"你别告诉我,你没有。"

孟昭讷讷道:"确实没有……时间太短了,我得想一想。"

"比赛的时候,你几个小时能把草图都完成,现在看完材料一宿了,告诉我，你完全没想法。"谢长昼停顿一下，转过来，清俊脸孔冷下几分，"我教你的你全忘了，孟昭。"孟昭垂着眼，身体一抖。

"我当年怎么告诉你的？想要什么，自己去争取。"他气场逼人，低沉的声音在安静的房间内回荡，"你现在做事态度就是这样：来雇主家看房子，约两点，四点到；问两个问题，就连话都不说了。"

孟昭眼睛又是一热。与其说是教她做事，不如说他曾经非常认真地想要帮她培养野心。

谢长昼跟她的父亲完全是两种人：孟老师谦逊温和，遇事只会教女儿退让，少跟人起纷争，退一步海阔天空；但谢长昼骨子里有野性，他是掠夺者。虽然不存在谁对谁错，或谁好谁坏，但性格太软弱在某些场合很容易吃亏。他教给她一些安身立命的本事，但后来又发生更多事，以至于她只有在他身边时是偶尔骄纵的，没能将那些记忆带离广州。

十几岁的她一脸茫然，还曾问过："我非得成为某一种人吗？"

他躬身打台球，灯光在脸上投下漂亮的影子，双腿修长笔直。球与球相撞，发出清脆的响声，那时的谢长昼想了想，说："倒也不用。"然后他将球杆撑在桌上，伸手来摸她脑袋，嗓音清亮慵懒，"你高兴就行，反正天塌下来，小谢哥哥护着你。"

他的爱这么短暂，她怎么说都说不过他。

"谢先生。"孟昭垂眼掩住情绪，"您现在暂时还不是我的雇主，就算未来是，我们也只是甲方和乙方的关系。希望您就事论事，不要人身攻击。"

谢长昼被气笑了，声音变冷："好，好得很，还说不得。"

夕阳落幕，霞光万丈，光落在孟昭身上，她只是安静地站立，比过去更加沉默。谢长昼沉默地望着她，突然道："你过来，到我这里来。"

两人总共也就隔着两步路的距离，孟昭犹豫一下："您就在那儿说吧，我听得到。"

谢长昼眯眼："不要让我重复第二遍。"

孟昭在内心挣扎一番，尝试着朝他靠近一步。谢长昼突然伸出手，一把拽住她的胳膊，将她拖往自己的方向，另一只手横着覆盖她的额头，直接扒开她鬓角的头发。

孟昭整个人几乎扑向他，她眼疾手快地扶住轮椅，才没摔进他怀里。

她恼怒，站稳，推开他："你干什么！"

那么短短几秒的瞬间，谢长昼也看清了。他的脸色一瞬间变得很难看："我当时不是没砸着你吗？你额头上那道疤是怎么来的？"

孟昭微怔，脸色一白，那么小的疤，细细的，比人小指指甲还短一截。

这也能看见。她沉默不语，谢长昼的表情越来越阴沉："说话。"

"我知道了。"谢长昼移开目光，"钟颜最近出差，也在北京。我现在就让她来一趟，我们三个当面对质。"

孟昭猛地抬起头："谢先生，我做不了您的花园，请您另请高明。"

谢长昼冷笑："替钟颜隐瞒有什么好处？告诉我谁干的，说不定我心情好了，可以帮你报仇。"

孟昭忍无可忍："谢长昼，逼死我，对你又有什么好处？"

谢长昼心头震惊，抬眼看她。

"你又不是不知道钟颜对我说过什么，我爸爸死了那么多年了还要被她那样羞辱，我们两个发生点儿什么，你很意外？"她说着竟然笑了，笑得苍白，"凭什么你问了我就要告诉你，我不想回忆，不可以吗？"

谢长昼一愣，下意识道："我确实不知道钟颜跟你说过什么……我甚至不知道她去找过你。"

那时候他病得全无意识，连他也以为自己肯定要死了。不知道在ICU躺了多久，醒来世界天翻地覆。孟昭走了之后很久很久他才知道，他昏迷的那段时间，家里所有人都去找她谈过话。没人告诉他，他们到底跟孟昭说了什么。

钟颜仅仅是他相识多年的朋友而已，不是女友，不是未婚妻，外人传他们好事将近，他每次都当笑话听，可连她也去找过孟昭，劝她离开谢长昼。

孟昭深吸一口气，将翻涌的情绪压回去："那不重要。"

夕阳下，他曾经的小姑娘平静地望着他，一双眼黑白分明，清清冷冷的："这个花园不是非得我做，如果你只是想借机羞辱我，可以直说。要是骂我能让你消气，我听着，但是你不能打我，打人犯法。"

谢长昼忽然感到心慌，沉声道："我没想羞辱你。"

"我确实什么都不行，写不好论文，完不成展示，也做不好设计。"但孟昭好像已经完全听不进去，思绪不知道不受控制地飘到了哪里，她嘴唇哆嗦着，眼尾又开始泛红，"对不起，徐老师会让其他人来的。"

她说着，退后半步，飞快地向他鞠了个躬，然后仓皇地逃走了。

谢长昼一急，想起身追，却忘了怎么操纵轮椅，沉声叫她："孟昭！"

大门迅速拉开又关上，"砰"的一声，只在原地卷起一阵风。

十一月，还没到北京最冷的时候，但入夜之后，温度陡降。孟昭抱着手走出去一段路，有点茫然，不知道该去哪儿。父亲去世之后，她就没家了。谢长昼带给她的，从始至终就只是一个梦而已。

她在街边鬼魂一般游荡，走到东直门，接到赵桑桑的电话，对方原本是想约她一起去吃火锅的，可是孟昭并没有心情赴约。赵桑桑颇为遗憾，又说给孟昭留了比萨，让她记得热着吃。

虽然不知道为什么，常年不回宿舍的赵桑桑突然回去了，但是和她这一通聊下来，孟昭的注意力被成功转移开。她沉默地上地铁，突然觉得，其实也没什么，反正都过去了。她跟谢长昼所有的缘分，早在四年前就到头了。他喜欢也好，不喜欢也好，她跟他，早就没关系了。

赵桑桑觉得自己最近很走运。先是未婚夫项目中标，给她买了一个她看中很久的包；接着是从不"召见"她的谢二公子，纡尊降贵请她上门。

赵桑桑乖乖地坐在独栋别墅的客厅里玩手机。

谢长昼被人推着出现，他穿柔软舒适的家居服，米色衬衫、灰色长裤，嘴唇淡红，虽然有点病态，但依旧压不住身上骄矜高傲的气场。

早在赵桑桑挺小的时候，她哥和谢长昼就凑在一块儿玩，不带她。以至于她长大之后，还觉得这帮凑在一起的男生邪里邪气，都不是好东西。

她乖巧笑笑："好久不见，长昼哥。"

谢长昼语气平淡："嗯。"

他没多说什么，轮椅停在她面前，目光一偏，落在茶几上。

——那里放着一张黑卡。

她微怔，立马懂了，指天发誓："我明白，长昼哥，拿了这张卡，以后你就是我亲哥。为了不污染你的血统，一回广州，我就立马在祖宗跟前磕头，跟赵辞树那狗东西割席！"

谢长昼头都没抬："说了要给你吗？"

"真是的。"赵桑桑娇声，"那你叫人家来，给人家看卡，又不给人家，是想干吗?"

谢长昼眼皮一掀:"我给谁的,你心里没数?"

赵桑桑沉默几秒,又嫌弃道:"你这样给昭昭,她不会要的。"

"我送她项目,她也没要。"

"你有病吧?我要是她,看见你来北京了,恨不得当夜扛着火车逃离首都,还给你修花园?我走之前把你家都炸了。"

他想了想,觉得也对:"嗯,她现在犟得像头牛。"

"我们昭昭好得很,你才倔得像驴。"赵桑桑翻个白眼,"那你当时分手的时候,干什么要骂昭昭?"她跟孟昭做了很多年朋友,比起阴晴不定的谢长昼,更了解小闺密。孟昭对于分手的过程讳莫如深,她就理所当然地认为肯定是被骂了。毕竟谢长昼这个人,骂人一直都是好凶的。

"怪了。"谢长昼冷笑一声,"你怎么不问问她分手时怎么骂我?"那话狠绝到不像孟昭能说出来的,是个人都不爱听。

四年了,他现在想起还想砸东西。

"那也不可能是女孩子的错嘛。"反正赵桑桑就觉得孟昭不会错,"四年了你都没来找她,又不是不知道她在哪儿,为何突然想到要来给她送钱?"

谢长昼闭了闭眼:"算了,你走吧。"

赵桑桑心碎:"怎么这样呀,对人家召之即来挥之即去。"

谢长昼:"卡拿走。"

赵桑桑笑开:"谢谢长昼哥!下次半夜点比萨这种事,还找我呀!"

"点比萨。"谢长昼哭笑不得,无语望天,"我没让你给她点比萨。"

"她生日是十二月初。"他停顿一下,声音突然低下去,像是不知道该说什么,有些无奈,又有点动容,"你倒是,好歹也带她吃顿好的。"

接下来一整个星期,孟昭往返于宿舍和自习室,忙得脚不沾地。

赵桑桑最近陪未婚夫搞项目,一直待在海淀。一直到星期五,两人才见到面,能一起出去吃个饭。才下午四五点,北京的冬天,天色已经昏沉下来。

赵桑桑好奇孟昭最近都在忙什么。孟昭如实告知,掰着指头数:"准备下个月我们学院的周年建筑展解说、徐老师的C市博物馆竞标书、期末考,还有……"

赵桑桑痛心疾首:"你不实习了?不做毕业设计了?怎么天天在这里给徐东

明打杂！"

"也不算打杂吧。"孟昭笑笑，"就是，普通基础工作？"

徐东明心里有气。那天孟昭回到学校，背着包垂着眼走到教研室，平静地对他来了句："对不起徐老师，我能力有限，谢工的花园我做不了。"

谁都知道谢长昼脾气不好。尤其这几年他的身体每况愈下，砸东西、骂人变成家常便饭，据说连身边的秘书都被他奚落过。而孟昭这一去一回，眼尾的红都还没消，分明是一副被骂狠了的样子。结合传闻，徐东明猜出个大概。

他探着头，谨慎地问："你俩闹得不愉快？他不满意你的设计？"

"不是。"孟昭语气平静寻常，"是我不想做，所以拒绝了他。"

做设计看眼缘，徐东明也没再多说，但心里头，对于孟昭这种先斩后奏、自绝后路的做法，其实很不满意。这小姑娘相当不会变通，就算自己不想做，也别说出来嘛，他总有别的学生想做，换人不就行了。可他后来再跟向旭尧打电话、发邮件，跟对方打听合作的机会，向旭尧都只是礼貌地笑笑："没事，不着急。谢先生最近忙，正好也没空打理花园，再等等吧。"

多少事儿都是等黄了的，在徐东明看来，这就算是拒绝了。他倒也不是真的多想去搞那个园子，就是舍不下谢长昼这条人脉，总觉得孟昭得罪了人。

"这样徐老师就能消气的话，也行。"孟昭笑意淡淡，"他思维很简单啊，气消了就没事了，以后有什么项目，还是一样带我。"

赵桑桑叹气："走吧，请你吃肉。"

天色将晚未晚，城市华灯初上。赵桑桑选的是一家日料店，在SKP百货公司附近，没法网上取号。两个人拿了小票，等位还得等一个多小时，于是两人溜达进SKP消磨时间。

转了半圈，赵桑桑对看到的东西都不是很满意："我想给你挑个生日礼物呢，也没看见什么好看好玩的，早知道就买好了带过来。"

孟昭意外，愣了下才想起，明天就是自己生日了。

"你干吗？"她笑起来，"突然这么见外。"

以往两人只是吃个饭就了事了。因为两人都心知肚明，赵桑桑送得出手的礼物，孟昭还不起。

"要毕业了嘛。"赵桑桑的语气理所当然，随手拿起一顶帽子，悬在孟昭头顶比画，"还不知道我俩以后都在哪儿呢，给你留个念……咦？"笑容停在唇边,她微眯一下眼,突然不动了。

"怎么?"孟昭愣了愣,转过身。她顺着赵桑桑目光的方向,朝自己身后看过去。

商场里人来人往,对面是一家高端品牌的服装店,这一层有些冷清,灯光安静地从头顶垂落,将玻璃地板和玻璃栏杆都照得熠熠生辉。

几十米开外的地方,清俊的男人坐在轮椅里,背对着她们的方向,西装外穿着平整笔挺的黑色大衣,灰色围巾在脖颈后露出点边。

孟昭呼吸一顿。他面前半步开外,站着一个穿浅色毛呢大衣的年轻女孩,侧着脸,看起来很活泼,笑得很灿烂。他手里拿着几条围巾,导购在一旁帮忙,女孩儿时不时接过来试一试,在他面前转个圈,好像在说,好不好看。

孟昭恍了下神。哪怕看不见谢长昼正脸,也觉得他现在气场温柔,像一个好好先生。

"怪了。"赵桑桑看一眼,嘀嘀咕咕收回视线,"真是邪门。"

孟昭哭笑不得:"怎么?"

赵桑桑神情古怪:"他跟别的女人在一起?"

那为什么还要给孟昭送钱,他是大慈善家?

孟昭收回视线,将帽子放回去,停顿了一下:"是女伴吧。"

他才刚说过,没有女友,没有未婚妻。哪怕没跟钟颜在一起,这些年他身边的女人应该也没断过才对,有很多女孩儿向他献殷勤。他是真的招人喜欢,样貌家世一顶一地好,只不过那时二十岁出头,一心扑在工作上,不怎么想别的,身边也就没什么人。

现在四年过去,他竟然也会亲自给女孩挑围巾了。

孟昭觉得有点新奇,又有一些心酸。

"算了。"赵桑桑想不通,觉得谢长昼真的有病且病得不轻,"别管这些狗男人,我们去吃东西!"

两个人走扶梯并肩下楼,站到电梯上,孟昭忍不住又回头看了一眼。灯光摇曳处,这一眼,正好能看到那女孩的正脸——对方个子不算高,但肤白,留着披肩长发,刚出社会的样子,初生牛犊,高兴不高兴都写在脸上。不知是不是错觉,他好像一直喜欢这种好学生的长相。最好乖一点,又不会缠着他。

果然,人喜欢的从来都是一类人,而不是特定的一个人。

余光外淡金色的灯光晃了晃。谢长昼知道不是灯晃，是自己头晕。

他微闭一下眼，觉得今日的放风时间已经达到上限，将左右手两条围巾一起递给导购，手指顺势抵住鼻梁，低声："换新的，装袋子。"

导购接过来应了声，柔声问："谢先生还需要别的吗？"

谢长昼蹙眉，一只手撑在太阳穴上，另一只手敲在膝盖上。停顿一会儿，他目光扫到放在轮椅边一排各式各样的纸袋，突然觉得心烦："不了。"

这里头也不知道有几样真能送出去。

"谢总。"导购笑眯眯地转身去开单子，面前文璟见他皱眉，怯怯问，"您不舒服吗？"

谢长昼没有看她，空着的那只手捡起手机，打给向旭尧："上来接你的实习生。"言简意赅，声音透着冷。

文璟有些无措："谢总，是我今天哪里……"

"再喊一句，明天不要来了。"谢长昼不知道这姑娘哪里来的这么多话，有些不耐烦地打断她，"向旭尧没跟你说，只是来帮忙试几件衣服？"

向旭尧大步踏进店里，导购已经给两条围巾装好了袋，他接过来，转身先去吩咐文璟："好了，你先回去吧，我稍后再跟你说。"

他的语气比谢长昼温和很多，文璟内心很快平复，感激地点点头。

但她没有立刻离开，而是在店里逗留了一下。

向旭尧没再管她，走到谢长昼面前，低声："二少，我刚刚在楼下看到了昭昭和赵家二小姐。"

谢长昼沉默了一会儿，掀起眼皮，随意道："赵桑桑？那你先把这些袋子拿过去给她，也省得你再跑一趟。"

文璟微怔，暗暗吃惊，这些东西竟然真的全都是给同一个人的？她在这里陪着谢总逛了一整天，从香水到手套，买了一堆各种各样的东西，那名叫赵桑桑的女孩是什么来头？

向旭尧看了看："行，我先给她一部分吧，太多她也带不走。二少，您……您要不要也下去看看？"

谢长昼微绷着唇，掀起眼皮看他一眼，沉默一会儿，平静道："走。"

孟昭和赵桑桑抵达楼下，圣诞节将近，很多家店都在做活动，门口放上了还未完全装饰好的圣诞树，节日氛围很浓厚。赵桑桑坐下来先点了两个小排，才伸手去拆湿巾:"怪了,今天怎么这么多人,也不是周末啊。"

"因为快到圣诞节了吧。"孟昭笑起来,"从十二月开始,平安夜、圣诞节、跨年、新年、情人节……都是情侣出动的日子。"

"这里头必须有我。"赵桑桑"嘿嘿"地笑,"我早就把未婚夫的礼物全准备好了,盼日子呢。"

赵桑桑的未婚夫比她大半岁,两个人青梅竹马一起长大的,初中就是同学,高中一起出了国,大学又一起回来,读的还是同一所学校。算是非常完美的"门当户对"以及"知根知底"。到了他们那种程度的家庭,家长总想着让孩子们"内部消化",方便又安心省事,没有隐患。

"那你们基本算是定下来了。"孟昭撑住下巴,黑发柔软地从肩膀后落下来,在脸颊一侧投下浅浅阴影,"真好,毕业就可以领证。"

"你也可以。"饮料先上来,赵桑桑端起来,"来,碰一个,毕业还早呢,你再谈三段恋爱都来得及。"

孟昭笑意飞扬,并不接茬。杯子相撞发出清脆响声,赵桑桑夸张地皱起鼻子:"你总不会还在想着谢长昼吧。"

服务员开始上菜,孟昭不说话,安安静静地帮忙摆桌。

赵桑桑撂下筷子,一拍大腿:"你完了,孟昭,你真的还在想着谢长昼。"

孟昭哭笑不得:"我没有。"

赵桑桑:"那如果谢长昼现在出现在你面前,你敢不敢指着他的鼻子说,'我不喜欢你了'?三二一不准思考!"

孟昭:"我……"

赵桑桑放在桌上的手机突然振动起来,在她离开接电话后,店内依旧人声鼎沸,服务员上菜的声音忽远忽近,眼前的小烤架也嗞嗞作响。烟火四处飘散,孟昭望着桌上的菜,脑子不受控制。

还喜不喜欢啊……

她少年时,跟谢长昼的重逢,也是在这个季节。她的生日在冬天,以往每年父亲都会提前准备好礼物藏在家中衣柜柜顶的纸箱子里,到了生日那天再卖关子让她猜:"猜猜今年爸爸送的是什么呀?"

起初孟昭总猜不到,后来发现了这个秘密,每年都偷偷去看。孟老师为人刚正,做事也总一板一眼,十来年了纸箱都没换过位置。孟昭年年一猜一个准,每次猜准了,孟老师就一脸惊讶,再笑呵呵地说:"又被我们朝夕猜到啦,朝夕真聪明呀。"

但那年,柜子顶的纸箱里什么也没有。她将纸箱取下来,放在阳光下找,里面仍旧空荡荡。因为父亲在八月就已经去世了。

父亲八月去世,母亲十月就带着孟昭去见了新爸爸,婚礼从简,定在十二月初。他们结婚当天,新爸爸喝得烂醉如泥,孟昭脑袋撞在墙上,思绪混沌一片,拉开门夺路而逃。

秋末冬初,炎热的南方频频迎来台风,雨一场接一场地下,珠江也浮起雾气。一座座跨江大桥蛰伏在白色夜雾中,疾驰而过的车辆亮着红黄车灯,边缘都被虚化了,模糊成令人困倦的颜色。

谢长昼跟人相约赛车,无奈天公不作美,行程被迫取消。他心里不痛快,空中飘着细细的雨丝,依然把跑车敞篷完全打开,被钟颜咒骂一路:"我怎么会有你这种朋友,我发誓——这是我最后一次坐你的车!"

广州大桥上冷冷清清,夏夜湿热的风裹挟着水汽,"呼呼"灌进领口。

谢长昼的衬衫被风吹成帆,将油门踩到底,嗓音在夜色中清朗张扬:"你最好说到做到!"

跑车如同离弦之箭,钟颜的脑袋猛地被惯性带到颈枕上,余光之外,有什么白色的东西一飘而过:"刚刚那桥上,是不是站着个人?"

谢长昼被风吹得眯眼,大声道:"我也看见了,有个小女孩嘛!"

话一出口,脑海中突然闪过什么,他猛踩刹车。车子几乎被突然的刹车甩得转过去半截。钟颜身体猛地前倾,被安全带死死拽住,绑带深深勒入腹部。她眼冒金星,一阵窒息,她气得大骂:"你是不是有病!谢长昼!这是广州大桥!你在这里停车,你……"

谢长昼连车门都没开。他用力砸了方向盘一下,低骂了声,踩着车门直接翻了出去,回转过身迈开长腿,拔足就是一阵狂奔。

等钟颜完全回过神,他已经跑出去很长一段路。他没顾上穿外套,白色的短袖衬衫在夜风中用力地鼓起,衣角如刀子般锐利地破开空气。

孟昭完全没反应过来。她就站在桥上,趴在栏杆上,呆呆望着桥下流动的江水,身后突然传来个男声厉声喊她名字"孟朝夕"。

下一秒，手腕就被人用力握住。接着，那人拎小鸡似的，将她往远离珠江的地方拖离半米。耳中传来男人生气到近乎破音的低吼："你一个人瞎跑什么！大半夜的不要命了！"

孟昭被拖行，勉强地站稳脚步，迷迷糊糊抬起头。大桥上车来车往，川流不息，两岸高楼灯光都缠绵成了一片。

她隔着朦胧的水汽，只辨认出来人深邃如同黑曜石的眼睛。不知怎么，难过的情绪忽然铺天盖地，像潮水一样将她包裹。

她本来就眼眶红红，被他一吼，打转的眼泪"啪嗒"掉到他手背上："我没……没有瞎跑，也没有不要命。"

台风天，广州潮湿又炎热。小姑娘四肢纤细白皙，穿着印有小树图案的白色短袖和浅卡其色背带短裤，外面罩了件浅橙色的外搭衬衫，脚上着的高帮小白鞋已被雨水浸湿。

"我就是……就是……"仿佛找到情绪的出口，孟昭混沌好几日的脑子这时依然没能太清醒，指着黑漆漆的江面，声音里也像带着水汽，断断续续地哽咽，"想，想看看下面……爸爸，爸爸也在地下……"

谢长昼一言不发，在江风中皱着眉，唇不悦地绷着。

十五岁的她，肌肤雪白，身形纤瘦，黑发被风吹散了，有些凌乱地落在肩头，整个人孱弱得像是下一秒就要随风而去，却又透出一种纯粹的美。

谢长昼将她带上车。钟颜已经猜到他大概是见到了认识的人，没想到带回来的是个小女孩。她帮他把敞篷关了，不忘趁机幸灾乐祸："说一不二谢二少，现在怎么愿意关敞篷了？"

"我老师的女儿。"谢长昼没多说，言简意赅，"去帮个忙，把她湿衣服换了，穿我外套。"

那时候钟颜也才二十出头，一头干练短发，穿短夹克和牛仔长裤，像个利落的女拳击手。她没推辞，到后座帮孟昭换衣服，孟昭是突然跑出来的，没有带伞，被大雨淋得透湿，在风里瑟瑟发抖。

钟颜就问她："小妹妹，你怎么跑出来了，跟爸妈吵架啦？"

孟昭垂着眼，有点艰难："我……"最后也没"我"出个所以然来。

钟颜开门下车回到副驾驶座，正听到谢长昼开口。他心情似乎很不好，声音有点冷："我送你回哪儿？"

孟昭低着头没说话，不知在想什么。

钟颜"啪嗒"扣好安全带，手肘捅捅他："阿昼。"

多年好友，一个眼神就能明白对方想说什么。谢长昼困惑，漫不经心回头看。后座光线昏昧，小姑娘已经换好了衣服，他的外套对她来说太大了，她垂着眼，默不作声地拉开袖子，然后折好。就么个瞬间，谢长昼在她手腕上，看到一闪而过的醒目红痕。

谢长昼愣住，许久才低声叫她："朝夕。"

孟昭小心地抬起头，声音也细细的："嗯？"

"不回家了。"路灯下夜雾浮动，他半张脸浸没在暖光中，声音低沉地问她，"去你钟颜姐姐家里睡一晚，好不好？"

怎么可能不喜欢他。他根本不是"出现"，而是"降临"在她世界中的。哪怕没有后面那段恋爱，她也无法剪断她和谢长昼之间这种特殊的羁绊，只不过谢先生，并没有那么喜欢她而已。

眼前炉子烤裂了一滴油，噼啪作响，孟昭回过神。

远远地，见赵桑桑提着一个纸袋，风风火火从门口冲回来，放下袋子就开始摘围巾手套："天哪，天哪，外面冷死了。"

孟昭心里好笑，刚想开口，店内突然响起《祝你生日快乐》熟悉的前奏。两人皆是一愣。这歌不知道是放给谁的。声音不小，有客人习惯性地抬头去看卡座上方的播音小喇叭，孟昭忍不住也跟着抬起头，望向声音来源。

没来由地，她想起很多年前。她从继父那儿逃跑，被谢长昼捡回家，他给她干燥的衣服和温暖的水，以及能抱在怀里的床头小熊。安顿好她之后，他回车里收拾东西，无意间在后边的座位上捡到了她的身份证。

深夜十一点半，谢长昼开始到处找蛋糕。他找了两圈实在没找着还营业的店，入夜后又下起雨，他穿一件透明雨衣，从外面回到屋内，脚下迅速积起小小的水潭。

钟颜已经休息了，孟昭给他开门。他倚着钟家的白色大门，居高临下，硬硬的黑发被头顶灯光照得根根分明，青年下颌线干净漂亮，像从电影里走出来的。

她屏住呼吸，就见他慵懒散漫地垂眼笑着，说："哥哥没买到蛋糕，但是……"他沉默了两秒，拿出一直藏在口袋里的手，突然毫无征兆地蹲下身，目光与她齐平，然后很认真地打亮打火机，轻声说，"许个愿吧，朝夕。"

四下静寂，荧荧火光在两人之间燃烧。孟昭愣了好一会儿，吹散火光，眼睛又有湿意，小声问："可以许愿，每年都有你陪我过生日吗？"

谢长昼哑然失笑："愿望说出来了就不灵了，不过……"他又笑着垂眼，揉乱她的头发，"可以给我们朝夕破一次例。"他看着她的眼睛，许诺似的说，"从今往后，每一年生日，我都跟你一起过。"

第二章 意难平

谢长昼并没有履行他的承诺。分手后这几年里,她一个人待在北方,常常忙到忘记生日。没有人提醒她天冷加衣,也没有人会再像他一样,在大雨天特地推掉酒局提前回家,带着系着漂亮蝴蝶结的礼盒,拍着她的脑袋,告诉她:"当然得回来,要给我的小朋友一个惊喜。"

店里三遍《祝你生日快乐》放完,孟昭飘远的思绪慢吞吞地返回。

被暖气包围着,她觉得放松,也很感激:"谢谢你,桑桑。"

赵桑桑往嘴里塞焗蟹肉,口齿不清地问:"啊?"

孟昭轻声:"谢谢你给我点了这首歌。"

赵桑桑眨眨眼:"不是我点的,你生日不是明天嘛,我本来想明天再给你庆生的。"赵桑桑从纸袋里掏出两杯奶茶,"我刚刚拿这个去了,外卖。"

其实她见向旭尧去了。向旭尧打电话让她出门拿东西,她出来后没见到谢长昼,只看见向旭尧和一个年轻女孩。两人手里拎着一堆商标醒目的白色袋子,她接过来一看,头痛欲裂:"谁买的,买这些东西要死吗?做事情不过脑子吗?谢长昼人呢?"就算她赵桑桑真的敢送,孟昭敢收吗?

这话冷酷直白不留余地,文璟倒吸一口凉气,偷偷打量她,心想,这人到底是什么来头?可向旭尧只是笑笑,并未表现出任何意外或不高兴:"谢总不在,如果今天不方便收,我就明天再送赵小姐那儿去,之后怎么处理,赵小姐来决定。"

赵桑桑想了想:"也行。"她将纸袋都放回去,自然而然地拿起文璟手中的两杯草莓果茶:"这也是给我的吧?谢谢啊,辛苦了。"

那是文璟买给谢总的网红热饮。谢总刚刚自己驱动轮椅,说想要去日料店里找人,很快就回来,不让他俩跟。文璟勉强扯了扯唇角:"不客气。"

结果赵桑桑前脚离开,后脚谢长昼就独自驱动轮椅,从日料店侧开的另一扇门出来了。这家日料店有两层,周末深夜除了料理还卖酒,因此多开了一个单独的酒吧吧台,在另一侧。

男人气质卓绝,操控轮椅走出木门,一张脸在夜色中平淡寡冷,夜风吹动额前刘海,清俊得不像话。文璟心头一跳,小跑过去帮他推轮椅。

向旭尧躬身主动问:"谢总,我们现在回住处吗?"

谢长昼掀起眼皮看向他,眼眸中倒映着路灯灯光,没什么情绪。向旭尧心头微动。这种眼神,过去四年,他见过太多次。

那场大病过后,谢长昼的脾气确实如外界传闻一样,比过去坏很多。但他最大的变化不是变得暴躁,而是变得沉默。这种沉默出现在每一场手术后,他眼神沉沉的,一个人待着不动,能发很久的呆。

那时向旭尧总感觉屋子里差了点什么,一直说不上来哪儿不对劲,后来才想起,更早之前,谢长昼生病或做手术,有个姑娘会一直忙前忙后地问他要不要吃东西,想不想看书,或者需不需要抱一抱。现在屋子里没声音了。向旭尧就琢磨,谢长昼可能是需要一个姑娘来抱抱他。

冬日里白雾飘散,路灯下,谢长昼哑声问:"钟颜是不是还没离京?"

向旭尧一秒回神:"昨天还在,说想约您吃饭,您给推了。如果想见面,我再去确认一下。"

谢长昼有些疲惫,微微垂下眼,想起刚刚在日料店听到的对话。

——你真的还在想着谢长昼。

——我没有。

——你敢不敢指着他的鼻子说"我不喜欢你了"?

店里都是小卡座,他刚好停在一扇木屏风后,确定她们没有看到自己。但那一秒他心头突然涌起不安,很莫名地,觉得孟昭,会说出自己不想听的话。所以他没等结果,转身走了。

夜风沁凉,谢长昼自己驱动轮椅出来,手指有些发凉。月色霜白,他看着昏黄路灯,许久,沉声道:"跟钟颜约见面,我有事当面问她。"

翌日清晨,孟昭收到了来自赵桑桑的生日礼物,是一件崭新的白色羽绒服。

比她现在那件更修身一些。她将羽绒服拿出来，底下还有一副手套，和一顶带着小恶魔角的帽子。几样东西全都没有吊牌，但孟昭认出了牌子，觉得头疼："你不用……"

赵桑桑："是我特地托我未婚夫给我买的打折款，真要不了多少钱。你清楚我一个月生活费和外快收入有多少，我根本没有闲钱给你买原价货。"

孟昭将信将疑："都是最新款，哪里会打折？"

赵桑桑笑眯眯："国外商场呀，那羽绒服把我未婚夫半个行李箱都塞满了。我上个月跟你讲过的吧，我差点就找碴儿跟他大吵一架，你不记得了？"

确实是有这么回事，孟昭记得，但她就是觉得哪儿不对，上个月说的是这件衣服吗？

桌上的手机突然振动起来。孟昭接起来，音量降低："妈妈。"

那头传来在菜板上剁菜的闷响。乔曼欣关上厨房门，轻声笑道："生日快乐啊，朝夕，有没有吃长寿面？"

孟昭拿了钥匙出门，去阳台上打电话。今天天气很好，一碧万顷，栏杆上晒了很多被子，楼下有小猫在草丛中打滚。

她摸摸耳朵："还没，正打算去吃呢。"

母女两人寒暄几句，孟昭整个人都放松下来。

乔曼欣问："你今年元旦还是不回来？"

孟昭唇角笑意稍稍淡了一些："嗯，我有点事。"

"有什么事呀，每年都不回家。要不妈妈去北京看你吧，你弟弟和钱叔叔正好也想去北京玩，你应该对那边很熟悉了吧，我不一定能请到假，到时候你可以带——"

"妈妈。"孟昭忍不住打断她，"我老师有个项目年初要竞标，我可能一直在画图，抽不出空去玩。而且期末考要复习，我实习也没定下来……没有时间的。"

"这样啊，一天也抽不出来吗？"乔曼欣有点遗憾，"那要不……"

那头突然传来男孩叫妈妈的声音。乔曼欣连忙打开厨房门："等会儿啊，妈妈晚点再跟你说。"

孟昭还想开口，那头已经挂断了。阳台上寒风呼呼，站久了有点冷。她拿着手机眯着眼，等了一会儿，转身回屋里去。

乔曼欣没再来电。孟昭一开始真的以为她还会打过来，等了两天猛然醒悟，不会再接到电话了。她搓搓脸，拿上包包和围巾，起身出门。

从十二月初起，建筑学院的百年建筑展在T大美术博物馆展出两个月，会展示建校百年来知名校友的代表作品，门票面向社会发售，开售当天票务系统崩溃了，秒没。

孟昭被徐东明派去做临时讲解员，由于徐教授近日"气压"愈发低，孟昭不敢耽搁，早早抵达现场。

一进美术博物馆的大厅，就遇见迎面走来的商泊帆。

见到她，商泊帆有点欣喜又有点意外，问题接二连三地蹦出来："你讲哪个厅啊？拿牌子了吗？我带你去。"

孟昭一边摘围巾，一边向他表示感谢："我在二楼，最末端那个厅，编码好像是B4展厅。"

商泊帆短暂地皱了下眉："那个厅人少，也挺好，到点儿就能走了。晚上走的时候叫我一声，我请你吃饭啊。"

孟昭登记名字，在签到处领了讲解员的工牌，声音很轻，没正面回应："如果晚上时间能对得上，我请你吧。"

跟商泊帆说的一样，B4展厅没什么人。这个展厅陈列的全都是文字资料和手稿，视觉上没有其他几个展馆那么有冲击力，但孟昭之前做过案头，觉得这才是整个展出的精华。

入口处的白墙上拉了一条长长的时间轴，展示T大百年为建筑界做出的卓越贡献。孟昭站在墙前瞻仰先辈的作品，觉得自己非常渺小，站了一会儿，忍不住喃喃："他们都不识货。"

寂静的场馆内，突然传出一声低咳。

孟昭微怔，回过身。空旷的展柜前，冷色调的光线在背墙上一束束滑落，身形挺拔的英俊男人一身休闲装扮，戴着鸭舌帽，穿一件连帽卫衣，右手撑着一支手杖，隔几步远，是一步一趋跟在他身后的向旭尧。

谢长昼慢慢地走过来。他似乎不想让别人认出他，帽檐压得很低，只露出线条流畅的下颌。

"带个路吧，小同学。"

寂静展厅内，孟昭沉默着，上下打量他。

他是能走的。也对，之前向旭尧对她说的本来就是"天气不好时，会严重一些"。沉默两秒，她收回视线，关掉领子上夹着的小麦克风，转身轻声道："请跟我来。"

B4展厅看似空旷，其实布置得很有章法。入口处一束灯光直直穿透对面布满整面墙的黑白影画，极大地扩展了室内空间，一眼望去令人陡生错觉。

"我们从梁思成先生的手稿开始看起吧。"孟昭步子迈得不大，停在第一个展柜前。

"梁思成被誉为'中国近代建筑之父'，毕生致力于中国古代建筑的研究和保护，曾在沈阳任教。这是他在东北大学时留下的手记。"

谢长昼跟她隔着半步距离，并不凑过来看。孟昭也不在意。收回视线，继续往下讲："梁思成大学读的是清华大学，毕业后，曾和林徽因一起赴美到费城宾州大学读书，后来又在哈佛学习了建筑史……"

男人低咳一声，尾音上扬："林徽因？"

孟昭微顿，抬眼看过来，一双眼黑白分明，透出些询问的意味。

谢长昼垂眼看展柜，声音低低的："她不是跟徐志摩在一起？"

孟昭沉默了两秒："你听谁说的？"

谢长昼语气散漫："都这么说。"

"没有的事。"孟昭不知道他是不是故意的，但多一事不如少一事，她想了想，还是好脾气地解释，"徐志摩确实追求过林徽因，但他们两个究竟什么情况，并没有定论。"

谢长昼低低"啊"了一声："这样。"说完他就静默下去。

孟昭回转过身，继续往下走。谢长昼不急不缓地，又开口道："林徽因为什么没有跟徐志摩在一起？"

孟昭头也不抬："为什么要在一起？"

"他们两个都是诗人。"

"林徽因是建筑学家。"

他问的问题没头没脑，孟昭没有多想，顺着手稿往下讲。只是被他这么一搅和，她嘴上说着梁思成，脑海中不自觉浮现《翡冷翠的一夜》。

很多年前在广州，谢长昼有个东山口的小别墅专门用来放藏书，非常大方地借给她用。她读到那首诗，是在一个爬山虎很绿很绿的盛夏。

她攀上木质的架子，爬到书柜上面找书，在光影罅隙里翻开书页，第一眼看到："你真的走了，明天？那我，那我……你也不用管，迟早有那一天，你愿意记着我，就记着我。"

长夏寂静，午后只有遥远的蝉鸣。空气燥热，风吹起窗帘，她偏移目光向下看，透过书房那扇被高大樟树掩映着的窗，看到二十来岁的谢长昼长手长脚，穿着短衣短裤，戴一顶园丁的圆边帽子，捏着白色的水管在园子里给向日葵浇水。

她心下微动，书页响动，风吹开下一页。

书上写：天上的星是你，要是不幸死了，我就变成萤火。

很奇怪，这些破碎的句子，她记了很多年。孟昭往前走，听见谢长昼又幽幽开口："林徽因和梁思成，为什么——"

她忍不住打断："不要再问了，在看建筑展，只问绯闻，总让人觉得好像很没有文化。"

展馆内静悄悄的，话说出口，孟昭陡然惊醒。屏息几秒，她没敢抬头看，知道他的目光落在自己身上，觉得室内更冷了一些。她刚刚是对着一个在行业第一梯队也能排到前三的建筑师说"你没文化"吗？

孟昭颈后爬上微微的冷意："我不是那个意思——"

她还想开口，谢长昼一声冷笑，打断她："我没有文化？现在不是求着我讲建筑史的时候了，我没有文化……"

他气得都卡壳了，孟昭头痛："我——"

"咦，这边是校友的手稿和文史资料吗？"门口由远及近传来女生们兴奋的交流声，孟昭循声望过去，看到一支小队伍，面孔青涩，十来人的样子，像是初中生。她逃离谢长昼，走过去："你们好。"

"你好，姐姐。"为首的女生挺有礼貌，过来先跟她打了个招呼，看到她胸前的牌子，眼睛亮起来，"你是T大的学生吗？可以跟我们讲讲这个展馆的内容吗？"

孟昭打开小麦克风，声音也跟着放轻："可以啊。"

谢长昼的步子稍慢了点，落到一群人旁边。为首的女生看见了，主动叫他："过来一起听吧，叔叔。"

那头又有人问："林徽因不是跟徐志摩在一起的吗？"

不等孟昭开口，一道寡冷的男声打断他们。"问的什么问题？"谢长昼冷冷道,"文盲。"

孟昭:"……"

进入冬季,北京所有场馆闭馆时间都提前到下午五点,从四点半起就不会再放人进来。孟昭的工作时间只有两个半小时,三点那会儿人稍多点,谢长昼就一直在旁边等着。

她也不知道他想干什么,可能就是纯粹地游览。但孟昭又忍不住,总是将注意力落在他身上。他身体一直不是很好,前几年仗着年轻,十分放纵。后来又出了场车祸,很多问题到近年才爆发,医生住在家里,二十四小时待命。

送走最后一批参观者,她靠在饮水机旁接水。耳朵里听着机器的"嗡嗡"声,心里还在想不知道他能不能站这么久。

"昭昭。"闭馆之后关了门口几盏大灯,室内光线也发生变化。听到响声,她回头,见商泊帆一边摘工作牌,一边走进来:"走啊,去吃饭。"

进来,他才发现旁边还站着个男人,正低头看展柜。他个头很高,肩膀宽阔,大半张脸都被黑色鸭舌帽遮住,看不到正脸。

商泊帆愣了下,按亮手机屏幕看时间:"不是清场了,怎么……啊,还有半小时。"

解说可以先走,商泊帆转过来看孟昭:"我们走吧。"

孟昭犹豫了下,说:"行,那我先收下东西。"

谢长昼立在门口,两人擦肩的瞬间,他一声冷笑:"男朋友?"

孟昭心头猛地一跳:"他——"

商泊帆大笑打断:"现在还不是,但说不定很快就要是了,你也觉得我们俩看起来挺合适的是不是?哈哈,我就说啊,昭昭她——"

"既然不是男朋友,"谢长昼猝然开口,戾气陡生,语气冷淡到极点,"懂不懂先来后到?"

冷白的灯光下,商泊帆猝不及防,对上他的脸。男人一双眼冰冷幽深,游走在发怒的边缘。商泊帆瞬间认出了他。

他话都快要说不清楚:"你不是那个,那个……我的天,你能走啊?"

谢长昼握手杖的手指猛地收紧,指节显出青白色。

门口的向旭尧听见动静,小跑进来解围:"不好意思啊这位同学,我们谢总找孟小姐,有些事情想聊。"他笑眯眯地想请他离开,"今晚孟小姐估计是没空了,下次我请你俩啊。"

商泊帆知道孟昭差点儿接了谢工的花园,也知道这个事儿大概率是黄了。没想到峰回路转,竟然还有戏。他也没多想:"花园的事情是吧?谢工你们要不要带上我,那个项目本来也是我和昭——"

谢长昼不看他,忍无可忍,沉声:"滚。"

商泊帆蒙了,没等他反应过来,被向旭尧拉出展厅。

脚步声走远,室内很快恢复安静。

孟昭看谢长昼,忍不住道:"你有事要跟我说吗?"

谢长昼平复了一下呼吸,叫她:"孟昭。四年前,我出车祸,在ICU住了一星期。那一星期里,是不是好几拨人找你,让你跟我分手?"他的表情不太好看,"钟颜,我大哥,我妹妹,还有谁?"

孟昭迷糊了一下,往事潮水般涌上来。她将情绪强压下去,觉得有点好笑:"为什么问我,你不是应该去问他们?"

"我想听你说。"谢长昼声音疲惫,查这些事情也不难,难的是谁嘴里的才是真话,"孟昭,你跟我说说。"

孟昭沉默地与他对立,胸腔内的空气好像被挤压。

"谢先生。"许久,她平静地说,"都过去了。"

"过去了?你额头上那疤,如果不是钟颜动的手,就只能是你后头那个爸打的。"谢长昼胸膛起伏,冷笑一下,又后悔,"我家里人让你跟我分手,你就真分了,一转头,他们又把你送回你继父那儿——听他们的有什么好?孟昭,如果我当初直接送你继父去坐牢,是不是也不会有后头这么些事儿?"

孟昭呼吸一顿:"谢长昼!"

"怎么了,要跟我说什么?他多逍遥一天,我就多难受一天。"谢长昼忽然有点难以呼吸,直直看向她,"孟昭,四年了,我从没问过你,就问一次。四年前在病房里,你跟我说的那些话,是真心的吗?"

孟昭安静地与他对视,一双眼又黑又静,像冰冷的湖水。现在的她,跟那时候不一样。那时候至少在他面前,她是柔软温暖的,现在却沉默又尖锐。

她模糊了重点,处处误导他。看花园那天,他以为她额头上的疤跟钟颜有关,她就顺着他说,全然没有解释的意思,好像一切都与她无关。

谢长昼想起以前，孟老师总跟他说，人得活在爱里，才能平静温柔。不管重来多少次，她对他说了多伤人的话，他都犯贱地想看她高兴一点。

孟昭看着他，半晌，笑起来："我没骗你，谢长昼。你把自己想象得太高尚了，老觉得自己是别人的救世主。但事实上除了自己，你不喜欢任何人，你只是喜欢控制别人人生的感觉。"

孟昭特别诚恳，轻声道："但这不是你的问题，真的，人都是自私的。我们都分开四年了，你总不至于还喜欢我，你往前看就行了，对吧？"

他沉默许久，目光变得幽冷："好样的，孟昭。"他望着她，怒到极点，反而笑起来，"你是真的有本事！"

一句话否认他们所有过往，顺带着把未来的可能性也掐灭了。

两个人闹得不欢而散。

谢长昼头也不回，拂袖离去。孟昭站在原地，发了会儿呆。

谢长昼这个人，从小到大被身边所有人捧在手心，是那种热水不吹凉了就不喝、油瓶子倒了绝对不扶，甭管他错没错，吵架都绝不低头的少爷。

以前两人恋爱，免不了闹别扭，她不高兴了他也会哄，但他哄人的耐心相当有限，说得最多的仍然是："好了，昭昭。"

他说了软话，你必须得接着，他给了台阶，你必须得下。说白了，这人骨子里傲，凡是跟她有关的，他一直没觉得是什么大事儿。所以当时，他遭遇车祸后从ICU转到私人病房，她推开病房门跟他说想分手，他先是愣了一下，接下来第一句话是："别闹，昭昭。"

第二句是："你衣服都湿了，怎么也不去换一件。"

他都不问一句为什么。

孟昭在那一刻就绝望了：这个手，不想分也得分了。

她跟谢长昼恋爱后，身边所有人都不想让他俩在一起，原因老生常谈，无外乎不合适、年龄眼界差距太大、家世并不匹配。

十八九岁的她觉得每一条都是挡在她面前的大山，忐忑不安地跟谢长昼提起，谢长昼只是轻笑，深夜里，安抚似的轻拍她的腰，抵着她的额头叹息："别想太多，我们现在不是就在一起吗？"

她于是再也不问，后来她仓皇地逃离广州，一直在想：他在ICU那段时间，他身边所有人都在威逼利诱劝她离开，他醒来之后，到底知不知道。

他一定知道,他只是不在乎。

在他的世界中,看着一座建筑落成、方案中标、投资一个新的项目并获得可观的回报,乃至家族企业人事变动,他想扶持的人票数压过他大哥——这些事情所带来的情绪价值,远比"跟一个年轻女孩恋爱"要大得多。

人就是这样,世界就是这样。排在"喜欢的人"前面的,永远是事业、挣钱,以及不可一世的自尊心。她可能是他二十多岁时最喜欢的女孩,但挽留她,并不是他二十多岁时必须要做的事。

美术博物馆里静悄悄,孟昭立在场馆内,望着梁思成的手稿,沉默很久。所以,她未必是鬼迷心窍,才敢用这种语气跟谢长昼说话。这些话,也许早在四年前,她就想说,只是那时她太喜欢他了,那种强烈的情绪让人一叶障目,看不到这段关系本来的样子。

早就该结束的,她想。

那之后,孟昭一连几天没再听见任何跟谢长昼有关的信息。

十二月上旬,谢家股权出现变动,上了新闻。晨间弹窗推送头条新闻,孟昭扫一眼全是熟人的名字,就没细看,匆匆退出。

到了下午,徐东明让她和商泊帆一起替自己送个文件到POLAR公司。

POLAR总部在上海,跟谢总蜜里调油的时候,他带她去过。北京这个分部似乎近两年才成立,孟昭不知道在哪儿,但听说也在国贸。就送个文件,这么兴师动众的,孟昭也没懂是为了什么。

地铁上,商泊帆告诉她,是谢长昼那边松了口,让徐东明弄花园项目的方案,只是已经给到的好几个方案都不满意,感觉谢长昼存心折腾人。

孟昭心里想:没错,他就是这样。

他纯粹是想折腾人吧,他最擅长搞这一套了。明面上不显山露水,暗地里使劲给人使绊子。但不知道为什么,想到能折腾徐东明,孟昭又有些暗爽。

国贸附近写字楼出名地多,搞金融和证券的人全挤在东城,每天早晚准时交通高峰,连自行车都挤不过去。出了国贸站往西走十分钟,站在桥下往天上看,夹在中国尊和央视总台大楼里的,就是谢长昼名下致诚资本的办公楼。

POLAR在这栋楼里,占据其中五层。

两个人走到楼下,进门要分别登记识别人脸。孟昭笔都拿起来了,又嫌麻烦:"你上去吧,我在这儿等你。"

商泊帆想了想,觉得也行:"我马上下来。"

孟昭点点头,转过身想找个有树荫的地方站一下。刚往旁边走了两步,余光里静悄悄停下一辆奥迪,热烈的阳光下,向旭尧从驾驶座大跨步走下车,去开后备厢的门。

孟昭心头一跳。临近中午,日头明亮,向旭尧一身正装,身形修长,整个人挺拔利落。跟着他一起下车的还有个穿飞行员夹克的年轻男人,个子很高,气场十足,发型极其张扬,打了蜡似的根根冲天,跟在他身后骂骂咧咧的,也听不清在说什么。

向旭尧笑笑,从后备厢取出轮椅,撑开放好,才伸手去拉后座的车门。

先下车的是一双修长的腿,被包裹在平整的灰色西装裤内,皮鞋踏到地上,接着是手杖——矜贵的男人没让他扶,两步路的距离,自己缓慢走到轮椅前,面无表情地坐下。

男人停顿一下,才示意向旭尧:可以走了。

树影摇晃,孟昭的刘海被风吹乱,微眯起眼,看到年轻男人也跟了上去。这人话非常多,从下车的地方到公司门口,一路喋喋不休。

她听不清谈话内容,谢长昼全程没什么表情,中途不知对方说了什么,他唇角微动一下,幽深的眼中浮起一点零星的火光,像是某种旁人不易察觉的野心,到了最后一秒,已经稳操胜券,囊中取物,才流露出来一点。

孟昭想起晨间新闻。她默然远望,下一秒,那个年轻男人视线随意扫过来,看到了她。对方突然兴奋起来,远远地朝她挥手:"孟昭!昭昭!"

孟昭一瞬回神,猛地想起他是谁。赵辞树,赵桑桑的哥哥。

谢长昼的朋友相当多,大多是世交家里的孩子,父辈随便拎出来一个都是响当当的人物,她跟他恋爱时,把他所有朋友都见了一遍,但分手后,又跟所有人失去联系。

她心下微动,试着往那边走了两步,一抬头,撞见谢长昼的目光。她倏地停住,他看她的眼神已经不仅仅是冷,就那么一瞬,很快又移开,像看见了什么脏东西。

孟昭的脚步被冻住,站在灿烂阳光下,看着他远走。

赵辞树这一路上，嘴就没停。谢家内部股权变动，带来人事变动，几个原先在谢晚晚手里的核心部门，落到了谢长昼手里。

谢长昼都没等做完交接，从香港返京的路上，就把之前看不顺眼的几个老人全弄下去了，雷霆手段，连赵辞树都觉得痛快。这事儿干得真是漂亮，他拉着兄弟夸了一路，结果人家一声没吭。

赵辞树就不乐意了，下了车，他一张嘴跟放炮似的："瞧你这装模作样的劲儿，就两步路，我说我抱你上轮椅怎么了，还让我滚？当初你出车祸还是我送你去医院的，这儿又没有人看你，哪儿来的偶像包袱，一天到晚忸忸怩怩，搞得好像你初恋时时刻刻看着你——我去。"

他猛地停住，跟站在公司门口，一脸茫然的孟昭四目相对。

他傻了："你初恋还真在这儿？"

谢长昼皱眉，抬头，顺着他的目光看过去。日光明亮，孟昭站在树下，穿一条米白色的连衣裙，外面罩着件厚实的大衣，头发全束起来了，露出白皙的天鹅颈。安安静静的，浑身发光，像个宝贝。

她似乎在等人，怀里抱着个明显不属于她的大大的黑色书包，一只手撑在眼前遮阳光，表情犹豫，欲言又止。

谢长昼微怔，冷淡地收回视线。

赵辞树跟她隔着一段距离，挥手叫她。

谢长昼冷下声："你要是把她叫过来了，今天就别上楼了。"

赵辞树赶紧收回手："什么？她不是你员工啊？"

谢长昼冷笑一声，也没应，自己操控轮椅，扭头走了。

向旭尧立马跟过去。赵辞树追上来，喋喋不休："我以为你俩久别重逢在搞办公室恋情呢，她不是你员工，那她怎么在这儿啊？"

等电梯，谢长昼不说话。赵辞树看他面若寒霜，猜测："你……对当年分手的事情，一直怀恨在心。多年后重逢，就狠狠玩弄她的感情，所以她来找你讨说法？"

"赵辞树。"谢长昼突然出声，"你要是实在没事做，我给你找个牢来坐一坐。"赵辞树终于闭嘴，沉默着跟他一起上楼。

总裁办在四十五层，天高云淡，巨大的落地窗正对总台大楼。

向旭尧去泡茶，赵辞树甩着手，看见谢长昼摆在办公桌上的全家福。那已经是四年前了，在香港老宅，谢长昼生病归生病，腿还好好的。

他拿起相框，又放下，叹息："晚晚要生了。"

谢长昼"嗯"了一声，语气平淡："什么时候？"

"下周吧。"赵辞树说，"你不回香港看看？"

谢长昼头也没抬："等孩子满月，我给她包个大红包。"

赵辞树："薄情寡义说的就是你这种人，晚晚可是你亲妹妹。"

谢长昼排行老二，上头一个大哥，底下一个妹妹。妹妹叫谢晚晚，比他小四岁，联姻嫁给了博诚实业二公子。婚后迅速怀孕，预产期就在本月。

谢长昼没什么反应，见向旭尧不在，拉开抽屉，熟练地找到烟和打火机，"啪嗒"点燃。

赵辞树睁大眼："你还抽，命要不要了？"

谢长昼不说话，修长手指间白烟浮起，他缓慢地舒一口气。

医生确实不让吸，但身边的人劝不住。谢长昼总对他们说，这是以前做项目时留下来的坏习惯，有瘾。只有赵辞树打心眼儿里觉得，是能劝住他的那个人走了，他潜意识里自暴自弃，等着那个人回来管他。

两个人面对面沉默，赵辞树看着他，半响，问："阿昼，你是不是还在怪晚晚？"

手指间烟雾缭绕，谢长昼垂眼看烟。

"但我觉得，真没必要介意那么久。"赵辞树声音放轻，跟他讲道理，"四年前情况特殊，那时你躺在病床上都快死了，POLAR出了问题，晚晚问一句要不要代为处理，是人之常情，她——"

谢长昼摇头打断："不是一码事儿。"

谢长昼祖母是建筑界泰斗，一生育人无数，留下的作品和材料也不计其数。但到了这一代，家里没人接这个班，除了谢长昼匀一部分精力出去做了POLAR建筑设计事务所，就只有谢晚晚还有心思搞建筑。

他快死了，她问那么一句，就算真是想把POLAR抢过去做，谢长昼也觉得没什么。谢长昼怪的是，他名下那么多产业，别的跟建筑沾边的更赚钱的项目也不是没有，谢晚晚怎么偏偏要盯着POLAR。

他指节泛白，按灭烟头："我最近才想通，谢晚晚当时也不是多想要

POLAR，她只是怕我把POLAR给孟昭。"

赵辞树愣了一下："不至于吧，那才几个钱。"

"不是钱的问题。你知不知道，我快死的时候，她跑去跟孟昭说了什么？"谢长昼眼里没什么情绪，继续说，"她说我二哥这几年给你花了不少钱，算对得起你了。他们这样的人，谈恋爱就是玩儿，你怎么还当真了啊。你也认识钟颜吧，我二哥迟早要跟她结婚的，或者，你想等他结了婚，还天天溜出来跟你偷情？"

赵辞树是真的不理解："她至不至于？"

"可笑的是，这事我三天前刚知道。"赵辞树静默了。

"孟昭肯定在想，我不会不知道谢晚晚跟她说了什么。"谢长昼微微眯眼，"但问题是，我确实不知道。"

与其说不知道，不如说是，他压根儿没想着去问。从小到大，他跟家人关系一直很好，就算大哥不太想让他跟孟昭在一起，也没有特别激烈地反对过。他就一直觉得，没事儿吧，有转圜余地。遭遇车祸醒来后，孟昭口不择言，他被她气疯了，差点再进一次ICU，当时满脑子想的都是气她，根本没考虑别的。过了很久才觉得可疑，以往生病，孟昭心疼他都来不及，车祸那回是怎么了，她说不喜欢他了，让他去娶别人。

赵辞树愣了好半天，迟钝地回过劲儿来："所以你趁着谢晚晚生孩子，把她手里的人都……你等着吧，等她生完孩子，回来找你拼命。"

"不止呢。"谢长昼意味不明，"钟颜和我大哥，也去找过她。"

他一开始以为钟颜打了孟昭，当面对质才知道没有，只是谈话。不过话也不怎么好听就是了。钟颜有自己的立场和目的，从孟昭跟谢长昼在一起开始，孟昭在她眼中就不再是雨夜里需要被保护的小妹妹了。

谢长昼沉思着不出声，赵辞树越想越心惊胆战，突然听他轻飘飘地问："你没说过她吧？"

赵辞树愣了一下，才反应过来这个"她"是谁。他连连摆手："我怎么可能说我们昭昭？我这么无助、弱小、可怜！我巴不得跟她做好朋友！"

谢长昼不说话，稍稍往后靠。轮椅后移停在窗边，他放远目光，往下看。日光透亮，向旭尧泡好了茶端进来，闻到烟味，皱眉："二少？"

谢长昼收回视线，淡淡道："就抽了半根，阿旭。"说着，他又哑声道，

"叫她走,看着烦。"

向旭尧没反应过来:"谁?"

"还能是谁?"赵辞树使眼色,"刚才我们进来时,站在门口没地儿坐,搁阳光下站着的那个。"

向旭尧懂了:"我这就去。"

向旭尧匆匆离去,赵辞树讽刺他:"四十层楼呢哥,你眼神可真好。"

谢长昼冷笑:"确实。"

刚刚进公司门,隔那么老远,就那么一秒的对视,他就在孟昭眼里看见了迷茫、抗拒、畏怯、想逃跑。他想不如还是瞎了算了。

"不过,"赵辞树问,"过去四年你都没找她,为什么现在突然——"

"你有没有想过,"天空中流云变幻,谢长昼清冷平静地打断他,"人总有一天会死。"想到自己终归要死,在没有边际的黑暗里,还是不甘心,还是意难平。到最后,就什么愿望也没有了,只是想。

想冥河上,轮回里,有朝一日走到尽头,能不能是她。

是她来做我的摆渡人。

孟昭百无聊赖,在门口站了一会儿。商泊帆还没下来,她接到赵桑桑的消息:"姐妹,你前段时间让我帮你找兼职,我找到一个。就是不知道符不符合你的预期,嗯……跟建筑行业不搭边。"

孟昭问:"具体做什么?"

赵桑桑:"给人读书。是我哥一个朋友的朋友的朋友,工作调动刚来北京,他那行业比较特殊,长期居家,久了人有点自闭,想找个活人给他读法语小说。我记得你大一大二修过法语课程,就看你要不要试试。"

孟昭有点犹豫:"男生吗?"

赵桑桑:"性别我没问,但我哥说他这朋友很怕见人,估计都不会靠近你,大概率会隔着门跟你说话——赵辞树虽然工作不靠谱,但他人品还不错,这种事儿一般不坑人。而且他那朋友给钱挺大方的,如果你有空,可以先去看看,不对劲再跑。有意向的话,直接给这个邮箱发简历就行。"

孟昭记下了:"我考虑一下吧,谢谢你,桑桑。"

又十分钟过去了,商泊帆还没回来,她左顾右盼,突然听见身后有人叫她:

"同学?"

回过头,发现是个胸前挂着工牌的高马尾辫小姐姐,笑盈盈的,工牌部门栏标记着"行政"。对方相当客气:"你好同学,你是在等人吗?我们这儿要拍个宣传片,等会儿得清场,你去里面等吧?"

孟昭赶紧回:"不好意思,那我走远点……"

小姐姐拽住她:"不用,来,进来等吧,坐着等多好啊。"

孟昭这次进门,没登记,没做人脸识别,甚至没刷卡。致诚大楼内部是"回"字形结构,入口处一左一右两家咖啡店,中间摆着行政前台,闸机旁是一座白色旋转楼梯,乍一看透出点科技感。

POLAR总裁办在四十五层,行政小姐姐问明来意,直接带着她上了楼。她让孟昭在入口休息区坐下,叫餐饮部送过来一杯热咖啡和一碟西点。

"咖啡和西点在茶水间都能续,如果有问题,可以打行政电话找我。"

孟昭连声道谢。她前脚离开,后脚孟昭就接到商泊帆的电话:"遇到点问题,要不你还是来看一眼……你还在外头吗?"

孟昭摇头:"没,我进来了,刚有个行政小姐姐带我进来的。"

商泊帆:"啊,这么好?"

孟昭:"是啊,他们公司员工好热情,跟……"她微顿,环顾四周,确认没人,嘀咕,"跟他们冷酷无情的老板,完全不一样。"

"回"字形结构,除了容易迷路,还容易被偷听。谢长昼出门拿东西,轮椅停在拐角,不多不少,恰巧听见这一句。他不动声色地冷笑,操控轮椅,转头回屋:"阿旭,回去告诉徐东明,今天的方案也别改了,继续重做。"他唇角微动,面无表情,一字一顿,"谁让我是一个冷酷无情的人。"

孟昭找到商泊帆报的会议室号码,到达M17会议室。

致诚这栋大楼里有好几千员工,工作时间,会议室占得满满当当。M17会议室在四十五层的另一边,孟昭走到时,门口电子指示亮着红灯显示"In Use"(正在使用)。玻璃门一半透明一半磨砂,她探头看了眼,里头光线微弱,刚关了灯,在放PPT。已经是最大的会议室,桌边的位置仍然不够坐,一眼扫过去,连旁听的位置也坐了一圈人,商泊帆拉了两把椅子,就坐在侧门门口。

她轻手轻脚拉开侧门,没人注意到她,她躬身溜进去,小声问:"什么东西啊?"不就送个文件,怎么还开上会了?

商泊帆见她过来，赶紧招呼她坐下，在手机上打字："徐老师让送的文件你是不是没打开看过，他明年想竞标Q市的新美术馆，但那边道路规划变动特别大。向秘书说他们今天这个会正好就是讲Q市道路规划的，我想反正没事，干脆叫你过来一起听听……回去之后，徐老师肯定会问的。"

孟昭懂了。Q市那个公建项目她有所耳闻，如果徐东明就靠着他自己的小工作室，铁定拿不下来，是得想想别的办法。敢情他拼了老命抱谢长昼大腿，是在这儿等着呢。

孟昭想了想，问："你们还在跟进谢工的花园？"

商泊帆崩溃："快别提了，刚刚，就半小时前，他又驳回了一个方案。他到底想要什么啊？"

比起Q市的公建，这才是真正跟他们有关且"性命攸关"的大事。

孟昭同情："他可能就是发个疯。"

"还非得你们全员陪着。"发完这条消息，商泊帆突然不说话了。

孟昭拿着手机，愣两秒，头顶突然传来凉意，接着是一声很轻的冷笑。

她一下子定住，不敢抬头看。脖颈后传来凉风，接着听见玻璃门被关上的轻响。然后一个高大的影子拖来白色塑料椅，就这么在她右手边坐了下来。

孟昭迟缓地咽了口唾沫。室内光线很暗，宣讲人应该注意到他进门了，但也只是短暂停顿了一下，就接着讲，没什么别的反应。

入口处几把椅子挨得很近，孟昭感觉自己只要抬一抬手臂，就会碰到他灰色的西装袖子。她甚至嗅到他衣服上清淡的香气，薄荷和青柠檬的混合香，后调是无人区玫瑰，极其低调清爽。

她呆滞地单手举着手机，甚至忘了要锁一下屏。

"……就我们目前拿到的材料来说，明年Q市暂时是这样的，应该不会再有大变动。"宣讲人抬头看一眼，"不用记录，会议结束之后，PPT和视频我都直接发工作大群。"

会议已经进行二十多分钟了。身边的男人一直没说话，听见这句，突然抬手看了下表盘反光的腕表。下一秒，他的手指落在孟昭手背上，意有所指地点点，低声道："记了点儿什么，给我看看。"

孟昭像一只炸毛的小动物，甚至怀疑这里光线这么暗，他是不是没认出自己，惊疑不定："不是都说了不用记？"

"哦,自己不好好开会,"谢长昼收回手,修长手指落在喉结处,微皱着眉松松领带,冷笑,"也好意思说别人发疯。"

孟昭:"……"

会议很快结束。孟昭维持原状不敢动,也不敢再开小差。她一开始有点没懂,两个人上次都撕破脸了,而且刚刚在门口他明明是一副很讨厌自己的样子,为什么现在还能这么平静地坐在自己旁边办公?但转念一想,这是他的公司,两个人是很普通的合作关系,他只是见不得别人开小差,并不是特地提醒自己。这样想,她又放松下来。

会议结束,大家鱼贯而出。有几个高层凑过来跟谢长昼打招呼,他将电脑放在膝盖上,只"嗯"了几声作为回应,没有抬头。

对比起传统的设计院,POLAR这样的建筑设计事务所氛围轻松很多。

人走得差不多了,孟昭扯扯商泊帆:"我们也走吧。"

商泊帆低声:"等等。"

他犹豫一下,还是站起来:"谢工。"

谢长昼敲击键盘,一言不发。工作的时候,他戴眼镜,会议室的冷光从上往下照,镜片底端像水光一样反射出灯光纹路。

"我能不能当面问一问,您到底想要一个什么样的花园?"商泊帆直直望着他,语气执拗,"不到一个月的时间,您驳回了三个方案,虽然我们确实还能继续改,但也不是这么个漫无目的的改法,您……"

谢长昼敲键盘的手指没停,冷白灯光下,他下颌紧绷,不知是听见哪句话,唇角突然动了动。

商泊帆气焰忽而被削下去一半:"能不能辛苦给个准话?"

会议室里的人已经走完了,门敞着,偶尔有人从外面路过,指示灯仍然是红色的"In Use"。

过了许久,谢长昼才合上电脑,取下眼镜,随意放在电脑上,身体朝后一靠,声音有些冷淡:"想听什么?"

商泊帆蒙了一下,下意识道:"那几个方案的问题——"

"且先不论这几个方案做出来好不好看。"谢长昼清冷地打断他。

"第一个方案想修喷泉,把花园的电线平方数都算错了,我在最开始材料里就提醒过,那套房子花园用水的管径和水量跟普通住宅不一样,要重新计算,看来是没听懂。

"第二个方案参考了邻居的花园布局，但他的后院朝东，我的花园朝南，真不错，买一个朝南的园子附赠一个朝东的采光。

"第三个方案水管管径太小，那么大面积的花园，没办法自动灌溉……"他停顿一下，直直望向商泊帆，"你要一个残疾人，每天早晨自己推着轮椅，给花园浇水？"

会议室一片死寂，商泊帆冷汗涔涔，卡壳几秒，整个人僵住。谢长昼没再看他，径自站起身。他今天穿灰色的西装套装，一站起来，身高优势立刻带给人巨大的压迫感。

"我不是你的老师，没义务教你们改方案。"他拿起放在椅子边的手杖，低沉的声音平稳冷淡，忽而又冷笑一声，"来质问我？倒是先问问自己的方案配不配。"

一直到离开会议室，孟昭还有点蒙。她感觉重逢之后，就没听过谢长昼一口气说这么多话，看来是气得不轻。

商泊帆跟魂魄离体了似的，一路上情绪低迷。

孟昭知道第三个方案是他做的，但被骂也没什么，徐东明不也天天骂她。何况单说骂人这一点，孟昭觉得谢长昼已经比过去温柔很多了。

中学时，班上有暗恋她的小男生剪了她一小撮头发，试图引起她的注意，然后偷偷在班级散布谣言，说两人在早恋。谢长昼发现之后问明缘由，冲到学校当着班主任的面跟对方家长对峙。

孟昭也不知道他到底说了什么，但据说说得对方脸红耳热无地自容，事情飞速以两位家长带着孩子登门赔礼道歉收场。之后一直到毕业，那男生看见她都绕道走。

电梯"嘀"一声开门，孟昭小心地扯扯商泊帆，示意："没事吧。"

商泊帆回过神，感激地朝她笑笑，低声回："没，我在想别的。"

向旭尧跟谢长昼走在前面，按亮四十五层的键，伸手来挡电梯门："你们等会儿回学校？"

商泊帆："嗯，出来好久了，得赶紧回去，继续准备作品集。"

"投实习？"

"投学校，还有一个月就截止了。"

电梯关门，下行，向旭尧随口问："研究生？"

"嗯。"商泊帆想到什么，感到开心，"我跟昭昭申请的是同一所学校呢，就是不知道能不能都拿到录取通知……听说谢工也是那所学校毕业的。"

向旭尧笑了："哈佛？"

"对。"商泊帆有点期待，"那学校出来好多大佬啊，希望我也能成为了不起的建筑师。"

电梯抵达四十五层，向旭尧笑笑，不置可否："T大也很厉害了，至少找工作不成问题。"

商泊帆眼睛一亮："那我们年后来找实习工作，能进POLAR吗？"

向旭尧大笑："那你得问我们谢总。"

电梯中寂静半秒，门打开，谢总看都没看他们，冷着一张脸，迈动长腿走出去，他走得不快，但"气压"好像比刚刚进来时更低。

孟昭也不敢靠他太近，小心谨慎地跟在他身后出电梯。

一行人要回总裁办拿材料，走廊上铺着地毯，路过办公区，传来一阵年轻人的交谈低笑声。

孟昭抬头，见窄窄的走廊上，迎面移来一个半人高的圆筒状机器人。

机器人没手没脚，长得有点像自助打印机，头顶顶着一台笔记本电脑，屏幕上黑底白字，"唰唰"地有代码跑过。它身后跟着两个年轻人，见来人了，赶紧打招呼："谢总好，向秘书好。"

向旭尧扫一眼，笑道："测试机？"

"嗯。"其中那女孩笑道，"测试没问题的话，以后就可以让它来给大家送快递了。"

她一边说，一边颇为自信地拍拍机器，结果不知道是误触到了哪里，下一秒，机器人发出"嗡"一声短暂的低鸣，突然加速，朝着孟昭冲过来。

孟昭都没反应过来，狭窄的走廊上避无可避，她刚想闪身，就感觉手腕上传来一股大力，用力拖着她，朝旁边一拽——脑袋发出闷响，她重重撞到对方手臂上，被肌肉袭击。

机器人已经狂奔而去，走廊上，几个人静默几秒。

孟昭头晕眼花，头顶传来男人慵懒的语调，是一声极其冷淡的嘲笑："就你这种反应速度，还想考哈佛。"

孟昭被他攥着手腕，挣脱不开，脑袋晕了一下，又想起他今天中午看自己的眼神，猝不及防地被强烈的委屈感笼罩。

为什么天天嘲讽她？所有事情都他说了算，他想靠近就靠近，想远离就远离。不受控制地，她脱口而出："不申请了。我都不知道谢工也是哈佛毕业的，我这种傻子，怎么配做谢工的学妹。"

孟昭非常明显地感觉到，谢长昼的目光一点点地转过来。男人的呼吸落在她的头顶，他没放手，她也不敢抬头。下一秒，"嗡嗡"叫的机器人直直撞上墙面，在走廊另一端，发出"砰"一声巨响。

戴工牌的女生如梦初醒，赶紧拽着同事跑过去。两个人的叫声响彻整层楼，向旭尧扶住额头。狭窄的空间内，喧闹过后又恢复沉寂。

谢长昼没动，居高临下，一言不发地看着站在自己眼前的女孩。她的睫毛卷而翘，脸颊巴掌大，有些苍白，肤质仍然透亮，将手腕攥在手里就发觉她比过去瘦了好多，简直像是刚捡回家时的样子。四肢细细的，单薄又脆弱。他好不容易帮她养的那点儿肉，全被她挥霍完了。

谢长昼眉峰微聚，放开她，沉声道："站好。"

孟昭垂着眼，乖乖站好，这时候倒很听话了。谢长昼在心里冷笑，话说出口，不知怎么就成了句还怪正经的："没不让你考。"他声音低沉，稍放轻了些，在走廊狭小的空间内，像一句安慰，"好好准备作品集。"

虽然孟昭完全不觉得被安慰到："哦。"

他张张嘴，还想说话。商泊帆冲过来，拽住孟昭，脱口就是一句脆生生的感谢："谢谢谢工！多亏你拉住昭昭了！"

谢长昼动作一停，突然什么都说不出来了。

"我们赶紧去拿东西吧。"商泊帆毫无所觉，又道，"拿了就走。"

孟昭讷讷："好。"她都没顾上看谢长昼一眼，就这么被拉着从他眼皮子底下小跑离开了。

谢长昼站在原地，一只手撑着手杖，望着两个人的背影，微微眯起眼。

商泊帆只是攥了他刚刚才攥过的手腕，松松扣着，并没有十指相扣。莫名地，他想起多年前，孟昭还在读高中的时候。也是这种夕光，透亮的走廊，白白瘦瘦一个小女孩，规规矩矩地穿着蓝白色校服，背着双肩书包，几次欲言又止都没开口，局促不安地偷看他。

他靠在走廊上抽烟,跟她一起等班主任,手指间的烟雾都被夕阳晕染成温暖的橙色。

她第三次看过来,他终于忍不住,掀起眼皮,看她:"早恋啊你?"

孟昭瞬间变得紧张,红着耳朵连连摆手:"没!我没有……是……"

她声音渐渐低下去:"是他一直在给我塞情书。"风吹动少女的运动服,她被宽大校服袖子挡住一半的手掌,手指微微抓了抓。

谢长昼挑眉,了然:"他单恋你,还到处说你喜欢他。班主任知道了,干脆让你俩一起叫家长。"

然后,她又不敢叫妈妈或者继父,所以干脆留了他的电话。

谢长昼眯眼,按灭烟头:"那这事儿你班主任也有问题啊,问也不问清楚就叫人,这都是什么事啊?别人一天到晚闲着没事做?"

孟昭垂眼,声音有些微弱地道:"对不起,给你添麻烦了。"

谢长昼眼皮一掀,有点冷淡地道:"确实。"

晚风吹拂,她微抿着的唇有些发白。

谢长昼这么看着她,忽然有小小的火苗,从心头蹿过去。

他眯眼:"孟昭,你抬头。"她茫然地抬眼,看过来。

"我有没有说过,你现在的名字,是我取的——你是我的人。"

光影在谢长昼脸上铺开,他声音低沉,平稳清晰地落在她耳边:"给自己人撑腰,不算麻烦。"孟昭微微一怔。

"所以,"他说,"你以后不管遇到什么事儿,第一时间,得来找我,你知不知道?"

孟昭迟缓地眨眨眼,半响小声道:"知道。"

小女生所有动作像被开了慢倍速。

谢长昼心头火无声熄灭,突然就乐了。他唇角微动,笑了一下,目光移开又移回来,声音清亮:"不是,你跟哥哥重复一遍,你知道什么?"

最后一道下课铃盘旋在放学后空荡荡的校园内,天边云朵被染成粉色,霞光映在少女白皙干净的脸庞上。

谢长昼不确定,有个瞬间,她是不是脸红了一下。

她眼睛干净明澈,不带一点儿杂质,声音很小但很认真地,一字一顿地说:"我是谢长昼的人。"

他呼吸一顿——他的人。很久以前，她确实是他的人。

一开始是被保护在羽翼下、需要得到照顾的小女孩。后来是亲密无间、无话不谈的恋人。再后来，是如今，她头也不回，完全不管他这个残疾人，被人松松拽着就走了，成为一阵风。

夕阳光芒徘徊在窗台上，谢长昼望着孟昭和商泊帆渐远的背影，若有所思，突然转过身问："我特别凶吗？"

向旭尧："啊？"

"没事。"心头忽而涌起烦躁，谢长昼移开目光，"走。"

两个小孩跑在前面，谢长昼往总裁办去。他今天站了很久，很难忽视腿部的不适，突然想到什么，问："赵辞树安排的复健，这周末上门？"

向旭尧点头："对，本周六。"

向旭尧又有点古怪地加了句："赵先生说他还给您准备了个小惊喜。"

谢长昼脚步一停，转过来，盯住向旭尧。

向旭尧神情相当无辜，全身上下哪儿哪儿都写着：我不知道。

谢长昼无语，抬手按按眉心："行，先走吧。"他倒要看看，赵辞树这成天到晚没正形的人，要给他弄出个什么东西来。

离开POLAR，孟昭和商泊帆先去建筑院给徐东明送了文件，才往回走。

商泊帆一路上都在说哈佛作品集和推荐信的事儿，孟昭没怎么听进去。

GRE（留学研究生入学考试），托福成绩，都不是她主要发愁的事儿，她发愁的是钱。她这两年跟着徐东明做项目，最主要的原因是虽然徐老师脾气不好，但对学生相当大方。每一笔项目收益都透明公开，他会实打实地分钱下来。她把奖学金也一并算进来了，觉得可能还是不太够。

之前不提还好，今天商泊帆一提，她又开始纠结，要不要去问一问妈妈。妈妈应该有钱吧。虽然……不知道，愿不愿意给她。

两个人各怀心思地走进食堂，孟昭在外衣口袋里翻了许久都没有找到自己的卡包，里面放了身份证和校园卡，她迟缓地想到，今天只有在POLAR会议室脱过外衣。无奈之下她点开通讯录，打电话找向旭尧帮忙。

孟昭挠挠脸："阿旭，我的卡包好像掉在你公司了，里面有身份证件，能不能辛苦你，明天帮忙找找……"

"小事。"向旭尧笑了，"今天出门我没看到，我替你问问二少。"

孟昭突然紧张："不用问他！我……我自己补办也可以的，我……"

向旭尧声音温和："我已经问了，他说在他那儿，过两天我有空了，就给你送过去。"

孟昭很后悔打这个电话，想也知道，谢长昼肯定又在那边嘲笑她。

她闷声闷气道："不用了，我过去拿吧……"

向旭尧顺水推舟："行。不过二少最近工作日程满了，你微信就是这个手机号吗？等会儿二少加你，你俩私下约时间？"

孟昭正要开口，那头低低传来一句男声，打断向旭尧："别推给我，我不加。"谢长昼声音有些哑，慵懒寡淡，跟听筒隔着一段距离，飘忽着，显得更清冷了些。

他慢悠悠地说："孟昭的微信，我加不了。"

食堂内温暖嘈杂，孟昭微怔，有一个瞬间，脑海中的喧闹跟涨潮一样。她迅速反应过来："还是我去找向秘书拿吧。"

红灯变绿灯，向旭尧不再推辞："行，我晚点联系你。"

挂断电话，孟昭坐在食堂内，被温暖的热气包裹着，有点失神。

什么叫她的微信，他加不了？直接说不想私下联系不行吗？

他们这样在外头做生意的，每个人都把公号私号分开，公号给秘书登，私号自己留着用，但谢长昼不是的。他就只有一个号，公私不分，不管对公还是对私，从来不发朋友圈，也不给任何人点赞。

在一起之后，孟昭才敢提出这个疑问："你到底是不是一直都拿小号加的我？"

谢长昼当时一身居家装扮，正在厨房洗车厘子。他关了水龙头，转过来似笑非笑睨她一眼："在你眼里，我就那么不值得信任？"

孟昭有理有据："可是桑桑告诉我，要警惕那些微信空空的学长，他们在朋友圈里没动静，就是担心被他们'鱼塘'里的女生发现大家彼此都认识。而且……"

她话没说完，谢长昼端着一竹筐车厘子走过来。她眼前一花，他的手机就已经落在她怀里。男人在她身旁坐下，将竹筐放在茶几上，沙发微微地凹陷下去，他声音低沉:"拿着自己看。"

他已经解了手机锁屏,孟昭接过来,点开微信联系人,拉到最下面。看到那个数字,她有点吃惊:"微信可以加这么多人?"

"可能快到上限了,星期一让阿旭删点儿。"谢长昼手肘压着膝盖,盯着她看了两秒,笑起来,"看我干什么,吃。"

孟昭捏起来一颗,小小地皱眉:"你给我的备注是'孟昭'?"

谢长昼挑眉:"不然呢?"

孟昭失望:"不是'昭昭'吗?"

他伸手捏捏她的下巴,声音很轻:"不是不愿意改姓?你是孟老师的孟昭,我记着呢。"

提到父亲,孟昭偃旗息鼓。但她想了想,还是觉得不行:"那我不改备注,改点儿别的,总可以吧。"

谢长昼挑眉:"行,想改什么?"

孟昭思索半秒,在他微信里改了一句话,递回去给他:"你看看。"

谢长昼接过来,点开对话框,看到:

十分钟前:孟昭拍了拍你。

一分钟前:孟昭拍了拍你的肩膀说我好想亲你一下。

心脏好像被柔软地撞击,摔进棉花里。谢长昼放下手机看过来,眼中笑意弥漫,语调慵懒,尾音愉悦地上扬:"我们昭昭挺会给自己找乐子。"

孟昭心头猛跳,下一秒,他就笑着捏住她的下巴,亲密地吻上来:"来,哥哥满足一下你的愿望。"

后来两人分手,谁也不肯低头。孟昭仓促地离开广州,临走前,被人盯着,删除了所有谢长昼的联系方式,其中就包括微信。

她想过来日重逢,他可能会装作不认识她,也可能会当着很多人的面故意羞辱她,但没想到,就那么个什么也没有的空壳微信,他也不愿意加她。

孟昭有点难过。商泊帆打好饭,去而又返,将校园卡扔给她:"怎么了,没找着啊?没事,就一张卡的事儿,你赶紧去吃饭。"

孟昭思维有些迟钝:"谢谢你。"

"别不高兴了,我跟你说点儿高兴的。"商泊帆坐下来,快快乐乐道,"周六我们一起出去一趟呗。"

"怎么？"

"赵桑桑她未婚夫不是跟我一个寝室嘛，想策划明年求婚，联系了婚庆公司。但他自己又拿不准方案，所以托我叫上你，想一起看看……我想着，你不是赵桑桑闺密嘛，来给参考参考呀。"

孟昭愣了好一会儿："这是好事啊。"

商泊帆兴奋："是吧！我还没见过同学求婚呢！"

被他这么一打断，孟昭难过的情绪烟雾般飘散。赵桑桑要结婚了，她们这一堆从小玩到大的朋友，好像就只有赵桑桑这对最稳定。

四年前，谢晚晚跟孟昭说："谢长昼马上也要结婚了，就你那钟颜姐姐，跟他青梅竹马的。"结果，这婚一直到四年后的现在，也没结上。

吃完晚饭，孟昭跟商泊帆在校内路口分别，手机突然振动起来，来电显示是北京本地的一个陌生号码，对方是赵桑桑之前说的找法语兼职的人。

孟昭做了简单的自我介绍，对方很满意，很和气地道："是这样，我们这个兼职虽说只是临时用人，但因为时间比较长，有六个月，所以也会签一份雇佣合同和一份保密协议，提前告知一下，希望你不要介意。老板那边要人比较急，你又是推荐过来的，周六我先安排你跟他见一面，可以吗？"

孟昭皱眉："您不是雇主？"

女生笑了："老板的联系方式不太方便往外挂，我是秘书。"

孟昭犹豫："这样啊……"

"你不用担心。"女生好像猜到她在想什么，"他一般不露脸，你只要远远地给他读读书就好。"

孟昭骑虎难下："好吧……"

女生发来一份线上的保密协议："这个需要你先签一下。"

孟昭从头到尾，很仔细地看了两遍。合约里确实只是要求对雇主的住址、电话类信息保密，没有其他坑。

她签下名字："好，周六见。"

夜幕笼罩整座城市，灯红酒绿，车水马龙，全都在冬日白雾中静默。

谢长昼晚上没有工作，推了赵辞树的局。还不到九点，就早早上了床，半躺着，读书。这个姿势对脊椎不好，但车祸过后，他身体各方面机能都有些退化，在家的时候,难以久坐,怎么都烦。

床头手机一振,谢长昼手指微顿,拿起来。

赵辞树:今晚这牌局绝了,你以前不是老说昭昭旺你?来,我让你看看我今晚的牌面,你就知道,什么才叫真的旺!

赵辞树:别一天到晚在家里待着了兄弟,你现在跟个自闭儿童似的,至于这么害怕见人吗?

谢长昼没回,卧室里寂静,阅读灯的光芒无声垂落,他的目光落在书页上,被打断过,思绪难以集中。

孟昭……以前他跟赵辞树哥儿几个玩德州扑克,也约地方打麻将,就经常带着孟昭。她像一条小尾巴,他走到哪儿她跟到哪儿。其他人看见了,就打趣:"你哪儿捡的妹妹?"

后来妹妹成了"你们二嫂"。到分手时,她的微信,他也没舍得删,现在想想,是不是有点耽误人。

书再往后翻两页,手机屏幕上又是几条新消息。

谢长昼睨一眼,还是赵辞树发来的微信,还有一封邮件。

他突然烦了,语音也没点开听,回过去一句:有病?

信息栏邮箱提示,赵辞树抄送OA生成一份新合同。谢长昼皱皱眉,点进去,是一份保密协议,看也没看,他直接点了"删除"。

孟昭跟这位神秘的雇主,约在周六下午四点见面,但之前答应商泊帆要去看赵桑桑的求婚方案正巧也是这天。原以为不会耽搁太久,结果完全不是这样。别说回学校吃午饭了,孟昭不懂怎么现在求婚也能搞出这么多乱七八糟的花头。几个人从早聊到晚,等她回过神,就已经快三点了。

赵桑桑未婚夫叫程承,跟孟昭算得上旧识。高一那年,赵桑桑坐孟昭旁边,程承就在他们隔壁班。课间和午休,孟昭撞见过好几次他来找赵桑桑,个子很高很清爽的一个男生,家世履历漂亮得不得了,放在那届新生里也很惹眼。只不过孟昭跟他们始终隔着一层,没有特别熟。

看这个方案,他不只叫了商泊帆和孟昭,还叫了另外几个哥们儿。没谁给出什么确凿的意见,到了三点,孟昭坐不住:"不好意思,我四点还有事,能先走吗?"

程承抬起头，目光从眼镜镜片后面投过来："辛苦了，应该没什么事了，你先去吧。等定下来，我跟你说一声。"

孟昭匆匆点头："好。"她跟商泊帆简单道了个别，拎起包就走了。

一群男生坐在原地，中间有个人还挺感兴趣："承哥太不够意思了，有这么好看的朋友，都不介绍给我们。"

程承笑了："告诉你们，你们也拿不下她。"他两只手比了个数字，"她前男友的身家，这个数。"

席间一时静默，连商泊帆也呆了。

从西城出发，赶到东城，就已经四点出头。地铁站离那位神秘雇主的住处还有一段距离，这时间撞上晚高峰，孟昭只能步行。

等她走到铂悦府附近，正好四点半。秘书小姐在电话里安慰她，称迟到一会儿也没关系，并且给她发了楼栋号和大门密码，让她直接进去。

孟昭连声道谢，走到门口，保安放行，她来到楼下，才晕晕乎乎意识到：怎么直接把大门密码给她了，她不是应该敲门进屋吗？

留言给秘书小姐，对方秒回："老板很害羞，不会自己动手开门的。"

孟昭："……"

都走到这儿了，也很难不进去。

她挂断电话，走进电梯直达高层，轿厢里就她一个人，四下静悄悄，金色光芒无声垂落。须臾抵达，这小区全是超大平层，一梯一户。

她按照门牌号，找到地方，输入密码。

门锁"嘀"一声响，还真开了。

孟昭没有立刻进门，稍稍将门推开了点缝隙，很客气地扬声问："你好，请问有人在家吗？"

室内安安静静，没有动静。

她垂眼，看看门口的金属小鞋架——架子上放着一双皮鞋和若干双各种季节的拖鞋，不知道主人会穿走哪一双，就难以通过拖鞋，推测他在不在家。

她深吸一口气，大喊："你好！请问有人在家吗？"

静默了三秒，里头突然传出点动静。

听起来像是浴室的门锁，由内打开，发出轻微的"咔嗒"声。接着有人穿凉拖鞋踩在了硬而光洁的地板上，拖着水渍行走，姿态慵懒，不疾不徐。

孟昭暗松一口气，推门走进来，但就站在玄关，也没往里去。

这房间看起来挺大，一眼扫过去，能看到开放的客厅和半开放的厨房，以及通往几个房间的小道。

室内整体软装相当现代，主色调只有黑、白、灰以及浅浅的米色，有点冷淡。巨大的落地窗下，是国贸车水马龙的街道，夕阳西下，这条街直直从东三环通向西单。

那个脚步声突然停下了。孟昭回过神，判断不了主人在哪儿，她只能继续试探："你好，我是你秘书小姐叫来的……呃，你在家里吗？如果在，方不方便露个面？"

一阵漫长的静默。孟昭突然想起，赵桑桑和那位秘书都说雇主内向害羞甚至"社恐"，于是她又换了个措辞："或者，我们隔着门交流也可以……"

良久，走廊里重新响起脚步声，最后身影停在了走廊边。

下一秒，她听见一个特别低的男声，情绪莫辨道："嗯，我露面了。"

孟昭猛然抬起头。城市半边天空都被渐变的夕光浸透，一束束光线穿过透亮的落地窗投射进来，在地板上留下明亮的痕迹。

男人个子很高，抱着手肘靠在走廊边，穿一件白色的浴袍，腰带没系紧，松松垮垮的，露出大片胸膛。大概刚洗完澡，头发还湿漉漉的，水珠一滴一滴地顺着黑色的发尾滴落，有些落在领子上，有些顺着落到胸膛。

在寂静的空间内，孟昭屏住呼吸。

谢长昼一低头，不紧不慢，拉了拉松得有点过分的领子。

他意味不明，勾引似的说："你进来吧。"

第三章 万年长

孟昭整个人如遭雷劈。她已经站在门边了，退无可退，整个人像受惊吓之后炸毛的小动物："你……我的雇主是你？"

虽然，他有多少房产都是正常的，但是这个世界有这么小吗？

谢长昼想起上次在POLAR门口撞见她时，她也是露出那种想逃跑又犹豫的神情。大概内心是真的想逃跑，又害怕真逃跑了伤他自尊心。

谢长昼本来心情还行，突然就有点不开心了。于是他干脆顺水推舟，也没解释，懒懒应了句："嗯。"

孟昭像是失去了思考能力："但是，你秘书说……"

他眼皮一掀："说什么？"

"她说你社恐又自闭，才让我来给你读书。"孟昭觉得他一点也不社恐自闭，突然有点怀疑，"你又不是盲人，你不能自己读吗？而且那真的是你的秘书吗？"

她其实觉得谢长昼不会亲自来搞这个事儿，太迂回了，完全不像他的作风。他这种吵架之后绝对不会追出来的人，只会等她上门，或者等她想通了，自己回去求他。

可他看起来完全不打算展开说。"大概吧。"谢长昼停顿一下，又特地补充，"我没有指名道姓让他叫你来，但是，你也可以。"

她开口的这十几秒里，谢长昼把前后想通了。他回京做复健这事儿，是赵辞树在张罗，应该是刚刚决定要来北京住一阵子的时候，他跟赵辞树提过一嘴，很久以前在广州，他生病了，孟昭会坐在床头给他读书。就随口一提，也不知道是他那时候流露出了些许怀念的神色，还是赵辞树的思维太能发散，从这里头读出点儿什么别的味道——总之就是安排了这么一出。

"什么叫我也可以……"孟昭有点词穷,"你不知道要来的人是我?"

谢长昼睨她一眼:"进来换鞋,把门关上。"

说完,他看也不看她,姿态散漫地转身走到饮水机前接了杯水,才迈动长腿走向沙发,坐下。

孟昭后知后觉,抬手将门关上,并没有立刻换鞋,站在原地没动。

果不其然,谢长昼又开口道:"如果知道是你,我就不会让你来。"

孟昭安静地望他,知道他的话还没说完。

谢长昼修长手指扣在玻璃杯边缘,很平缓地说:"找你谈合作,你总觉得我在羞辱你。"

孟昭清醒了点,理智缓慢回来:"我没这么觉得。"

"我就是觉得太巧了,很不合常理。"孟昭想给赵桑桑打个电话确认下,又觉得小闺密可能确实不知道,这事儿大概率是她哥在作妖,"而且,既然你不知道要来的人是我,你又不想看见我,不如让你的秘书换一个——"

"没有。"谢长昼没看她,平静地打断,"我从没特别想见谁,或者特别不想见谁。对于我来说,只要是会读书、能说话的,谁来都一样。"

他好像就跟她杠上了,她说一,他就非要说二。

他停顿好久,又不紧不慢地问:"是很巧。所以你觉得,是我对你旧情难忘,特地安排的?"

孟昭倒也没那么自恋。她沉默了一下,指出:"不是,我是觉得你一直想对我进行言语羞辱。"

谢长昼停顿几秒,几乎笑起来:"你觉得这就很合理?"

确实。与其说是对她早没感情了,所以不会特意安排这些事,不如说是他从来对谁都不在意,没什么人值得他耗费时间和精力。想到这个,孟昭完全平静下来。她站在门口,等着他开口。

可是半晌,他就这么在窗边坐下了,也没去换衣服,就靠在沙发上单手刷手机,一副什么打算都没有,也不想再说话的样子。

她忍了忍,忍不住:"那我现在……"

谢长昼一言不发,他将语音转文字,看完了昨天赵辞树发来的消息,和那封被删掉的邮件。脸上还是没什么表情,他关掉手机屏幕,平淡道:"那小秘书怎么跟你说的,一周三次?"

他声音低哑,本来挺正经的内容,从他嘴里说出来,不知怎么,就透出点儿别的意思。

孟昭:"嗯。"

谢长昼意味不明:"挺好。"

跟他复健周期重合,他的好兄弟真的好关心他的心理状况。

"看你吧。"谢长昼手指扣在手机上,有一下没一下地敲,声音低低地道,"如果你觉得我对你旧情难忘,特地策划了这么些事儿,想勾引你复合——你可以现在就走;如果你觉得这就是一个普通兼职,可以试试要不要做,就来试试。"

这让人怎么选,这给人选的余地了吗?孟昭张张嘴,刚想说话,谢长昼一个急转弯,截住了她的话头:"但昨天,你好像签了一份协议?"

"那只是一份保密协议。"

谢长昼点头,意有所指道:"我明白了,那你走吧。"

孟昭静默三秒,放下背包,然后闷声闷气问:"我可以穿哪双拖鞋?"

孟昭觉得是谢长昼没明白。一来,他已经把话说到这个份儿上了,还走,显得她心里有鬼一样,虽然她心里确实有鬼;二来,如果他态度放平缓一些,别像上次看花园时那样易燃易爆炸,她觉得跟他维持普通合作关系,其实也挺不错。国内建筑圈就这么大,她要是想往上走,来日迟早还会撞见,哪有真的就一辈子都不见面了的道理。

谢长昼给她拿了一双新拖鞋。屋内开着暖气,他拿的仍然是毛茸茸的灰色棉拖,除了最简单的商标之外,什么装饰也没有。

孟昭往里走,发现这房子果然还是比她想象中要大。客厅里面靠窗的地方,能窥见这屋子的书房一角,两排木质书架贴墙高高地站着延伸到屋顶,同色系的茶几和书桌摆在窗边,房间正中央,放着一个玻璃柜装的小生态景观。

她多看了一眼,谢长昼注意到,问:"对书房感兴趣?"

孟昭迟疑了一下,点点头。

他回到客厅,重新在沙发上坐下:"私人书房,不供外部参观。"

孟昭冷静地收回视线:"那你选书?想听我读什么?"她在沙发另一侧坐

下，发觉这沙发软得过分，整个人好像陷入云团中。

谢长昼没立刻回答，想了想，说："你等会儿。"

孟昭一脸茫然，看着他站起来，慢慢穿过客厅，走到一扇门前推开，进去，又关上。隔了会儿，他拉开门，手里多了本书，迈着长腿走回来。

开门关门这么个间隙，孟昭瞥到一眼屋内。那应该是主卧，空间很宽敞，窗帘大开着，地板上四处是游移的阳光。里头陈设的色系跟客厅一样，床单、被罩、书桌、落地灯，全都是灰、白和很淡的米色。

没什么特别的摆设，东西也不多。这里大概也不是他的常住地，他已经不是狡兔三窟，他根本没有停泊的港湾。

谢长昼走回来，在她身前停住，沉声问："怎么，感兴趣？"

孟昭立刻收回目光："没，我知道，你卧室肯定也不供外部参观。"

一阵短暂的静默。谢长昼居高临下，胸膛微微起伏，像是意味不明地笑了一下，往她旁边沙发上扔了一本书，然后从她身边走过去，又坐回窗边。

孟昭捡起来看了眼，是法语版的《情人》。

都多大的人了，怎么还看这个。

她打开翻翻，发现书签停留在十分之一的地方，故事刚刚开始，男女主角都还没见面。她犹豫一下，问："我直接开始吗？用法语？"

一来一回，谢长昼的浴袍领子又开了，他伸手把领子往上一拉，挡住胸肌："不，用英文读。"

孟昭真的忍不住："想看英文为什么不直接买英文版？"

"我喜欢买原版。"

行，孟昭知道为什么这个兼职开出来的价格那么高了。

她问："从书签这里开始？"

谢长昼单手撑着脑袋，跟她各自占据沙发一角，远远隔着，声音低低道："嗯。"

黄昏残云似火，暮色笼罩大地。

室内安静温暖，饮水机偶尔"咕嘟咕嘟"冒起气泡，房间内只有女生的声音。由于需要在脑子里思考转换，她读得很慢。语调轻而柔和，像某部小众英文原片电影里，并不为人熟知的音乐旋律。

"他没有脱掉她的衣服，他只是对她说，他爱她爱得发疯。他意识到他永远不能了解她，因为他浅于世故，永远不懂得绕那么多圈子，把她抓住。"

杜拉斯的《情人》，主角是一位贫穷的法国少女和一个富有的华裔少爷。两个人年龄差很大，少女的家庭支离破碎，少爷极其孤独、精神贫瘠，两个人在湄公河的渡船上相遇，深夜里幽会接吻，被情欲淹没。

孟昭很早之前看过电影，知道小说里这段感情最终也没有得到祝福。少爷深爱少女，但不能抵抗自己的家族，最后远渡重洋回到家乡，娶了一位素未谋面的东方姑娘。

"她懂得这一切，她心里是明白的。她与他虽毫无了解，却顿时恍悟，她对他早有好感，她喜欢他，但她对他说，您最好还是别爱我。"

孟昭突然停顿下来，抬起头。她感觉谢长昼睡着了。

客厅内，他维持着刚刚的姿势，闭着眼，头稍稍偏过去了点，靠在沙发靠背上。室内温度不低，他的头发干得七七八八，柔软地扫在额前，落在白净高挺的鼻梁间。睡着之后，他呼吸很轻，平缓又有规律。

仿佛坠入深海，四下一瞬变得这样安静，千万年一样长远。

孟昭屏住呼吸，突然想，他为什么大白天洗澡？是下午刚刚进行完腿的复健吗？

最后一抹光在天边消失，谢长昼醒过来，皱着眉睁开眼："怎么不读了？"

他抬起手，手指触碰到毛茸茸的东西，低头看到一条灰色的薄毯——从沙发上的抱枕里拆出来的。她确实很听话且有分寸，没有为了拿毯子，就擅自踏进他的卧室。

孟昭放下书，抬头看眼墙上的猫头鹰挂钟："你睡着了。"

"嗯。"谢长昼有点起床气，声音哑哑的，不太高兴，"多久？"

"十五分钟。"

孟昭见他扶额不语，小心地问："我们是按小时计费的吧？"

谢长昼不高兴地瞥了她一眼，又面无表情地瞥开。

孟昭不敢再开口。半响，听他声音低哑地道："你说错了一个单词。"

睡着了还能听出来？孟昭不信："哪里？"

谢长昼没看她，一只手撑着沙发扶手，目光沉静地落在前方。他没打理头发，落在鼻梁间的黑发有些乱，下颌微微绷着，仍旧是眉眼俊秀的一张脸。

"他挑逗她……"他嗓音很有磁性，缓缓地，用美式发音纠正，"是

'flirting'，调情；你说的是'provoke'，挑衅。"

孟昭下意识："不可能。"

她翻译得已经够慢了，就是为了避免出现这种明显的失误。他睡着的时间里，她又往后看了好几章并打好了腹稿。

"哪有这个句子？"她压根儿没印象，"往前三章，往后三章，都没有这个句子——"

她话没说完。谢长昼突然伸长手臂，一把攥住她细白的手腕，将她整个人从沙发的另一端，拎着拖过去。

孟昭毫无防备，手里的书"啪嗒"掉到地上，鸡崽子似的，直直朝着他滑行过去。动作太大，谢长昼膝上的毯子也滑到地板上，浴衣的腰带顺势滑开一半，领子被扯开。

孟昭躲闪不及，整个人撞在他身上。脑子"轰轰"响，她的身体下意识向着沙发的方向倾倒，可是一只手还被谢长昼握着，这么一顺势，谢长昼被她猛地带着躬下了身。

他的呼吸猝然急促。室内暖气四散，壁灯应声而开，光线徐徐垂落下来。孟昭后脑勺砸到柔软的沙发上，脑子蒙了一下。再回过神，整个人都被笼罩在了男人高大的影子里。

两人距离太近，气息交融。孟昭嗅到他身上沐浴过后的香味。她几乎出现幻觉，在谢长昼深不见底的眼中，看见一瞬间汹涌的难过。

"孟昭。"他一字一顿，哑着嗓子叫她，"你觉得现在这个，叫'flirting'，还是'provoke'？"

余光外光影四散，孟昭晕晕乎乎，突然想到很早以前。

在广州，他第一次带她去看他的书房。那是谢长昼祖父在东山口给他留下的，一个买办的小洋楼，打赌赌输了，卖到谢家人手里。他们家没人住那儿，平时也没什么人打理，久了院子里杂草丛生，墙壁上爬满绿色的爬山虎。谢长昼藏书很多没地方搁，就在那里头布置了个小书房。到了盛夏，他在那儿避暑，招待朋友或读书。

她父亲去世后第二年的夏初，他牵着她的手，踩着散落一地的光斑，穿过盛夏摇晃的树影，带着她停在二楼。

他告诉她："这是我的书房。"

她站在门口看着,一双眼闪闪发亮。

他看见了,低声问:"你是不是很喜欢读书?"

孟昭乖乖地答:"是。"

谢长昼拍她的脑袋,轻笑着说:"成,那这儿借你用,你以后常来。"

母亲改嫁后,她不想回家,申请了住校。平时出不了校门,周末又没地方去,一到节假日,就泡在谢长昼的小藏书室。

他大多数时候都不在那边,有时两个人安安静静地待在那儿,她把所有的想法和念头都深埋心底,并不对他表露。

偶然一次,孟昭撞见他蹲在书架后查找平时不用的书,怎么翻都翻不到,有点不高兴地嘀咕:"怪事,放哪儿了。"

孟昭主动帮他,找到之后,发现是一本特别冷门的法语小说。

她那时太过年轻,对什么都充满好奇。

谢长昼注意到了,书握在手里,笑着问:"想不想学法语?"

她不说话,站在他身边,一双眼仍旧亮晶晶。

她的法语,最早是谢长昼教的。他祖母有一部分法国血统,他最初学外语,就连着法语一起学。只不过后来这种教学也变了味儿,他们在一起之后,谢长昼来东山口的次数陡增。

无数个光影游移的下午,他突然打断她的阅读,捏着她的下巴,亲吻她的脸颊。然后用一种很正经的语气,低笑着说:"来,我们练一练口语。"

再后来他旧疾复发,需要卧床静养。他叫她去他那儿读书,读着读着也变了味儿。最终总是回归到两人间暗号一样的对白上去:"我们来练练口语。"

但那都是数年之前的事情了。

安静的室内,孟昭手腕被他攥住,他的气息落在耳侧,有些痒。她用力闭了闭眼睛,平静地说:"是挑衅。"

所有的回忆都远去了。

静默的时刻里,《情人》掉到地上,书页"哗啦啦"地翻到最后一页:

和过去一样,他依然爱她,他根本不能不爱她。

他说他爱她,将一直爱到他死。

壁灯灯光肆意流泻。谢长昼没动,维持着这个姿势,愣了几秒,笑得有些咬牙切齿:"我看是你在挑衅我。孟昭,你一个人在北京这些年,过得也不好,什么东西值得你倔成这样,从我身边跑开,走得头也不回?"

孟昭没动,平复了下呼吸,看着他:"谁告诉你我过得不好?"

"从大二开始跟着徐东明做项目,他给什么你接什么,不管有没有署名,竞标还是陪标,就因为他给学生分钱多;大三开始接单帮人改自荐信和毕业设计;大四你翘了自己的选修课,去给学妹代跑体测。"

谢长昼居高临下,看到她白皙的脖颈,在柔和的灯光下,像少女时代一样细瘦。"你到底有多缺钱?现在你为了一个兼职,跑到陌生男人家里——"

孟昭微怔一下,才反应过来,他说的"陌生男人",是他自己。

她沉默了几秒,才不卑不亢地跟他对视:"是这样的,谢先生。我觉得我现在的生活方式没问题,自给自足,还能攒一笔钱去留学。所有兼职都是在完成学业的基础上才去做的,你说的那门选修课我只逃了一次课,我承认自己确实做得不对,但我那一门期末考的成绩是班里第一,至于你……"

她停了停,意有所指地看向他落在自己耳边、青色血管明晰的半截手臂:"我以前给高中生做过家教,除了你之外,没有雇主会像你一样,把我按倒在沙发上。"

她表现得太平静,近乎对峙一样的坚硬,让谢长昼心头骤然冒火。

"你这人……"他攥着她的手腕,不自觉地加重了手下的力道,下一秒,触碰到她微微发抖的手指。谢长昼微怔。

孟昭在这一瞬间流露出来的软弱,让他所有的情绪像山洪一样倾泻,心中忽然浮现出一种荒唐的颓丧感。

他声音有些哑,很低地说:"但是孟昭,在我以前的预想里,你的生活不该是这样的。"

他下手一向没有轻重,孟昭有些吃痛,又挣脱不开。

她忍不住想刺他:"你想象里,是什么样?"

他垂着眼,眼睫在眼下投出小小的阴影,情绪反而让人看不清楚了。很久,他哑声说:"我的昭昭,应该在很多爱里长大。"

孟昭愣住。

谢长昼其实很难忘记最早见到孟昭的情景。他们的初遇并不是在孟老师的病房,而是更早的时候,在孟老师的办公室。

那时他才十五岁,长跑结束之后第一次犯病,自己也没预料到,倒是将周围的人都吓得不轻。只有孟老师懂得急救："让我来，你们去叫车。"孟老师驱散人群，放低了自己的座椅，将谢长昼放上去，倒水喂他吃药。

谢长昼在虚弱的心跳中等待了很久，对时间失去了概念。意识再一次恢复清明时，又觉得似乎没过去多久。

办公室里没什么人，都出去叫车了，孟老师站在门口，背对着他，正举着手机激烈地跟人对话："你们什么情况啊！这要人命的时候呢，现在跟我说过不来！谁挡的路让谁撤了啊……"

他的听力时好时坏，通过关键词猜测出，进学校的路被车挡住了，没法过来接人。因思维迟钝，对时间的感受也是模糊的。

他没有力气，目光呆滞地偏移，看到桌上一盆郁郁葱葱的松萝。

——连它们都比自己有生命力。

他这样想着，下一秒，就看到松萝的盆栽旁，冒出一只白皙的小手。

动作很快，像是不太能够到桌子上的台子，要跳起来才能借力，靠着那一步的弹跳，迅速抢走松萝盆栽旁的药瓶。

他直觉被桌子挡住的应该是个小孩，但又看不见对方。而后桌子旁，慢吞吞地探出一颗小脑袋："你在看我吗？"谢长昼愣了一下。

孟昭比他晚生十年，那年也就五岁。小小的女孩，皮肤很白，眼睛黑白分明，漾着一点澄澈的水光。她个头就稍比桌子高一点儿，齐刘海，穿黄白格子的公主裙和白色小皮鞋，长发用一条姜黄的发带编成两条小麻花辫，在耳后绾成空心发髻。发带软软地垂落到肩膀，构成小小的结扣。

她每往前走一步，那短短一截就跟着轻晃一晃，从头到尾透着被爱的气息。一看就是那种，体面又活跃，被家里所有人捧在手心，连每一套衣服的穿搭都为她考虑好的小女孩。

谢长昼猜到她是谁，想提醒，开口又有些艰难，嗓音哑得不像话："那个……不能吃，不是糖豆。"

孟昭看看手里的药瓶，转头看他："那这是你要吃的吗？"

谢长昼说完那句话，感觉自己的心跳又有些不对劲了，不敢再开口。

孟昭明白了，乖乖放下药瓶。她踮着脚将药瓶放回桌上的小台子，转过来走几步，靠近看他："你怎么了？"

谢长昼唇角发白，有点虚弱地笑笑，一只手抬起来碰碰自己的左边胸膛：

"这里有一点毛病。"

孟昭也不知道是什么病,小脸紧张地皱起来:"那你要快点好起来。"

谢长昼在心里笑,想跟她说"没事,我明天就会好",但他困倦,没力气开口,记忆也无法连成完整的一段。

只记得那天,孟老师扔下电话,折身回来背着他去医院。他走在路上,脑子里迷迷糊糊地一直在想,以后要是孟老师有点什么事儿,他得赴汤蹈火去给他办了。

谢长昼在医院里住了小半个月。他这病是先天性的,从来没犯过病,此前也没人拿这当回事儿。出一次问题就不得了,爸妈,哥哥、妹妹还有两边的老人,每天轮流来看他,反反复复地叫各种专家来给他做检查。

他烦不胜烦,感觉病房里时时刻刻站满了人,没病都要被查出病来。他逃离医院,回到学校的第一件事,是故作不经意地拍拍前排的课代表:"哎,孟老师办公室里那小孩儿,是他女儿吗?"

的确是。那年她还叫孟朝夕。

人生如蜉蝣,朝生夕死,孟老师有孟老师想求的"道"。

那天之后,他再也没在办公室见过孟昭。孟老师那阵子处在风口浪尖,正评职称,本来还想往上升,上头突然接二连三收到匿名举报,一开始说他"知情不报,明知学生心脏有问题还让他参加长跑,不拿学生生命当回事",后来说他"好几次把女儿带到办公室,上班时间养孩子"。

谢长昼知道这些事的时候,已经是很多年后了。孟老师也入院了,女儿已经长大。提起往事,他在窗前浇花,笑着摆手,看起来像是没什么遗憾:"哎呀哎呀,就一直教书,不也挺好的。"可谢长昼也清楚,孟老师的病,完全是多年伏案,积劳成疾,累出来的,还是有一些命运的关键节点,在无形之中,悄悄被改变了。这些事,一部分,孟昭不记得;一部分,孟昭不知道。

客厅内灯光温暖,华灯初上,天色已经完全昏暗下来。

谢长昼长久地望着被压在身下的孟昭,心中闪过千百个念头,过了很久很久,嘴上仍然只是低声说:"我原本以为,你会在很多人的爱里长大。"

她那样的小女孩,应该什么都不知道,什么都不要管。永远干干净净、漂漂亮亮的,十指不沾阳春水,不知人间疾苦。

所以孟老师去世之后，他迂回地将她带到了自己身边。最初他让钟颜带着她玩，后来通过钟颜，把她带进了赵桑桑和程承的朋友圈子。这当然不够，他也带她参加家宴，把她介绍给家人，父母、大哥以及妹妹。

他希望全世界都能像他喜欢她一样，给她爱和祝福。结果到头来，一切都变得不一样。孟昭完全不知道谢长昼是这样想的。

四年前，四年后，两个人都没有平静地聊过"为什么"。她一直不知道谢长昼为什么向自己伸出援手，究竟是一时兴起，是好奇，还是怜悯，或者真的，仅仅因为她鲜活，好骗而已。可总归是她喜欢他比较多，要怎么去计较。如果想跟他在一起，除了接受和不想太多，她又有什么别的办法。

孟昭对上他明亮的眼睛，这口憋了很久的气，突然就散了。她说："钟颜很好，谢晚晚也很好。"

是真的好。钟颜和谢晚晚完全是两个类型的女孩子：一个被放在男孩儿堆里养大，飒爽利落，永远奔跑在跟人争第一的路上；一个从小就千娇百宠，骄纵明艳，收藏的珠宝首饰堆成小山。

她俩听说谢长昼和这小孩父亲的事儿，开始那几年，都对她很照顾。

那时候，钟颜教她骑马，拎着她打壁球；谢晚晚就带着她看画展，教她辨识珠宝好坏。

"但是……人会变的。"孟昭忽然觉得非常难过，有点艰难地停顿了一下，又纠正，"或者说，没有矛盾的时候，我们可以很平和；如果出现矛盾，我永远不是被放在首位选择的那个。"

她真的花了很长时间才想明白这件事，尽管不愿意承认，但是……

"对于她们来说，我可以是你没血缘关系的小妹妹，但不可以是你的恋人或者妻子。因为那个位置上的人，不应该是我。"

很多时候，与其说是"被放弃"，不如说是"由于对比"，所以"对方认为选别人更好"。说喜欢的时候，是真的很喜欢；分开的时候未必必须要分开，但一定是走到了不能再继续下去的路口。至于爱与不爱……根本没有人会爱到，非得为对方去死，或是没有对方，就无法活下去的程度。有没有谁又怎么了，枕边换个人，日子一样过。

谢长昼没再开口，眼神深沉，长久地沉默着。许久，他松开手，顺势将她拽着坐起来："你起来。"

孟昭轻得像一片纸，任由他摆布，随着这个动作靠坐到沙发上。她的长发被蹭得有点蓬乱，灯光映到眼底，衬得整个人都柔软又茫然。她甚至鬼使神差地吞吞吐吐小声说："谢长昼，我好像……其实，不该喜欢你。"

谢长昼瞬间被她这种茫然又软弱的神色刺痛。

她又喃喃道："如果不是因为我，你就算出车祸，腿也不会变成现在这个样子。"

谢长昼忽然感到烦躁。这种烦躁没有来由，所有事情最后还是脱离了他的掌控，他从没能将孟昭完全放进自己的羽翼下。

"我四年前就说过，"他沉声，"车祸跟你没有关系，是我自己路上犯病了，才会出事。"

"我知道。"她垂眼，"但是你家里人从不这么觉得。"

漫长的沉默中，谢长昼心头火越烧越旺，同时又有深深的无力感。明明从小就是天之骄子，没什么做不到的事和得不到的人，可他四年前，挽留不住孟昭想走的心，四年后，改变不了过去已发生的事。

"嗡嗡——"孟昭如梦初醒，听见自己手机在振动。

刚刚起争执的时候，手机从她手里摔了出去，摔在厚厚的羊毛地毯上。她捡起来接通，徐东明的声音像魔音穿脑："你人在哪儿？"

孟昭平复了下情绪，避开谢长昼的目光，小声："在外面，我……"

"都几点了你还在外面！你辅导员我你室友没跟你说？打好几个电话了一个也不接，这段时间没项目了你就天天在外面瞎跑，那推荐信你还要不要了，都大五了，马上要毕业的人，你就不能收收心，每天——"

谢长昼忍无可忍，一把将她手机夺过来，沉声道："她跟我在一起。"

他嗓音很哑，就这么一句，徐东明没听出来，下意识地问："你谁？"

"谢长昼。"谢长昼声音冰冷，一字一顿，"徐东明，孟昭以后不给你打杂了，没项目别叫她！"撂完话，他直接掐断通话。

手机朝柔软的沙发上重重一砸，弹出去几步，停在孟昭手边。

客厅内寂静，他一时之间不知道该说什么，坐在原地，烦躁地皱眉。

孟昭也没开口。静坐一会儿，她觉得，他应该没话要说了。于是她掐着时间，站起身："今天的兼职时间结束了，如果没别的事，我先回学校了。"

谢长昼声音冷淡："徐东明为什么找你？"

孟昭下意识道:"他下个月要竞标,我在给他改竞标书——"

谢长昼不假思索,打断:"拒绝他。他给你分多少钱,我在他的基础上按照市价给你涨30%,你来改我的。"

孟昭怔了一下,思索半秒,答应下来:"好。"

她转过身,又听身后男人拖着微哑的尾音,说:"你的面试通过了。"

他问:"你明天还来吗?"

窗外车水马龙,华灯璀璨。一窗之隔,室内温暖干燥,灯光明亮。孟昭所有的戒备又重新放下了,心里突然觉得有些好笑。

柔和的灯光下,她眼中带点儿笑意,声音很轻地道:"谢长昼,以后不要湿着头发睡觉了,会感冒的。"

孟昭回到学校,已经是夜里。时间太晚,徐东明没有再来电,她给他发短信也没回。宿舍里,赵桑桑不在,童喻已经睡了,叶初然点着一盏小台灯正在打游戏。听见关门声,她探头,小声叫了句:"你回来啦,昭昭?"

而后她抬头看看童喻,又指指手机:"我手机跟你说。"

孟昭坐下,按亮台灯。

叶初然:你去演播厅了吗?今天辅导员找了你一天。

孟昭没懂:什么事儿啊?

叶初然:建筑学院不是要办新年晚会嘛,原定的女主持人昨天骑车把腿摔折了,只能换人。今天上午你们辅导员下寝,挨个儿问谁有意向……童喻就把你的名字报给她了。

孟昭手一顿,问:我人都不在,这也行?

叶初然:嗯,你们明天商量下。

新年晚会定在年底,还剩不到一个星期了,扔这种烫手山芋给她……孟昭抬头看了眼童喻的床,见白墙上亮了一下手机屏光,又熄了,估计也没睡。

孟昭洗漱完上床睡觉,捡起手机,发现叶初然隔一会儿又发了条消息:那个,昭昭,我一直想问,童喻是不是喜欢商泊帆?感觉每次你跟商泊帆一起出门,她都很不高兴。

孟昭:不知道,那是她的事情。我不关心。

不过她又想到什么,说:如果她问起,我会跟她说清楚的。

可能因为童喻比她们小一级，这宿舍里，她跟商泊帆那点儿事，好像真的只有童喻不知道。

这是个历史遗留问题了。大一刚入学时，孟昭帮辅导员搬教材，找男生帮忙，找到了同系的商泊帆。他跟赵桑桑家境相当，只是说话做事都有点不过脑子。军训结束后，不知道谁在贴吧里弄了个投票，选今年走正步最方正的队列。合照里，孟昭恰巧站在边上，戴军帽，束高马尾辫，素面朝天，满脸胶原蛋白，一张脸在太阳下白得发光，表情娴静平和。

没有征兆地，她突然就小火了一把，好多人都在问她的联系方式。

问到商泊帆头上，商泊帆话都说不清楚了，语无伦次："她本人……本人比照片好看多了！"

孟昭乐不可支，到他面前问："反应这么大，你总不会是喜欢我吧？"

没想到商泊帆瞪大眼直接承认了："是啊。"

孟昭于是敛了笑："我有男朋友。"

"那没关系。"商泊帆不假思索，"我等你分手。"

孟昭当时没说话，自己也没料到，没过多久她真的分手了。

现在想想，大一那年，跟谢长昼恋爱，真的好像是捡到了什么宝贝。她去跟他告白，一开始也没想到他会答应。他答应了，她就恨不得告诉全世界：这人是我的，但谁又能真的属于谁。

没办法深究的事情太多了，跟他在一起，她变成了无数陷入热恋的小女孩中的一个，控制不住患得患失。不想总缠着他问"我是不是你的初恋"，想等着他来解释，但谢长昼比她大十岁，相差的这十年里，如果他完全没有谈过恋爱，她也觉得说不过去。

这根刺在这儿，后来每一次吵架闹别扭，她都会忍不住想：这些话，你是不是也对别的女孩子说过？你现在安慰我，跟过去安慰别的女孩子，比起来，哪个更认真？你真的最喜欢我，只喜欢我吗？

现在想想，就是太年轻了，喜欢一个人，才会喜欢得那么用力，以至于惨淡收场，痛苦收手。如果从一开始，就是普通朋友，或者合作关系，也不至于失去他。

夜幕下，白天高度运转的城市，入夜了也没消停。

赵辞树把车停在路边，推开门，在窗边看见身形颀长的男人。

他穿一件黑色大衣,神色淡淡的,一半脸庞浸没在黑暗中,面前放了一瓶开了封的红酒和一小碟山楂,脚边摆着满满当当两个巨大的购物袋。

赵辞树快步走过去,将钥匙扔在桌上:"我管你叫哥了,大半夜的你要干什么?酗酒自杀?那你能不能不叫我啊,我要是看着了我还得拦着不让你死,我多累啊!"

谢长昼没有看他,手里悠闲地把玩着空酒杯,脸上表情看不出是高兴还是不高兴。

赵辞树突然感到非常痛苦:"怎么了,昭昭妹妹不称心吗?她打你了还是辱骂你了?"他说着,拿起桌上的红酒。这酒是谢长昼上半年来北京时存在这儿的,可谢长昼现在又不能喝。酒是好酒,人不是什么好人。

赵辞树一边叹气,一边悲伤地对瓶吹:"算了,不行就算了,你收拾收拾回广州吧,就你那点儿破工作,也不是非得在北京才能做。我明天就把给你做复健的那两个医生调广州去,您心里头要还是不痛快,我就给调香港,您正好回咱爷爷那儿看——"

"赵辞树。"谢长昼忽然打断他,声音清冷,没什么情绪,"你没必要这么骗她。"

赵辞树干了一大口,放下酒瓶:"那不还是为了你吗?别人不知道你回北京干什么,我不知道吗?我——"

谢长昼下颌微绷,哑声道:"去跟昭昭道歉。"

"我为什么要道歉?被骗了是她傻。"赵辞树注意到谢长昼明显怔了一下,立刻纠正,"不对,是她天真、单纯。"

两人沉默几秒,四下喧闹声未歇。

谢长昼眼中光芒幽幽的,很肯定:"你要去。"

赵辞树突然停住所有动作,盯住他。

"行,我知道了。"他觉得自己这兄弟真是没救,谢家几百年没出过这种情种,"您觉得我什么时候去比较合适?"

"明天上午就去。"谢长昼声音平淡,"直接去T大。"

赵辞树觉得手里的酒更加苦涩了:"行,那辛苦您了,您明儿跟我一块儿走一趟呗。"他放下酒,腿一动,碰到地上的购物袋,下意识低头去扶,发现其中一袋全是大盒装的桑葚酸奶。

赵辞树有点震惊:"你干什么,你要开酸奶厂?"

这牌子在好一些的酸奶里倒也不算特别贵,就是北方不太常见。他记得赵桑桑也很喜欢,以前在家里时,他抢过妹妹的酸奶。掀开盖子,里头全是大颗桑葚和蓝莓。

谢长昼微皱一下眉,觉得今天的会面可以结束了。

他整理一下袖口,淡淡道:"带着这两袋走。"说完他起身,脚步停了停,又提醒,"酒喝完。"被赵辞树对瓶吹过,没法再存了。

赵辞树点点头,心想:还行,至少落瓶六位数的酒。

等谢长昼转身走到门口了,他才突然反应过来:"哎,你就这么走了,那我怎么走啊?我开车来的,你倒是等等我——"

这么多年,来来去去,谁也看不上,跟酒醉上头似的,大梦十年不愿意醒。绕那么大个圈子,白月光是这个人,初恋是这个人,跟被下了蛊一样。赵辞树起身追出去,脑子糊里糊涂地还在想:没救,真的没救。

孟昭这一觉睡到自然醒。她很久没睡过这么安稳的觉了,手机没开声音,看见四个未接来电,全是辅导员的。

辅导员让她现在去趟演播厅,孟昭应了声"好",洗漱出门。

北京还没到最冷的时候,冬日里晴天比较多,天空高而远,透着风轻云淡的蓝。走到演播厅,不少穿着演出服的学生进进出出。演播厅里有暖气,倒也不冷,今年赶上百年校庆,学院还做了个吉祥物玩偶,彩排期间,站在门口摇头晃脑发奶糖。

她顺着走廊走到后台化妆间,辅导员跟系主任坐在内间休息室,见她来了,赶紧招呼:"来了来了,这就是我说的那个孟昭,大一运动会给我们班举班牌的,军训的时候,还在网上火过一阵。"

孟昭朝两位老师都礼貌地点点头:"老师好。"

"形象是挺好的。"系主任上下打量她,问,"你做没做过主持人?"

还真是这事儿。孟昭摇头:"没有,我不会。"

"是这样,今年是建校一百周年,很多大领导会来。"系主任跟她解释,"我们之前那个主持人是从传播学院借来的,现在人来不了了,实在是没有更合适的人选了,你看你能不能……"

"老师。"孟昭面露难色,"我大五了,国外学校的研究生申请年底就截止,我到现在还没凑齐三封推荐信,而且实习单位也……"

"我,你辅导员,徐东明。"系主任打断她,"三封推荐信,齐活儿了。"这三位,确实都是业内叫得出名字的老师。

孟昭沉吟着,还在犹豫。

"实习单位的事儿,"系主任示意辅导员,"你给她想想办法。"

"没问题。"辅导员答应得特别果断,"年后我帮你联系单位。"

孟昭又想了想,才轻声道:"那行,我试试吧。"

这次学院的新年晚会,选定的主持人是两男两女,三个来自建筑学院;另外一个女生扎双马尾辫,一大撮头发挑染成了紫色,是学室内设计的,孟昭此前没见过。她从对方手里接过台本,发现自己的主持词被划掉了一部分,剩下那点是精华里的精华。

孟昭坐在舞台边将台本过了一遍。她记忆力相当好,加上内容也不多,跟"双马尾"对了两遍词,就可以脱稿。到第三遍时,那女生突然看着她,皱皱眉:"我是不是见过你。"

"双马尾"又道:"大一的时候,你是不是在学院的跨年晚会上表演了个节目,是个配角,但穿得特别好看……一条海蓝色的蓬蓬裙!"

她到现在都记得,那衣服看起来太贵了,她还跟室友私下讨论过很久,那款式跟某个大牌的当年春季款礼服一模一样,应该不是演出服。

"那晚后半夜,我跑到校外跟朋友喝酒跨年,凌晨回来,在学校附近撞见你和你男朋友……你男朋友把一个男的打得满头血。""双马尾"皱着眉回忆,"然后,我帮你们报了警。"

孟昭为难,她并不想回忆那年发生的事情。

可眼前的女生丝毫没有察觉,看着她喃喃道:"就是你……一定是你。你跟那时候看起来好不一样,长相是没怎么变,但是……"

那种站在人群里一直发光,人一眼扫过去一定会看到她的感觉消失了。

双马尾愣了会儿,回过神,轻声问:"你跟你男朋友现在还好吗?"

孟昭张了张嘴,垂眼:"我们在那一年就分手了。"

"双马尾""啊"了一声:"虽然不知道你们遇到了什么,但是我当时觉得,他那个样子……"像是不管发生了什么,都会站在你身前,为你拼命。

孟昭思维混沌，想说点什么，后面又有人叫她："孟昭！出来一下！"

孟昭放下台本，起身走过去。她推开演播厅大门，眼前光线瞬间转亮，上午的阳光透过玻璃，直直投射进来。

门口站着两个身形高大的男人。他们站在落地窗前，背对着这边，偶尔交流几句，声音低低的听不清，背影极其惹眼。

赵辞树下意识回头，一眼对上茫然的孟昭。她没穿外套，白色的毛衣松松垮垮，胸前印着巨大的小熊图案，牛仔裤裤脚挽了个边，露出细瘦的脚踝。一双眼睛黑白分明，明亮清澈。

赵辞树一乐，立刻拍拍身边的男人："昭昭。"

他说着提起放在旁边的两个购物袋，迎上去："好久不见了，哥买了点儿吃的，来跟你道个歉。对不起啊，那兼职的事儿，不该骗你的。我也没什么坏心眼，我就是怕跟你直说，你就不来了。"

孟昭愣了下才明白他说的什么。她没推辞，大方地接过来："谢谢。"

赵辞树笑："行，那你忙你的，去跟同学分一下吧。等中午一块儿吃饭，我们再聊。"

谢长昼的视线也转了过来，但似乎没有开口的打算。

孟昭说："中午不一定有空，如果要出去吃饭，可能得多等我一会儿，要等我这一圈儿彩排完。"

赵辞树："行啊，等你。"

"我不行。"谢长昼猝然开口，声音淡淡道，"下午还有别的事。"

赵辞树："……"

孟昭为难："那我快点。"

她转身想走，又突然想到什么，小跑到谢长昼面前。他一旦站着，身高优势就凸显出来，她仰着头才能跟他说话，贴得有些近："我接下来一周，可能都没办法去你那儿……学院突然安排了任务，白天要彩排，时间很紧。"

谢长昼没什么情绪，掀起眼皮看她，低声问："你们晚上也彩排？"

"不吧……应该只要白天。"几个主持人都是大五的，也没法天天泡在这儿搞这个，总得留点时间出来处理自己的事情。

"既然白天没空，"谢长昼慢悠悠地开口，"那你晚上来。"

赵辞树很有眼力见儿地跟他们隔着两步路，也不知道有没有听见。

孟昭微怔一下，下意识道："不好吧……"上次在商场遇见他时，跟在他身边的那女生后来都没见过了。

她犹豫："你晚上……不叫人回家过夜吗？"

门口一直有人进出，谢长昼稍往旁边让了让，没听清："什么？"

孟昭舔了舔唇，有点不确定，无意识地低头看看他的腿，包裹在西装裤里，修长笔直。她一本正经："晚上应该需要人陪吧。"

谢长昼愣了好一会儿，才反应过来她在说什么。他已经不是被气笑，几乎是咬牙切齿，一字一顿："有你的，孟昭。"

孟昭一脸茫然，有点无措地看着他，眼睛里透着无辜。

赵辞树看到谢长昼表情开始变得不对劲，渐渐阴云密布，像是要发怒的前兆，赶紧走过去："我看刚刚有好多学生样子的人进去，昭昭，他们全都是表演者啊？"

"不全是。"孟昭摇头，"也有一些是学生志愿者，以及特地来观看彩排的……啊，说起来……你们等我下，给你们个东西。"

说完她转身拉开门，一溜烟就跑了。

谢长昼一人站在原地，身姿挺拔，一只手撑着手杖，觉得刚刚康复的病要被气得再犯一次。

"你怎么回事。"赵辞树拽住他，苦口婆心，"好不容易找借口让你跟昭昭妹妹见一面，你就这么个反应，再给人吓跑了，你去哪儿哭。"

谢长昼眼皮都没掀一下："滚！"

"你这人，就不能稍有点儿耐心吗？"赵辞树伸出手推他胸口，嫌弃，"你倒是对昭昭温柔一点，哪个女孩子喜欢凶巴巴的男生——哎，昭昭！"

下一秒，孟昭重新推开门，手里拿着几个印着金色T大logo的红皮信封，走出来，轻声应："辞树哥。"她似乎是跑着去跑着回的，呼吸不太匀，胸膛微微起伏，垂落到肩膀的黑色长发略有些乱。

"这是我们学院新年晚会的入场券。"孟昭垂眼，一边说一边将它们分成两沓，"我找老师多要了几张，你们刚好一人三张，这券没有座位号，到时候你们可以来看晚会，也可以转赠。"

谢长昼站着没动。赵辞树左右手一起开动，将两沓入场券都接过来："哇，我听说T大院庆、校庆新年晚会的入场券是要在公众号抢的，一票难求，有自己人就是不一样啊——是不是，阿昼？"

谢长昼微蹙着眉，隔好一会儿，沉声问："我哪儿来的三个人？"

孟昭耐心地跟他讲道理："你可以叫上阿旭，还有……"

谢长昼冷笑着接话："还有我的女伴，以及我的私生子。"

孟昭："……"

上午的最后一场彩排，在十点半开始。一场晚会大概两个多小时，赵辞树拉着谢长昼在中间的座位坐下，开场舞刚刚过半。

赵辞树压低声音，嫌谢长昼矫情："你到底是什么毛病？我说我们来里头坐着等昭昭，你也要杠我，非得我硬拉着才肯来。"

谢长昼没看他，神情淡淡："如果你说让我来我就来，那不是显得我很听你话？"

赵辞树无奈："那昭昭呢，人家好好的，你一直夹枪带棒干什么？"

谢长昼望着舞台，微皱了下眉，没太明白："我怎么夹枪带棒了？"

"刺激人家啊，就三个人那个。"

"是她刺激我吧。"谢长昼冷笑，"明知道我没女朋友没结婚，还给我三张票。"

赵辞树认真道："你好容易被刺痛啊。"

谢长昼还想反驳，开场舞结束了。

鼓乐收场，演播厅内响起围观者零星的掌声。四位主持人从同一侧一起登台，挨个儿做简单的自我介绍，每个人读一段串词。

孟昭排在第三个，身形纤细，聚光灯下，盈盈一双笑眼，声音和缓，字正腔圆："……我是来自建筑系的孟昭。"

谢长昼微怔，有一瞬失神。四个人里有两个男生，就算只是跟另外那个姑娘比，孟昭个头也不算很高。她很瘦，而且白，无论化不化妆，被强光灯一打，整个人都在这道暖光里发光。

他记得四年前也是在T大，似乎不是这个剧场，但也是一个办晚会的演播厅，他来北京出差，陪她过年，看了她两场彩排。她在法语社团的节目里演公主的恶毒继妹，正式演出那天，在他的住处换好了裙子才出发，长发束起，在镜子前头转个圈，海蓝色的裙摆层层叠叠，流水似的波动开。

他坐在沙发前回邮件，她小跑过来，扑到他膝旁将他抱了个正着，仰着脸一遍遍问:"我好不好看,我好不好看?"

谢长昼瞥她一眼,摘了眼镜,伸长手臂,身体朝后一靠,顺势就将她带到了腿上,然后拖着慵懒的语调,低声问:"我送的裙子?"

孟昭一个劲点头:"是啊,好合身!"

谢长昼笑了一下,意有所指,一只手落在她腰上银白色的蝴蝶结上:"那当然,我可能比你都清楚尺寸。"他面容清俊,目光幽深而安静。

孟昭眨眨眼,跟他对视,然后猝然低头,在他唇角亲了一下。

热气一触即离,她说:"那我今晚在台上给你一个谢礼,你要接好。"

后来那一整晚,谢长昼都在等她出场。她的台词不多,但人过于抢眼,安安静静站在那儿,就能轻易吸引走全场的注意力。

谢幕时,所有人牵着手鞠躬。退场时,蓝裙子少女忽然回过身,两条白皙手臂举过头顶,朝着一个不知道是哪儿的方向,悬空比了一个大大的爱心。

谢长昼坐在角落,一开始还怀疑她能不能找到自己,结果就这么被直击心脏,结结实实,不偏不倚。

耳边的喧闹起哄声冲破屋顶。他坐在人海里,忍不住笑起来。直至此刻,谢长昼还能想起当时的感觉。如今,舞台还是这么个舞台,人还是这么个人,却哪儿哪儿都不一样了。

谢长昼眯着眼,坐在昏暗的演播厅内,看着主持人结束这段串词离场。

第一个节目是个很正能量的小品,孟昭掐着时间,想再找个地方看看后头的台本。一转头,发现那只不知道是牛还是鹿的吉祥物也进了演播厅,怀里那一桶奶糖竟然还没发完,正摇头晃脑地四处分发。

"双马尾"冲上去抓了一大把,分一半给孟昭:"来,昭昭,吃糖。"

孟昭哭笑不得,这回没再拒绝。她把糖握在手里,转身往演播厅后排走。后头没开灯,但她刚刚下来的时候,看到了坐在后面的谢长昼和赵辞树。

谢总一张脸面无表情,赵辞树倒鼓掌鼓得很热烈。

她走过去,隔着几步,叫:"辞树哥……"声音还没落地,摆在一旁表演用的魔术钢管不堪重负,忽然"哗啦啦"倒下来。

孟昭猝不及防,想往旁边躲,结果步子一提,恰巧踩上放在座位下的另一部分钢管,整个人身体前倾,脸颊重重地摔在一个人胸前。霎时被温暖又熟悉的柠檬薄荷气息所包围,她脑子忽然空白了一下。头顶响起气急败坏的男人的嗓音:

"它砸下来你就看着,你不会躲吗?"

孟昭理智一瞬归位,她两手扶着谢长昼的袖子,有些艰难地直起身,干脆地脱离他的胸膛,感觉昏暗光线中男人看她的眼神相当冷漠不善。她缓了缓,摊开手掌,摸摸被撞得酸疼的鼻子:"别生气了。"然后,她声音很小,瓮声瓮气地说,"来,请你吃糖。"

谢长昼胸膛微微起伏,没有接。

孟昭嘀咕:"躲了的。不是没躲开嘛。"

四下光线昏暗,男人居高临下,长久地凝视她。

孟昭有些不自在,一只手悬在半空,说着就想往回收:"不要吗?那我……"下一秒,手心扫过一道黑影,热气一触即离,他拿走她掌心的糖。

谢长昼漫不经心,声音慵懒散漫,低低落在耳中。

他说:"看在你特地送过来的分儿上。"

彩排结束将近下午一点,孟昭匆匆忙忙提着包拎上羽绒服就往外跑,推开门,谢长昼和赵辞树已经等在休息室门口。

孟昭一边穿衣服一边道歉:"不好意思啊,我没想到会这么久。"

赵辞树笑笑:"没事,走吧,去吃饭。"

他们两人是开车来的,三人一起往地下停车场走,而谢长昼神情淡淡的。孟昭也拿捏不准他在想什么,谨慎地提议:"我们就在附近吃吧,不要耽误你们下午的工作。"

在等电梯,赵辞树回了下头:"嗯?我下午没事儿啊。"

孟昭转头,看着谢长昼。他本来正微垂着眼在手机上回消息,感受到她的目光,修长手指按灭屏幕,眼皮一掀看过来:"我也没事。"

孟昭茫然:"但你刚才不是说,午饭也没时间吃……"

谢长昼一副想起来了的样子,拖着慵懒低沉的调子长长"哦"了一声:"那个啊。"他不紧不慢道,"已经被拖黄了。"

孟昭:"……"

电梯"嘀"一声轻响抵达地下停车场楼层,赵辞树忍住想笑的冲动,问:"我好久没来过这边了,昭昭,你们学校附近有什么好吃的啊?"

孟昭想了想,诚恳道:"川菜最好吃吧。"

五道口聚集着两大高校的学生,以及无数嗜辣的互联网打工人。

"行。"赵辞树拉开车门,他自顾自拉开驾驶座的门,看也不看另外两个人,吆喝,"副驾车座坏了,你俩坐后头。"

孟昭小心地拉开一侧车门,见谢长昼正好也拉开另一侧。

她呼吸一顿,短暂地与谢长昼对视,他平淡地移开目光。

孟昭谨慎坐下,跟他保持距离,突然问道:"谢工可以吃辣吗?"他这人饮食一向清淡,以前她在家里炒个麻辣虾,他闻到了都要皱眉头。

赵辞树倒车,笑了一声:"他能,他今天什么不能吃啊,是不是阿昼?"他都没想过这辈子能看见谢长昼吃奶糖。谢长昼冷笑一声,没有接茬。

孟昭没懂他们的神秘对话,车子离开学校。赵辞树说:"你们学校挺压榨人,这个点儿了才放人去吃午饭,那下午要到几点?"

"可能今天比较特殊吧。"孟昭挠挠脸,"上午彩排完,下午就不用去了,所以大家都想早点走……不过下午不彩排,那我就可以去你家了。"

谢长昼眼皮一跳,猝不及防,目光又跟她撞上。他偶尔生出念头,觉得她跟过去不太一样了,可每次看到这双眼,又觉得她还是她。他微眯了下眼,声音平淡:"那明天呢?"

孟昭:"明天还要彩排。"

谢长昼淡淡"嗯"了声,缓缓道:"能去我家,你很高兴?"

车内一时静默。赵辞树真是不知道谢长昼这装模作样的劲儿到底什么时候能过去,遇到红灯,他在驾驶座上笑得跟个鹅一样:"昭昭,你手机响。"

孟昭回过神,低头打开包,手机果然在振动,来电显示是乔曼欣。

乔曼欣问她元旦有什么安排,孟昭一时不知怎么回答,硬着头皮撒谎:"有很多事情要帮导师做。"

谢长昼微怔,目光轻飘飘落下来。

"这样啊。"乔曼欣想了一下,"元旦的时候,你弟弟有个比赛,要去一趟北京,你看你有没有时间——"

"我没有时间。"孟昭索性直说,"妈妈,我不想见到钱叔叔。"

乔曼欣沉默了一下,说:"你钱叔不去,你弟弟是学校老师带队,就他自己跟同学。他没有出过远门,我怕他一个人不适应,你们姐弟俩……"

"我一个人在北京五年了,你都不担心我不适应。"孟昭察觉到了谢长昼一直在看着她,沉默着,目光没离开。

总觉得他不在的话,她一个人,什么事儿都能解决,不说就没人知道,牙打碎了硬咽也能咽下去,但他看着,她就说不出粉饰太平的话。

乔曼欣没想到她这么大反应,寒暄几句就挂断了电话。

车内静默,谢长昼脸上没什么表情,不紧不慢地收回目光,一言未发。赵辞树见他这般,也不敢说话。

当初孟昭她妈再婚这事儿,谢长昼的小圈子里的人全都知道。他冷不丁突然带了个姑娘回来,给赵辞树几个哥们儿吓一跳;后来从钟颜那儿,才知道了点这女孩的家庭情况。不过钟颜透露的消息也不多,只说这女孩的妈妈带着遗腹子改嫁了,继父好像不是很喜欢她,她妈妈不知道。

赵辞树本来一直纳闷,今天听了这段聊天,总算明白了。

三个人下了车,今天周末,人潮涌动。赵辞树挑了个网红店,三人走过去一看,前头排号还有十几桌。

赵辞树刚拿手机,想看看别的,身后传来一声惊喜的低呼:"谢工?"

谢长昼身形微顿,微眯着眼回过身,竟然是徐东明。他大概是出来抽烟的,掐了烟头,大跨步走过来:"你们也在这儿吃饭?我今天刚好约了人,包间是大桌,位子空的还多。要不要一起?"

谢长昼想,看来他也不是不能好好说话。

"问年纪小的。"

徐东明和孟昭不约而同都愣了一下。

孟昭:"我……"

徐东明已经迅速转过来,温柔地问起了她:"孟昭,好几天没见你了,要不要坐一起啊?"

变脸速度如此之快,孟昭有点无措:"可,可以吧……老师,我最近不是故意不去找您的,我没抽出时间,我……"

徐东明根本没听后半句,听见她说"可以",立马招呼谢长昼进门了。

服务生在前引路,短短几步路,他把手上所有项目都问了一遍。

谢长昼话很少,偶尔应一句"嗯",走到包间门口,要进门时,脚步忽然一停:"你坐哪儿?"

孟昭察觉到徐东明打量的目光,心里无奈:"都行。"

他们进了屋,发现其实也不剩几个位子了。徐东明带着三个研究生,一圈儿人挨着介绍一遍,孟昭被自动归类进了"徐东明的学生"行列,她顺水推舟也没再反驳。剩下几个都是Q市设计院的,谢长昼一进门,立刻被认出来:"哎哟徐老师,哪儿请来的这尊大佛?"

徐东明笑笑:"学生请的。"这说法点到即止,也没人往别的地方想。

饭局刚开始不久,菜都还没上齐,聊项目聊得热火朝天。孟昭加了几个菜,环顾四周之后端起桌上的茶杯。

她有点惊喜,这不是茶水,口感更像桃汁,很好喝,结果菜还没上齐,她就已经喝掉小半壶。她伸手还想开第二壶的时候,一直沉默的谢长昼忽然开口,低声叫:"服务员,把酒拿走,换个奶。"

席间静默一下,孟昭扑了个空。

徐东明说:"确实,赵公子下午要开车,给他上点儿别的饮料吧。"

后来几个人你一言我一语,话题跑得越来越远,甚至还扯到有人失恋,天天买醉消愁上。孟昭没听他们说话,桃子酒被收走了,她无聊地盯着空杯子看,没注意到身旁谢长昼的情绪一点一点低下去。

服务员拎着大纸盒装的牛奶走进来。孟昭接过来,想帮谢长昼也倒一杯。她伸长手臂,刚拿起他的玻璃杯,就被他冷漠地夺走。他有点生气地用只有两个人能听见的声音说:"我没去买醉过,你别碰我杯子。"

孟昭有点没懂:"什么?"

谢长昼表情不善,瞥开目光:"你自己喝。"

左右插不进他们的话题,她点的几道菜也上来了,干脆低头吃饭。

这意外的饭局并没有吃太久。下午徐东明还有别的事,送一行人到门口叫车。等设计院的几个建筑师和三个研究生都上了车,他转身问孟昭:"你跟谢工走?"

孟昭干脆直说:"我跟他有一些学术问题要讨论。"

徐东明扔了烟蒂:"不管你了,你自己心里有数就行。"

他之前让孟昭去找谢长昼,确实纯粹只是为了花园项目。他这几个学生里,孟昭只是过于谨慎,胆子太小以至于不够灵活,他不觉得她会做什么出格的事。

孟昭认真地点点头:"好。"

赵辞树去开车,谢长昼在后院接了个电话,他们两人晚一步过来,徐东明已经离开。赵辞树鸣喇叭,叫他们上车。谢长昼仍是面色阴郁,孟昭小心打量他一眼，甚至慌张得连安全带都扣偏了。

赵辞树开车直接将谢长昼和孟昭送到了家门口，他下午也有别的工作，便驱车离开。谢长昼看也没看他，转身往电梯间走，孟昭跟上去。

淡金色的灯光洒下来，孟昭跟着他进了电梯，觉得这沉默多少有点令人窒息，谨慎地打破沉寂："辞树哥这两年一直在北京吗？"

谢长昼沉默一下后答："嗯。"

孟昭没话找话："那你们可以常常见面。"

谢长昼听见这句，转过来看她："你在规划我的日常生活？"

孟昭辩解："不是……"

电梯"嘀"一声轻响，抵达楼层。

"徐东明想参加Q市美术馆的竞标，你知道吧？"谢长昼没再继续那个话题，迈动长腿往外走，"他给我看竞标书，里面有写你的名字。"

孟昭跟着他出去："那个最初是我在跟进，但最近不是了。"前段时间徐东明因为花园的事情不太想看见她，就把她支开了。

"所以，你花时间把前期工作做完，"谢长昼唇角动了下，有点冷淡地道，"让别人收割胜利果实。"

"也没有吧。"孟昭想了想，"他不是还是写了我名字？"

谢长昼没再说话，但孟昭看见了，他冷笑了一下。

走到门前，谢长昼用指纹解开了门锁，没立刻进去，手指落在键盘上，按了几个按键。耳边传来"嘀嘀"的按键声，孟昭反应过来，他在改密码，她上次拿着密码直接就闯进去了。孟昭感觉思维有些涣散，从刚刚下车起，她就头晕，正犹豫要不要跟谢长昼说一下，下一秒，就见眼前高大的男人退后半步，"啪嗒"一声重新关上了门，居高临下地支使她："开门。"

孟昭没懂："我不知道新密码是什么啊。"

谢长昼神情十分古怪，显然不太信："你刚刚离我那么近都看不见？"

看见别人在设置密码，就退后几步躲开，不是最基本的吗？

"算了。"谢长昼微皱一下眉，"手机给我，我给你记在备忘录里。"

孟昭眼睛都瞪大了："啊？"

谢长昼感觉她今天反应格外慢："不然呢，你每次过来，都让我给你开门？我看起来腿脚很好？我是看门的吗？"

孟昭沉默一下，将手机递给他。

谢长昼手指微动，在备忘录输入一串数字，点击保存。

孟昭拿回手机，上前半步输密码。这串数字比之前那个简单好多，看一眼就很难再忘记。

她忍不住问："你确定要设置这么简单的密码？"

谢长昼冷淡打断："我想设置复杂的，你能记得住？"

确实，孟昭想，她的金鱼脑子不配跟谢工做比较。

但是……她看着他，犹豫了下，还是说："直接把密码放我手机上，万一我手机丢了，或者我喝多了不小心把密码说出去……"

"我房子很多，不怕贼偷，让贼尽管来。"谢长昼没再看她，眉峰微聚，低沉的声音透出点不悦，"还有个指纹，手伸过来。"

孟昭乖乖伸出五指，谢长昼垂着眼，看她在密码锁上左按按右按按。孟昭的手掌比他小一号，手腕戴着一串剔透的猫眼石。他记得以前，她大一的时候跟他约定，以后要一起去很多地方。她跟他击掌，他顺势握住她的手。

谢长昼呼吸一顿，移开目光。孟昭收回手："好了。"

谢长昼越过她，走进屋内，声音清冷："关门。"

孟昭关上门将外套和包脱下来放在玄关，低头发现昨天那双鞋不见了。

谢长昼的声音响起："鞋柜第二层白色的那双，你穿那个。"

孟昭将鞋拿出来，看清了白色拖鞋前面的动物脑袋，是玉桂狗，缀着两只招摇的大耳朵，看起来毛茸茸的。他放拖鞋的这层全是灰黑色系，这玩意儿跟他鞋柜里其他东西画风完全不一样。

孟昭换上鞋："你买了新的拖鞋吗？"

这几分钟，谢长昼已经换好了家居服重新走出来，他在家时喜欢穿柔软的衣服，灰色上衣和同色系的格子长裤，整个人看起来平静不少。

"赵辞树买酸奶送的。"他手里拿着那本《情人》，走到沙发前坐下，"感觉你会穿错。"

反正这是他的地盘，他说了算。孟昭也不纠结，走到盥洗室洗了手，擦干之后走回客厅。拖鞋上玉桂狗的耳朵跟着她的动作晃，她指着《情人》，问："我现在跟你讲吗？"

"不。"谢长昼靠坐在沙发上，一副慵懒闲适的样子，"故事都是睡前或者运动后讲,现在我要办公。"

他拿出眼镜戴上,打开桌上的电脑平淡地说:"你可以先熟悉一下小说后面的内容,别再说错词。"

我上次也没说错,孟昭心中腹诽,看看时间,现在四点半,其实也没有太早,她觉得顶多再过半小时,谢长昼就会需要休息。

谢长昼平时绘图做设计有单独的工作台,不用客厅里的电脑。他坐下来了,懒得再动,就一直在回消息。把手上的事儿处理得差不多,他余光一扫,见孟昭还停留在那一页,嘴角微动,叫她:"孟昭。"

她茫然地抬起头,不知道是不是室内暖气太热,耳根都红透了,脸颊看起来也比平时粉。

谢长昼失笑:"去给我洗一点水果。"

孟昭也不懂他怎么能这么自然地使唤她,但想到雇主是个"残疾人",她还是站起身:"你想吃什么?"

"厨房里有樱桃、桑葚、草莓。"谢长昼目光落回电脑屏幕,语气没什么波澜,故作不经意道,"你吃什么洗什么。"

孟昭思维慢了半拍,竟然没多想。打开壁橱将竹筐拿出来,她转过身,直直朝着死角走,然后"砰"一声闷响,正正撞上冰箱门。

谢长昼有点难以置信,转过身去,目光在她身上停留三秒。这三秒里,孟昭就站在那儿没动。他表情突然变了,放下电脑,走过去:"孟昭?"

他将她从冰箱上扒拉下来,她失去支撑,退后半步拽住他的手臂。反手碰碰她的额头,果不其然,烫手。

他低骂一声:"你发烧,自己没感觉?"

孟昭感觉自己在那一秒晕了一下,很难走直线,不知怎么就撞上去了。她扶着他站稳,眼睛亮亮的,很谨慎地指出:"我就是有点难受。"

谢长昼心里有点生气,冷冷道:"你不舒服,中午还喝那么多酒?"

孟昭迟钝地舔舔唇:"嗯,然后你还凶我,就……就更难受了。"

第四章 送我花

谢长昼扶着孟昭，一瞬间竟然有点词穷。他引导她回沙发："去坐着，我倒点热水。"

孟昭没说话，脑袋晕乎乎地被他牵着回到客厅。她有些失神，脸颊很烫，四肢没有力气。刚进门的时候，感觉还没这么明显，被他点破了，她一下子就感觉动都动不了了，根本没办法思考。

谢长昼很快回来了。家里有急救药箱，里面放着常备药物，医生怕他找不着，摆在显眼的位置。他翻出退烧药，用玻璃杯给她接了半杯热水。

等他疾步走过来，孟昭已经抱着抱枕闭上眼，整个人陷进沙发里。

她雪白肤色在夕阳光线下显得通透，不知道是不是睡着了，呼吸平稳，靠在绵软的靠垫上，黑色长发有些凌乱地散落铺陈开，在黑白对比下，让她看起来单薄又易碎。

"孟昭。"谢长昼在她身边坐下，声音低沉，叫她，"吃了药再睡。"

见她没动，谢长昼放下水杯，伸出手去扶她："醒醒。"

孟昭游走在幻梦与现实之间，她艰难地睁开眼，皱着眉推他，不满地嘀咕："别碰我……你好烦……"

她还烦上了。谢长昼冷笑，一把将药盒摔在茶几上："你爱吃不吃。"

他放开手，她立刻失去支撑，软绵绵地掉落回沙发上。他站起身，孟昭只感觉眼前人影一晃，明明睁不开眼，但还是条件反射拽住他袖子一角。

她思维混沌，央求一样："谢……谢长昼，你不要走。"

谢长昼呼吸一顿，回过身。他居高临下，见她鼻尖发红，长长的睫毛垂下去，挺认真地用两手攥着他袖子，因太过用力，指节发白。

心里忽然燃起小小的火苗,他有点躁。她到底是喝醉了,还是发烧?总之是脑子不清醒,他跟一个病人较什么真。

谢长昼看了她几秒,微微叹息:"不走,我去打电话叫医生过来。"说着想拂开她的手。

"不……不行。"孟昭突然不乐意了,像小孩子一样,带着点儿撒娇的语气,"你会偷偷走掉的,要打就在这里打。"

谢长昼微眯了下眼,语气不满:"我坐下来你不让,我走你也不让,你怎么这么霸道,你讲不讲道理?"

孟昭攥着他的衣服,表情陷入纠结,像是在很认真地想,自己讲不讲道理。僵持半秒,她张张嘴:"我不管,总之你别走。"

"可是我还有别的事情要处理。"谢长昼声音冷淡,另一只手拿着手机,按亮屏幕真的拿出日程表确认了一下,"凭什么留在这儿陪你?"

孟昭不知道该说什么,潜意识的冲动在此刻大于一切。

她双颊发烫,脑海里盘旋着混乱的线索,想不起自己在哪里,为什么来到某地,但谢长昼在她眼前,这个人带来的安全感曾经绵长地占据她所有意识。哪怕已经分开好几年了,她还是不止一次地想——倘若未来某日濒死,她呼吸停止的刹那能抓住的浮木,必然也只会长着他的模样。

可他不肯留下,她快要哭出来。

"求求你……"很久,她小声哀求,"拜托了。"

谢长昼给医生打了个电话。挂断电话,他将手机扔开,拽住孟昭身上一直往下滑的毯子,往上拉,压到她的下巴处。那个瞬间,她的呼吸打在他手背上,他停顿一下,心口像是被烫到。

有很长的一段时间,谢长昼认为,他跟孟昭再也不可能平静相处。如果有机会再见面,应该是你死我活,针锋相对或形同陌路。能拿来形容他们的,不再是什么好词。可她一旦流露出这种无依无靠的脆弱,又让他恍惚,好像回到了四五年前。

那时候她年纪还小,什么也不明白。她以为是暗恋,可看在他眼里,所有心思都写在脸上。后来真在一起了,她喜欢他的情绪更加不加掩饰,排山倒海一样,将他整个人淹没。

谢长昼没被人那么热烈地喜欢过。跟她在一起时,他觉得,她眼里真的只有他，一点杂质也没有。别人告白，说"不管你是什么样子，我都喜欢"，谢长昼嗤之以鼻。可孟昭说同样的话，他觉得是真的。她聪明机敏，又天真单纯。谁能抗拒她的爱？这种爱是荒原上的热风，因为单纯，所以如同赴死，孤注一掷。

当他孤身站立于精神的旷野，只是依靠这样坚定的爱，就能抵御一切暴风。但是当时，可能就是因为，她表现得太明亮，太积极了。他就觉得，年龄、家世这样的问题，如果孟昭不在意，他也可以不深究。

她到底怎么想，他确实没怎么关心过。

谢长昼沉默地垂眼，下一秒，见孟昭不舒服地皱起眉头。

她嘤咛一声，动动下巴："热……"她躺在他腿上，脸颊象征性地蹭蹭，声音很细，撒娇一样，"我难受……"

"要不你去屋里睡。"他用手指探了下她的额头，比刚才还要烫。

也不知道医生到哪儿了，他半小时前趁着她意识不清，捏着她的下巴强行喂了一片退烧药，但现在看来，似乎没什么用。他伸长手臂，将她连人带毯子抱起来："去床上躺着。"

孟昭没吭声，细白的一截手臂从毯子里掉出来，露在外面。

谢长昼将她放到主卧沙发上，按亮落地台灯。暖橙色灯光温柔洒落，他刚刚在外头就把孟昭的毛衣扒了，只留了她里面一件肤色的保暖内衣。

他有洁癖，见不得人穿着外衣进卧室，看见她脸颊贴在沙发上无意识地拱，皱眉拉住她："你自己把裤子脱了再上床，听见没有？"

孟昭有点恍惚，用仅存的最后一丝理智，茫然地抬起头，看着他。眼里蓄满水汽，透出点要哭不哭的感觉。

"看我也没用，脱。"谢长昼眉峰微聚，"新的睡衣在床头，给你三分钟，自己动手。"说完，他真的起身，头也不回地走了，还带上了卧室的门。

孟昭在沙发上坐着发了会儿呆，而后起身将外衣脱掉，换好衣服，才安静地掀开被子，蜷进去。

谢长昼走到茶几前，将凉透的水倒掉，接了杯新的，又拿条毛巾用热水浸湿回到屋里。他将水杯放在床头柜上，在床边坐下："孟昭，来擦个脸。"

孟昭听见他叫她，声音像是从很远的地方传来。

谢长昼干脆攥住她的手腕，想将她拽起来："别这样躺在我床上。"

孟昭将脸埋在被子里，揪住床单，发出很小的声音："疼。"

谢长昼平淡地"嗯"了一声，脸上没什么表情，手里力道放松了些，放下毛巾："哪儿疼？"

她缓慢地眨眨眼："头。"

她声音太小了，谢长昼不自觉靠近了些："怎么个疼法？"

孟昭思绪游移着，喃喃道："身上也疼。"

谢长昼以为她是发烧烧的，可是退烧之前也没什么办法。他放低声音，摸摸她的额头："医生马上来了。"

结果下一句，孟昭神思恍惚地说："他打我。"

谢长昼的手猛地停住，室内静悄悄，他眼中光线变幻，脸色沉下去，语气变得不善："他凭什么打你？"

他知道她说的是她那个继父，他只是不知道她想起的是哪一年的事。两人分手后，她似乎就没再回过家。

卧室内静寂几秒，她跟断片儿似的，说完这句又没声了。谢长昼沉默一会儿，站起身，想抽烟。

"谢长昼。"孟昭蜷在被子里，很小声很小声地说，"你抱抱我。"

谢长昼站着没动。分手四五年之后，他有点不明白，孟昭是以什么立场来说这样的话。她病糊涂了，他没有。

"什么时候？"谢长昼看着她，又重复了一遍，"他凭什么打你？"

孟昭也记不清了，思维断断续续："就……你入院之后。"

那已经是孟老师去世后的第五年。乔曼欣苦熬多年，终于等到加薪；继父获得了更高的职称，事业蒸蒸日上；弟弟的数学天赋初初显露，开始准备上小学。家里一派和睦，只有孟昭无处可去。

谢长昼因车祸入院之后，医院里每日来来往往的都是谢家人。谁也没想到他在ICU一躺就是一星期，想瞒都瞒不住。到第五天，远在香港的祖父谢老先生在秘书的陪伴下，连夜乘飞机抵达广州。

老人家征战商场一辈子，上了年纪，气场特别足，坐在特护病房里，就那么平淡地问："阿昼在车上犯病时，坐在他旁边的女孩儿就是你？"

明明一点儿情绪也没有的一句话，孟昭一下子冷汗就下来了。她突然意识到，她非常难向他的家人解释，为什么她仅有皮肉一点擦伤，而谢长昼却昏迷不醒,一周被下了两次病危通知。

医院冷白的灯光下,她被很多道目光注视着,说:"是我。"

谢老先生没再看她,只轻飘飘地移开了目光。之后一直到谢长昼醒过来,都没有再跟她说过话。

那时候她跟谢晚晚、钟颜的关系都已经不复从前,她俩来医院探视,撞见坐在门口的孟昭,往往也只是淡淡点一点头,并不说别的。

赵辞树来医院,会多跟孟昭说一些话,有时给她带一些吃的或者嘱咐她好好休息。只不过他来的次数不多,他跟谢长昼有项目合作,合伙人突然倒下了,压过来的工作已经令他焦头烂额,每次来医院都匆匆忙忙,没法多待。

到最后,他能跟孟昭说的,也只是:"你等他醒过来就好了。"

没想到先等来的是谢晚晚。

据乔曼欣后来的说法,那天谢晚晚直接找到了家里。乔曼欣不在,钱敏实在书房写教案,以为有客人,洗了水果到客厅招待。

这位大小姐把家里装潢打量个遍,开口第一句就是:"好奇怪,父母都是老师,为什么会教出一个这么贪心的女儿?"

孟昭很多年后都不知道,那天谢晚晚到底跟她家里人说了什么。但傍晚时,乔曼欣突然给她打电话,让她立刻回家。她以为有急事,推开家门,乔曼欣上来就问:"你在跟谢长昼恋爱啊?分手吧,你俩不合适。"

孟昭皱眉喊道:"发生什么了?您都不先问问怎么回事……"

"我吃完饭还得去看晚自习,来不及了,让你钱叔跟你说吧。"乔曼欣对钱敏实存在一种天然无条件的信任和依赖,"你今晚别走了,住家里,让你钱叔跟你好好聊聊。"

孟昭下意识就说:"不行。"

乔曼欣改嫁之后,孟昭从升初三到读高中,到上大学,这四五年的时间里,一直住宿、留校,几乎都没怎么回过家。她今晚也不打算留下。

"昭昭。"乔曼欣微微皱眉,"妈妈为了你的事儿,特地从学校赶回来。我这届学生马上要高考了,你这几年都不关心家里,也该懂点事。"

孟昭不理解:"我还不够懂事吗?你不知道,你结婚的时候——"

"昭昭。"乔曼欣打断她,"你不就是因为妈妈改嫁得太快,所以一直不喜欢你钱叔,这几年出去读书,干脆连家都不回了?"

孟昭不能思考，看着她，血液几乎凝固了。

"但是，"下一秒，乔曼欣说，"妈妈有自己的人生，妈妈跟钱叔在一起很开心。你也应该祝福妈妈，然后努力融入这个新家，你说对不对？"

不对！孟昭嘴唇翕动着，想这么说，但她说不出口。她不太记得那天是怎么看着母亲离开的，甚至不记得怎么跟钱敏实展开的对话。

对方打量她："真好，昭昭长成大姑娘了，比我新年那天在T大见到你时还要漂亮。"

只不过T大新年夜那一晚，有谢长昼守在她身边。谢长昼像不受控的恶犬，在小巷里给钱敏实开了瓢。而现在，那人躺在医院，生死不明。

钱敏实推推眼镜："我在医院缝了四针，昭昭要不要看看这道疤？"

孟昭的寒毛一根根立起来，仿佛回到母亲结婚那一天。她像那天一样，非常用力地推开了钱敏实，离开时被他砸到额头，也一路都没有回头。

卧室内，灯光温柔安静。孟昭的叙述断断续续，颠三倒四，小声叫他："谢长昼……"

谢长昼没说话，久久地沉默着，面部被灯光分成了一明一暗两部分，下颌线极其清晰，甚至透出一点冷硬的凌厉。

他想到四年前分手的时候，他气急了，抄东西往墙上砸。大病初愈，心跳不稳，病房里的仪器监测到他血压不对，疯狂报警，杯子狠狠撞在白墙上，飞溅着裂开。

孟昭头也不回地离开，关上门时，他眼前发黑，昏过去之前，脑子里唯一的念头仍然是：那些碎片，应该没有飞到她身上吧？

到最后，她要到烧得糊涂了，才愿意说这些话。

谢长昼心头的火苗，忽地又燃起来。他大步走到床前，攥住她的手腕，将她整个人从被窝里拖出来："你现在到底清不清醒，知不知道今年是哪一年，知不知道你在哪儿？四年，孟昭，我们已经分手四年了！"

她像一只没什么重量的鸟，一只手拖住，就能将她轻而易举地拽出来。

他捏着她的手腕，觉得她比从前更加脆弱，也依然无所依靠。

"你现在跑来，跟我说这些话，"谢长昼忽然难受得厉害，他望着她，咬牙切齿，"是觉得能激起我的同情心，还是，可以从我这儿得到什么好处？"

孟昭眼皮沉沉，缓慢地眨眼。她安静地望着他，这道目光温柔平和，穿越漫长的时间,好像落在大病初愈的他身上。

——你,你醒了吗?我来看你了,我一直在原地,没有走开,在等你。

——我没有放弃你,他们都让我走,但,我没有放弃你。我没办法不爱你,谢长昼,你能不能,也来爱我。

谢长昼觉得自己是真的病了。

他声音突然哑了,恶狠狠地说:"我跟谁在一起,关他们什么事!你谁的话都听,就是不听我的话!孟昭,你活该,你谁的话都听,就是不听我的话!"

"我说过多少遍,不要去找钱敏实,如果你想回家,我陪你一起去。"他语无伦次,"你遇到什么事情,一定要告诉我,我有办法的,我能解决……你为什么不相信我?孟昭,你不相信我……"

下一秒,一团热气忽然靠近,陷入他的怀抱。

谢长昼整个人僵住。室内静悄悄,暖气轻盈地充满整个空间。

孟昭没出声,将下巴靠在他肩膀上,呼吸之间,温热的气息落在他耳畔。她好像彻底没有力气了,直直睡了过去。

谢长昼屏住呼吸,很久很久,他伸出手臂,回抱住她。

谢长昼叫来出外诊的医生姓罗,单字一个启。

当时来北京做复健,需要一个能随叫随到的家庭医生,赵辞树就给他安排了这位,据说早年从军区医院出来的。

打完一针,已经十点多了。

罗启没有立刻走,将温度计放在茶几上后,坐在客厅等:"再观察两小时,如果温度没有继续升高,就没事了。"

谢长昼正站在厨房里煮醒酒汤,听见他说话,远远地应了声:"行。"

他没什么情绪,锅里清淡的汤汁"咕嘟咕嘟"地冒泡,他一米八几的个头系着个围裙,微垂着眼拿着勺来回搅,不知道在想什么。

熄火,将汤盛到碗里,他从壁橱里拿了把勺:"我现在就喂给她?"

罗启抬头看他:"就现在吧。"

谢长昼走过长廊,轻轻开门,走到床前坐下,将小碗放在床头。他掀开被子,手臂穿过孟昭的脖颈,扶着她的背将她托起来:"昭昭。"

孟昭微微地皱了下眉,脸颊贴着他手臂的衣袖,背部靠着柔软的床头。

他用另一只手去拿碗："喝点儿东西再睡。"

孟昭恍惚地睁眼，连来人是谁都没看清楚，就乖乖将碗里的汤喝了下去。谢长昼失笑，又拿起一碗清水："漱个口。"

等他全弄完了，才把人又塞回被窝。

"没事儿了。"谢长昼坐在床头，安静地望着她有些苍白的脸。

许久，他轻声说："好好睡一觉吧……我的昭昭。"

孟昭觉得自己做了一个非常长的梦，这个梦断断续续的。她一会儿梦见大一新年夜，她和谢长昼在学校附近的小巷子里遇见钱敏实，谢长昼生气暴走，一会儿梦见谢长昼将钱敏实按在医院急诊科的墙上，恶狠狠地警告："再敢来找孟昭，一定不会放过你！"

她的记忆不太连贯，梦境中那些回忆忽近忽远，像是发生在昨天，又像是发生在很久之前。唯一不变的是从始至终贯穿她梦境的柠檬薄荷的气息，就好像长久地被谢长昼拥抱在怀里，他的气息就这样留下来，一直陪伴在身边。

再醒来，天色已经大亮。孟昭艰难地睁开眼，后背微微发潮，打过退烧针之后，清晨时出了不少汗，现在体温已经恢复正常。

她茫然地打量室内。屋里空间很大，厚重的遮光窗帘没有完全拉严实，留了一小部分出来。她占据床铺一角，灰色沙发上放着叠好的衣服，茶几上一株绿植，旁边立着个宇航员日历摆件。

她猛地反应过来：这是谢长昼的主卧。上次他进门拿《情人》，她瞥见过一眼，里头没什么东西，但这个摆件相当显眼。

卧室门锁发出很轻的"咔嗒"声。她下意识回头，与试探着推门，想看看她醒没醒的谢长昼猝不及防地四目相对。

谢长昼换了衣服，依旧是休闲宽松的居家服，浅灰条纹的长袖衬衫，黑色长裤，鼻梁上架一副金丝边眼镜，像是刚刚从书房过来。

见她竟然醒来了，他有些不自然地低咳一声："醒了？洗个澡，换衣服过来吃饭。"

马上就中午了，孟昭回过神，嗅到空气里似有似无的白菜圆子汤的香气。她回过神："我昨天发烧了？"

谢长昼平淡地看着她："嗯。"

孟昭慢吞吞地挠挠脸:"你家里,为什么会有给我穿的睡衣?"

一阵死寂的沉默过后,谢长昼脸上毫无波澜,三秒后,修长手指握着门把手,"咔嗒"一声,重新关上卧室门。

孟昭:"……"

孟昭快速用他的浴室洗了个澡,吹干头发,换回自己的衣服,推门出去,餐厅里香气四溢,饭菜已经全部做好,有几个菜刚刚出锅,罩着罩子。

谢长昼不喜欢家里有太多人,认为陌生人的气息会干扰他创作。所以他一个人住时,从来不请住家保姆,做饭的阿姨和打扫的阿姨永远随叫随到,做完就走,像给他读书的孟昭一样。

她走过去,拉开椅子在桌前坐下。谢长昼听见动静,也从书房里出来。他摘下眼镜,坐下来,长腿一伸,先将汤的罩子掀开:"尝尝这个。"

小白菜绿油油,是清晨刚摘就送过来的;豆腐圆子现包现煮,里面裹着红红的虾皮。孟昭拿着勺先给谢长昼盛了一碗,然后才是自己的。

她喝了一口,觉得确实新鲜:"味道不错,谢谢你昨晚照顾我。"

谢长昼没说话。孟昭有点不太确定,她昨晚的记忆残缺不全,想了想,犹豫道:"我昨晚没有做什么不该做的事吧?"

谢长昼动作一顿。

"我好像不仅发烧,还喝多了。"孟昭依稀有感觉,"我不知道徐老师放在桌子上的那是桃子酒,它明明一点儿酒味都没有,我还以为是果汁。"

谢长昼听见这句,不紧不慢地用低沉的声音说:"如果拽着我的袖子恳求我别走,拜托我一定陪着你,以及自己换了睡衣,还扑上来让我抱抱你……"在她震惊的目光之中,他一字一顿,"都算是'不该做的事情',那么……"谢长昼声音平缓,慵懒地与她对视,"你确实,全都做了。"

孟昭肝胆俱裂,觉得自己内心深处,可能确实非常想做这些事情,但是闹到当事人面前去,那就真的太不合适了!她以后怎么面对谢长昼!

这顿饭吃得异常沉默。饭后,孟昭拎着包就想跑。她刚换好外套,谢长昼就已经身姿挺拔地候在门口:"我也要去趟T大,顺路送你。"

孟昭不太敢坐他的车,想拒绝。

谢长昼直白地问:"你不会是分手之后这些年,一直对我旧情难忘,所以现在心虚,连车都不敢上吧?"

虽然她内心并不清白，但为了在他面前自证清白，她还是坐上了谢长昼的车。两个人一路沉默，安静得令人窒息。

谢长昼靠在颈枕上摆弄iPad，车子行驶到SK大厦时，他突然慢悠悠地开口："徐东明那个竞标的项目，后续也还是你来跟。"

孟昭没反应过来，抬起头："啊？"

谢长昼瞥她一眼："既然都做得差不多了，就继续做下去。"

孟昭有点迟疑："好……好的。"

中午，三环有点堵，辅导员打了两个电话催她回学校。前脚挂断这个，后脚赵桑桑又风风火火打了过来。

赵桑桑："我要跟那个狗男人分手！我们吵架，他都不来哄我了！"

孟昭愣了下："程承啊。"她劝，"别吧，再忍几天。"

万一这也是求婚的一个步骤呢，懂不懂什么叫先抑后扬？

"可是我觉得，他不喜欢我了。"赵桑桑不高兴，"以前吵架，他都会出来追我的，但这次没有追！那话怎么说？男人喜不喜欢你，就看你走的时候，他会不会来追！"

这未免太武断。孟昭笑了："也不一定吧。"

"怎么不一定。"赵桑桑说，"你当时能跟谢长昼成功分手，不也是因为他完全不挽留，直接放你走吗？"

孟昭微怔，下一秒，一道清淡的目光就那么从侧面不轻不重地落了过来。车上狭小的空间内，她忽然感觉身上多了许多无形的压力。

"不一样的。"孟昭求生欲极强，"我现在不方便，回去再跟你说。"

挂断电话，孟昭没敢抬头。因为她感觉到谢长昼的目光还停留在她身上。这目光带着点儿探究，又有长期居于上位者的那种天然的压迫感。他仅仅是坐在那儿，一个眼神就会让人招架不住。

沉默良久，男人居高临下，发出一声清冷的轻笑："手机拿出来。"

孟昭不知道他要干什么，迟疑一下，还是解开锁屏递给他。

谢长昼接过来，修长手指在屏幕上点了几下，输入一串数字："我手机号码没变。"说着，他又云淡风轻地给她递回去，"你照着这个，自个儿，来加我微信。"

孟昭微微吃惊，抬起头："可你上次还说，不能加我微信……"

"因为我没删。"谢长昼打断她,深邃的目光望过来,"我没有删你的好友,还有,不是完全没挽留……"

他沉默了一下,窗外车流开始移动,冬日下午的阳光投在他线条明晰的颈间。谢长昼声音低低地说:"你走的时候,我追过的。"

孟昭愣了好一会儿,追过,是什么意思?

意思是,其实他不是没有挽留过她,哪怕病房里他言辞激烈地让她滚,但他后来也后悔过,不希望跟她分手?

谢长昼没展开解释。孟昭怔怔地看着他,有点犹豫,要不要往下问。毕竟都过去那么久了……

他已经若无其事移开视线,修长手指在iPad外壳上轻轻敲敲,示意她可以离开:"这儿不让停车。"

孟昭如梦初醒,赶紧"啪嗒"解开安全带:"谢谢你,那我先走了。"

她伸手去拉车门,指尖碰到门锁,又突然想到:"不到一周就跨年了,你之后还有哪天是需要我去你那儿的吗?"

谢长昼几乎笑起来。她这问法,不就是一天都不想去的意思?

"不用了。"他恢复那副清淡冷静的神情,整理下袖口,低声说,"之后几天我也有事,你该干什么干什么。"

孟昭懂,意思就是听他"传诏",不让她出现就别出现,需要她了她再来。孟昭松口气:"行,那再见谢工。"说完,她拉开门,拎着包跳下去。

谢长昼沉默着,转头望过去。这次她没回头。

之后几天,孟昭忙得团团转。除了新年夜的晚会彩排,最让她焦头烂额的事情,还是哈佛的入学申请。

徐东明给她写推荐信,几次都因为各种缘由被学生处打回,学生处、教研室和院办公室,她每天见缝插针从演播厅逃走,游走在几栋楼之间。两天下来,她感觉自己的脸都跑绿了。

最后一天,徐东明约她下午四点在建筑学院办公楼见面,她一路跑去气喘吁吁,扶着墙发朋友圈吐槽:"推荐信哪儿来那么多要求,为什么T大这么大!"她不活跃,平时很少发朋友圈,但好友加得并不少。偶尔发一次,很快引来一群朋友哈哈大笑:"你是不是在凡尔赛我们!你这个考上T大还不满足的邪恶女人!"

徐东明非常准时,一进学院楼就看见她,过来拍她一下,示意她跟上:"上楼上楼,怎么在这儿站着。"

孟昭心想:一天跑五次,谁还走得动路。

徐东明不管这个,手里摇着钥匙,脚下健步如飞:"你说你啊,推荐信这么重要的东西你非得压到年底才来弄,拖延症也不是这么个拖延法啊。元旦一过申请就截止了,我要是这几天凑巧不在学院,你上哪儿哭去?"

"还有那个,公建项目那事儿。我上个月说不让你继续跟了,你还真就不跟了,你倒是主动点来问啊。你就没事过来找找我,哪怕说句,'徐老师,我还想继续做',那我能不让你继续干吗?"

孟昭她最近休息很少,走这么长一段路,感觉病没完全好,有点虚。

徐东明打开院办公室的门:"你瞧瞧你们寝室那个童喻,比你低一级那个,天天有事没事往我跟前凑。当然我不是说倡导这种行为,我就是跟你探讨一个现状,你这样以后工作了特别容易吃亏,你知不知道?"

孟昭在办公桌前停住脚步,刘海都被汗打湿了一些:"嗯。"

徐东明看她一眼:"给我,我看看哪儿有问题。"

孟昭双手将文件递过去,徐东明删删改改,又重新给她手抄了一份。

孟昭站在旁边等着,突然意识到,其实她跑这么多趟,徐东明是一直跟着的,她每折腾一次,他就得多写一遍。

她老觉得他嘴毒,但是……有时候,又觉得,这老头,也不是很坏。

这应该是最后一趟了,她看着他写完,盖章,放回文件袋。

孟昭接过来,真心实意道:"谢谢徐老师。"

她跟他道别,走到门口,又被叫住。

"对了,你回去跟童喻说一声,让她不用跟进公建项目了。"说是给她,她也没弄出什么名堂,进度几乎还停在原地,"她做的那些改动都用不了,不用保留。你跟商泊帆看着点儿,就还是按照你俩最开始的计划来。"

孟昭想了想:"好的,我知道了。"

从建院离开,孟昭去学生处盖章。

冬日阳光融融,等她搞完这一趟,日头已经开始西斜。

回到演播厅,门口学生们匆匆忙忙来来去去,不少男生女生正穿着演出服在走廊里补妆候场,新年晚会已经快要开始。

后台休息室这会儿没人,孟昭换了衣服候场,坐在沙发上拆开一份盒饭。边吃边点开微信,看到朋友圈上浮着一个小红点,底下是谢长昼的头像。

她微怔,点开后往下一拉,就看到几个小时前,谢长昼发了条朋友圈。

挺简洁的一句话:还在巴黎。

配图是一张背影,他穿西装,身形高大挺拔,肩膀宽阔,一群金发碧眼的老外过来跟他打招呼,他手里拿着半杯香槟,正在跟人碰杯。

这是个近期热度还挺高的建筑研讨会,在巴黎,为期一周。他用的是媒体配图,没有露脸,角度十分刁钻,今天早晨的新闻推送里,孟昭刷到过。

一堆人在底下喊:"谢工好帅!能不能给看看正脸!"

孟昭咬住筷子尖,手指在图片上方停留几秒。中邪似的,长按两秒,点击"保存"。再退出来时,评论区多了条评论。

赵辞树:"快让我看看,这是谁家的流浪小狗,新年夜还流落他乡,无家可归。"孟昭"扑哧"一声,笑起来。

谢长昼是三天前通过她的好友验证的。说是"通过",可能也不太贴切,她这边没有提示,只是隔天她再去看,他的朋友圈已经不是一条直线了。

零星有一些内容,差不多是一年一两条的频次,看起来很像秘书代发。

两人共同好友就只有个赵辞树,下一秒,评论区又弹出一条。

谢长昼:"你有病?"

孟昭憋着笑,放下手机。吃完饭收拾桌面时,双马尾的姑娘风风火火冲进来,一推门看见她,站在原地愣了足足三秒:"孟昭?"

孟昭抬眼:"怎么?"

对方一脸惊艳:"你也太好看了。"

孟昭今天穿了件改良款的月白色旗袍。这衣服是辅导员挑的,双马尾那姑娘一早定了浅粉蓬蓬裙,如果孟昭再选小礼服,两个人在视觉上会互相抢。

她身形纤瘦,但这种瘦并不干瘪,反而将漂亮的肩膀和腰部线条全都着意刻画了出来。旗袍一上身,沉静内敛的气质被拂上一层有底蕴的书卷气,光华灼灼,又有一丝华贵。

孟昭笑笑:"哪有那么夸张。"

"停!就是现在这个表情,就是低头笑的这个表情——""双马尾"深呼吸,"天哪,如果我长你这样,我的生活还有什么烦恼啊!"

她不太理解："你长得这么好看,为什么这几年,几乎都没在学院的公开场合出现过啊?美女,你这么不喜欢抛头露面吗?"

孟昭挠挠脸,有点不知道怎么解释。话都说到这个份儿上了,如果她现在说,因为她觉得自己长得不好看,也没人会喜欢她,是不是会显得很假。

孟昭垂眼："我有点社恐。"

双马尾扼腕："美女!你要对自己有信心啊!信我,你坐在那儿不动,就会有很多人来爱你的!"这话说得孟昭微微一愣。

晚会很快开始,全场座无虚席,门票早在三天前就抢光了。九点之后,剧场会完全开放,哪怕没有门票,也能蹭进去围观,所以到了后半场,场内观众不减反增,气氛越来越热烈。

人声鼎沸,热烈的掌声中,孟昭结束了一段中场主持,拎着麦克风走到幕布后,"双马尾"朝她递水。

她眉眼弯弯,道了声谢接过来,站在幕布旁,场内灯光暗下来。

下一秒,舞台上起了白雾。蓝白的灯光交织着落到台上,站在聚光灯下的女生站得笔直,语速迟缓,声情并茂："我希望/他/和我一样/胸中有血/心头有伤/不要什么花好月圆/不要什么笛短箫长——"这节目是诗朗诵。

孟昭拧开瓶盖喝了口水,靠在旁边安静地看了会儿,目光无意间从台下扫过,突然定住。她闭了闭眼,定睛再看,发现是个不认识的人,不是谢长昼。孟昭哑然,又想起"双马尾"的话:为什么不再参加公开活动?

其实更早以前,孟老师还在世的时候,很鼓励她参加这种活动。

哪怕父亲工资并不高,但只要学校组织自费夏令营,或者新年晚会需要自己买小礼服,他都会鼓励她:"去嘛去嘛,爸爸有钱的呀。女孩子得多玩,多结交朋友,多见一些人。"

那时候,孟昭不解:"然后呢?"

孟老师说:"这样我们昭昭,以后才不容易被骗走。"

后来他去世了,坐在台下给她鼓掌的那个人,变成谢长昼。

但是跟谢长昼分手以后,她就好像是整个人的勇气都被抽走了一样。

场内灯光如同流水,蓝白交替着映在舞台上。

女生的声音柔美温和,抑扬顿挫:"我们一样/就敢在黑夜里/徘徊在白色的坟场/去聆听鸱鸮的惨笑/追逐那飘逸的荧光……"

孟昭望着她，默不作声地想：可能是因为分手之后，她被太多人否定了。她现在做什么，都没有底气。以前，曾经有很多人，在她身边。现在，她眼前的观众席空荡荡，那些人都走了，爸爸、妈妈，乃至钟颜、谢晚晚，以及……谢长昼。爱她的，她爱的，一个一个，都离她远去。

她再也没办法，一眼看过去，就捕捉到某个人即使藏在人海中，也依旧专注的目光了。孟昭站在原地，发了好一会儿呆。

双马尾去而又返，叫她："有个叫商泊帆的男生，叫你去一趟后台休息室，说找你有事。"

孟昭回过神，连忙道："谢谢你，我这就过去。"

她比双马尾矮一些，为平衡身高，穿了双对她来说巨高的高跟鞋。下楼时小心翼翼，出了演播厅，巨大的嘈杂声立刻潮水般退去。

孟昭一步一停，走到休息室门口，怕有人占用房间换衣服，她先敲门："有人在里面吗？"

里头静默半秒，传来一道低沉的男声："进来。"

孟昭微怔，心头忽而跃起几丝不太真实的感觉，她上前一步，推开门。

休息室温暖的灯光下，男人长手长脚坐在可以旋转的软椅上，穿了件浅色的高领毛衣，外头裹着个黑色长大衣。身形修长，肩宽腰窄，完美地将衣型撑起来，透出近乎矜贵又难以接近的气息。

孟昭呼吸一顿，下一秒，他不紧不慢转过来，两人四目相对。

孟昭觉得有些不真实，下意识问："你怎么提前回来了……"

谢长昼看她一眼，唇角带点儿似笑非笑的意思："你说呢？"

他居高临下，按了手机锁屏，清俊五官在不甚明亮的灯光下，显得更为立体，拖着尾音，慢悠悠道："那不是，回来给你写推荐信吗。"

他的气息在室内清淡地充盈，孟昭心头猛跳。

她说："我……我已经弄好了。"

谢长昼轻"嗯"一声，似乎并不意外："找的谁？"

"徐老师、辅导员和我们系主任。"

"哦。"他有点轻佻地掀起眼皮，慵懒地拖着尾音，哑声问，"所以，是在怪我，回来晚了？"

休息室里这会儿没别人，谢长昼身形高大，坐在椅子里，有点像某个曾经红过现在又有些过气的男明星，在不被人熟知的岁月里读了很多的书，腹有诗书，且拥有不可思议的好看皮相。

孟昭愣愣的，睁圆一双眼："我没有。"

她停顿一下，想到什么，有点惊讶："你从巴黎过来，这么快？"

"那朋友圈不是我发的。"谢长昼将手机拿在手中，露出来一截修长手指，被灯光照得冷白，"阿旭没跟我一块儿回来。"

向旭尧被他留在那儿，应付几个合作方。

孟昭懂了，又好像没懂："那你特地赶回来，就为了来见我，给我写推荐信？"她说完这话，明显感觉谢长昼身形一顿，有点不高兴。

他声音微沉，反问："你觉得呢？"

"我觉得，应该不是吧。"孟昭很诚恳，"你是不是想叫我去给你读书……但今天太晚了，我们改天可以吗？"

谢长昼抬眼看她，她的眼神认真又热切。

他就不明白，她脑子里没别的吗？他来找她，不能是因为想见她？

他本来都打算在巴黎跨年了，结果中午突然刷到朋友圈，孟昭语气可怜巴巴的，他不自觉地又想起那晚她发烧，趴在他怀里哼哼唧唧的样子，索性还是赶了回来。

谢长昼沉默一阵，嘴角微动："你满脑子就只有这事儿？整天想着深更半夜去我家？"

"不是吗？那你……"

"阿旭不在，我一个人在外面吃饭，要怎么点菜。"他有些不悦，眼底刚刚那点儿热气逐渐消散，"主持完之后来叫我，我带你去吃东西。"

"……也是。"孟昭没深究，"那你在这儿等等我，我很快就好。"

只剩一个小时就跨年了，场内所有人都在等待倒计时。

尽管这话没法放到明面上说，但是跨年夜有他在，她其实非常开心。

室内灯光斜斜打下来，谢长昼盯着她看了几秒，眼中情绪莫辨，不知道是什么意思。过了会儿，他才移开目光："嗯。"

孟昭转身往外走，刚推开门，迎面撞上正打算敲门的商泊帆。

他好像站在那儿犹豫好一会儿了，见孟昭出来，眼睛一亮："昭昭。"

孟昭奇怪："你怎么在这儿？"

商泊帆说:"是我把你叫来的,有话想跟你说。"

孟昭:"你快点,我得回去主持呢。"

休息室门虚掩着,温暖的灯光漏了几缕,在走廊地板上。

商泊帆问:"你很急?那要不等晚会结束……有空一起吃个夜宵吗?"

"这么神秘?"孟昭为难,"可我今晚约了人。"

商泊帆探头:"朋友啊?"

他一边说着,一边装作无意地扫那道虚掩的门。

刚刚孟昭出来,他刚好看见里头那男人起身脱外衣,那人个子很高,身形颀长,气场相当足。角度限制,他没看清对方的脸,但是认出了外套大衣一闪而过的牌子,那衣服价格逼近六位数,被他毫不在意地随手折了两下,扔到一旁的座椅上。虽然商泊帆家里也挺有钱,但还没有钱到能让他这样。

孟昭说:"对。"

商泊帆犹豫一下,一咬牙:"那要不,我下次再跟你说。但这个花,你先拿着吧。"他一边说着,一边从背后拿出一大捧香槟玫瑰。

孟昭愣了一下,还想说什么,听见另一位主持人在演播厅门口叫她。

"我晚点再跟你说。"孟昭边跑边回头,披肩流苏随着动作飞扬,"谢谢你的花!"

商泊帆站在原地,想追上去,踌躇一下,又作罢。他站在休息室门口,虚掩的房门前,阴影与光亮的交界线上,非常清晰地听见屋内传来男人一声低低的"哧",像是一声居高临下的嘲笑。

晚会最后一个环节,演播厅大屏切成双屏,一半直播场内,一半直播校长在学校广场上放孔明灯。屏幕里和屏幕外的学生们一起倒计时,厅内人声鼎沸,年轻学子们毫无困意。

新年即将来临,时间终于跨过零点,在"0:00"上,短暂地停留。

然后如奔涌的水流一样,飞驰向前。

一位主持人在舞台上点燃了装饰气氛用的冷焰火,孟昭和双马尾握着麦克风,笑着躲开,演播厅内的欢呼声一瞬像要冲破屋顶。

结束了最后一段主持,孟昭走下台,胸膛微微起伏,摘掉耳返,再回到休息室,谢长昼已经不见了。

商泊帆也不在,那束玫瑰张扬地放在镜子旁,没落款,只夹着张卡片,上书:"孟昭收"。

有几个女生在"叽叽喳喳"地卸妆,见她进来,笑着打趣:"快来昭昭,看看这是哪个男生送你的花。"

孟昭应了声"好",心里偷偷猜,应该是这儿进人了,尊贵的谢总就受不了,出去了。他特别讨厌人多的地方,哪里有人群,哪里就没他。

孟昭拿起手机,按亮屏幕,果不其然,看到半小时前,有条微信留言:我在外头。

孟昭换好衣服,抱着这束香槟玫瑰,跟休息室几个小姐妹道了别,拉开门,融入冬季沉沉的夜色。出了门,冷风迎面而来,她看见站在路灯下的谢长昼,小跑过去。男人身形修长,指尖烟雾缭绕。他像是在这里等了很久,见她过来,掐了烟,清俊眉眼好似有霜化开。

他声音很低很低,只看她一眼:"走。"

孟昭也不知道他要带她去吃什么,但她很高兴。重逢之后,她从没想过,有朝一日,两人还能这么平静地走在路上,在学校里游荡。

走出去一段路,谢长昼云淡风轻地打破沉寂:"你抱着这么大一束花,跟我走在路上,别人看我的眼神,都透着暧昧。"

他声音很低,有点哑,热气一卷落在耳边,孟昭觉得脸颊有点痒。

这种痒是温热的,她心脏漏跳一拍:"可是,他放那儿了,我总不能扔了,实在不行,明天把花还回去……"

谢长昼看着她,缓缓地道:"挺受欢迎。"

没什么打趣的意味,孟昭微微一怔。

很多年前,新年晚会结束,也是在这条长长的街上。那时给她送花的人是谢长昼,她将那一大束新鲜的栀子放在帆布单肩包里,牵着他的手,一双眼弯成月牙:"今天很多人给我送花,我都没有要。"

谢长昼挑眉:"是吗?"

她仰着头,眼睛明亮:"是啊,我只收了你的花。"

那时他也是这么望着她,轻声低笑:"我们昭昭,挺受欢迎。"

孟昭张张嘴,下定什么决心似的,叫住他:"谢长昼。"

他停住脚步:"嗯?"

她抬头看他,路灯光影下,男人敛神,清俊的脸孔上笑意不明显,唇角弧度仍在。他三十出头的年纪,看起来还跟二十多岁的年轻人没什么差别,身材管理也相当到位。

但孟昭懂得他和四年前的差别。人越来越沉默,可能是因为自省,可能是由于创伤,也可能仅仅是知道了,开口呼喊,毫无用处。

她想在他身边待着,等到他长出白发。

她眼神平静,问:"你的腿,最近感觉好一些了吗?"

谢长昼掀起眼皮看她:"嗯。"

"能恢复成原来的样子吗?"

谢长昼目光专注,很肯定:"能。"

停顿一下,他又微微眯眼:"怎么了,嫌弃我残疾?"

孟昭觉得这问题好笑,又莫名有点想哭:"我怎么会嫌弃你。"

她小声:"我就是没想过,还能跟你和平共处。觉得……很不真实。"

她有很多话想说,在深夜,在街头,在凌晨的北京,雾气弥漫的深冬。

谢长昼深深看她一眼。奥迪停在路边,司机不见踪影,他手中拿着钥匙,车灯在夜雾中悄悄闪了闪。

打开车门,他修长手指在车门上轻轻一敲:"你去打开后备厢看看。"

孟昭稍稍回过点神:"好。"

谢长昼一言不发立在车边,脸上没什么表情,也没上前搭手。

孟昭一个人走到后备厢前,有点费劲地推开车门。

尘埃飞扬,柔和的路灯灯光下,大蓬白色栀子,紧挨着拥挤着,偶尔点缀绿叶,热烈地盛放在眼前。鼻间暗香流动,盛开的白色花朵挨挨挤挤,每一朵都饱满绽放,蓬勃旺盛,那生命力好像要冲出视野,连后备厢也显得狭窄。

孟昭愣在原地,车内没有彩灯,只是最简单,也最安静的花。

好像这根本不是一个惊喜,而是平平无奇的一个晚上,他不过是载着这些花朵,平静地从北京路过。

谢长昼身姿挺拔,黑色大衣上一丝褶皱也无,在光线明与暗的交界中望向她。他眼瞳明亮,这一眼很深,仿佛跨过四年的时光:"给你的。"

孟昭微怔,心头猛跳。

这种温热直白的示好,像过去无数个在广州、在香港的日夜。他偶尔去接她放学,总喜欢给她带吃的,冬天的热奶茶或者夏天的冰棍,漫不经心地,就那么一瞥:"你的。"那些被抽走的勇气,跨过四年时光,在她体内跃跃欲试,叫嚣着,想要回来。

孟昭眼眶发热,轻声道:"谢谢你。"

她放下车后盖,几乎情难自禁地走向他。

突然传来手机振动的响声。谢长昼仍站在那里,从口袋中拿出手机,不知看见什么,眼中热意忽然消减几分。

他接起来,语气平淡:"怎么?"

冷冽的空气中,深冬长街,路灯也显得清冷。

孟昭看见他嘴唇淡红,唇角微微绷紧。

沉默了会儿,他才说:"现在吗?我知道了,大哥。"

孟昭停住脚步,有些恍然,意识从云端坠落。

她确实不会嫌弃他。她只会在漫长的时间里,一遍又一遍地,爱上同一个人,然后,一遍又一遍地梦醒。

冷月如霜,空气中浮动着淡淡雾气。他这么说了,那边电话也没挂。

孟昭听不清那头在说什么,感觉是很长一段话。

谢长昼越听表情越冷淡,到最后,低沉的声音中已经透出不耐烦:

"再说吧,哪儿那么快,你有这么着急吗?——是啊,我是在外头呢,新年夜,不准我有夜生活?"

那边没再多说什么,嘱咐几句,才掐断电话。

谢长昼收起手机,没有立刻上车,靠在门边,低着头又回了条消息。

孟昭等他回完了,才问:"出什么事了?"

"没。"谢长昼有点不高兴,眉间笼着层霜,"前段时间晚晚生孩子,我没在。这几天出月子了,问我要不要回去看看。"

醉翁之意不在酒,他大哥把之前他发落那几个高层的事儿又拿出来说,旁敲侧击,没什么别的意思,就是不想他待在北京。

他这个大哥,人精一样,三五句话,就猜到他在哪儿、跟谁在一起了。

电话里云淡风轻地抛来一句:"那要不这样,你现在打道回府,今晚就给晚晚个交代吧。夜生活哪天不能过,我明天也不在香港了,你开电脑回封邮件的事儿,费不了多少工夫。"

孟昭静悄悄的,没说话。

"走吧，上车。"谢长昼收起手机，叫她，"夜宵改天吃，我先送你回宿舍，你住哪一片儿？"

孟昭没正面回答，细声问："你能开车吗？"

他头也没抬："我叫司机。"

孟昭点点头："那你走吧，我宿舍离得很近，溜达过去就行。"

谢长昼动作停住，终于抬起头，朝她看过来。

夜雾中，孟昭眼睛亮晶晶的，两只手放在大衣口袋里，脸颊小而白皙，鼻尖冻红了，脚步也丝毫没动。有多乖，就有多固执。

谢长昼嘴角扯了扯："怎么，不高兴？"

他忽然有些好笑，淡淡地道："我也不是故意要放你鸽子，这不是有点事儿，咱们下次——"

"我不是这个意思。"孟昭打断他，一双眼黑白分明。

"我没有不高兴，你去哪里，想做什么，是你的自由，我没想干预。我只是觉得，就这么两步路，不是非得坐你的车。"谢长昼一只手落在车门上，清冷的灯光下，双眼幽深，眼中稀薄的笑意也逐渐飘散。他扯扯嘴角，没有笑意："说的什么，听不懂。"

"就是字面——"

"孟昭。"他忽然打断她，"砰"一声，重重关上车门，戾气陡生。

谢长昼跟她隔着一段距离，气场仍然强得要命，唇角微绷着，声音和望过来的目光都变得寡冷："你不会不知道，我今晚来找你，是什么意思。"

他从巴黎赶回来，脾气比之前任何一次见面都要温和，好心肠地说要替她写推荐信，还特意带了一车花。他有什么意思，能有什么意思。

孟昭愣了一会儿，突然觉得自己有点可怜，就在上一秒，她还以为，他是要求和，可他明明，一直就是这副居高临下的样子。

她吸吸鼻子，问："你想约我去做什么？"

她缓慢地眨眼，像一阵雾气，走到他面前。他个子太高，她仰头望，用近乎天真的语气，问："你希望我陪你上床吗？觉得只要一车花，就能收买我？你都主动来找我了，我怎么还没有投桃报李，立刻像傻子一样，不管不顾地扑到你怀里？"

她这样靠近，像一团小小的热气，只要伸手一捞，就能抱进怀里。

"我……"谢长昼对上她的目光，忽然词穷。

他不是那样想的，他怎么会那样想，但孟昭的眼神是宣判，她不相信他。谢长昼张张嘴，哑声："我没——"

孟昭打断："其实我俩分手之前，我最后一个见的人，是你大哥。"

谢长昼的大哥叫谢竹非，作为家中长子，他扛着最重的担子，比谢长昼管事早。明明他只年长四岁，但给人的感觉要成熟很多，斯文儒雅，说话做事滴水不漏。他的工作重心是打理香港产业，孟昭以前在广州，很少见到他。

所以他突然登门造访，将孟昭也吓了一跳。那是台风过境的前夜，身形高大的男人等在楼下，身旁站着司机，孟昭走过去，听见他声音低沉，没头没脑不知道是对谁，云淡风轻说了句："要下雨了。"

两个人在附近一家咖啡厅坐下。谢竹非脱了外套露出马甲衬衫，开门见山，朝她笑："谈谈阿昼吧。"

他跟谢晚晚很不一样，他一点儿弯都没有拐，简单直白，将孟昭和谢长昼不合适的地方一条条摆在她面前，平静地做了对比。

孟昭听完，的确一条也反驳不了。

谢竹非近乎真诚地，说："而且，你可能还是不太了解。我弟弟这个人，骨子里非常自我，他做事情，永远不会考虑别人的情绪。晚晚找过你，你应该感觉到了，我们家的人，全都是这样。"

孟昭觉得，谢家爷爷、钟颜、谢晚晚，乃至谢竹非，可能都是谢长昼生命中，重要的人。但是她和谢长昼之间，只有彼此。

在谢长昼本人开口之前，谁说的话，她都不想听。

所以她垂眼，说："没有啊，他挺照顾我情绪的。"

谢竹非就笑了："要不我们打个赌，你去跟他提分手，他第一反应一定是生气，不是来安抚你的情绪或问你为什么。因为他觉得在你身上花费了很多时间精力，你是他养的一朵玫瑰花，就应该是他的，不能再有别的想法。"

孟昭不太高兴："为什么要拿他打赌。"

"为了证明，他不是你想象中那样，他需要一个在性格和事业上都更强的伴侣，你不合适。"

谢竹非见她不动摇，笑笑，云淡风轻道："也不着急，做决定总是需要时间，你可以再好好想想。"

那时候，孟昭太年轻，不知道人最经不起试探，以及万事万物，在谢长昼心中，确实存在轻重缓急之分。无论过去还是现在，她永远不会排在第一。

"他说，在谢长昼眼里，有很多比我更重要的东西，比如事业，比如自尊心。"孟昭垂下眼，说，"这段关系的主动权永远不在我手里，我甚至决定不了自己是去是留。"

谢长昼沉默，长久地望着她。她皮肤很白，额前一点刘海，妆没有卸，刚好挡住额角的疤痕，可靠得近了，他就是觉得，那儿有道疤。

很奇怪，他一直在试探复合的可能，但每次稍一靠近，她就立刻远离。

这道疤横在心上，将许许多多年的人和事，都隔开。

很久，谢长昼胸膛微微起伏，忽然笑了一下，猝然张口，一团白雾，在干冷的空气中聚散又分离。

"那你觉得，当时我怎么个反应，是正常的。"

"我病得快死了脑子里还在想你，结果你进来就跟我说，'分手吧，你没喜欢过我，你只是想跟我上床。'"

他顿了顿，又说："你还想我怎么考虑你的情绪，我跟我大哥说，我什么都不想要了，要你，你就不走了？"

孟昭心里一惊："别开这种玩笑。"

他沉声："谁跟你开玩笑了。"

孟昭忍不住："谢长昼，你别发疯。"

谢长昼身体一顿，真的笑起来："行。"

他退后一步，深深望着她，受伤一样，哑着嗓子低声说："我不发疯，我走了，你回去吧。外头站这么久，病刚好没几天，别再给你冻病了。"

说完他将头转过去，没再看她。

孟昭站在原地，看着司机回来，他开门上车，绝尘而去。

新年第一天，孟昭混混沌沌，一觉睡醒，已经是中午。这天气温格外低，几个室友都不在，约人出去了。今天她和孟向辰约好见面。

孟向辰今年十一岁，读初一。他是孟老师去世那年出生的，本来应该姓钱，上户口时不知道弄错了还是怎么，乔曼欣给他留下的姓是孟。

"向辰"这名字也是孟老师取的，跟"朝夕"遥相呼应，只是乔曼欣改嫁早,孟昭也没什么机会跟这个弟弟相处。一直到他上小学了,两个人都不算很熟。他五六年级,要参加奥数竞赛,乔曼欣让孟昭去给他讲题。她周末约他在图书馆,连续几周见面,两人才开始频繁打交道。

他跟孟老师非常不一样。这种"不一样",并不是指外貌,恰恰相反,孟向辰跟孟老师长得很像,眉眼间能看出孟老师的影子,但这小孩性格不知道随谁,话不多又聪明得可怕,教什么会什么,年年拿奖,甚至跳过两级。

他每次找她问问题,总是眼神柔软,像静默的小兽,然后叫她:"姐姐。"孟昭每次想到这个,就觉得哪怕嘴上跟乔曼欣讲了,不喜欢钱叔叔,不要回家,但她不可能不去见孟向辰。

四号线抵达动物园站,人群潮水般流动而出。

孟昭扫码出了闸机,收到孟向辰的消息。他发语音,话里话外都流动着朝气:"我在门口了,姐姐。"

孟昭心头一热,连日的疲惫一扫而空:"我这就来。"

出了地铁站,门口就是天文馆的大门。天空阴沉,冷风席卷,节假日门口人不少,正在排队过安检进门。灰色天空下,人群之外立着个男生。

少年瘦削挺拔,刘海垂在额前,穿一件黑色羽绒服,正低着头滑手机,露出来的手指指节明晰,修长白皙。

孟昭走过去,拍拍他:"孟向辰。"

他抬起头,眼瞳又黑又亮,那瞬间有点茫然,旋即转成小小的喜悦。

他低声叫:"姐姐。"半年多不见,他已经长得快要跟孟昭一样高了。

现在小孩营养未免太好了,她忍不住问:"你现在一米几?"

孟向辰挠了下头,几根头发蓬松地翘起来:"啊,怎么了?"

孟昭提醒他:"如果你没跳级,现在应该是小学生。"

孟向辰笑笑:"现在的小学生,有人长得比我高呢。如果姐姐不喜欢,我可以缩着点儿。"孟昭一乐,两个人加入队伍,孟昭问:"你后天走?"

孟向辰点点头:"机票是晚上,如果你不嫌烦,咱俩后天还能再见一面。"元旦三天,二号比赛,他这一来一回,把整个假期都搭进去了。

孟昭想了想:"除了天文馆,你还有别的想去的地方吗?"

孟向辰之前也没来过北京,孟昭问他想去哪儿,他第一反应竟然是天文馆。也没别的时间能来了,索性安排在今天。

"没想好……我再看看呗。"孟向辰在这方面没什么计划,他觉得能见到孟昭,去哪儿都行。

队伍缓慢前行,快到安检处时,他突然想到什么:"对了,姐姐,我给你带了个东西。"孟昭眼前一花,还没反应过来,就感觉一个圈套从天而降,落在脖子上,底下坠着个东西,落在她胸前,她低头就看到一枚金色的奖牌。

孟昭惊喜:"你的奥赛奖牌?"

孟向辰点头,说,"先给你个小的,你再等我几年,就能拿到IMO(国际数学奥林匹克竞赛)奖牌了。"

孟昭笑起来:"你够狂的。"

两个人有一搭没一搭地聊着,过了安检,工作人员要检查身份证。孟昭突然想起自己的身份证一直放在谢长昼那儿,当时没想起来去拿,后来,平时用不到,自己也忘了。

孟昭踌躇:"我忘带身份证了,你等我问问我朋友,看他愿不愿意过来给我送。"

她点开通讯录,迟疑了会儿,拨通谢长昼的电话,对方却没接。她其实心里没底,昨晚,她应该也没说什么太重的话吧,也没骂他,她只是想提醒自己清醒一点而已。她挠挠脸,又打了一个。

孟向辰立在旁边,回头看见她屏幕上的名字,"咦"了一声:"这个人,是姐姐之前在广州时的那个朋友吗?"

孟昭意外:"你还记得他?"

那都多少年前了,孟向辰才几岁。

她可能无意间跟弟弟提过,但顶多也就几句话,他竟然有印象。

"他的名字,很特别。"孟向辰解释,"而且四年前,这个哥哥,来家里找过姐姐,是我开的门。"

孟昭意外:"去家里?"

"对。"孟向辰对那个夏天的记忆其实相当模糊,只记得家里人不知怎么突然就吵起来了,忽然有陌生人频繁登门,都是看起来很光鲜的人物。

"当时,"他回忆,"你好像刚跟爸吵了一架,没过几天,就一个人回了北京。你前脚走,他后脚就上了门。"

"他问,姐姐离开之前,有没有说什么话。我说,姐姐讲,以后都不打算再回广州。"孟向辰说，"他又问，姐姐是什么时候的机票，我说刚走，他就什么也没再说，转身追出去了，但很奇怪，当时他身边还有两个人拦他，说他的腿，不能走。"

孟昭呼吸一顿，下一秒，手机一响，那头接起来。谢长昼的声音透过无法估量长度的电磁波，落在她耳边。他像是刚睡醒，嗓音有些哑。

他问："怎么了？"

孟昭回过神，有点难以启齿，她说："你好，我是孟昭。"

谢长昼低咳了声，声音漫不经心的，听不出什么情绪："我知道。"

她这边有点吵，孟昭不好意思："我身份证，还在你那儿吗？"

谢长昼："嗯。"

"我……可以现在过去拿吗？"话到嘴边，她又改口，"我今天有点事情急用身份证，如果方便的话，能不能趁你在的时候，我去你那儿拿一下，毕竟我——"

"孟昭。"谢长昼打断她，"我家不是你想来就来，想走就走的。"

孟昭把卡在喉咙里的最后几个字"毕竟我有你家门密码"，生生咽下去。她张张嘴："这样啊……那对不起，打扰你了，我再想想别的办法吧。"

说完，她静默下去，三秒过去，两头都没动静。谢长昼轻"啧"了声："一边说再想办法，一边又不挂电话，想吊我？"

孟昭："……我在等你挂。"年龄大的先挂机，这不是基本礼仪吗？

谢长昼没动，屏幕上通话时长的秒数还在跳，他沉默了一会儿。

孟昭屏住呼吸，听他一声叹息："地址发我，我让阿旭给你送过去。"

"那我发你微信。"孟昭真情实意地道，"谢谢你，谢工。"

谢工没说话，但也没挂电话。他又沉默了会儿，低低地道："昨天晚上，我没有那个意思。"

孟昭愣了下，没想到他会现在提起这茬。她脑子里不受控制地又浮现出孟向辰刚刚那句，"他的腿，不能走"。

她有点茫然，想了想，很好脾气地道："昨晚是我有点过激，态度不太好，你也别往心里去。"这话说得很客套。

谢长昼索性没再往下聊，只"嗯"了一声："行。"就把电话挂了。

孟昭收起手机，转头扯扯弟弟："他答应来给我们送身份证了，我们可以等一等。"

孟向辰并不意外："这些年姐姐生活在北京，会常常跟他见面吗？"

孟昭摇头："不会啊。"

谢长昼今年是为了做复健，才来北京的。他在南方生活惯了，工作和产业也都在广州。大一那年跟他恋爱，是她一直在频繁地两头跑，他很少来北京，前几年不在这边。

她说："我们最近才重新联系上的。"

"可是，"孟向辰说，"我觉得那个哥哥，很喜欢姐姐。"

孟昭笑了："你才几岁，知道什么叫喜欢吗？"

"就是，"孟向辰竟然还真一本正经地思考了会儿，"他去家里找你时很着急。然后，他跟他身边的人吵架，说，'你们凭什么替我觉得，我们不合适'。"孟向辰停顿好一会儿，平静地看着她，轻声说，"'如果把她追回来，我就跟她结婚。'"

谢长昼抵达天文馆，时间已经快到三点。

四点半就要闭馆，他撑着手杖走了两步，又突然回过身，将口袋中的身份证递给向旭尧，神色淡然："还是你去吧。"

向旭尧不常来西城，北京天文馆，他好多年没来过了。环顾四周，他没接："您别看我，我对这片儿也不熟，得开着导航才能带您找着入口。"

谢长昼摇头："你走得快点儿。"

这是不打算接茬了，向旭尧只好接过来："您真不进去？"

这都走到门口了，谢长昼停住脚步，一言不发，没有回答。

三点整，安检处已经没什么等待的人，听见向旭尧的声音时，孟昭感觉是救星到了。她下意识朝他身后看了一眼，空荡荡的，确实只有他来了。

孟昭回过神，双手接过对方递过来的身份证："太谢谢你了。"

向旭尧笑道："好几天前就想给你送过来了，结果我这记性也不好，一耽搁就忘。"

孟昭朝他摆手："那我们先进去，新年快乐！代我向谢工问好！"

谢工其实不是很好，昨天回去太晚，后半夜发低烧，折腾到天明，才沉沉睡过去。新年第一天就这样，他整个人情绪不佳，草草睡了三四个小时，不到中午就又清醒过来。向旭尧没多说,他笑笑:"新年快乐,昭昭。"

孟昭拉着孟向辰,往里面走。天文馆有两个大的展馆,一新一旧,新的楼很有现代和未来感,旧的楼非常复古,连着一个小小的观星台。

馆里很多小孩子跑来跑去,两人穿过人群,顺着往下走,先去了太阳展厅。孟向辰凑近看,好奇:"所以姐姐跟那个哥哥,发生过什么?"

"也没什么。"孟昭不知道该怎么说,"我跟他谈过一段恋爱,但他家里人都不太喜欢我,后来我跟他在一起,又经历了一场车祸。他伤得比较重,他家里人就更不喜欢我了。"

孟向辰不解:"车祸又不是你造成的,怎么能怪你?"

孟昭欲言又止,最终还是没有说话。两个人一起逛了太阳厅和月球厅,在八大行星展区一起玩互动小游戏,末了还蹭了一场脉冲星的解说。

走出B馆展厅,距离闭馆还剩半个小时。

孟昭领着他去A馆展厅:"A馆是旧馆,里面放着一个傅科摆。"

孟向辰问:"姐姐之前来过这儿?"

孟昭点头:"那都是好几年前了。"

四年前吧,三四月份的样子,新年过完,五一还未来临。北京初春,谢长昼实在等不到下一次放假,扔下工作跑来找她玩。两个人牵着手漫无目地在路上走,然后溜达进天文馆。一进太阳展厅,就看见墙壁上的流星。

孟昭兴奋:"许个愿吧。"

谢长昼脸上带点儿揶揄的笑,语气散漫:"幼不幼稚,你几岁?"

怎么就幼稚了。她现在想想,那时候,两个人凑在一起,不管干什么,都能玩出花样,跟他在一起,全世界都是有趣的。

只是这种"有趣"很短暂,彩云易散,琉璃易碎,没法长久。

A馆展厅内人影寥寥,孟向辰走了半圈,在费米悖论的指示牌前驻足。

没头没尾地,他突然问:"月球和地球,算双星系统吗?"

"不算。"孟昭跟他解释,"月球是地球的卫星,它跟双星系统的差别在于……"一下子也想不到怎么形容,她卡了下壳,"双星是互相拉扯的,不会一颗绕着另一颗转。"

孟向辰得出结论:"就像恋爱。"

孟昭温柔提醒:"你不要老想着恋爱,你多想想清华北大。"

她这个弟弟,比她要聪明很多。按照他现在的聪明劲儿,难说几年之后,不是个状元。但孟向辰没接茬:"姐姐继续恋爱吧,四年前,你恋爱的时候,看起来,比现在要快乐很多很多。"孟昭微怔。

"也不要想太多。"场馆内响起散场提示,孟向辰刚好逛完另一个半圈,拽住她的手,拉着她去拍入口处的游客照——那儿设了个小摆台,可以捧着巨大的月球模型进行镜面合影,扫码就能领取照片,一次最多容纳三个人。

"你以前,也不是这种做什么都想很多的性格啊。"她被他拽着,在摆台上站定。机器识别到人像,自动开始倒计时。

旁边工作人员是个年轻小哥,看见倒计时,突然朝着两人背后大喊一声:"哎,你跟他们是一起的吧?快过来,要闭馆了。"

孟昭微怔,刚想回头,就见小哥小跑地冲过去,将那个人拽了过来,下一秒,她眼前微妙地眩晕,感觉一个高大的男人在自己身边停住脚步,站定。

小哥风风火火,跑到镜头外:"我看你跟他们一路了,来吧来吧,赶紧,就三秒了。"

孟昭忽然感到紧张,她嗅到温热熟悉的薄荷与柠檬的暗香,缓慢地在空气中流动着,最后将她的意识绵密地包裹住。

他穿黑色风衣,手肘处跟她贴在一起,与羽绒服袖子摩擦。她几乎控制不住,抬头看他。照片定格的瞬间,孟昭撞进一双幽深黑亮的眼瞳,谢长昼居高临下,沉默着,与她对视。

她想到,刚刚孟向辰,问她的那个问题:车祸又不是你造成的,怎么能怪你?但是出事的瞬间,车子撞向高架围栏,他第一反应是朝她伸手,将她按在怀里。她觉得,在这么漫长的相遇、错过、离别、重逢里,哪怕重来千百次,谢长昼还是会伸手抱住她。

第五章 奔向你

照片定格此刻。

大屏幕上投出二维码，图像里，只有孟向辰认真地看着镜头，露着几颗小白牙，一脸认真地比"V"。孟昭如梦初醒，回过神，大大的屏幕里，天文馆的深色背景墙前，她和谢长昼在月球模型下，沉默地对视。

孟向辰挺高兴，小跑过去，扫码下载图片："今晚我就把照片洗出来，姐姐你要不要？"

孟昭摇头："不了，你收着吧。"

谢长昼微眯下眼，低声问："你弟？"

孟昭察觉到他的视线，感觉今天突然得知了很多不知道的信息。她心情微妙，想到昨晚，是不是对他太凶了。

她有点愧疚，悄悄将目光移开："嗯，我弟。"

"你是谢长昼？"孟向辰捧着手机保存好图片，微抬起目光看他，"我见过你的。"

谢长昼挑了挑眉："小鬼，登月碰瓷？"

孟向辰丝毫不恼："四年前，是我给你开的门。"

谢长昼有些意外，目光多在他身上停留了会儿，然后幽幽地说："挺不错，营养比你姐好。"

孟昭："……"怎么还拉踩她。

谢长昼声音清冷："四年不见，她的身高已经连小学生都不如了。"

工作人员过来清场，孟向辰拉着孟昭，跟谢长昼并肩往外走。

A馆是旧馆，整体的风格都很复古，展厅外的弧形穹顶上刻着牛郎织女，银河将他们远远隔开，底下的傅科摆不知疲倦，来回摇晃。

"不是小学生。"孟向辰笑笑，"我跳了两级，读初一了。"

谢长昼清清淡淡"嗯"了一声，嗓音低沉："脑子也比你姐好。"

他穿黑色风衣，身形被衬得格外修长，细长手指裸露在外，手背上能看到纹路清晰的青色血管。这么风度翩翩的一个人，为什么偏偏长了一张臭嘴。

孟昭忍不住问："你干吗一直拉踩我？"

谢长昼轻飘飘看她一眼，语气慵懒散漫："你身份证在我这儿放半个月了，如果不是今天天文馆恰巧查身份证，"谢长昼慢条斯理，"你是不是要等到结婚的时候，才想起来拿。"

孟昭闷声闷气说："反正我又不急着结婚，暂时也用不到的。"

她只是想表达，生活里实际能用到这东西的场合，本来也不多，那忘记了，就非常正常。

结果谢长昼眼皮一掀，声音里浮起冷意："哦。所以，你让一个残疾人，大老远地从朝阳跑到海淀来给你送东西……"

"然后，"他慢悠悠道，"非但一点儿都不感激他，还嘲笑他，是个没结过婚的文盲。"

孟昭："……我哪有。"

"哎，说到结婚哟。"原本一直沉默着的孟向辰，突然开口。

他自然而然地站在两人中间，左拥右抱，一手挽着一个人，很认真地说："我们仨刚刚才拍过全家福呢，你们不觉得，我们很像一家人？"

孟昭："……哪里像。"

谢长昼打断："原来……"他抬眼直直朝着她看过去，"你们特地把我拽过去合影，是这个意思。"

孟昭："……"

走出天文馆，天色已经暗下来。孟向辰举着手机拍摄旧馆，分神来问："今晚，我们跟长昼哥一起吃饭吗？"

孟昭停顿了下，转头去看他，天空灰白，半明半暗的，已经到了黄昏。

A馆门口游客都走得差不多了，现下空旷而安静，高大的男人微微抬头，盯着旧馆一言不发。

结束参观，孟昭决定带孟向辰去吃烤鸭。最后，向旭尧没来，司机也没来，但谢长昼跟着来了。

孟昭一路无语，但他态度又没有很差，她觉得，那应该是不生气了。

下了车，服务生带着三个人，在提前订好的小包间就座。今天是元旦假期第一天，店里人不少。孟昭坐下来，用热水帮孟向辰烫了烫杯子和碗碟，好脾气地嘱咐他："点你想吃的，不要客气。"

孟向辰轻快地应了声"行"，翻开菜单，先点了一只烤鸭和全套配料，又在推荐菜单里选了贝勒爷烤肉、乾隆白菜、酥肉锅和干炸丸子。

"姐，"他翻着翻着，问，"炸灌肠是素菜吗？"

"嗯。"孟昭提醒他，"你等会儿别忘了，点一份豌豆黄拼盘带走。"

根据她招待朋友的经验，一般吃完饭，就没心情吃点心了。所以每一次，她都让他们直接打包一盒带走。

"好。"孟向辰估着量，觉得差不多了，合上菜单，自然而然递给谢长昼，"长昼哥，你来。"

谢长昼接过来，却没看他，目光偏移，意味深长看了孟昭一眼。

"对弟弟这么大方。"他嗓音低沉，徐徐道，"但对另一个客人，就连问都不问。"

孟昭："……你不是没忌口吗？"

而且，孟向辰没来过北京，她才推荐菜的。他又不是没来过，想吃什么，自己不会点吗？谢长昼靠在椅子上，脸上表情淡淡的，顺着菜单翻一遍，合上："加一份豌豆黄。"他强调，"带走。"

孟昭："……"

这店上菜很快。最先上来的是烤鸭，孟向辰用公筷夹起薄饼，先卷了个鸭肉卷给孟昭："姐姐，你们元旦，会布置作业吗？"

孟昭轻道了声谢，说："会啊，而且还不少。"

"那要不，你就留在学校做作业吧，我听说你那个专业，作业巨多。"孟向辰很自然地道，"后天，让长昼哥带我去玩。"

孟昭想都没想："不行，你跟他又不熟，他把你弄丢怎么办。"

谢长昼停顿了下，提起筷子将自己盘中的鸭肉卷夹起来，又放下。

孟向辰狐疑："不会吧？"

他复读机般问:"长昼哥,你不会吧?"

谢长昼胸膛起伏,像是很轻地笑了下。他放下筷子,抽出张纸擦擦修长手指,不紧不慢道:"我三号有空,你想被我丢在哪儿?"

孟向辰欣喜大喊:"你看啊姐,他说他有空!"孟昭无语。

孟向辰转向谢长昼:"我想去故宫,但现在已经预约不到票了。"

谢长昼点了下头:"没事,我来想办法。"

两个男生有一搭没一搭地聊,孟昭也没懂,这两个人是怎么自来熟的。

这饭没吃太久,孟向辰第二天要比赛,孟昭想早点送他回去。

她去卫生间洗了个手再折返,谢长昼已经结掉账,开始替孟向辰叫车:"三号,我叫人去接你。"看样子,是连微信好友都加上了。

孟向辰笑出小白牙:"好。"

三个人走到外面,冬日干燥的冷风迎面而来。

孟昭问:"真不用我送?"这地方离T大很近,但孟向辰住在朝阳,他摇头:"不了,太远了,姐姐早点休息吧。"

车还得排会儿位才能到,孟昭突然想起:"不逛逛T大?"

孟向辰:"保留点神秘感嘛,我以后要在这里读书读很久的。"

谢长昼都有点被他逗乐了:"你够狂的。"

"你说话的语气,怎么跟我姐一模一样。"孟向辰理所当然,"反正我以后要是没来这儿读,那肯定是被对面那所先抢走了。"

谢长昼点了支烟,指尖白色烟雾缭绕。他微眯起眼,不知道想到什么,没再说话,三个人在路口分别。夜色浓重,城市灯火闪动,孟昭穿过光与影,谢长昼不紧不慢地跟在她身边。

到了学校门口,她终于忍不住,停住脚步回过身:"你一直跟着我,是有话想跟我说?"

谢长昼掐了烟,猩红光点在黑夜中一闪而逝。他眉眼笼在昏暗的灯光里,透出种捉摸不定的暧昧与游离,反问:"你觉得呢?"

"晚饭的钱,我已经发到你微信上了,你要记得收。"她转过来仰头看他,犹豫一下,又小心地说,"我昨晚……没骂你,你应该不是还在想栀子花和上床的事吧?"

谢长昼微怔,在心里暗骂一声。他沉声道:"都不是,重想。"

那哪还有别的事,孟昭真想不到了。宿舍等会儿就要关门,她有点为难:"要不我回去想,想到了再跟你说。"说完,孟昭转身就想走。

"听你弟弟说——"就那个转身的瞬间,谢长昼居高临下,声音平稳低沉地叫住她。

他的声音带点儿漫不经心,尾音不自觉地悄悄上扬,后半句话,如惊雷落地:"你还喜欢我。"

孟昭脚步立刻停住,背脊绷直,屏住了呼吸。

"既然这样,"他微眯起眼,语气轻松,"你倒是拿出点儿喜欢人的态度来。"

孟昭没动,他一步一步走过来,就停在她身后。她晕晕乎乎地又一次嗅到柠檬薄荷的味道,这气息像蛊一样,让人意乱情迷,失去判断力。

孟昭输了,转回来,有点迷糊地问:"态度?怎么拿出……态度?"

谢长昼深深看她一眼:"所以,你承认了。"

他嗓音微哑,带着热气,在耳边卷个旋儿,很轻很轻地飘散。

他说:"孟昭,你还喜欢我。"

像当年一样热烈地、单纯地、不回头地喜欢着,固执又坏脾气的我。

孟昭呼吸都快停了,她艰难地说:"你别听小孩子乱讲,我——"

"我说,昭昭啊。"他声音很低很低,蛊惑似的,轻声说,"既然喜欢,那不如,你来追我吧。"

昭昭。他这一声太温柔了,喊得孟昭的脑子迷糊得一塌糊涂,真的像是中了蛊一样。"追……追你?"

"是啊。"谢长昼垂眼看她,"我想过了,你之所以会觉得,我送你花,是想骗你上床,不就是因为,你觉得我对你心怀不轨,而且主动权全在我手里。但现在,心怀不轨的人是你,主动权也在你手里。"

"要不。"他声音低沉,"你考虑一下,来追我?"

孟昭蒙了好一会儿,她一面觉得,事儿不是这么个事儿,一面又觉得,他的逻辑也没问题。

"不,不行……"她被他的气息笼罩,语无伦次,"你们这样的人太贵了,我追不起。"

"没事。"他凑近她,轻声道,"我这人,没怎么谈过恋爱,见识少。请我吃个饭看个电影,很轻易就能骗走了。"

"那你,怎么没被别人骗走……"

谢长昼轻"啧"一声,有那么一秒,真的像一个伤心人。

他说:"她们都没有真心,可是你有。"

孟昭思维迟钝,晕晕乎乎,陷入思考。谢长昼这个人,高傲惯了,永远不会低头。过去,一旦有求于她,就会正话反说。

她心跳如擂鼓,又有点不太敢确定。他表露出来的,到底是不是她理解的,他是想,跟她复合吗?这念头在脑子里刚一浮现,孟昭赶紧把它压下去。

她怎么敢这么想,她配吗!

霜白的月色下,孟昭耳根突然红了,她说:"那我……我再想想……"

孟昭这么一想,就想了两天。徐东明的项目过了年要竞标,她跟着商泊帆加班加点,整个元旦假期,都在工作室做扫尾工作。

假期第三天下午日头偏西时,才匆匆离开,去机场送孟向辰。

孟向辰这两天在北京玩得挺高兴,还说下次要把奖牌送给孟昭。

孟昭听了,眼睛弯成桥,嘱咐道:"你一个人在外面跑,要照顾好自己。钱不够,跟我说。"

"够的。"孟向辰拍拍口袋,"每次出门,爸都给我很多零用钱。"

孟昭微怔,眼中笑意淡了些,没再开口。

"下个月,爸也要来趟北京。"孟向辰抬头,"他来开会,想顺路来看望你,拜托我问问。你有没有什么东西,想要他带来的?"

孟昭摇头:"没有。"

孟向辰看穿她:"你是不是不想见到爸?姐,虽然我总听你们说起我亲爸,但其实爸他也挺好——"

"今天。"孟昭打断他,"谢长昼是不是跟你一起去故宫了,他有给你买什么东西吗?"话题就这么被转移开。

孟向辰咧嘴笑:"是去了故宫,但不是他陪我去的,是他身边那个哥哥,姓向的。我没买别的东西,买了几个相框,用的奖金。"

孟昭意外:"他没去?"

孟向辰点头:"嗯,姓向那个哥哥说,长昼哥身体不舒服。但是,长昼哥托我给你带句话。"

"你想好没,快点。"

孟昭:"……"

孟向辰好奇地问:"他让你想什么啊?"

孟昭:"……小孩子就别打听了。"

"你俩怎么那么多小秘密。"孟向辰感叹一声,递过来一个巴掌大小的太空人流沙相框,"我买了三个,给姐姐一个。"

孟昭翻过来,果不其然,是那天在他们天文馆拍的照片。当时她在屏幕里看,觉得光线太暗了,可这照片装进相框拿在手中,竟然很清晰。少女与高大的男人对视,他望向她的目光深邃悠长,像是要在她身上看到地老天荒。

孟昭心头一软:"行,姐姐收着。"

她抱着这个相框返程,走出机场时,犹豫一会儿。打开微信,她给谢长昼发短信:"你今晚需要人给你读书吗?"消息发送后,他没回。

孟昭回到学校,吃完晚饭,他还是没动静。一直快到十二点,她洗漱完毕在宿舍躺下了,谢长昼才回过来句:"这么晚了,不好吧?"

谢长昼:"想好了?这就开始追了?"

谢长昼:"你这也不叫有态度啊,你快两天不跟我说话了。"

孟昭平静地关掉了手机。黑暗中,孟昭睁着眼,睡不着。

他到底是怎么想的,如果是想复合,为什么不直接问,要不要复合。她的思维有点不受控,耳边一直萦绕着谢长昼的声音。

过去,她跟他之间,也没出现过谁追谁的状态。上一段恋爱自然顺遂,高考结束后,拿到录取通知书的那天傍晚,谢长昼在东山口别墅给她庆祝,叫上一众好友庆祝她的人生迈入新阶段。

她成年后第一次饮酒,喝醉了,跑到阳台上吹风,撞见在外面抽烟的谢长昼。微风凉爽的夏夜,树影婆娑,她看到他修长手指间明灭的一点猩红。

孟昭就像受到蛊惑似的,直直地走了过去:"谢长昼。"

男人回头,刘海被风吹乱。

她说:"我喜欢你。"然后,两个人就在一起了。

这段过往,也是后来谢长昼讲给她听的。那晚她喝断了片儿,对发生过的事情全不记得。第二天清晨醒来,在饭桌上遇见谢长昼,对方穿着件松松垮垮的白色套头短袖,跟个十七八岁的少年似的,挑眉看她:"叫什么哥哥?现在是男朋友了。"

他俩完全没有过,那种一方疯狂贴近另一方的阶段。但是现在,他似乎是非常认真地,希望她去追他。

孟昭屏住呼吸,慢慢滑进被子,快要睡着的时候,宿舍门传来"砰"的重重一声关门声,她猝然惊醒。

"童喻,大半夜的。"叶初然翻了个身,迷糊地说,"你动静小点。"

童喻置若罔闻,她将背包扔到桌子上,课本和桌面相撞发出重重的响声。然后抬头,她朝她们的床铺看过去:"师姐,你是不是跟徐老师说了什么?"

"啊?"叶初然以为她在说自己,伸着手就要去摸眼镜,"怎么了,哪个徐老师?"

"我说我想继续做Q市的公建项目。"孟昭平静地打断,坐起来,轻声嘱咐叶初然,"你先睡吧。"

童喻走过来,质问:"你不知道那个是我在跟进?"

"你跟进半个月了,做出了点儿什么?"连竞标书都没有整理完。

美术馆这种公建项目,一般也不会是一个人做,她跟商泊帆分到的是其中一个很小的展馆,从上学期就在折腾。只不过徐东明心里一直没底,就把这条线放得很长,一开始想着能竞标就竞,不能就算了。到最近,搭上了谢长昼那条线,才重新提上日程。

童喻过来接手半个月,进展全无。但按照徐东明的性子,还是会把她的名字放进主创团队,孟昭觉得,她已经是在捡便宜了,还有什么不高兴的。

童喻气笑了:"所以你就去跟徐老师说,我什么都没做?"

孟昭平静:"我没有。"

童喻显然不信,重新拿起背包和围巾,转身拉开宿舍门,又是"砰"一声巨响,头也不回地走了。

宿舍内静默三秒,叶初然弱弱问:"这么晚,她去哪儿?"

"她是成年人了。"孟昭冷静地关灯,躺下,"不管她。"

童喻没再回宿舍。

元旦过后,新年第四天,孟昭在安静的寝室中打开手机,看到谢长昼昨晚的留言:"不是,你问完,就不说话了,纯粹吊着我是吧?"

孟昭翻翻聊天记录,还真是。她发一条,他回了七条。

她挠挠脸:"没,我睡了。"等了会儿,谢长昼没再回复。

她背起帆布书包,去上自己最后一门选修课。

这课是一个世界建筑鉴赏。纸上谈兵,但老师又很严格,不准学生迟到缺席。进门时已经有不少人零零散散坐在座位上,孟昭挑了个中间靠后的位子,放下包,翻出iPad,埋头改简历。

下一秒,背上忽然被人用笔轻轻戳了戳。

男人嗓音低沉,语调微微上扬,慵懒地在她背后说:"喂。"

孟昭微怔,猛地回头。教室内暖融融的,白色的灯光下,男人坐在她身后的位置上,身体稍稍朝前探,修长的双腿在桌下微微弯曲。

他戴着上次看展时那顶黑色帽子,帽檐压得很低,气质显得十分清冷,唇色淡红,颜色比平时看要更浅一些。

他身上穿一件灰色的套头连帽卫衣,身姿挺拔,清俊中又透出矜贵,像是一个家中非常有钱,在这儿读书,但实际上也不太在意成绩的散漫公子哥。

几个女生从旁路过,都稍一驻足,才走开。

孟昭呼吸微停了停,惊讶:"你怎么进来的?"

这学校又不是天文馆,谁都能进,但话一问出口,她就反应过来。

他要是真想来,怎么都是能进来的,有的是人特意接他,把校园卡送到他手里——所以谢长昼没答。

他的目光越过她的肩膀,落在她桌子上的iPad上,眉头微皱:"这是什么课啊,同学?"

孟昭按灭iPad的屏:"鉴赏课。"

"你不是都大五了。"谢长昼慢悠悠收回视线,后半句话很轻,但尾音却是上扬的,"竟然还有课。"

孟昭有被冒犯到:"……"

"怎么,"接着,他掀起眼皮,漫不经心地问,"挂科了?"

"我没有!"孟昭闷声闷气道,"是系统出错,把我的学分算错了。"导致她直到最后一学期才发现,学分还差一点点。

也没什么别的办法,只能大五还跑来上选修课。好在这门选修课时很少,并不会占用她太多精力和时间。

谢长昼愣了下,像是没预料到会是这个原因,有点讶异:"这是概率多小的事儿啊,这么倒霉的事情,也能让你撞上?"

孟昭转回去,不搭理他了。可她埋下头没几秒,就感觉身边窸窸窣窣的,一个高大的身影拉开凳子,在她旁边坐下。

谢长昼凑到她身边,柠檬和薄荷清淡的香气再一次席卷过来。

此时教授拎着笔袋和优盘进门,四下立时噤声。

他把声音压低:"你是不是挺想我的。考虑好了,打算追我?"

孟昭抬头看他,瞪大眼:"你在说什么?"

谢长昼又往她身边凑凑:"我看你一直给我发消息。"

孟昭警惕地盯着他:"我就发了一条。"

他顿了一下,微哑着嗓子,解释:"我身体有点不舒服,没看手机。"

孟昭愣了下,才反应过来。

他是在解释,为什么隔了那么久,都半夜了,才回她信息。他声音很低,看她时微垂着眼,灯光漾在眼底,很真诚的样子。

孟昭又想起四年前,两人恋爱时,也是这样,他好喜欢这样看她。对视的时候,很容易让人产生幻觉,以为他眼中只有自己。

她的金鱼脑子再一次开始缺氧:"你身体怎么了?"

"后排那同学。"下一秒,教授的激光笔点到他眉心,"聊什么呢要凑这么近?另外,谁允许你戴帽子上课?"

孟昭一双眼睁得浑圆。

谢长昼稍稍离开了她一些,嗓音低沉,开口解释:"老师,我忘了带课本,看一下同学的书。"

"我们这课没有课本。"教授走到讲台前,推推眼镜,按着花名册找学号,"你叫什么,什么系哪一届的?带着你女朋友站起来。"

短暂的对峙,班上其他同学的目光纷纷投过来。都没什么恶意,但谢长昼感觉孟昭整个人都僵住了。她胆子小,大概是很难面对这种"社死"现场。

谢长昼微抿了下唇:"老师,她不是我女朋友。"

教授冷淡地抬起头:"这么大个男人,有没有点担当?一点事儿都扛不住,这才哪儿到哪儿,就连女朋友都不要了。"

谢长昼："……"他好像不是这个意思？

被所有人看着，孟昭耳根迅速红起来。她纠结几秒，犹豫着站起来，还是想辩解："老师，我和他确实不——"

"行了，你俩牵着手，去旁边站着吧。"教授重新低下头，平淡地道，"不到下课，不准放开。"

孟昭脑子里"嗡"的一声，听见其他同学低低的笑声。

她无所适从，下一秒，面前突然出现一只男性的手。十指修长，骨节明晰，手腕上的表盘泛蓝光，由于肤色白，可以看到青色的血管。一看就不是做体力活儿的，娇生惯养，处处透出矜贵。

她迟迟没动，男人拖着慵懒散漫的调子："你老师都发话了。"

他问："勉为其难，给你牵牵？"

这时学校论坛冒出一个新帖子。

"有没有人在上梁教授的世界建筑设计鉴赏，太萌了太萌了，让我来为同学情尖叫！"

"噗，是说那对被罚站的小情侣吗？"

"什么什么，来张图来张图。"

"不敢靠近拍，但这个身高差也太可爱了，女生眼睛都不知道该看哪儿了。谁能想到一本正经梁教授还搞这出，下次我也带男朋友来！"

"这姑娘好眼熟，是我们系之前那系花吗？新年晚会还看见她了！小姐姐真是越长越可爱，果然可爱的女孩子都是有男朋友的！呜呜！"

"她男朋友也好帅，就是看不清脸，别的系的？我怎么总觉得，明明没见过，又有种说不上来的眼熟……有没有人有同感？"

"确实是哎，他就露半张脸，我也感觉似曾相识。"

图片挂在那儿，不到二十分钟，帖子消失得无影无踪。

孟昭觉得，这是她入学以来，上过最煎熬的一节课。跟罚站真的还不太一样。她一只手被谢长昼牵着，没法干别的事儿了，不能在座位上偷偷滑iPad摸鱼，也不能拿出手机回别人消息。

所有注意力，都集中在那一只手上。他手掌很大，温暖干燥，松松地跟她的手扣在一起，握得久了，她自己的手心开始出汗，也说不清楚是紧张，还是别的什么……她微微动一动，想抽出来，谢长昼的目光立刻轻飘飘投过来。

就好像是在说：怎么？你还想引起教授的注意？

孟昭就不敢动了，这么捱到下课。

梁教授也没多看他俩，手上拿着优盘，抱着教案就走了。

孟昭立刻放开谢长昼，跑到座位前收拾东西，埋着头，将iPad和笔袋一股脑儿收进书包。

教室里陆陆续续有学生离开，谢长昼逆着人流，走到她跟前。居高临下，他说："不高兴啊？"

孟昭收东西的手停顿一下，将拉链拉上："没有。"

她就是不知道他想干什么，有点茫然，又有点惶恐。她背上包，起身往外走。走廊上铺满阳光，她走得不快，感觉谢长昼也跟了上来。

孟昭去图书馆改简历。元旦过后就是期末，很多院系已经放了复习假，自习室一座难求，她昨晚掐着点儿预约，才抢到座位。

谢长昼一路跟她到自习室，在她正对面坐下。

孟昭其实挺好奇，他怎么能刚好掐准她对面的位置，向旭尧竟如此神通广大，这家伙的危险系数在她心中又上升一个等级。

她一边走神一边写简历，屏幕上方弹出赵桑桑的消息："呜呜。"

孟昭："你们又吵架了？"

赵桑桑："什么叫'又'，上次吵了，就一直没和好。"

那都什么时候的事儿了，赵桑桑后来没再怎么提起，孟昭一直以为他们和好了。她问："就因为你俩闹别扭，他没追你？"

赵桑桑："不是啊，他不追我，我就回去认输了。可他没完没了，说我无理取闹，让我自己冷静一下。但他最近工作很忙，项目赶进度，一直睡在公司里。"

孟昭感觉，事情开始变得有点棘手。

她想了想："你去跟他好好聊聊，别拖，就现在。"

赵桑桑："啊，要去求他吗？那不是显得我很卑微。"

孟昭："不是……平等交流。"

赵桑桑："救命，好难，你谈恋爱也这么难吗？"

孟昭还真想不起来了。她跟赵桑桑不太一样，与其说是她很少无理取闹，不如说是，她从一开始，就不太敢无理取闹。

生气或者闹别扭也悄悄的,每次都是谢长昼发现了,将她捞过来放到怀里,捏着她的脸问:"哪儿不痛快啊,说出来,哥哥听听?"

她才谨慎地吐露一点。所以,她后来想,分手那次,他反应那么大,可能也是因为,两人认识那么多年,她从没说过"我觉得你不是特别喜欢我"这样的话,或是流露类似的意思。

如果她是谢长昼,大概也会觉得很突然,甚至是莫名其妙,措手不及。

她正不知道怎么回复。对面的谢长昼突然放下手机,起身迈开长腿,往门口走去。

孟昭愣了下,下意识抬头,谢长昼一个眼风轻飘飘扫过来,低声道:"我不走,你坐着。"

孟昭:"……"不是,她也没说要挽留他吧。

孟昭想了想,将注意力收回来:"没那么难,你现在不去跟他说,拖得越久越麻烦。"

赵桑桑:"那我下午就去。不过,我想起来了,那时候你跟谢长昼恋爱,确实不存在这个问题。是你一直在哄他吧,所以他才有恃无恐。"

孟昭微怔,下一秒脸颊传来暖意。谢长昼居高临下,站在她身后,修长手指拿着杯热奶茶,在她脸上贴贴,热气一触即离。

他声音慵懒低沉,落在她耳边:"在背后,就这么说我。"

孟昭呼吸一顿,他将奶茶放到她手边,绕过桌子,重新坐在她对面。

孟昭挠挠脸:"那……倒也不是。"谢长昼也会哄她,只不过耐心有限,她捉摸不定,很好脾气,每次都觉得算了。

赵桑桑没再多说什么。孟昭继续埋头改简历,谢长昼坐在她对面,他刚才出门拿奶茶的时候,顺手把iPad也拿了过来。

他坐在她对面,鸭舌帽压得很低,修长十指无声敲击屏幕,唇角微微绷着。不知道在看什么,但又很认真的样子,像一个间谍。

孟昭有些走神,余光瞥见一个女生背着包站到桌子旁,低头望着手机屏幕,喃喃自语:"奇怪,我没约上吗……"

女生挠头,看看一副慵懒姿态坐在那儿的谢长昼,又看看自习室占用情况,非常不解。孟昭悄悄抬头,看向谢长昼。谢长昼抬眼跟她对视,一秒,两秒。他起身,把凳子给人拉开,认输似的叹息:"我不用了,给你坐吧。"

就这么匆匆间一瞥，女生看清了他的脸。他长得太好看了，那同学有点受宠若惊，忍不住多看一眼，小声道："谢谢啊。"

然后女生又忍不住问："那你怎么办？"

谢长昼将帽檐压低，只露出清冷的下颔，唇角一勾："我来陪读的，站这位同学旁边就行。"他说着，在孟昭身边，停住脚步。

女生后知后觉，心想，原来是情侣。

自习室桌子和桌子之间隔得很开，孟昭身边，完全能再塞下一个谢长昼。他站在她身边，长手长脚一大只，拿着iPad，不紧不慢地处理刚刚没处理完的数据。

孟昭如芒在背，被他身上的气息包裹着，好像能感觉到他的呼吸。

孟昭忍了忍，又仰头看他，小声道："你能不能别在这儿站着。"

谢长昼手指一顿，帽檐下一双眼狭长清冷，唇角却微微勾起一个弧度。

他拖着散漫的调子，压低声音，说："你想把座位分我一半？"

孟昭站起身，埋头将iPad塞回背包，推开凳子。她走出去两步，犹豫一下，还是回身，带上那杯没开封的奶茶，背后传来谢长昼低低一声笑。

十一点多，孟昭寻思要不要先去把午饭吃了，她从图书馆往食堂的方向走，谢长昼一直跟着她。

走出去一段路，孟昭有点无奈，转过来："你别跟着我。"

谢长昼挑眉，很纳罕的语气："路这么宽，不让人走？"

"我都说了……"孟昭有点无措，"我没有不高兴。"

谢长昼尾音上扬："你好奇怪啊同学，我又没问这个。"

孟昭拽住他的手把奶茶放他手里，闷声闷气道："还给你。"

谢长昼顺势握住她细白的手腕，将她往自己跟前一带。

孟昭像一只茫然的小兔子，被拖着上前半步，不自觉地凑近他。

"我说。"他语气散漫，"就追我那事儿，你考虑得怎么样了？"

孟昭心脏漏跳一拍，停顿一下，才说："在想。"

谢长昼"嗯"了一声，掀起眼皮看她："你去哈佛的话，一个人？"

"不然呢？"孟昭被他攥着，不得不跟他对视，"但也还没定，他们不一定录取我啊。"

他却问:"你不需要陪读?"

孟昭愣愣的,懂了:"你接下来的工作重心,在海外吗?"

谢长昼想了想,说没有,她估计也不信。他"嗯"了一声:"是一方面。另一方面,我在你身边的话,你就可以,好好追我。"

孟朝陷入沉默,她很认真地看着他,歪了歪头:"你是,认真的吗?希望我追你?"

"孟昭。"谢长昼思索一下,扶着她站稳,低声叹息。

"我没跟钟颜订婚,以前没有,以后也不会;谢晚晚人在香港,手底下嫡系被我抽空了,正自顾不暇,这口气得一阵子才能喘过来;至于我大哥,他现在没法左右我的想法。"

他说:"我这人身上没什么安全隐患,不用纠结这么长时间。"

不知道是不是错觉,冬日温和的阳光下,她这么看着他,竟然在他眼底,捕捉到一点认真。但是,孟昭实话实说:"我也没有纠结很久吧。"

这才几天,元旦都才刚刚过去啊。

"我就想要你一个准话。"谢长昼微皱了下眉,忽然有些不自在,慵懒散漫的调子淡了些,声音发闷,"你还想跟我在一起吗?"

孟昭心里猛地一跳,四下静寂了一瞬,冬日的冷风从指尖掠过。

好一会儿,孟昭摸摸冻得冰凉的耳垂,将脸埋进围巾,轻声说:"谢长昼,我已经不是十九岁了。"

谢长昼身体一顿,掀起眼皮,刚想说话。

她又开口,轻轻道:"十八九岁,如果我想跟谁在一起,就无论如何,一定会跟他在一起。"

"但现在,我不会再选择跟你恋爱了,我们不合适。"孟昭抬眼望向他,眼睛黑白分明,漾着温和的阳光,"只不过……"

就前后几秒,谢长昼的心情从云端跌至谷底,竟然还有转折。

他有些狼狈,哑声:"不过?"

"只不过,我从不后悔,我曾经……"

在短暂的青春中,热烈坚定,始终如一地……

"奔向你。"她说完后半句话,四周空气都静默了一下。

谢长昼情绪起伏,几乎忍不住:"为什么?"

孟昭平静:"我不敢。"

冬日的风轻吹,她今天没穿羽绒服,灰白的高领毛衣外面罩着件黑色大衣,编了一条鱼骨辫在脑后,两手拎着帆布书包,注视着他,仍旧是平淡的眉,清秀的眼,脚上系带的短靴相当学院风,衬得腰身纤细,又非常青春。

但不是属于他的人。这一瞬间,谢长昼脑子里闪过很多场景。

她在铂悦府那套房子的客厅里给他读书,大大的落地窗前,她偶尔磕磕巴巴,但又很专心,她好像一点攻击性也没有,温顺柔软,被夕阳镀一层金边;卧室中,她喝醉了意识不清醒趴在他怀里哭,不知道吃过多少苦头,瘦成一把骨头,仍然不愿意服软,掉眼泪也不出声;学校路灯下,他半带玩笑半勾引似的,让她来追他,她很好脾气地不羞不恼,被他逼得急了,给出的也是这种温柔又有原则性的回复。

谢长昼望着她,陷入长久的沉默。

脑海中最后一个瞬间,是四年前他大病一场后高烧退去,在一个阳光温暖的春日午后,醒过来。天空很蓝,花木扶疏,院子里种满黄澄澄的向日葵,他躺在藤椅上,膝盖覆着厚厚的驼色毛毯。

长尾雀在树木枝头跳跃,他的视线飘到走廊又逐渐飘回,这才渐渐清晰,察觉膝盖另有重量——长发少女趴在他膝头,黑色长发水墨似的散开,露出白皙的耳垂。

察觉到动作,她揉着眼睛仰头,脸上被压出印子,有点迷糊地问:"你醒了?我去叫医生。"

谢长昼攥住她手腕,哑着嗓子掀起眼皮:"回来,你坐着。"

他刚睡醒,意识从噩梦中跌落,似乎尤其感性。

他耷下眼皮看着她,问:"你一直在这儿?"

她点头:"我一直在。"

他又问:"你会走吗?"

她摇头:"我不走。"

少女一双眼黑白分明,阳光倾泻下来,照在屋檐下落地的天青色陶瓷鱼缸上,水纹激滟,地板上也有波光浮影。

她坐回他膝边,轻声问:"你梦见了什么?"

他身体向后靠,懒洋洋地用半截手臂挡在额前,闭眼哑声说:"梦见你不要我了。"

那时候，她是热的，暖的，温顺的。可他直到现在才接受这个事实：他的女孩，早就不是他的了。

"那我天天来找你，你是不是也觉得，挺烦的。"谢长昼飘远的思绪迟迟落回来，微垂着眼，哑声道，"我以后，不缠着你了。"

孟昭静默着，没在他脸上见过这种表情。有一些失望，但不是颓然，一双眼睛，掩藏所有情绪。

她张张嘴："我……"

"但是，做朋友总可以吧。"他后半句话话锋急转，声音很低，像冰镇啤酒，带着一点午夜的余痛。好似大梦一场，今宵千千万万遍放弃，明日辗转醒来，又千千万万遍反悔。

他一直在忘记，又一直在等。

孟昭微怔，在这句话中体会到一种，类似狼狈的情绪。

下一秒，冷风一吹，她恢复清醒："当然可以……如果你想。"

也没什么差别，反正，是只有在梦里，才有机会重新在一起的人。

新年第七日，北京又下了场雪，一觉醒来满世界已经银装素裹。

赵辞树"咔嗒"一声把透气的窗关严实了，在暖气前烘手："你这屋太宽敞了，难怪房间里也冷。"

谢长昼半躺在床上，没穿病号服，修长身躯罩着件暗蓝白条纹的衬衫，金丝边眼镜架在鼻梁上，透出镜片后波澜不惊的一双眼。

他敲着放在床前小桌上的电脑，声音冷漠："嫌冷就出去。"

"你这人真是，兄弟好心来看你，你就这德行。"赵辞树嫌弃，"难怪昭昭不待见你。"

谢长昼手指微顿一下，眼底仍旧没什么情绪。

"你说啊，你都搁这儿住这么多天了，也不见昭昭来看你。"赵辞树坐他旁边，随意道，"要不我叫她来陪床？反正我们那合同里写了，甲方有需求的时候，可以更换工作地——"

"赵辞树。"谢长昼掀起眼皮，打断，"别去烦她。"

她最后几天了，估计还在弄Q市那个公建项目的破标书。

"哟,还嫌我烦。"赵辞树就想不通,"你说你,一会儿让我大冬天的帮你买栀子花,一会儿让阿旭给你弄校园卡。东西全整齐活儿了,你这还追不到人,你怪谁?"

室内暖气充足,私人病房私密性很好,两人都不开口,陷入沉寂。好一会儿,谢长昼垂眼,冷声道:"我没追她。"

"那你前两天在干吗?"

"问她要不要追我。"

赵辞树都给他弄糊涂了:"你真的,还喜欢孟昭?"

谢长昼掀起眼皮,面无表情地看他一眼。赵辞树觉得,他要是稍微有点力气,这一眼应该是瞪他的。

"不是,那我就不明白,你直接跟她告白不行啊?"赵辞树更不懂了,"一天到晚整这一出出的,你不嫌烦?"

"你那位呢?你熬了这么多年,不见你告白。"谢长昼唇角浮起点儿嘲笑,没什么恶意,"照着你的说法,不就嘴皮子上下一碰的事儿?"

"我那情况能一样吗?我那位又不是你这样,一块儿长大的,那昭昭脾气多好啊,我那个,我——"赵辞树起了个高高的调子,一转头,对上兄弟沉静的目光。他沉默三秒,懂了:"行,我知道了,咱俩就是抹不开面子。揣着这张脸单身一辈子吧,算了,算了。"

谢长昼沉默一下,移开视线。

"对了,"赵辞树突然想起,"晚晚说,虽然你连大哥的话也不听,但她不生你气。"

"我做决定什么时候轮得到他们生不生气了。"

"可是她还说,爷爷催完她和谢竹非,下一个就要来催你了。"赵辞树幸灾乐祸,"你可做好准备。"

谢长昼看着屏幕上的材料和图纸,手指停在空中。半晌,他被突如其来的烦躁包裹,拉扯着下坠。

他摘掉眼镜,修长手指抵住眉心,按一按,沉声问:"哪家的?"

"没信儿呢。"赵辞树说,"但你家里人给你物色的,再差也差不到哪儿去,你说是不是?"

谢长昼也不知道是不是,他绷着唇,没说话。

过去几年，父母和爷爷，也不是没想着给他找结婚对象。一开始想撮合他和钟颜，毕竟两人青梅竹马一起长大，那么多年的交情在，不用从零开始培养感情。但他对钟颜完全没那方面心思，他拿她当兄弟。

话说开了以后，钟颜也没多说什么，她性子洒脱，拍着他的肩膀叹息："好兄弟，那我去找下一个了。"

下一个，这圈儿里还真不愁找不着下一个，连连看似的，八竿子打不着的人，谁跟谁都能连在一起，只要有共同利益，那就是共呼吸同命运的一体了，先是合作伙伴，其次才是夫妻。

谢长昼的头又开始疼，他喘不上气，明显感觉到心脏跳得不太对，那种血压忽高忽低不受控的感觉令他头晕目眩。

赵辞树给他叫医生，按铃的那十几秒里，又突然转过来，闷声闷气道："哎，你知道我为什么不去招惹我那位吗？因为我娶不了她。"

谢长昼呼吸一顿，抬眼，黑发散落额前。

"你趁早搞清楚，你到底是喜欢孟昭，还是觉得她脾气好，想玩一玩。或者仅仅因为当初提出分手的人是她，你不甘心，想借此扳回一局。"

赵辞树很认真地提醒他："好歹是我们几个看着长大的，都拿她当妹妹。"他轻声说，"你别糟践人家。"

徐东明那场竞标定在周五下午。

大雪过后，北京的网约车体系几乎全线崩溃，孟昭打不到车，跟商泊帆兵分两路。他先出发，她压尾，先坐地铁，然后骑车过去。

会议中心很大，孟昭骑车骑得有些费劲，进门后直奔商泊帆那儿去。她气喘吁吁地踩点进门，好在最后，竞标非常顺利。

这两年，孟昭跟着徐东明，把大大小小的竞标会场和学术会议都跑了个遍。她明显看出，有几家是陪标。她唯一比较意外的是，向旭尧竟然也在。

男人坐得端端正正，仪表神态无可指摘，脸上笑意满满，明晃晃写着"我来陪跑"。

她跟他隔得太远，她没打招呼。等散场后，才盯着向旭尧离开的方向，情不自禁地发呆。如果他在，那有没有可能，谢长昼，也是在的。

下一秒，突然有人从背后，轻拍了一下她的肩膀。商泊帆居高临下，温和的笑声在头顶响起："没想到今天这么顺利，昭昭，你还记不记得新年夜时，我跟你说，我有话跟你讲？"

会议厅内，人已经走空了。孟昭回过身，点点头："记得。"

"我是想跟你告白。"商泊帆目光柔软，很认真地看着她的眼睛，说，"只是那天你太忙，没抽出空。后来又一直在弄竞标的事情，我也没顾上。今天竞标结束了，我就想来找你，再跟你说一次。"

孟昭虽然心里有准备，但他就这么不加掩饰地说出来，还是有点惊讶。

"孟昭，我喜欢你，很久了。"商泊帆有些腼腆地笑，又想到什么，"这事儿你应该很早之前就知道吧，毕竟大一的时候，我就跟你告过白。"

他笑着，轻声说："我当时说要等你分手，是真的一直在等。"

只不过孟昭分手了也没跟他说，他多方取证、研究观察了很久，才敢确定，她现在是单身。

"昭昭，做我女朋友好不好？"他很认真，"我知道你申请了哈佛，我也申请了，如果能一起读，我们就一起读，如果不能一起，我俩就毕业再一起回来。我舅舅是F大建筑院的副院长裴樟，我爸妈也都是行业里的，我们以后可以一起进建筑院，也可以一起创业。"

"当然如果这种你都不想做，我们也可以一起商量干别的。只要在一起，做什么都行。"

室内静寂，商泊帆居高临下，目光柔和又认真。

孟昭感受到对方的真诚，但正因为真诚，更觉得不能含糊。

"谢谢你，商泊帆。"半晌，她看着他的眼睛，说，"谢谢你的花，也谢谢你一直在等。但是我没法做你的女朋友，我没那么喜欢你。"

一盆冷水兜头淋下，商泊帆不太明白："没那么喜欢，是指什么？"

"是指不讨厌，但我只把你当同学。"

"那没关系。"商泊帆还是那套说辞，"感情可以培养啊。"

不是的，孟昭想。感情根本培养不了，钟颜跟谢长昼在一起那么多年，也没有坠入爱河。与爱情有关的，只能是一见钟情，怦然心动。世间一切日久生情，背后必然藏有权衡、将就、妥协，或某一方隐忍绵长的单向爱意。她不想妥协。

"商泊帆。"她说，"你值得跟更喜欢你的人在一起。"

"那你呢？"商泊帆有点孩子气地反驳，"我跟更喜欢我的人在一起了，你去跟谁在一起？"

孟昭被他问得愣住。须臾,又笑开,眼中漾着冬日的阳光,很认真地说:"我以前,也有一个特别喜欢的人,他很少直白表露感情,导致我到现在都觉得,他没那么喜欢我——至少,他的喜欢,一定没有我的多。"

"那几年,只要跟他在一起,我就很开心;可一旦他去工作,出差,从我身边离开,我就会非常不安。他朋友很多,都爱玩,我一直很怕被他抛弃。

"我只敢那样想,从来不敢那样说。所以我非常小心,怕他不耐烦,怕他没耐心,怕他哪天因为我年纪小或者思想太幼稚,突然就不喜欢我了。"

安静的室内,商泊帆很耐心地听。

完全没有注意到,还有另一道颀长的男人的身影,在门口停住。

"所以,我比任何人都更清楚,在一段恋爱关系里,双方相差太多,会给人带来多少痛苦。

"只有一个人喜欢另一个人,是没办法谈恋爱的,所以,商泊帆,你一定要找一个,你很喜欢她,她也很喜欢你的。"

她声音很轻地说:"你值得拥有一个,与你相配的恋人。"

孟昭没跟商泊帆聊太久,两人离开会议室到分开,气氛仍旧其乐融融。

孟昭包还没拿,转身往回走,没两步,被人捂着口鼻,朝着一旁拖行。

她大惊失色,扣住对方坚硬的手臂,正要尖叫——下一秒,男人放开口鼻,攥着她的手腕,一个转身,将她按在墙上。

走廊上没有开灯,光柱在两人四周穿行,尘埃飞扬。

孟昭头晕眼花,感觉柠檬薄荷的气息铺天盖地。

谢长昼仗着身高优势,靠近她。

然后,他声音压得很低很低,哑声问:"你答应那个小男生了?"

不等孟昭开口,他唇角发白,往日慵懒的样子在这时也消失了,他看着她黑白分明的一双眼,舌根发苦,说:"别跟他们在一起,他们都不好。"

他们不如我,不如我喜欢你。

孟昭晕了一下,呼吸不自觉变得急促。

会议结束之后,徐东明带队先离开了,本意是要她和商泊帆留下来收个尾,跟其他团队打个招呼再走。所以他俩才一直等到这会儿,等到其他人也都走得差不多了,才打算撤。

但这地方是公共场合,旁边就是旋转楼梯。

如果有人折返,就会看到她被他堵在走廊上,抵着墙,不让动。

"我没……"孟昭后知后觉,有些懊恼地伸手推他,"你干什么?"

她两只手按在他胸膛上,手指碰到毛衣,那是柔软的触感,但他整个人是坚硬的,纹丝不动。他被推阻,理智稍稍回落,微抿着唇,稍后退了一些,才低声道:"这是来自朋友的善意提醒。"

"现在跟你说得好好的,一到毕业就翻脸不认人的,大有人在。"谢长昼垂眼看她,沉声道,"别在学校里谈恋爱,小男生都不靠谱。"

他的气息铺天盖地。孟昭其实没想到他今天会直接来堵自己,心情有些微妙,又有点忍不住:"老男人也未必就靠谱吧。"

谢长昼怔住,张嘴:"我——"

"我不是在说你。"孟昭打断,"谢谢你提醒,我已经拒绝他了。"

谢长昼看着她,一语不发,眼神却悄然有了变化。刚刚他站在门口,一来不好听太久;二来声音断断续续,判断出是商泊帆在告白,但内容也没听全。她这么直白,反而让他不知道该怎么将话接下去。

停顿一下,他干脆也直接说明来意,语气淡淡的:"一起吃个午饭。"

孟昭了然:"你是来找徐老师的?"

她想了想,觉得不对:"可他刚刚已经走了……"

谢长昼微皱一下眉,心头浮起几分困惑。为什么不能是来找她的?

她为什么从来不觉得,他有可能,仅仅,只是来找她?

"不是徐东明。"谢长昼心情莫名有些抑郁,"有人想见你。"

孟昭茫然:"嗯?"

他看她一眼,轻声道:"去拿东西,上车说。"

谢长昼的司机,今天开的还是那辆奥迪。孟昭记得他有很多酷炫的车,但很奇怪,在北京这段时间,从没见他开过。

谢长昼安静地等她上车,孟昭动作慢吞吞的,他也没催。看着她扣好了安全带,他才掀起眼皮问:"你实习找得怎么样了?"

孟昭乖乖地如实作答:"已经找好了。"

她没像其他同学一样海投,而是精挑细选了几家设计院和事务所,颇有针对性地去写简历。这样做效率奇高，几乎是投出去两三天就都有回复，几轮面试下来，她前后一周时间就把实习单位定了下来。

孟昭其实没担心过实习的事儿。这几年，她放假都没怎么回过家，大四徐东明也帮她引荐过实习，她有设计院的实习经验，不算白纸应届生。

而且她校内履历也很漂亮，不仅有T大的背景，之前跟着徐东明做设计、写论文，积攒下来的项目经验也不少。总之功夫不负有心人，那些在背后默默努力的时刻，一点点积累下来，总有被看见、派上用场的一天。

谢长昼轻"嗯"了一声，平淡地陈述："你最后选了'风光'。"

"风光"也是国内最大的新锐设计事务所之一，跟谢长昼的POLAR比肩，只不过"风光"主打国内市场，POLAR在国际认可度更高。据说"风光"背后的老板也很有来头，两家一直对着干，年年互相抢项目、抢设计师，微妙地"相爱相杀"。

孟昭摸摸鼻子："你怎么知道？"

谢长昼没答，他修长手指敲在手机外壳上，掀起眼皮，目光有点散漫地投过来："怎么，打算跟我对着干？"

今天不是正式场合，他穿得很休闲，黑色长裤，外面罩着同色风衣，里面是件灰色圆领毛衣，露出白衬衣挺括的衣领。不知道是不是她的错觉，他唇色比以往浅一些，眉宇间笼着清淡的疲倦，一副有心事、没睡好的样子。

孟昭舔舔唇，迟缓道："……没。"

她慢慢解释："我选择'风光'，是因为它有自己单独的楼。"

"风光"不在办公楼里，而是占据了工业园区里一栋单独的小建筑，玻璃做的，漂亮极了。而且那房子里，没有让她无所适从的前男友。

谢长昼眼神静静地，在她身上停留一阵。他眼瞳很黑，且幽深，她被他看得心里没底，思绪正乱飞，下一秒，他突然移开了目光。

车内寂静，他沉默一阵，声音有些哑，低得像一句叹息："算了。去对手家也行，你高兴就行。"

孟昭屏住呼吸，心头漏跳一拍。

司机驾车向西横穿东三环，从东边朝阳，又回到了内城边沿儿。北京没有一环，二环内就到故宫跟前了，钟楼四周这一片是老城区，胡同四通八达，沿街的墙渐渐矮下去，建筑风格逐渐变得古朴统一。

车在路边停下,前不着村后不着店,这旁边只有一溜长得看不见尽头的灰墙,中间嵌一扇高高的电动大门,上头挂着个摄像头,连门牌都没有。

孟昭有点茫然,见司机"啪嗒"拉开车门,下去了。

她愣了下,下意识:"你的车进不去啊?我们也在这儿下?"

谢长昼停顿一下,看她的目光变得不悦。

孟昭心里没谱,正困惑,下一秒,司机位的车门再一次被拉开,冷风短暂地侵入,一身西装的向旭尧端正地坐了进来,"砰"地关上门。

扣好安全带,他笑吟吟地朝孟昭打了个招呼:"昭昭。"

还特地换了个司机……孟昭也朝他点点头:"阿旭。"

向旭尧笑笑,没再说话,重新启动车子,大门在眼前缓缓打开。

保安在里头,孟昭看着他们开后备厢检查,忽然有点迷糊。

前几年,她跟赵桑桑在老佛爷百货逛街,买完东西后顺着墙根往北海散步,走着走着就迷路了,不知道是到了哪儿。挺神秘的,突然就冒出两个西装革履的高个儿寸头帅哥,特别礼貌地请她们别走路这边,走路对面。

说是请,但也没给她们第二个选择,就是"此路不通,您请绕行"。她遇到过太多这样的高墙。以前她觉得,财富是流动的,哪怕摸不着也不能拥有,隔得远了总能看看。后来才发现,还有些东西,目光越不过去,看一眼也难。那是另一个世界。

车子穿过一段段林荫大道,在一栋白色小洋楼前停下。

孟昭手心微潮,背脊不自觉地绷紧了。下一秒,手背忽然覆上大掌,谢长昼意有所指,手指轻轻在她手背上敲敲:"家宴,都是熟人,坐一坐就走。"

孟昭更好奇了,她多大的面子啊,在这种地方,还能有熟人?

向旭尧停好了车,立马有人来帮忙开车门,立在门前先敬个礼。

谢长昼下了车,一手扶着手杖,另一只手朝孟昭一伸。

她微怔,抬眼看他。他目光很淡,没什么别的意思,好像只是因为她有点紧张,所以伸手给她缓解一下。

孟昭小心地捏住他手掌边边。谢长昼胸膛微微起伏,也没再多说什么。

有人领着他们进去。这房子不大,小二层,装潢很常规。一进门就是深棕色的旋转楼梯,楼梯旁是巨大的落地窗,窗前摆着一架白色钢琴,琴键上盖着黑色绒布,上头压着个粉蓝色水晶球,是闭眼跳芭蕾舞的小女孩。

白墙一览无余，挂着个平平无奇的石英钟，偏偏孟昭又认出来了，那是清末一个买办的藏品，那一批里只剩两个，另一个，挂在谢长昼广州的家里。

　　她一言不发地收回视线，跟谢长昼一起脱了外套换了鞋，往里走。

　　走到客厅就听到喧闹声，是从饭厅传来的。

　　谢长昼面不改色，牵着她走过去。一踏进饭厅，讨论声明显停了下，然后是更热闹的吵闹声：

　　"阿昼来了，赶紧给他让位置。"

　　"阿昼都多久没跟我们几个聚了，罚酒，先给他满上！"

　　"有二少赏脸，我这儿蓬荜生辉——哎，这词是这么用的吗？"

　　在场人不算多，加上谢长昼是七个，五位是男士，剩下那两个，应该是其中某两位男士的夫人，赵辞树也在，孟昭是第八个人。

　　主人似乎没想到还有第八人，稍愣了愣，家中阿姨很懂得看眼色，已经将一把椅子拖过来。

　　孟昭刚要坐，被谢长昼拉住。他抿了下唇，明明也没什么差别，手指微顿，还是拽着她，坐在了原先给他准备的椅子上。

　　他自己则朝旁跨半步，坐了那把加的椅子。

　　孟昭还没反应过来，就听他声音低低地说："你坐我这儿。"

　　孟昭没推辞。这么小个动作，落到几个人眼里，他们交换眼神后，再往孟昭那儿看，目光里意思都不一样了。

　　主座的男人穿着家居服，宽松的长袖长裤，他低咳一声，揶揄道："这姑娘谁啊，阿昼都不跟我们介绍介绍？"

　　谢长昼没动弹，不紧不慢先给孟昭倒了杯水，又给自己倒了一杯。这才掀起眼皮，语气散漫地道："熟人，你们见过的，孟昭。"

　　席间静默几秒，几个男生纷纷震惊：

　　"天哪这是昭昭，几年不见，变化这么大！"

　　"瘦了好多啊，你在学校吃不饱饭的？"

　　"人家是学霸，学霸肯定一天到晚只顾学习，哪还有空照顾自己！"

　　两位夫人没见过她，好奇地压低声音，向各自的先生询问这年轻女孩的信息。孟昭臊得慌，她想起来这些人是谁了。

　　四五年前，她刚跟谢长昼恋爱时，他带着她去上海玩，顺路谈项目，他跟一群好友碰头，在沪小聚。当时酒局上的，就是这几个人。谢长昼朋友不多，这几个男士家境相似，产业遍布各行各业，都是南方人，祖上可能有北方的，但非常少，所以，这不是某位男士的局，是某位男士的夫人组的局。

"真是好久不见了，咱们得干一杯。"主座的男人举杯，大家很配合地举起杯来跟他碰杯。

碰完了，他又问："昭昭现在能喝酒吗？"

谢长昼平淡道："不能。"

所以他压根儿没给孟昭倒酒，而是给她装了一杯水。

问问题的人愣了下。谢长昼没再看他，指指对面的年轻男人，跟孟昭介绍："喏，这个，封言。"

孟昭看过去，男人三十出头，脸庞很瘦，一双桃花眼。

封言的位置正对着她，他穿得很少，白色圆领T恤、深蓝色牛仔裤，胸前挂着一串银色的金属链子。头发修理得很短，左耳戴了枚黑钻耳钉，整个人看起来年轻利落。

孟昭屏住呼吸，"风光"的投资人兼首席执行官，就叫封言。在座几个男人中，她唯一一个没见过的生面孔，就是窗边这个戴耳钉的男人。

下一秒，封言漫不经心地扔掉手里的橙子皮，抬眼望过来。

孟昭呼吸一顿，他的眼睛是深蓝色的，是大海的颜色。

"我说。"他抽出纸，平静地擦擦手指，"你倒是把我介绍得好听点儿，比如'碾轧谢长昼的天才建筑师'，封言。"

谢长昼掀起眼皮："我愿意介绍孟昭给你认识，你就已经该烧香谢谢太爷爷了。要不是我没精力没工夫，轮得到你来带她？"

等等，什么介绍？什么带她？孟昭一头雾水，满脸茫然。

封言笑着解释："我跟阿昼打了个赌，赌你实习，是去POLAR还是来我这儿，结果他输了——你还没见过我吧，孟昭？你好，我是封言，阿昼的中学同学，也是目前'风光'的CEO。"

孟昭愣住，好一会儿，结结巴巴道："你……你好。"

封言莞尔："我之前一直不在国内，没见过你，但老早就听说过你了。你不用紧张，我工作重心不在建筑行业，现在在'风光'只做全年的项目统筹规划，不跟进执行任何具体项目。你另有师傅，平时在公司也见不到我，别有心理负担。"

谢长昼那些关系好的玩伴，个个是天之骄子，生下来就已经躺在普通人的终点了，实在很难混得不好。设计行业一眼看不到头，这几个人名下又产业无数，无论是不是家中独子，都不会一门心思只从事这一项工作。

所以封言的主业在别的事情上，她毫不意外。

孟昭回过神，谨慎道："你好，封言前辈。"

席间另外几个男生立刻不乐意了，七嘴八舌地打趣："怎么就他是前辈，那我们几个是什么啊？哥哥还是叔叔？"

孟昭脸颊发红，她其实很不擅长应付这样的场面，尤其是谢长昼比四年前要沉默很多，鲜少搭腔。

她磕磕巴巴地跟所有人介绍完自己，谢长昼朝后一靠，一只手落在椅子扶手上，没看她，语气散漫，又透出点儿无奈："就学不会说话。"

这口风带着微妙的宠溺，只能是对自己人，一圈儿男生都笑起来。

孟昭低头，戳戳盘子里圆润的橙子。

人齐了，开始上菜，几个冷盘热菜一样尝一口，孟昭就觉得已经饱了。

他们能聊的就那么点儿事，谁结婚谁生了孩子，谁拿下了哪块地，谁的什么项目赚了多少个亿，明年政府要在哪片儿划个什么区……

觥筹交错好几轮，孟昭只记住了，桌上这两个嫂子，名字很有意思。

一个叫李莹莹，一个叫张宁宁，还挺押韵，她忍不住笑，都不是真名。

当初她在医院初遇谢长昼，那么个清俊贵气的青年，怎么看也不像普通人。他偏偏就敢信口开河，笑着跟她撒谎，说自己叫"谢闻道"。

后来孟老师听说了，也只是一笑而过，让她不用纠结。

她当时没明白，后来懂了。纠结多没意思，他想叫什么，就能叫什么。

熟人叫他"阿昼"，下属叫他"谢总"，秘书叫他"二少"——以前亲昵时，她贴着他耳朵，叫他"昼昼"。

但事实上，今天他是谢长昼，明天就能变成谢短昼。名字没有意义，他要真想让谁找不着，那就没什么东西，能定位到他这个人。

孟昭埋着头，不动声色地舀了勺鱼圆汤，悄悄喝掉。

然后听见一声带着低低笑意的讨饶："哎哎，夫人，给留点儿面子。"

孟昭回过神，抬头看，发声的是个斯文眼镜男，坐在封言左手边，从几个人进门起，他脸上笑意就没消过。这人很面熟，她总觉得在晨间新闻里见过，刚喊过名字，现在又想不起来了，似乎是某个发言人。

李莹莹坐在他左边，有点无奈，将他白酒拿过来倒掉，握杯子的手指秀气漂亮："不行，不能喝了，酒精伤肝，今晚半夜又要吐血。"

封言跟另外几个人捧腹大笑，孟昭下意识转头看，谢长昼眼底也染上笑意。这笑意很浅很浅，她甚至怀疑，他是不是也醉了。

赵辞树打趣："博哥都夜半吐血了，嫂子倒是劝劝啊。"

李莹莹摇头扼腕："我劝得少吗？不听，劝不住。"

大家笑成一团，孟昭悄无声息地又吃了两颗鱼圆。

思绪不受控制地飘远，她想起很久之前，在上海那晚，摇曳的灯光下，她拽住谢长昼的手腕，让他别喝酒，引起一群男生没有恶意的哄笑。

她一直没明白那笑声，现在回过点儿劲。她就是一个女朋友，是怎么轮到她去劝他别喝酒的？现在连女朋友也不是了。

酒至半酣，大家吃得差不多。甜点上来，孟昭又吃了不少，她觉得，她可能是这桌吃得最饱的人。也算没辜负今日这位著名的主厨。她有一搭没一搭地这么想着。

"哎，孟昭。"封言拿小刀开了个橙子，抬眼朝她看过来，声音清亮，"我这几天正跟阿昼商量，去澳门过年，顺路给我澳门的女朋友设计个民宿。我之前看过你一些设计，还怪有意思的，你有没有兴趣，一起来？"

孟昭微怔，下意识道："可以啊。"

她首先想到的是这个项目，有钱有署名，能独立设计房子，为什么不去，其次才注意到他的措辞。什么叫澳门的女朋友？

"那行。"她没打算问，封言有点醉了，耳根泛红，吃了瓣橙子就放下了，单手敲开烟盒咬着一根抽出来，"晚点儿让阿昼联系你。"

打火机一声轻响，缭绕的白烟从他手指间腾起，密闭空间里，味道有点呛。孟昭没忍住，轻轻咳嗽了下。谢长昼移开视线，掀起眼皮。

他喝了酒，声音比平时还要低沉一些，懒懒的，又带着不容反驳的气场："你们家那鱼圆，是怎么做的？"

主人："……"

这顿饭散场，封言抱着两斤福橙，赵辞树拎着一大袋灶王糖，谢长昼比较擅长断人后路,他直接带走了今天的厨子。

谢长昼转头来吩咐孟昭,声音很轻:"你先去车上坐会儿。"

孟昭没多说什么,转身上了车。透过玻璃,她看到碧蓝天空下,谢长昼身姿挺拔,跟封言又聊了几句,谢绝了他递过来的烟,然后转身跟大家告别。

下一秒,他拉开车门坐进来,吩咐向旭尧回"T大"。

谢长昼有点上头,缓了一会儿,才哑声开口:"李莹莹不叫李莹莹。"

孟昭下意识接嘴:"张宁宁也不是张宁宁。"

谢长昼微怔,止住声,孟昭忽然清醒。

她轻咳一声:"你不用告诉我她们本名。"反正也不会再见面。

谢长昼没再开口,摩挲左手无名指上的金属指环,忽然陷入沉思。

"谢谢你介绍封言给我认识。"孟昭想了想,语气很真挚,"我的实习在年后,新年期间正好没事做,谢谢你给我找事儿。"

她忽而觉得"找事儿"这词不太恰当,想纠正:"我的意思是——"

"你不喜欢烟味。"谢长昼淡淡打断她,"以前怎么不告诉我?"

孟昭其实习惯了,谢长昼的烟瘾,一直都很大。戒烟戒酒都是说着玩儿的,但凡来个新项目,他稍微一熬夜,坏习惯立马就会全都回来。

她想了想,说:"也避免不了吧,大家都抽。"

谢长昼淡淡地移开目光,停顿一下,沉声道:"我可以戒。"

"我这几天,一直在想。"车挡板升起来了,谢长昼看着前方,不紧不慢,嗓音泛哑,像是真的陷入很遥远的过去,"当初,不管怎么样,不该冲你发火,砸东西。"他停住,很久很久。

"昭昭,哥哥欠你一个道歉。"然后他轻声说,"对不起啊。"

孟昭愣着,有什么东西在脑海中炸开。

谢长昼一定是醉了,不知道醉到什么程度。他酒量很好,难道三分醉意,就足以令他说出疯话吗?她看着他,想到什么,心脏忽然"怦怦"跳。

"谢长昼。"孟昭声音很轻,问,"你以前读书时用的是真名吗?"

他脑子清醒着,以为她会问别的,结果出口,匪夷所思,但又确实很像她能问出来的问题。谢长昼哭笑不得,用余光扫她:"你说呢?"

孟昭谨慎地说:"是不是你其实在学校里留的名字是……谢昼昼。"

驶离二环,阳光投落在车内。光影从谢长昼眼睛上方掠过,他闭着眼,想到刚刚在饭桌上,封言笑,也跟着忍俊不禁。他是在笑什么呢,笑自己。多年前上海那一夜,这么多年,他也没能忘记。青春多好,可惜都过去了。

"是啊,我是谢昼昼。"许久,他轻声说,"你是孟昭昭。"

是已经不再属于我的孟昭昭。

车子很快就抵达T大。谢长昼说完那句话,头枕着颈枕,闭上眼就没声音了。孟昭不想打扰他,跟向旭尧道了谢,打算直接开门下车。

结果就是下车的前几秒,徐东明电话打了过来,她接起来,就听见对方单刀直入,开门见山道:"孟昭?不管你在哪儿,现在赶紧来一趟学院。"

孟昭纳罕,低声问:"怎么了?"

"你不是刚拿了国奖奖学金?被举报了,你来看看。"

孟昭微怔,下意识:"好。"

挂断电话,她一抬头,一双深邃黑色的眼便朝着她望过来。

他显然是听见了谈话内容,修长手指扶着额头,低声嘱咐:"阿旭,把车开进学校,去建院。"

向旭尧应了句:"好。"

车子启动,孟昭才反应过来:"你不用跟着我,估计就是——"

"孟昭。"他打断她,与她对视,没有避开,"我有点醉了,但跟你道歉,不是因为喝醉。"

孟昭愣住,沉默半响,她轻声说,"我知道,我没有怪你。"

第六章 人海中

黑色奥迪在建院门口停下,孟昭"啪嗒"解了安全带,带着谢长昼一起上楼。推门进去,办公室里清了场,只有徐东明和两位学校里派来的老师。

这两位老师倒也没有特别严肃,穿便装,长发绾在脑后,表情都很平和,只是徐东明被她俩夹在中间,神情透着说不上来的憋屈和不高兴。

大办公桌上整整齐齐摆满封存的答题卡,孟昭敲门进去喘了口气,潦草扫一眼,期中期末,各个学期的都有。

她稍稍平复呼吸,看向徐东明:"我来了,老师。"

徐东明面色不豫,朝两位老师扬扬下巴:"喏,就她。"

两个老师对视一眼,看看孟昭,其中戴眼镜那位先朝她笑了笑:"你就是孟昭同学?别紧张,我们只问几个问题,需要你配合一下,你先坐。"

事情到了这个地步,估计一时半会儿也走不了。孟昭没推辞,转身去叫谢长昼:"你要不要也一起进来坐着?"

办公室里的三位老师,这才注意到她身后还有人。男人身形修长,半边脸庞隐没在走廊灯光阴影里,身姿挺拔站在办公室门口,面若冰霜,手里攥着手杖,气场相当强大。

他目光落在三个老师身上,声音清淡:"不用,你先弄你的。"

没戴眼镜那老师愣了下,走过来,伸手想关门:"不好意思啊先生,这事儿涉及我们学校内部的一些数据和材料,还请您——"

"我对你们的校内数据没兴趣。"谢长昼没什么情绪,打断她,"我不过去,但我要在这儿看着她。"

老师为难:"您……"

"让他在这儿吧。"徐东明忍无可忍,皱眉道,"出了事儿我负责。"

这都哪儿跟哪儿,他在内心暴跳如雷,发誓今晚回去一定要揪出举报人,他必须得知道是谁在背后挑了这么多破事儿。

老师见谢长昼坚持,看起来也不像好惹的,索性借坡下驴,转身走回来:"行,那我们先聊一聊,孟昭同学。"

孟昭在大大的办公桌前坐下。室内宽敞明亮,白光从头顶打下来,徐东明和两位老师坐在她正对面,三对一,还真很像是在审讯。

"是这样的,你也知道,我们学校的国家奖学金评定在去年年底就结束了,名单公示一个月。"戴眼镜的老师先开口。

"但就在前几天,我们接到举报,说你奖学金材料有问题。所以我们跟系里申请核查了你的成绩单和答题卡,你可以再看一下,目前我们判定认为,试卷方面是没有问题的,你各科成绩都对得上。"

孟昭没看,眨眨眼:"但是?"

"但是,我们想问一下。"老师停顿一下,余光扫了扫徐东明,很郑重地问道,"徐东明老师,他平时会经常来找你吗?"

孟昭被问得愣住,有点讶异地睁大眼:"啊?"

老师推推眼镜:"如果觉得不方便,可以要求徐老师暂时回避。"

徐东明表情非常难看,孟昭愣了半天,极其迟缓地反应过来,心头继而涌起铺天盖地的荒唐感。她觉得很离谱,又有些哭笑不得。

"会找,但是,"孟昭憋笑,"徐老师没给你们看,他和我的聊天记录,或者往来邮件?"徐东明绷着脸不说话,已经游走在爆炸边缘。

老师推推眼镜:"徐老师说,他没有保存这些记录的习惯。所以我们找到了你,希望能跟本人求证一下。"

另一位老师接话:"当然,如果你需要帮助,也可以直接告诉我们,我们会帮助你。"她特别强调了"帮助"这两个字。孟昭忍不住想笑,一手捂住脸,另一只手捏着手机,递到她们跟前:"你们自己看吧,都在这里头。"

戴眼镜那位接过去,跟没戴眼镜那位凑到一起,两位老师仔细看内容:

"图改好没,快点快点,全组等你一个人,你怎么回事?"

"教不教得会?不行你退学算了,要不要我帮你申请回去重修大一?"

"平时看着挺聪明一个人,一到交作业,脑子就没有灵光的时候。你怎么考进来的？啊？孟昭我问你，你怎么考进来的？"

翻一个月，是这样；再翻两个月，还是这样。两位老师浏览完了所有聊天记录和往来邮件，面面相觑，徐东明的脸色已经难看到极点。

孟昭几乎笑出了声："是谁举报我俩，有不正当师生关系的？"

她真觉得好离谱，徐东明这个人的确嘴毒、脾气坏，但给他办事儿，他给钱给署名也都很大方。他喜欢思维灵活会说话的学生，但她这人脾气就这样了，心思活络不起来，挣扎过后决定保持沉默，接受一些来自徐工的"情绪垃圾"，但也仅止于此。徐东明每天忙得要死，哪还有空做越线的事情。

她话音落下，办公室里沉寂了几秒。两位老师交换眼神，将手机递回来："谢谢你的配合，孟昭同学，你可以走了。"

孟昭拿回手机，叹口气站起身，很礼貌地道："辛苦你们了。"

两位老师正想客套：不辛苦——

"就这么完了？"门口突然传来一道冷淡的男声，语速缓慢，又透着威压，像一把尖刀似的，锐利地划破这种虚伪的平静。

几人微怔，一转头，就见谢长昼正抬眼看过来，胸膛起伏，唇角勾着寡冷的笑："举报人诬告同学、浪费人力，败坏校风校纪——就这么完了？"

那两个老师愣了下："您这是……"

谢长昼拎着手杖走过来，居高临下地看着她们，下颌危险地绷紧。

孟昭有个瞬间，甚至觉得他咬牙切齿，已经将情绪压下去了一部分，才一字一顿地问："匿名举报不都是实名的吗？动了我的人，不给个处分？"

一位老师下意识："这不合规——"

"所以，平白无故，泼人脏水。"谢长昼打断她，冷淡地掀起眼皮，"披着匿名的皮，不负责任随意检举，就合你们规矩？"

办公室的气氛忽然紧张起来。

"我们肯定还会做进一步调查的。"另一位老师解释道，"而且还有一些事情需要跟徐东明老师单独了解一下，所以以需要孟昭同学先离——"

"你们这流程，先把学生叫过来，然后当着导师的面问学生，要不要让导师回避。"

谢长昼都给气笑了，迈动长腿拉开凳子，干脆坐了下去，冷冷道："有什么是我们不能听的，你们要问什么，是我们不能听的？"

他声音低沉,微带着点儿哑,偏偏身上透出一种强大的领导者气场,就这么坐下了,那股气场显得更足。

孟昭回过神:"谢——"

"你坐着。"谢长昼见她要起身,攥住她的手腕,轻易将她拉回座位。

他清俊的眉峰冷冷地蹙起,以近乎倨傲的姿态,对着对面三个人,口气不紧不慢却也不容商量:"要查什么,当我面儿查,就现在,我看着。"

孟昭跟着谢长昼离开院办公室时,太阳已经完全落下去。

走廊上没有声音,两人静默地走到楼下,向旭尧将车开到眼前。

孟昭才摸摸鼻子,慢吞吞道:"谢谢你。"

虽然确实也什么都没查出来。徐东明被问的问题更详细一些,这两年整顿风气,导师和学生之间的问题比较敏感,哪怕只是匿名举报,也要仔细过问。她很想得开,但徐东明可能就不太能。他教书这么多年估计也没遇见过这种事儿,受了天大委屈似的,脖子都气红了,越说越激动。

到后面,他拍着桌子低吼:"谁!谁举报的!欺师灭祖的屎盆子也往我头上扣,还想不想毕业了!"

给戴眼镜那老师都吓得不轻:"您……您要报复检举人?记下来,他可能要报复学生。"总之是一地鸡毛。

残阳在天边收尽,两人在车门前驻足。谢长昼思绪游移,听见她道谢,没搭腔。他微眯了下眼,下意识伸手想摸烟盒,想到什么,又停住。

最后他还是收回开车门的手,转头示意:"走走。"

谢长昼不紧不慢地走在前面,孟昭两手拎包,跟在他旁边。

向旭尧开着黑色奥迪,远远行驶在后头。

"徐东明平时天天就那么说你,"走出去一段路,谢长昼打破沉寂,"你也不反驳。"

孟昭摸摸鼻子,没说话。

谢长昼冷淡道:"你就不能跟他解释两句,在他面前装着卖个惨,或者直接跟他说,你不喜欢他那么说话?"

话出口,他一顿,又觉得有些不对。这样说,好像她做错了一样,但他本意,也不是责怪她。

他只是奇怪，孟昭以前不这样，她挺机灵的，虽然话少，但并不被动。

冬日冷风徐徐，他悄悄垂眼，看向她。

"行……倒是也行。"孟昭下巴藏在红色围巾里，鼻尖冻成粉色，也没不高兴，挺认真地想了想才说，"但我又觉得，没什么必要。"

"什么叫没必要。"谢长昼立刻皱眉，又想起封言的烟。

他冷冷道："你不跟他说，他觉得没问题，下次还拿你开刀，被骂的人永远只有你。"

孟昭安静听着，突然笑了一下，她眼睛弯弯，谢长昼一怔，止住话茬。

果不其然，下一秒，她轻声道："我大一寒假，做过短期的义工。"

那时候她跟谢长昼还在热恋，但他被工作缠住，她也没回广州。

"跟我一起的还有两个同学，一个是我室友，叶初然；另一个姑娘是土木的，跟我同级。那会儿我们仨关系挺不错，一起吃饭一起逛街，还特地建了个小群。快过年时，我们在外头约吃饭。土木那姑娘说，吃湘菜吧，我说，可我更想吃粤菜。我们查地图，发现湘菜馆确实离得近，就想先去看看。"孟昭说，"结果到店后，人特多，排位要等一个多小时，我就提议换家店。可土木那姑娘嫌远，不想动，叶初然不想走了，我也没再坚持。最后那顿饭，我们点了五道菜，吃了两千三，其中有道黄牛肉，单价两千一。"

她声音轻而缓，谢长昼同她并肩走在林间，像在听一个不太快乐的"幼崽童话"。他安静地望着她，听她诉说。

"我们三个人AA，也不是出不起这个钱，但出门的路上，叶初然很抱歉地说，牛肉是她点的，没看价格。我平时跟她直来直去习惯了，就说了她一句，'最好还是看看吧'。"

孟昭微顿："一整晚，土木那姑娘都没跟我说话，但她也没表现出很明显的不高兴，我就没意识到。后来过了很久，我从另一个人口中听到，土木那姑娘背地里跟所有人都说，'以后有孟昭的局，别叫我'。"

谢长昼没说话，孟昭止住话茬，转过来看他。

她的眼睛黑白分明，平静道："她觉得我在针对她。"

"你看，这么小的事情，就是这么小……但在踩坑之前，我真的很难知道，别人会因为什么生气。"

如果什么都做不了，能做的只有一件事：不开口，不提要求。

她去跟徐东明说：我不喜欢你这样说话，你礼貌点。

徐东明下一句话大概率是：你配吗？你配跟我提这个？

所以那时候起，孟昭就想得很明白。十四五岁她哭着跟妈妈说不喜欢钱叔叔，妈妈转头就把这话说给钱敏实听；十八九岁她跟朋友说不想吃湘菜，朋友的决定是再也不要跟她一起吃饭。

就算她跟别人说，喜欢什么、不喜欢什么，也没有人在乎。她这一生能得到的，从来不是她想要的。那她的底线在那儿，只要不触线，怎么着都行。

夕阳最后一抹光辉也泯灭在天边，天光迅速暗淡下去。

谢长昼沉默着，胸口有些闷。

他也不知是中了什么邪，跟个闹别扭的小孩儿似的，嗓音低哑地问："所以，我就砸杯子的事儿跟你道歉，你跟我说'没关系不怪你'，也是因为我没踩你底线。你觉得就算你还是很介意，事情也不会发生什么改变？"

孟昭没反应过来，茫然："啊？"他是怎么发散到那儿去的？

谢长昼忽然有点烦，他觉得，孟昭完全不在乎自己。

"你到宿舍了。"他情绪有些不受控，停住脚步，"我走了。"

孟昭点点头："谢谢你，你慢走。"

谢长昼一下子就更烦了。街边路灯已经悄然亮起，他看着孟昭的背影走向学生公寓，在她进门的前一秒，突然又叫住她："昭昭。"

这一声叫得很平静，带着他骨子里的矜贵与不容置疑，划破干冷空气。

孟昭回过头。

"跟我提要求吧。"灰白天空下，谢长昼慵懒地站在那儿，黑色风衣被风吹得猎猎作响。他掀起眼皮，声音平淡散漫，像是说起一桩遥远的寻常事："早年答应了要年年陪你过生日，可我们都四年没见过面了。那我岂不是，还欠你好几个生日愿望。"

孟昭怔了一会儿，忽然有点迷糊。在谢长昼面前，她其实不必许愿。

因为跟他在一起时，这世上，只要是他有的，只要是她想要的，他都会双手捧起来，放进她怀里。

很久很久，她低低地道："……嗯。"

夜幕低垂，华灯初上，北京高架路错综复杂，万家灯火汇聚成明灭不定的灯海。车内温暖干燥，谢长昼膝上搭了条毯子，在后座闭眼小憩。

向旭尧手指敲在方向盘上，透过后视镜，看到谢长昼微绷的下颌，赶紧转过去问："您哪儿不舒服？"

谢长昼低低地道："让罗启现在出门，去家里等我。"

大概率还是中午饮酒过量的缘故，他的身体不如前几年，经不住大量的烟酒。中途赵辞树也劝了好几回，叫他别喝那么多白的，但他没忍住，甚至还藏着点儿幼稚的私心，想看孟昭会不会拦他。

结果孟昭一句话也没说，现在果不其然，他还是迎来报应。

前面车流一动不动，向旭尧解开安全带，探着身子，伸长胳膊，去拿放在后座的医疗箱里的药给谢长昼吃。

谢长昼喝个药的工夫，向旭尧已经联系上了罗启，简单说明情况，罗启说自己马上就到。挂掉电话，高架路上迟缓的车流终于重新动起来。

吃了药，谢长昼的精神短暂清明，靠在座椅上眯起眼，忍不住想——

以前孟昭给他喂药，都是怎么喂的？

他在这事儿上从没配合过，药片那么多，是什么样、什么功效，他一概不知，也毫不好奇。车祸之前，他身体还好得很，偶尔犯一次病，也都不严重。三更半夜，他像不怕死一样，拽着孟昭细白的手腕往枕头上摁，坏心眼地用滚烫的呼吸去扫她的脖颈，逗她，哑着嗓子问："给我送的什么药？谁派你来的，你是特务，嗯？"

现在想想，人真是贱啊！

非得搞到鱼死网破，没法回头了，才敢承认：我忘不了。

谢长昼再一次被困倦席卷，迷迷糊糊的，也不知道自己睡着没有，感觉手机在振，下意识抬手就接起来。

"长昼哥。"竟然是赵桑桑，那头很安静，她有点犹豫，说，"你下午来T大了？是不是刚走？你……你要不要再回来一趟？"

谢长昼声音沙哑，语气透出隐忍的不耐烦："说，什么事儿。"

"就是……"赵桑桑舔唇，"昭昭跟室友一起，闹进派出所了。我也觉得叫你可能不太妥当，但一时半会儿也找不到更合适的人，你看她们都……"

谢长昼挂断赵桑桑的电话，转而打给孟昭。

对方没接，打第二个，她还是不接。

谢长昼扶住额头："掉个头，回T大。"

向旭尧有点意外："现在吗？您身体没事了吗？"

谢长昼没说话，他低头看到手机来电上浮现孟昭的名字，拇指滑过屏幕，他点击接听。

孟昭声音软软的，像试探一样："喂？"

谢长昼单刀直入："怎么回事儿，请家长？"

孟昭有点词穷："嗯……"

谢长昼声音低沉，问："我今天怎么教你的？"

听筒里静默半响，他听到孟昭很谨慎且小心地说："那……我希望，你今天能来找我，把我带出派出所。"

谢长昼深吸一口气："知道了，坐那儿别动，等我来。"

挂断电话，他抬头叫向旭尧："阿旭，你在朝阳门地铁站附近，停一下。我就在那儿下车，坐地铁去。"

派出所走廊，白光明亮。

孟昭安静地坐在金属凳子上，旁边是喋喋不休的童喻："……我哪知道，总之你们快过来，来不了也要想办法来啊！你们女儿被人打了！头都破了！好大一个口子！还做什么生意，赶紧来北京看看啊！"

"你俩，"民警从办公室里探出一个头，皱眉提醒，"别在走廊上大声喧哗，家里人还没来？"

童喻挂断爹妈电话，抬头道："就快了，他们已经出发了。"

民警"嗯"一声："你头上那个，不用再去处理下？"

童喻额角磕破了，伤口说大不大、说小不小，几乎是正正地落在了眉间。她只简单贴了两层纱布，白色的细密纱网很快也被染红，看着还挺吓人。

童喻撇开头："不处理了，就这样。"

民警跟她说清楚："行，万一毁容，那就不是别人的事儿了啊。"

说完，他转身关门走回去。走廊上寂静几秒，童喻放下手机转过来，对孟昭道："你去给我买瓶水。"

孟昭看着她，沉默一会儿，也没多说什么，放下背包站起身，朝门口的自动售货机走去。推开玻璃门，室外晚风干冷，入夜之后气温陡降。

她扫码点了确认，机器里透明玻璃瓶从货架上掉下来，发出"咕咚"的声音。几乎同一时刻，一对穿着体面的夫妻从她身后匆匆跑过，冲进大厅："童童！"

童喻迎过来："爸，妈。"

孟昭拿着水，刚站起身，就听到一个男声冰冷地质问："就是你把我们童童打成这样的？"

她沉默了几秒，转头看过去。说话的人是童爸爸，他穿西装，似乎刚从一个正式场合离开，这会儿是晚高峰，北京哪儿都堵，他估计是跑过来的，衣角压出褶皱也没发觉。

孟昭平静地道："我没打她，她自己撞的。"

在宿舍里，两个人发生了口角，是童喻朝她扑过来，没站稳，一头撞在桌子的金属围栏上。

童爸爸正要开口，童妈妈快几步冲过来，劈头盖脸地呵斥："自己撞的，她那么大个人了，自己撞能撞成那样？你一个小姑娘心思怎么这么歹毒，大过年的把她骂得半夜不敢回宿舍也就算了，现在还动起手来了！你爸妈呢，你老师呢，这一天天教出来的都是什么孩子！"

孟昭愣了愣："什么……"

突然想起，新年夜那天，童喻夜半离开，没再回来。

原来她在父母面前，是这么说的。

孟昭扶额："首先，今天的事儿，我没推她，是她没站稳。其次，新年夜那天，也没人骂她，是她自己闹脾气。这些事情，我另一个室友都可以做证，您实在不信，可以把她也叫来。"

"叫什么叫！宿舍里又没监控，你们早就串通好的，孤立我们童童！"童妈妈越说越气，"说这么老半天，你爸妈怎么还没来？叫他们过来，我们当面对质！"

"他们在外地，来不了。"孟昭冷静地指出，"我跟童喻都已经是成年人了，不是非得家长、老师出面才能解决问题，也不是谁声音大、谁人多，谁就有理。您也说了宿舍没监控，警方这边立不了案，让我们自己协商解决。如果您需要伤情认定，或者人证，我都可以配合，但是……"

童妈妈冷笑："我说呢，又是个没爹没妈的东西。"

孟昭手里的水瓶重重砸到白色地板上，一字一顿："你再说一遍！"

童爸爸赶紧伸手来拦，戒备地将童妈妈拦到身后。这动静太大，惊动了屋里的民警，他推门走过来："吵什么？你们别在这儿吵啊。"

童妈妈被童爸爸拦着，不忘先告状："她砸东西，好可怕。"

孟昭抿着唇站在原地，死死盯着童妈妈，一动不动。

这场景一对三，民警觉得这小姑娘有点可怜。他看她一眼："你刚不是说，有家里人过来？不来了吗？如果不来了，要不还是叫辅导员来一趟？"

这种事儿，本身也很难调解，只能让家长或者老师出面。童喻硬要报警，他们还得硬从中间插一脚。

孟昭微皱了下眉，心里没底。她给谢长昼打了电话，但这人一直没来。

她从天亮等到天黑，偏偏又不敢催。

童喻半夜闹脾气，能跟父母哭诉，要求他们必须出现，但孟昭不行。

哪怕当初谈着恋爱，她也没法跟谢长昼说"你必须得去给我做什么什么"，更何况，现在两人也不是恋人。孟昭只是，实在不知道去找谁。

她去求助赵桑桑，赵桑桑来不了，先斩后奏把电话打到了谢长昼那儿，她才敢去拜托他的，但他要是不来，她也没什么话说。

孟昭叹口气："我问问辅导员。"

话音刚落，身后的玻璃大门再一次被拉开，一阵冷风卷入，又被隔离在外。一道低沉有磁性的男声，低低地在身后响起："不好意思，我来迟了。"

孟昭呼吸一顿，转过身。明亮的白色灯光下，身形高大的男人迈动长腿，大跨步朝室内走来，气场仍旧强大，令人难以忽视。

他在孟昭身边停下，但没看她。孟昭不自觉屏住呼吸，察觉到他身上屋外严冬的寒气。谢长昼一只手落在她肩上，并不算亲昵，只是安抚性地拍了拍她肩膀，但好像，就无形地跟对面三个人，划分成了楚河汉界，两个阵营。

他声音低哑，听不出情绪，沉沉地在她头顶落下来："我是她家里人。有什么问题，跟我说。"

赵桑桑说得对。有谢长昼在，这事儿确实结束得很快。他的气场压在那儿，童妈妈没再敢发疯。两方的人坐下来还原事件经过，谢长昼没听两句，就直皱眉头："所以既没有监控，也没有人证，就非要我们家小孩承认错误？"

他冷笑:"哪有这种好事?"

童爸爸解释:"但童喻这个孩子,从小到大从不撒谎,我们出于信任她的角度——"

"哦,那意思不就是,我家小孩撒谎。"要扯别的,那问题可就大了,谢长昼冷冷打断,"谁不信任自己家小孩,这也要拿出来说?我们孟昭也一向诚实,不信我给你问问。"

话音落下,他转过来,放低声音:"昭昭。"

他声音好轻,虽然觉得,大半是做给外人看的,但出发点是维护她,孟昭心头仍旧猛地一跳。

谢长昼道:"你跟我说说,事情是怎么回事?"

其实事情蛮简单的,下午孟昭回到宿舍,童喻很惊讶:"听说徐东明找你呢,这么快就回来了?"

叶初然问:"怎么了?"

孟昭没多想,如实将事情经过用三两句话讲了讲。

叶初然乐不可支:"谁啊疯了吧,举报你跟徐东明?可真敢想。"

孟昭无奈:"是吧。"

叶初然:"你别是挡谁路了吧?我们院里疯子可多了,这种人一天到晚什么正事都不干,净想着在背后捅人刀子。唉,受不了,爹妈怎么教的,祝他们早点暴毙,最好毕不了业。"

然后童喻突然就生气了,抄课本往叶初然桌子上砸:"你骂谁呢?"

叶初然正打游戏,笑得前仰后合,课本擦着鬓角飞过去撞在墙上,白墙凹陷一个小坑。她也发了火,扔下耳机站起来:"你有病?又没说你。"

沉默了两秒,她突然意识到:"不会吧,是你?"

接着,孟昭上去劝架,童喻的火力突然就都转移到了她身上。

谢长昼听完经过,拍拍孟昭的手背,好像在表示:你说得很好。

冷白灯光下,孟昭忽然平静下来。

谢长昼转过去,冷淡地一字一顿:"听见没,找碴儿的是童喻,不是我们家小孩。你搞搞清楚,应该让童喻给我们孟昭道歉。"

童爸爸:"这也不一定是真相……"

谢长昼冷笑:"出于信任我们小孩的角度,这就是真相。"

这就没法协商下去了。童爸爸皱眉，谢长昼身上这衣服牌子他认得，贵倒也没贵得特别离谱，但那设计师不是人人都能接触到的，他偶然见到的几次，都是与官场上的大领导一起出现的。总之，直觉告诉他对方不太好惹。

一直反复拉扯下去也没意义，他提出："这样吧，童喻怎么说都是小女孩，受了伤，以后脸上可能要留疤。就让两个小孩互相跟对方道个歉，握手言和，您看怎么样？"

谢长昼想也没想，开口道："不行，让童喻来给孟昭道歉。"

童爸爸沉默一下："要不——"

"爸。"童喻突然打断他，小声道，"要不我们走吧。"

童妈妈："人都来了，你不讲清楚？"

童喻有些别扭："不要孟昭给我道歉了，我们走吧。"

其实从刚刚谢长昼进来起，她就想逃走了。

她怎么也没想到来的人会是谢长昼。

上海之行结束后，她短暂地怀疑过，孟昭是不是跟他有什么关系。但一来，孟昭家里什么情况，她清楚得很，不可能跟大人物扯上关系；二来，谢长昼这样的人，怎么也不可能这样大大方方、毫不避讳地为一个普通的女孩出面。可事情就是这么发生了，还被童喻亲眼撞见。这在她心里诱发的震撼，不亚于亲眼看到一场海啸。只不过父母的注意力都在孟昭身上，没人注意到。

童爸爸安慰童喻："不怕，爸爸妈妈都在这里，会帮你解决矛盾的。"

"是啊。"谢长昼理了理袖口，声音冷淡，"有什么话大胆说，过了今晚，可能就没机会了。"

没机会了，是什么意思，童喻没细想。她顶着四个人的目光，咬牙道："确实是我自己撞的，跟孟昭没关系。"

童妈妈大惊失色："你别乱说！"

"没乱说。"童喻骑虎难下，"她说的都是真的。"

四下一时静默，谢长昼理好了袖口，冷笑一声，撑着手杖起身："那不用聊了，法庭见吧。"

他一边说着，一边有些不经意地侧过身，伸手去牵孟昭。这时的孟昭出奇乖巧，眼睛亮亮的，一句话也没说，很配合地将手递给他。

指尖有些凉，但是，是软的。谢长昼心头稍稍一松，看也没看另一侧的三个人,迈动长腿,直直往门口走。

童爸爸愣了下,连忙也起身:"这位先生,我们还没说清楚——"

"说什么说,还有什么要说的。"谢长昼今晚的耐心已经达到极限,皱着眉转过去,"自导自演诬陷同学,还敢虚假报警,浪费别人时间。"

"搞得好像,就你们家小孩被父母信任……"他停顿一下,后半句话像一片羽毛,飘飘悠悠地从空中落下来。

孟昭心脏猛跳,听到他轻声说:"但我们家小孩,没有人疼一样。"

离开派出所,孟昭跟谢长昼在门口等了一刻钟,才等到向旭尧。他开着车一步一堵,中途甚至在高架路上帮谢长昼查完了童喻父母的信息,才艰难从东三环回到海淀。

路灯下,两人并肩而立,影子离得很近,像一对沉默的雕塑。

孟昭放开谢长昼的手,很礼貌地朝着他道:"谢谢你。"

谢长昼没说话,居高临下地垂眼看她。她出门时大概走得很匆忙,里头毛衣都没穿,套着羽绒服就跑出来了,领口空空的,围巾也没系,只能看见暖橙色格子衬衫规整的领口,以及她裸露小半截的白皙锁骨。

他又想起刚刚在派出所,他进门时,她摔瓶子。

谢长昼沉声道:"在宿舍时,童喻,说了你什么?"

孟昭摸摸耳垂:"原话记不清了,说我爸坏话。"

"哪种?"

"就……说他去世早,之类的。"说的是:早死活该。

谢长昼皱眉,看她表情就知道,肯定比这恶毒得多。但他同样知道,孟昭对孟老师的感情一直非常深,她不允许别人用任何不好的词去说孟老师,哪怕只是转述。因为孟老师去世之后,这个世界上,再也没人对她那么好了。

想到孟老师,谢长昼忽然有点烦躁,又无可奈何。

向旭尧将车静默地停在旁边,路灯下几乎呵气成霜,孟昭鼻尖冻得发红了,也没有再来碰他的手指。他取下自己的围巾,围到她脖子上。

孟昭瞬间睁圆眼。两个人的距离忽然又被拉近,灰色的围巾上沾染了他的气息,柠檬薄荷,以及热气。

他不紧不慢地将羊毛针织的围巾在她脖子上绕两个圈,将她半张脸都笼罩进来，修长手指偶尔触碰到她脖颈，她不自觉地绷紧背脊。

"接下来一段时间，童喻不会回宿舍。"他徐徐地，如同诉说寻常事，"过完年，你找个房子，搬到'风光'附近去住，通勤也不会太久。"

他用的是陈述句，孟昭脑子晕了一下。

她抓着最后一点理智，说："那……我下学期看看。"

谢长昼想，如果孟昭下学期不搬出来，他就把童喻彻底弄走。

手指攥着围巾在她胸前打个结，他眉眼疏离，稍稍退后："我走了，大年初一，阿旭来接你。"

孟昭点点头："新年快乐，谢长昼。"

谢长昼微怔，没回话，转身上车，向旭尧调转车头，须臾便消失在夜色之中。向旭尧将车开得很快。罗启在车上，给谢长昼做了简单的检查，表情不太好看，催促："向先生，你得再快点儿了。"

谢长昼上了车才觉得绷不住，他意识都有点飘了，甚至没办法扣准安全带，还是罗启将他的锁扣抢过来，"啪嗒"一声扣了进去。

"到底是什么事儿啊，这么着急。"罗启给他喂药，没懂，"接了电话说跑就跑，比命重要？"

谢长昼唇角泛白，咬着牙屏息，不太能集中注意力去回他的话。

等车子驶离北三环，他药劲儿上来了，身体稍稍得到缓和，才沉声问："阿旭，我交代你的——"

向旭尧赶紧说："交代下去了，没问题的。"

童喻父母是做生意的。流程出点什么毛病，某个环节突然被谁拦了，明里暗里的都多正常啊。事情本身不难办，向旭尧唯一比较意外的是，他一直以为，谢长昼不屑于做出这样的事情，虽然容易，但是无趣。

可是想到事关孟昭，又觉得一切不合理，都变得合理了起来。

谢长昼闭上眼，动他的人，还想全须全尾，道个歉就结束，哪有这种好事。下一秒，谢长昼头一歪，彻底失去意识，他昏了过去。

童喻没再回宿舍，那天从派出所离开后，她整晚没出现，第二天中午，童妈妈过来收走了她的电脑和一部分护肤品，全程一言不发，一句话都没跟叶初然和孟昭说。马上要放寒假了，父母心疼女儿，倒也合理。

就这么到了大年三十,宿舍只剩孟昭一个人,早上起来,她先将谢长昼的围巾送去干洗,然后把房间收拾了。做完大扫除,收到一个孟向辰的红包,还特意标注了是上次的奖金。她没收,动动手指,又给他发回去一个。

孟向辰大概在忙,没收,也没说别的。

这个时间,家里应该在准备年夜饭。孟昭有点迷糊,突然想不起乔曼欣的样子。家家团圆的时刻,很少有人在这个时间留校,为数不多的几个,都是外地研究生。

到了下午,她收到师姐打来的电话,让她去徐东明家过年。

徐东明早年离了婚,一个人带着女儿。那姑娘刚上初中,是个短发酷妹,据说物理成绩极其优异,就是人有点"社恐"。每次见到他们,都是门一关就扎屋里去了,并不怎么搭理人。

徐东明父母都是T大老教授,退休后被返聘又干了两年,老爷子突然查出肝癌中期,后来两老双双辞职,跑到云南大理,搁山脚下买了个二层小院,改造出来养老。就这么过去三四年,两人乐不思蜀,过年也不愿意回来。

家里没人气儿,徐东明又爱热闹,索性年年叫学生上门。

孟昭抵达他家中时,饺子已经包得差不多,她跟一群人一起吃了饭,抓一把瓜子坐到沙发上,贴着师姐看电视等春晚。

孟昭垂眼,又想起谢长昼。这种"想起"十分突然,但他并不是突然闯进她脑海中的,他一直站在那儿,静默着,凝视她,等她主动去找他。

只是她一直不肯找他。孟昭低头看着手机微信里已经打好的"新年快乐,谢先生",思考半秒,又一字一字地删掉。

大年三十零点一过,遥远的天空中开始浮现绚丽的焰火图案。城中不让放烟花爆竹,VIP病房内寂静黑暗,只有床头一点夜灯莹然。

谢长昼从悠长的睡梦中转醒,目光稍一偏移,就看到遥远的焰火。

已经是新年,他恍然,哑声叫:"阿旭。"

向旭尧在外间办公,听见动静,立刻起身走进来。

他将谢长昼的床升起来,让他能维持半躺的姿势,将刚接好的水递给他:"二少。"

谢长昼接过来,唇角泛白,声音很低地问:"现在是几点?"

"十二点半。"向旭尧声音朗润,"除夕已经过去,现在是新春了。"

谢长昼放下水杯，在心里算时间。他最近睡觉总是断断续续，撑不住想犯困，但睡着了又会很快醒过来。这一觉一个多小时，跨过了农历新年。

他想了想："凌晨之前，我给爷爷打过一个电话，他们后来有没有再问——"

"你还想着爷爷呢，先想想自己的命行不行啊？"话没说完，被一道愠怒的男声打断。赵辞树也一直守在外间没走，听见声音，推门走进来。

他很不高兴，进屋脱了风衣，放在手里揉成一团扔到沙发上。

"谢长昼，你都病成这样了，自己一点儿感觉也没有？"

赵辞树气得要死："都什么时候了，还想着糊弄家里人？要不是你这次当街昏倒，你这身体情况，还打算瞒到什么时候？"

谢长昼微绷着唇，没说话，目光仍然停在向旭尧身上。

向旭尧明白："您打完那通拜年电话之后，家里没再来过电话，也没人再特意过问您的情况。"

谢长昼轻点了点头，抬眼看看站在床铺另一侧的赵辞树，语气很平静："你不回家过年？"

"如果你不是突然病得这么严重，"赵辞树烦躁地抓头，"我现在已经在拉斯维加斯了！"

谢长昼移开目光，眼里忽然浮起清淡的笑意。

赵辞树在床边坐下，盯住他："你怎么回事？罗启跟我说，你这身体，上周就该入院。"

"嗯。"谢长昼摩挲着左手指环，平淡道，"我本来想等年后的，初一定了行程，去澳门。"

"还去个屁的澳门，你就在医院里过大年吧！"

谢长昼不置可否："谢晚晚和谢竹非，今年也没回广州。"

封言回国，封家的几股势力明里暗里又开始较劲，他们家在澳门，情况比谢家复杂得多。早几年，封家的保守派曾跟谢竹非交往甚密，封言一回来，会跟这派人形成掣肘，直接与他们对立。

谢长昼此行，也是想再确认一下，那边现在什么情况。

赵辞树更烦了，谢长昼现在必须得留院观察，但是他已经做好的决定，他这个做兄弟的从来就拦不住。

"这一天天的,没个消停的时候。"赵辞树暴躁地踢踢床头柜,"你病成这样,也没个人在床前看着。"

这话提醒了谢长昼,他突然想到什么,修长手指敲亮手机屏幕,点开微信,消息爆炸般涌入,全是"新春快乐"。

他滑到最上面,唯一置顶的对话框上头也浮着个红色小圈。

发送时间是十二点半,就他刚醒过来那会儿。

"也不是完全没有。"

谢长昼平静地将手机转过去,放到赵辞树面前:"瞧。"

赵辞树一瞥,是"孟昭昭"发的:"大家春节快乐!"

赵辞树觉得他好可怜:"你是不是病傻了?这一看就是群发。"

谢长昼唇角微动一下,他有时候觉得,自己实在太了解孟昭了,不知道是好事还是坏事,她的小心思,他总能一眼看穿。以至于细节上没什么悬念,收到消息那秒钟,他就已经在脑子里勾勒出了她认认真真纠结一整晚,然后私发消息假装群发的样子。

他没解释,放下手机拉拉被子,重新躺下:"嗯。"

赵辞树忍不住:"你想好了啊?"

谢长昼声音低沉平静:"想好了。"

"确实还喜欢?"

怎么说呢,谢长昼沉默着,可能从来没放下过。

过去四年,答案明明一直在他头顶,只是他不愿意承认。他兜兜转转,心中所想,其实就那么一件事。想在某个春风沉醉的夜晚,听到蘑菇浓汤煮得"咕嘟咕嘟"响,他跟她在厨房,什么也不做,就面对面坐着,一起选首诗来读。

浮生沧海,灯火三千,她手边的灯,应当是庸俗人世间,独一无二,他为她点的一盏。

谢长昼声音很低很轻,带点哑:"世界上,所有对立的矛盾、两难的抉择、无解的问题里——只要选项中有孟昭,我就永远,选孟昭。"

大年初一,北京又下了场雪。学校里已经没什么人,孟昭收拾好东西,给宿舍断了电,拎着行李箱下楼。

今天的司机仍旧是向旭尧,他开一辆黑色的六座商务车。车上暖融融,谢长昼坐在后座闭眼小憩，听见动静也没睁眼，嘴唇有点病态的红。

孟昭看他一眼，没敢打扰，安静坐下了。拉上车门才发现，副驾还坐着个姑娘。那姑娘个子太矮，静静地缩在座位里，默不作声地抱着iPad玩《纪念碑谷》。车子行驶出去一段路，她结束了一局游戏，才放低座位转过来，跟孟昭做自我介绍："你好，我是封言的徒弟。"

孟昭跟她握手，也放轻声音："你好，我叫孟昭。"

这姑娘比孟昭大一些，已经博士毕业了，在"风光"工作，自己带一个小组。她已经三十出头，但长相极具伪装性，圆脸圆眼，鼻梁上架着一副树脂框圆眼镜，用糖果色发圈绑了双马尾，有点像阿拉蕾。

性格也大大咧咧的，她开口就笑："我是被叫来跟你比稿的，不会让着你的，你等着瞧。"

一路上"叽叽喳喳"，"阿拉蕾"拿着iPad给孟昭看自己以前的作品，大大方方地炫耀，大大方方地自夸。

孟昭起初有点忌惮后面正在休息的谢长昼，说话声音不敢太大。可是她频频被逗笑，谢长昼也没发作，话匣子打开，也逐渐放肆起来。两人的建筑设计理念和风格非常相似，相见恨晚聊了一路，直到封言上车也没停。

"我跟着我们封工，来过港澳好几次了。"封言上车时敲了敲"阿拉蕾"的脑袋，她头也没抬，随意道，"给他女朋友设计过书店、酒店、咖啡厅、油画馆——这次是什么？"

封言在谢长昼身边坐下，低笑了声，抚平衣袖褶皱："民宿。"

孟昭羡慕："封言前辈的女朋友好博学，什么都会。"

"阿拉蕾"面色古怪看她一眼："又没说是同一个人。"

孟昭："……"是她格局小了。

车子驶往机场，身旁的谢长昼眉头微锁一动不动，眼睛一直就没睁。

封言猜到他身体不舒服，拍拍他的手背，压低声音笑："那有什么办法呢，人生苦短啊，是不是？"

"也是。""阿拉蕾"见怪不怪，"要是我有精力，我也一次性谈十个，向封工、谢工看齐。"

孟昭转头看看谢长昼，不确定他究竟是睡着了还是醒着。他没睁眼，下颌微绷，薄唇抿着，只透出一点儿红，但孟昭又实在好奇。

她压低声音，小心地问："谢工，也有很多女朋友吗？"

"肯定有。""阿拉蕾"说，"他们人均时间管理大师，最多的时候，封言同时吊着十四个呢。"

清楚听见了每一个字、根本没参与话题、毫无征兆就"躺枪"的谢长昼："……"孟昭又想起自己过生日那次，在商场撞见谢长昼。

她犹豫一下："也对。"

连她都撞见过，那背地里没撞见的，不知道还要有多少个。

谢长昼默不作声地听着，想反驳，没力气，本来就头疼，现在更疼了。

"阿拉蕾"还在喋喋不休："不过也没什么，我们又不跟他们谈恋爱。"

孟昭："也对。"

"阿拉蕾"："美女就应该搞事业，要什么男人，而且他俩都好老了。"

孟昭："也——"

谢长昼忍无可忍，皱着眉睁开眼，沉声道："对个屁。"

他声音很低，嗓音带着点儿病态的哑，落在封闭的车内，散漫中带着威压。"孟昭，你第一天认识我？"他一字一顿，质问，"你真觉得我有精力，一次性谈十个女朋友？"

车内陷入短暂的静寂，孟昭不懂话题中心怎么突然成了自己，左顾右盼茫然好半晌，犹豫道："虽然你身体不好，但……万，万一呢？"

封言和"阿拉蕾"都是一愣，然后是惊天爆笑。在大笑声里，谢长昼微闭了闭眼平复情绪，一只手扣在胸前轻按了按。然后，他声音很低地，带着点儿无奈，叹息道："没别人孟昭，没有别人。"

这么多年，春日阳光，盛夏台风，从广州到北京，从香港到澳门。

我在无数个瞬间触景生情地想起你，又忘记，拿起来，又放下。

你成为我虚假的春天，走不出去的周周复年年。只要想到，旧时光里，在初春午后，曾经有个人趴在我膝头，让我感觉人生百年不过如此——

就觉得，我的身边，不可以再有别人了。那个位置，只能是你。

车内空间狭小，"阿拉蕾"和封言还在狂笑。

孟昭心头猛地一跳，她转过去跟谢长昼对视，这一次，没能对上他的眼睛。他说那么短短一句话，像是耗尽了身上所有力量，下一秒就微皱着清秀的眉头，脑袋靠在软枕上，重新闭上了眼。

车窗外光景飞快后退，孟昭停顿好一会儿，收回视线，慢吞吞地想。"没别人"的意思是，跟她分手之后，这四年，他也一直是一个人吗？

一行人在下午抵达澳门，封言带着几个人先去看房子，沿着海岸线向前，降下车窗，风迎面来。谢长昼几乎全程没睁眼，向旭尧一直守在他身边。风中透凉意，孟昭有些不放心，下意识回头看。

封言打趣："你要不要跟阿旭换个位置？"

孟昭小声道："我就是觉得，谢工可能会冷。"

封言笑起来："你这一路光顾着看他了，不见你关心一下别人啊？"

他话音刚落，从身后传来一道略带愠意的男声，嗓音低低的，有些哑："她脸皮薄，你别逗她。"

孟昭立刻朝后靠了靠，远离封言。这动作莫名透出点儿乖，好像谢长昼不让他靠近外面的坏人，她明明也判断不了谁好谁坏，但出于对谢工的信任，还是赶紧躲一躲。

封言大笑："这都多少年了，你俩还一伙儿，一唱一和的。"

一刻钟后，车在一栋白色小洋楼前停下。这地方不在核心商圈，面朝大海，单独一小栋，被圈在白色的篱笆里，里头落地的绿植无人打理，野草长得跟人腰齐平。孟昭被"阿拉蕾"拽着下车，有个瞬间，感觉自己回到了东山口别墅。

向旭尧让他们先行，自己留下陪谢长昼。

孟昭止不住回头看车里的人，不太放心，低声问："谢工生病了吗？"

"他估计就是不想动弹。"封言居高临下，手指上挂着串钥匙，闲闲地插嘴道，"这人一向自闭，不用管他。"

他上前开门，支使两人："来搞正事儿——我这次的女朋友，想要个干净奢华又有辨识度的房子，后院儿泳池也要推掉重新砌，你们把花园设计一起做了吧。"

孟昭下意识道："那不就是小公主审美……"话一出口，她脑子里已经有了雏形。她沉思着，跟"阿拉蕾"一起看完整个园子，拍完照，记下封言给的材料。一圈儿走出来，刚好用掉一个小时零一刻钟。

向旭尧将车停在路边，谢长昼逆光立着，宽肩窄腰，一只手撑着手杖，黑色风衣迎风猎猎，衬出身形，修长手指间，有青白烟雾升起。

其实此行谢长昼特地叫上"阿拉蕾",除了比稿,更重要的是想给孟昭叫个玩伴,也让她提前熟悉一下自己在"风光"实习的师父。所以不管比稿到最后选用谁的方案,都是一样,会由两个人来共同完成。

孟昭脚步一停,他若有所觉般,掐灭烟头,转过来:"看完了?"

谢长昼居高临下,声音很低,脸上表情淡淡的,唇色比往日里浅。

孟昭张了张嘴,想说什么又没说出口,只道:"嗯。"

他示意她上车,低低道:"昨天睡太晚了,清醒一下。"

孟昭微怔,连忙:"你不用跟我解释这些……"

"要解释。"谢长昼低咳一声,声音有些哑,很轻地道,"都答应你不抽了。"总不能说话不算数。他像是想到什么,微眯着眼,又补充一句,"没生病,就是困。"

她睁圆眼,感觉他的声音从很高的地方,乘着稀薄的阳光,轻盈地飘落下来:"不用担心我。"孟昭屏住呼吸,良久,心脏猛地一跳。

下榻的地方在摩珀斯,这酒店是扎哈遗作,设计相当大胆前卫有艺术感,被很多游客评价为"如同一脚踏进银色金属宇宙飞船"。

四个人两间房,孟昭和"阿拉蕾"住一间。办完入住,四人吃了点儿东西,自由活动。孟昭不知道两个男人在干什么,封言似乎有事要找谢长昼聊,拽着人就消失了。"阿拉蕾"躺平玩《纪念碑谷》,她独自一人,坐在窗边查资料。

澳门房价极其高昂,人均占地面积又很小,像封言这样,送礼物随手一送就是栋小洋楼的,属于孟昭认知之外的奢侈。

再见到两个男人,已经是晚饭时间。他们图省事,在酒店里吃晚饭,谢长昼进食很少,吃两口就放下餐叉不动了,看起来有些病态。

孟昭想跟他说话,又有些犹豫。

结束晚饭,在"阿拉蕾"的强烈要求下,四个人潦草地逛了逛酒店。

摩珀斯算超五星酒店,艺术品很多,二十三层辟出来取了个名叫"艺赏二十三",整层只放着一个大大的雕塑,"Good Intentions"(《善意》),作者是潮流艺术之父Kaws。四十楼有恒温泳池,艾尔曼尚廊的甜品也很出名,阿拉蕾跃跃欲试,搞得孟昭也很期待。

翌日下午,四人约在四十楼大厅见面,结果孟昭和谢长昼早到了,打了另外两人电话，都没接通。

谢长昼忽然有些气闷："你坐休息区等等我，我去找封言。"

孟昭习惯性地黏上去："我跟你一起。"

谢长昼将她按回座位："你就别来回跑了，这里大，到时候走丢了，我还得看着你。"

孟昭讪讪地坐回去："好。"

谢长昼脚步停下，忍不住回头，她今天出门，穿兔毛的白色毛衣和牛仔背带长裤，背了一个小小的牛津包，坐在人群中，垂着脑袋，显得特别乖。

谢长昼呼吸一顿，认输似的，忽然又走回来，叹息："就坐着，别乱走，等一会儿，嗯？"

孟昭睁大眼抬头，反应过来之后，她点头："好。"

谢长昼失笑，这一次才放心地离开。

孟昭坐在原地，等了一会儿，不见有人回来。她百无聊赖，拿出手机看朋友圈，看到赵桑桑分享了今天和朋友打麻将的照片。

孟昭忽而想起以前有一次陪谢长昼去打麻将的事情。

那时候是夏天，赵辞树打电话叫他去参加一个朋友的生日宴会，谢长昼悠闲地坐在窗前剥龙眼，笑着摇头："什么乱七八糟的局你都叫我，我那么闲？"

孟昭洗完脸从浴室走出来，听到电话那头，赵辞树说："给个面子嘛，你当卖我个人情。你又不是不知道，他折腾这么多有的没的，办个生日宴还特地弄个游轮，就是想搭上你和封言的线。"

谢长昼抬眼见孟昭来了，攥住她细白的手腕，顺势将她拉到身前。

然后他低低笑着，朝话筒道："喏，你昭昭妹妹也在呢，你问问她。她去，我就去。"

孟昭刚刚就把谈话内容听了个大概，索性没再听赵辞树介绍，直接问谢长昼："是什么人？"总是有很多人，因为各种目的，想要见他。孟昭没想着替他做决定，她只是好奇。

谢长昼慵懒地掀起眼皮，看她一眼："谢辞树的朋友。"

说完，他微眯起眼，突然又想到什么："游艇上可以钓鱼，你想不想钓海月水母。"他的气息热热的，打在颈窝，像引诱，也像暗示。

孟昭脸突然红了:"海月水母?"

"嗯,你见没见过?"也不知是真是假,谢长昼慵懒地睨着她,一只手落在她腰间,将她抱到自己腿上,嗓音低哑,"很小,不起眼,但是会发光。"他指腹带着薄茧,隔着睡衣面料,摩挲着她柔软的皮肤。

他低声说:"像你的眼睛。"

这话本来不是什么坏话,但配合上后来夜里的事儿,就总透出旖旎,以及不正经,所以孟昭没当真,以为他随口一说。

结果真到了日子,她才发现,谢长昼也不是信口开河。

赵辞树那朋友的生日宴是在游艇上进行的,衣香鬓影,熏香暖气,在这外人闯不进的浮华梦境中,确实有水母可钓。

她换了白色的吊带小礼服,踩着一地赤色夕阳,跟着身着正装的谢长昼登船。他们那帮人,人模狗样的,没几个安好心思。

谢长昼不想让她跟太多人打交道,带着她吃了蛋糕,叫向旭尧把她领走:"去给她弄两只会发光的水母。"

孟昭以为谢长昼有事要跟其他人谈,就也没有多留,跟着向旭尧跑到甲板上,一待就是一整晚。服务生里有会钓鱼的,拿着长鱼竿教她。

夜里海浪"哗哗",无垠的水面上,遥遥挂着一轮弯月。一门之隔,她听见沸腾的喧闹声,几次想叫谢长昼出来一起玩,话到嘴边又作罢。

有向旭尧在,那一晚并不无聊。她始终没有遇到会发光的水母,但捉到一些没见过的小银鱼。服务生从后厨拿着透明塑料袋跑过来,舀了海水装在袋中,帮她把小银鱼一条一条放进去。

她拎着那袋小鱼,提着裙摆去屋里找谢长昼。推开房间门,才发现他们在打麻将,灯光明亮,女人的香水气息和烟味融在一起。

四人一桌,谢长昼坐在首位,对面除了赵辞树,剩余几个都是生面孔。还有零星几个或站或坐,攀附交谈。其中那个有些发福的圆脸中年男人,孟昭在切蛋糕时见过,是今天的寿星。

白色裙摆被海风吹动,她停在门口,突然踌躇,不知道该不该向前一步。还是谢长昼手边一个瘦高男人先注意到她,眉头一挑:"这位是?"

"二少的女伴吧。"另一个人看了眼牌才抬头,不可避免地被孟昭惊艳,后半句话放轻了声音,像隐晦的调笑,"今晚就他身边没人了。"

几个人哈哈大笑，男声女声混在一起。有一个瞬间，孟昭觉得，咫尺之隔，她其实离谢长昼非常遥远。然而下一秒，他就转过来，唇边含着点笑意地朝她伸手："说什么呢，这是我女朋友——来，昭昭。"

孟昭微怔，朝他走过去。他没让她坐腿上，吩咐服务生加了一把椅子，放在他的身边。

他看到她白色裙摆下细瘦白皙的小腿，低声问："你冷不冷？"

孟昭摇头，谢长昼看见她手里的鱼，问："玩儿够了？要不要走？"

全场目光落在她身上，孟昭犹豫一下，小声说："等等你吧……"

明明她跟谢长昼一样，声音都不大，可偏偏就是她这一声儿，所有人都听见了。正对面那个胖胖的中年男人突然笑起来，放下烟，看一眼手上的牌，很理所当然道："二少这从哪儿认识的小妹妹，还是大学生吧？这么乖，看得我都羡慕了。"

他旁边的女伴闻言，娇嗔地扑上去撒娇："太听话的多没劲。"这话暧昧又暗藏试探，引得一群人大笑。

笑闹声中，谢长昼唇角本就清淡的笑意更淡了些，他身体朝后一靠，按灭了烟，撂下手中的牌。温暖灯光下，他微绷的下颌显得寡冷，停顿了一会儿，流露出一种近似慵懒的神情，对着刚刚开过口的女伴，散漫道："你把那包里头的东西倒了。"

这话没头没尾，房间内一瞬安静了。那姑娘愣了下，求助地看看身边人。中年男人拍拍她："二少叫你倒，你就倒。"

那姑娘一头雾水，依言照做，将里头的手机、化妆品全都拿出来，空包双手递给谢长昼："二少。"

谢长昼没客气，接过来，转过去朝着孟昭："鱼，倒进来。"

孟昭愣住："啊？"

"你钓的那几条鱼。"他不紧不慢掀起眼皮，"不是给我的？"

"是给你的啊。"

"那不就得了。"谢长昼支使她，"装进来，我等会儿带走。"

房间里安静着，所有人都怔住。那姑娘脸上一阵青一阵红，六位数的铂金包就这么被拿走，装几条小破银鱼，偏偏她还说不出一个"不"字。

那胖胖的中年男人显然也没想到他有这出，微愣一下，总算是看出谢长昼不高兴。他连忙问:"包还合意吗?要不要换一个大点儿的?"

谢长昼一言不发地绷着唇,帮着孟昭装鱼,没再往他们那边看。将包封好口,他起身,孟昭也跟着站了起来,在一众人或茫然或紧张的注视下,谢长昼慵懒地推开椅子:"不打了。"

说完他便带着孟昭转身就走,那中年男人愣了会儿,明显慌了,赶紧去追:"二少,二少……"

赵辞树也跟着站起身,后半夜了,甲板上风有些凉,下弦月低低挂着,在海面上铺开一层粼粼银光。

谢长昼拽着孟昭,走出去一段路,赵辞树追上来。

赵辞树郁闷,叫他:"阿昼你等等,我跟他说一声,我俩一块儿走。"

"你以后,能不能别结交乱七八糟的人。"沁凉海风拂面,谢长昼脸色彻底冷下来,最后一点笑意消失在唇边。

他看着他,冷淡地笑道:"什么不三不四的东西,都往我跟前领。"

在孟昭的记忆中,那晚她跟在谢长昼身边,是第一次见他打麻将,也是最后一次。再往后,她也不知道他还玩不玩,但他不怎么带她了。

再有类似的场合,出现的就都是赵辞树、唐博等熟人,孟昭忐忑过也困惑过,最后得出的结论是:在那种地方,他大概也不太需要她。

孟昭握着手机,在原地坐着,陷入沉思。

时隔四年,她后知后觉,发现过去一桩桩一件件,似乎真的都有另一种解读。置身于人海中,她想到谢长昼离开之前,朝她回头的那个瞬间。

她忽然感到孤独,非常非常想要见到他。她给谢长昼打电话,忙音"嘟嘟"响,没人接,她心里隐隐感觉不安。

孟昭不想等了,索性站起身,往电梯口走。

她脚步不断加快,忽然听到不远处服务生用对讲机与人通话:"奇怪,这里的门好像坏了,推一半就会卡住……叫人来看看吧。"

脑海中灵光一现,她猛地停住脚步,然后一步一步地走回来。

孟昭呼吸急促,拉开服务生:"让我来。"

她好像忽然生出巨大的力量,用力推开安全门,仗着身形优势,从狭窄的缝隙中钻进去。没有灯光的楼梯间,只有一缕光从门缝中漏进来。她胸膛猛烈起伏，屏住呼吸，鞋底踩到小石子一样的坚硬的东西，再往前走，又踩到。

孟昭低头，借着那一点微弱的灯光，看到白色的地板上，药片散落一地，药瓶旁边，落着一只修长的手。她扶着门走过去，灯光昏暗，视线内只能勉强勾勒出一个人影的轮廓，但看不清对方的脸，甚至察觉不到对方的呼吸。

可是她心里生出强烈的直觉，认定这里应该有一个人。他身形颀长，靠墙坐着，已经没什么力气，连药瓶都拿不起来，也没办法呼救。那应当是谢长昼，孟昭跪坐到地板上。

她小心地靠近他，扶住他的肩膀："谢长昼？"

黑暗里没有应答，孟昭突然很想哭。她碰到他的肩膀，感觉到他的体温，在过去跟他在一起的千百个昼夜，她知晓他身体里跟旁人不一样的那一点点温度。哪怕捂住眼睛，堵上耳朵，丧失嗅觉，万千人海中，她永远能第一时间认出他。

孟昭努力平复情绪，撑住他的身体，想将他扶起来："谢长昼，你别在这儿坐着……我，我带你去看医生。"

她大喊，叫服务生过来帮忙。没有了堵门的人，服务生快速推开门。他娴熟地找到墙上的开关，用对讲机联系医务。

孟昭又立刻打电话联系向旭尧和封言他们。

谢长昼伏在孟昭身上，下巴压着她的肩膀。他的身体有些烫，孟昭觉得很沉，但又不想放开。她一只手落在他背上，手指碰到他脊柱的线条，离得太近，甚至能听见他的心跳声。

明明就很正常，凭什么说他有病。

孟昭忽然觉得非常可恨，她的忍耐达到极限，眼泪"啪嗒啪嗒"落下来："谢长昼，你生病为什么不告诉我，你的心脏怎么了？阿旭说……"

身后响起嘈杂的脚步声，短短几分钟，向旭尧和封言都到了。

谢长昼全程没有动静，向旭尧搭手将他从孟昭身上扒拉下来，谢长昼的手指从她衣服上划过，眼皮忽然稍稍睁开："孟……"

他嘴唇发紫，靠在向旭尧身上，艰难地张口叫她，嗓音很哑，几乎不能说出一句完整的话："……身份……"

封言不明白，凑过去听："什么？"

谢长昼又张了张嘴，这次只有无声的口型，声音也发不出来了。

孟昭用力擦掉腮帮的眼泪，从包里掏出自己的身份证，使劲拉开谢长昼的口袋,塞进去。

谢长昼看她一眼,眼瞳深处竟然浮现一点笑意。他的手掌从她肩膀滑落,松松落在她的手腕上,没什么力度,但竟然没再向下坠落,好像撑着最后一丝意识与理智,在拽着她的手,说"别走"。

孟昭并不想哭,她的眼泪不受控,自己往下掉。她想起以前,在东山口别墅读书,某个有花盛开的春日,读到严歌苓的《妈阁是座城》。

她跟女主梅晓鸥又有什么差别,都是赌徒。自重逢起,她就在做一场盛大的赌博。拿出全部身家,推倒所有筹码,在轰然倒塌的寂静里,灵魂游移着清醒又沦陷,明知跟谢长昼这样的人隔着天堑,怎么看都是自己一厢情愿。

可就是想他,只是想他,毫无意义地想他。

"身份证都给你了。"孟昭看着他,一字一顿,"我不会趁着你生病,偷偷跑掉的。"

"谢长昼。"她说,"输得起就再试试,我等着你醒过来。"

第七章 深爱的

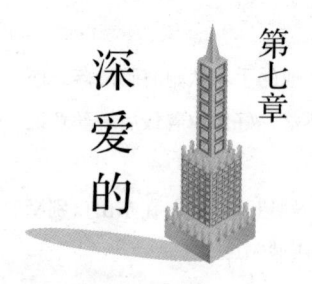

谢长昼在混沌中行走,四周白雾弥漫,他想不起来自己从哪儿来、到哪儿去,腿脚不听使唤,他不停向前,再向前,雾气散开,渐渐有了喧闹的人声。晚高峰车流密集,有低年级的学生提前放学,骑着自行车灵活地穿过人群,没拉拉链的校服衣角在空中飞舞,随着"丁零零"的响声远去。

谢长昼停住脚步,这是崇郡中学。

他回过神,雾气已经彻底散去,最后一道下课铃响了两遍,学校大门开启。不过须臾,就有大批穿着高三年级校服的学生蜂拥而出,他站在树下,一眼捕捉到混在学生中一脸乖巧、环顾左右的孟昭。

谢长昼嗓音清越,耳边的风声忽然和缓了。他想起自己来这里做什么,他站在人群中挥手,扬声叫她:"昭昭!"

孟昭呼吸一顿,循声抬头,一眼看见穿着飞行员夹克,隔着人潮,朝她伸手的高大男人。

孟昭微怔一下,走过来握住他的手,小声喊:"小谢哥哥。"

两个人肩并肩,穿过校门口的人山人海,沿着路向北走一段,天边晚霞烧开。刚刚入秋,天空蓝得过分,想必今年又没有雪。

孟昭一路步行,过了个路口,突然停住:"小谢哥哥,你等等。"

柔软的触感忽然在手中溜走,谢长昼跟着她停下,挑眉道:"怎么?"

"有点热。"她一边说一边垂下脑袋,拉拉链,"我脱一件衣服。"

十七八岁的孟昭,身高只有一米六。这一年她走读,只有周末才回家,谢长昼恰逢在广州,又有空时,就亲自接她放学。

她梳高马尾辫,背浅橘色帆布双肩书包,修长四肢被校服包裹,在一米八七的谢长昼眼中，显得十分瘦弱。偏偏手里也没闲着，还提了个白色编织袋，扫一眼，里头全是书。

谢长昼将袋子接过来拎着，果然不轻。

他嗓音很有磁性，低低问："你这里头装的什么？"

"周末作业。"说话间，孟昭迅速脱下外套叠整齐，装进书包。

她穿整套运动服，里面是一件纯棉嵌蓝边的白色短袖，左胸口落着一枚学校的名称logo。她动作非常灵活，整理好短袖，将压在短袖圆领下的马尾辫也拿到外面："书包里放不下了，干脆再拿个袋子。"

她的长发被外套蹭乱，自己又毫无所觉。在夕阳下，显出毛茸茸的金边，露出来的一截脖颈白皙异常。

谢长昼停顿一下，移开视线。晚风吹拂，他声音慵懒散漫，一如既往："每天背这么多书在路上走，也难怪你们一个赛一个地矮，被这么沉的东西压着，怎么可能长得高。"

"也没什么办法。"孟昭叹息，"高三了嘛。"

"不过……"说到高三，她突然想到什么，眼睛一亮，探头小跑过去，"你……你把袋子给我，我有东西给你看。"

反反复复走走停停，谢长昼没脾气似的，唇角微动了动，停住脚步。

他转过来，没有再将袋子交回到孟昭手里，只是依言打开它，然后漫不经心地低声问："找什么？"

"手工课作业。"孟昭没注意到他的小动作，认真低头翻找，在书本、练习册里来回翻，找出一个米色小纸盒，两眼弯成桥，"就这个，你看。"

谢长昼挑眉问："你们都高三了，还有手工课？"

"有呀。"孟昭有问必答，"老师觉得我们平时太累了，所以现在都不占用我们其他课程的时间……像是手工、美术、体育课啊，都照常上的。"

她声音很轻，带着少女独特的柔美，飘散在初冬晚风中。

谢长昼忽然觉得，放学的这条路，长得看不到尽头。

"所以，"孟昭碎碎念一大堆，最后才将话题引到自己手中这个神秘盒子上，"你来猜猜，这里面是什么。"

停顿一下，她又很较真地强调："猜对的话，就送你了。"

还能是什么，十七八岁的女孩子就这么点爱好，巴掌大的纸盒，总不能藏着一千片拼图，手工课那么无聊，也不能让他们太费脑子。

他觉得就算他猜不对，她也会送他的。

谢长昼乱猜一通，都没猜对，孟昭抱住盒子，转头往前走，声音有点低："那我不给你了。"

谢长昼忽然觉得好笑，他生活里，很少有人这么直白地把情绪写在脸上，真心实意地给他带了东西，又真心实意地郁闷。

她所有的情绪都好真实。他拎着她的手提包，不紧不慢跟在她身后，夕阳从背后打过来，他长长的影子，将她整个人都笼罩进去。

"哎，哥哥好歹还替你拿着包呢。"谢长昼漫不经心地轻笑道，"真不给我了？怎么对哥哥这么坏啊，昭昭！"

果不其然，孟昭又停了下来。她似乎有点郁闷，微皱了下眉又松开，有点犹豫地看看他，闷声闷气道："哪有高三手工课会玩橡皮泥……"

猜了又不好好猜，那不就是不想要。她垂眼："那你伸手。"

谢长昼散漫地伸出手，下一秒，他感觉到一个金属圆环，非常缓慢、小心，但是仔细地，戴在他的食指上。

他呼吸一顿，她额头垂下的刘海从指尖扫过，带出一点痒意。

孟昭直起身："我做了一枚戒指。"

耳畔风声忽然停了一秒，谢长昼手指微顿一顿，才重新抬起。

他觉得有些不可思议，映着夕光看，他手指修长，落在指尾的银色素圈戒指也跟着发光，看起来明显是很便宜的材质，应该连镀银都没有，但他觉得非常奇妙。这是人生第一次，有人给他戴戒指。

"我们手工课老师说，以前从没带学生做过这个，想着我们要毕业了，就试试。"见他一直不语，孟昭心里打鼓，以为他不喜欢，"我以前也没做过戒指，只有最简单的这种能制作成功，如果你嫌丑，也可以还给——"

"不是特地给我的？"谢长昼打断她，掀起眼皮，反问，"送都送到我手里了，哪还有还回去的道理？"

"……"这无赖。

"但是，昭昭。"谢长昼没再伸手，不给她抢回去的机会，故作不经意地提醒她，"这东西不能随便送人的。"

"我知道。"孟昭犹豫一下，还是说，"可这不是婚戒啊，不是婚戒，就没关系吧？"

她努力回忆："老师说，戴在不同的手指上，意思不一样。所以我就把它戴在你食指上了……这个是不是叫，友谊长存？"

谢长晏失笑，许久，他说："是，我们不比别人，我们友谊长存。"

那时候，夕阳里，漫长时光中，他也没料到，未来有一日，会真的跟这个小姑娘成为恋人，然后撕破脸皮、兜兜转转，又走回她身边。

他只记得，那天孟昭挺高兴，虽然一大堆作业还全都没做，两人却在路上没完没了地晃荡，司机都已经快要等得不耐烦，但她就是那么仰着脑袋，煞有介事地对他说："那你也算是收下我的信物啦，我们要一起去未来。"

后半句话，她的声音很轻很轻，乞求一样："我身边已经没有其他人，你不可以再抛下我了。"

晚风吹拂，他心中生出小小的火焰，觉得这一刻非常浪漫，心里某个地方排山倒海，到了嘴边，也只是一句平淡的应答："好。"

昭昭，我们一起去未来，我不抛下你。

天边阴云密布，今夜台风过境。室内温暖寂静，只有心电监护仪上的曲线无声波动。孟昭从床边抬起头，不知道第多少次，她去看谢长晏的眼睛，可他始终双眼紧闭，脸色苍白如纸，没有任何动静，她望了一会儿，有些出神。

距离谢长晏在酒店昏倒，已经过去整整一个星期。他急性心力衰竭，在当地做过急救之后，当晚被护送回了广州。

谢长晏全程都不清醒，他的旧病是心内膜炎，诱发了瓣膜穿孔，早在北京时赵辞树就警告他住院观察，他不信邪，栽在这里。

这次的情况比之前任何一次都要严重，广州的医生加急给他做修复，他在ICU里躺了三天，生命体征逐渐恢复正常，可始终没有醒过来。

孟昭有点茫然，又有些不安，刚转过身，就见赵辞树迎面推开VIP病房的门，正走进来。这几天为谢长晏奔波，赵辞树忙得连胡子都忘了刮，他无声走进来，颔首低声："辛苦了，换我来看着他吧。"

孟昭觉得他应该去休息，但转念一想又想到，其实包括她和封言在内，大家都该去休息。她只能叹息："好。"说着，她离开病床，往外走。

"昭昭。"她走到门口，刚要抬手摸门把手，突然听到赵辞树轻声叫她。孟昭回头："嗯？"

"四年前，阿昼车祸醒来，他家人说每天探视的人数有限，不让你去。虽然这也是事实，但……"赵辞树停顿一下，说，"但现在，这儿是在我的地盘。我的地盘上，可以破例。"

他说："等阿昼醒了，我第一个叫你。"

不知道是不是因为赵辞树这样说，冥冥之中被听到了，当天晚上，谢长昼竟然真的醒过来。

他从梦境中跌落，青春岁月如风远去，只有身体的疼痛是真实的。从四肢到胸膛，好像被拆分重组了一遍，他头脑昏沉，发着低烧，插满管子开不了口，哪里都不舒服。睁开眼那瞬间，床前人影幢幢，他用力眨眨眼睛，以为还在四年前。一群人围着他嘘寒问暖，他最想见到的人，却不在身边。

谢长昼一阵窒息，低哑着嗓子，强撑着开口："……昭……"

赵辞树早在发现他醒来的那瞬间，就立刻将孟昭和封言等人叫了过来，生怕他想找谁找不着，但他视线受阻，似乎并不能认出她。

孟昭看出他在叫人，忍不住凑过去问："我在，你有话要跟我说吗？"

谢长昼面色苍白，眼睛艰难地睁开，眼前仍旧一片混沌。

她俯身，耳朵几乎靠在他嘴边，他沉默很久，才声音很低很低地哑着嗓子说："放学了……哥哥带你回家啊，昭昭。"

孟昭死死愣在原地。

谢长昼说完这句话，好像交代完了什么一样，重新闭上眼。

安静的房间内，心电监护仪上的曲线照常波动，他呼吸平稳，再一次睡过去。孟昭站在床边，很久很久，一滴眼泪从眼中"啪嗒"坠落，直直掉到他蓝白条纹的病号服上，融入柔软的布料，转瞬便消失了。

谢长昼醒来又睡着，医生重新给他做了全身检查，认为这是好征兆。

"他的身体底子本来就差，现在刚做完手术，多睡一睡也是好的。"赵辞树解释，"人的身体，在睡觉时，恢复得最快。"孟昭这才放下心来。

这周过完，春节假期就结束了。孟昭有寒假，封言的工作也相对自由，但"阿拉蕾"是"社畜"，得在初七返回北京。

她临走前对孟昭说："我爸妈……跟封家有点旧交情，以前我在国外时，给封言打工，做他的助理，他会拉我去一些私人的局。有一次，酒局上，他喝高了，说——"

孟昭好奇："说？"

"'我那几个哥们儿个个都是情种。一个暗恋人家姑娘十几年不好意思开口，等人家都结婚好几年了、被家暴，闹得尽人皆知，他才忙前忙后求爷爷告奶奶跑去帮人打官司，做了好事还不留名，好处一点儿没落到他头上；另一个呢，出车祸救了人家姑娘，把自己腿给弄坏了，不仅没往她身上赖，还天天想着配不上对方了，要不算了。唉，什么情啊爱啊，我看，都是他们上辈子造的孽啊！'"

"阿拉蕾"学得惟妙惟肖，说完，她停顿了下，拎着箱子起身，平静地指出："我一直不知道故事里的这两个人是谁，但现在，我知道了。"

孟昭送阿拉蕾上车去机场，内心久久不能平静。

她回到病房，拖小凳子坐到谢长昼床前，两手捧脸，安静地看着他。他安静地闭着眼，脸色苍白，嘴唇的色泽也很浅，只有头发颜色不一样，额前刘海散落。孟昭伸手，轻轻扒拉开落在他鼻梁上的刘海。

"……为什么，是你生病呢。"孟昭捧住脸，看着他，喃喃地低声问。

仪器无声跳动，谢长昼呼吸平稳，安安静静，没有反应。

"以前，你偶尔犯病，我都会有点恶毒地想，如果生病的人是别人就好了。"随便来一个人，是谁都好。反正也没有多严重，那时候，他吃药就能好。他不过是不喜欢吃药，她连半点儿苦头也舍不得让他吃，恨不得世界上能有个人，替代他。

"但是现在，我不那么想了。"她的视线落在他身上，轻声说，"如果有人能替你生病，我希望，那个人是我。"

"那样，你就能分出一部分疼痛，到我身上了。"

"你疼不疼啊……谢长昼？"孟昭的声音很轻，像在说情话一般，又像悠长的叹息，"我走的时候，你竟然还来追了。那时候是不是也挺难受的？"

封言和"阿拉蕾"都走了，向旭尧不在屋内，赵辞树被谢家的人拖住，一时半会儿也不会回来。孟昭坐在谢长昼的床边，痛痛快快地哭起来。

过去很多年，她午夜梦回，以为自己并没有那么多眼泪可流。

孟老师去世时，葬礼上她没哭；母亲再婚时，婚礼上她没哭；跟谢长昼分手时，她额头缝的针被自己挣开了，血流了一手，她也没有哭。

但是，但是……"为什么，你什么都不告诉我？"

像不久前在澳门酒店一样，她明明不想落泪，可只要想到谢长昼，心里的眼泪就堆积成小小的湖。这些年的快乐、痛苦、委屈，所有的情绪，她明明全都想告诉他，可是没有机会。永远有一把刀，悬在头顶，警告她：你们没可能的，知道什么是"没可能"吗？就是这辈子，这个人，不可以。

"你只要告诉我，无论过去还是现在，你从来没有，不喜欢我，"她声音断续，抽噎着，眼泪"啪嗒啪嗒"掉，"或者……哪怕，你跟我在一起，不是想玩弄一个小女孩的感情……"

"我……我都不会走啊。"

为什么分开，这么多年，她不明白，为什么要分开。

这么好的谢长昼，为什么不能一直是她的谢长昼。

孟昭坐在凳子上，越想越委屈，"哇哇"大哭。不知道哭了多久，好像过去了很长时间，又好像只是下一秒，脸颊突然传来温热的触感，他的大拇指指腹有一点粗糙，落在她脸颊上，有点用力地掐了掐。

太久没说话，谢长昼声音很哑，带着点儿无奈的笑意："蠢话。"

孟昭愣住，她好像一个突然被拔掉了电源的机器人，被他轻轻一碰就呆在原地，最后一点蓄在眼中的泪，随着眨眼的动作，轻轻顺着脸颊划过，无声落在他的手背上。

谢长昼手掌微停，垂眼看着她，一时间也没将手收回来。

孟昭傻乎乎的，下一句话就是："你……你能，能把手举起来了？"

"我……我这就去叫医生。"孟昭有种很强的直觉，觉得他这次醒来，不会再像上次一样，待机两秒就歇菜。

她说着，用手背飞快大力地擦拭眼角的泪痕，一伸手按铃，一边打电话想找赵辞树，语无伦次："你都睡了八九天了，这几天给你输了好多营养液……我把辞树哥和阿旭都叫过来，你有没有什么事情要嘱咐他们的——"

"昭昭。"谢长昼出声打断她。

他声音很轻，孟昭虽然有动作，但整个人的脑子和注意力全都死死绑定在他身上，哪怕仅仅两个字，她也听得一清二楚。

孟昭立刻道："我在的！你说！"

谢长昼失笑，他低咳了一声，稍稍缓一下，才掀起眼皮，声音低沉地道：

"那天在酒店,我好像听到你说……"

他微停了停,像是在回忆:"喜欢我。"

孟昭睁圆眼:"我说的明明是……"

谢长昼嘴唇没血色,白色的灯光漾在他眼底,那么一点光,让他显得十分温和,他轻声问:"明明是?"

明明是,可以再试试,但是,孟昭的心跳忽然快起来,他究竟是记错了,听错了,还是故意的,在诈她?那有什么关系,那根本不重要。

她忽然生出勇气,放下手机,平静而坚定地与他对视,说:"我就是喜欢你,我想跟你复合。谢长昼,我们试试重新在一起,好不好?"

冷白的灯光下,谢长昼的意识从非常遥远黑暗的地方苏醒,他一个人撑着手杖,在梦里走过四个年头,这漫长时光的结尾处,原来在这里。

在春暖花开,冰雪消融,在她确凿确切的肯定句里。

许久,谢长昼微勾起唇,说:"好啊。"

你终于回来了,我的昭昭。

医生给谢长昼进行身体检查,躺了这么久的病人好不容易清醒过来,医生多跟他聊了几句:"目前恢复得不错,但你这个年纪,是有点麻烦的。"瓣膜没法二次修复,谢长昼还很年轻,如果之后再出问题,会比这次更加凶险。

医生问:"你有心内膜炎病史,以前有没有想过换心脏瓣膜?"

谢长昼没有立刻回答,一直到赵辞树推着他的轮椅回到病房,到了孟昭不在,两人单独相处的时候,赵辞树才问他:"你怎么想的?"

谢长昼沉默着望窗外,台风已经压在海岸线。接连几天阴云密布,暴雨将至,风吹得窗户也发出低鸣。许久,他问:"我还要在这儿住多久?"

"可能,小半个月吧。"赵辞树一头雾水,"干吗突然问这个?"

"给我转院回北京吧。"谢长昼很平静,"昭昭快开学了。"

"喂,我问你话呢,你跟我说T大开学。"赵辞树愣了一下,踢他轮椅,"你给我交个底吧,你是不是不想做手术?你家里人那边,我给你拦着了,他们暂时不知道你是瓣膜穿孔,只知道你犯了病,要在医院住一阵子。转回北京也行,至少不会被他们盯上,但瓣膜这玩意儿,你必须得考虑——"

"你有没有见过,脑梗的病人。"谢长昼语速慢慢的,突然打断他,"因为各种原因，血管里形成了血栓，血栓顺着动脉，流啊流，流到脑部，就堵在那里。"赵辞树默然。

"我今年三十四岁，换一个金属的机械瓣膜，吃一辈子抗凝药，以避免出现血栓。"谢长昼情绪没什么波动，说这些话时，平静地望着阴沉的天空，"或者，我去换个生物瓣膜。生物瓣膜不用长期进行抗凝，但它容易坏，我这个年纪，估计只能用二十来年，那时间到了，我得重新做开胸手术。"

他停顿一下，在自己胸口比画："这儿又不是长着个拉链，能一直打开关上、打开关上。"

赵辞树头痛："阿昼……"

"不过，我还听过一个说法。"但谢长昼完全不听，他自顾自地道，"说好多人其实活不了那么久——你还记得我今年多大吗？"

"阿昼，你别钻牛角尖。"赵辞树提醒他，"你家人迟早会知道你的病情，到时候他们绑着你去，你也得去。"

"去哪儿？"孟昭推门进来，刚一踏进屋，就听见这么一段莫名其妙的对话，她笑着放下背包，"你们在偷偷商量什么？"

谢长昼掀起眼皮，似笑非笑地看看赵辞树。

赵辞树挠头："没什么，我问问他，病好以后想去哪儿玩。"

"这你问我啊。"孟昭将怀中一束新鲜百合放在床头，"我们去普者黑好不好？"等到六七月，她毕业了，毕业旅行可以带着谢长昼去云南。

赵辞树打个手势："你们聊。"然后就出去了。

孟昭走到谢长昼的轮椅边，小声试探："想去云南玩吗，男朋友？"

谢长昼微微一怔，回过头。这一秒仿佛冰雪消融，他黑色的眼瞳中浮起笑意，朝她伸手："来，扶我一下，女朋友。"

孟昭呼吸一顿，飞快摸摸发烫的耳朵，然后去抱他："你想去哪儿？"

"去床上。"谢长昼声音低哑，贴在人耳边说话时，尤其暧昧，令人骨头发痒。他轻声道："我累了，又起不来。"

孟昭在这一瞬间完全忘了可以用轮椅推，她抱着他，往床的方向拖。

谢长昼个子太高，体重又不轻，孟昭只是将他拖到床边坐下，就已经耗尽全部力气。下一秒，他仗着身高优势，张开双臂将她捞进怀中。

孟昭猝不及防地摔进他怀里。

谢长昼低低地在她头顶笑道,"我有点想你。"

"什么……"

"感觉,好像很久都没见过你了。"

谢长昼这一觉睡了好久,从那场车祸之后就没有醒来。

"我像是活了两辈子,过去那四年,被人偷走了。"他注视她,许久,轻声说,"没有你的每一天,都不像是在人间。"

病房里温暖干燥,百合香气四散,一道玻璃之隔,窗外电闪雷鸣。

孟昭屏住呼吸,全世界的喧嚣仿佛骤然退去,她一颗心都安静下来。

即便是四年前,谢长昼也很少说这种软绵绵的情话,他很少这么肯定又直白地表达感情。

她眨眨眼,嘀咕:"我也想你,那你得惜命,活久点。"

黑瞳中浮起星星点点的笑意,谢长昼拍拍她的脑袋,轻声道:"行,我惜命,我活久点。"

谢长昼醒来的第二天,就想转院回北京,在遭到医生拒绝后,他就像个郁闷的小孩,整日躺在床上不想动弹。

孟昭心里好笑,她下榻的酒店离医院有点远,但他总是想见她,恨不得她在病房里睡下,她干脆牵着他的手,安慰:"那我每天都过来找你。"

谢长昼掀起眼皮,似笑非笑:"你哪有空?"

她最近事情很多,年后要准备毕业设计,做民宿设计,徐东明折腾半年的那个项目中标了,她还得时不时帮徐东明干点儿活,给商泊帆提提建议。

孟昭嘀咕:"不读书的话,就有空了。"

谢长昼将她的手拉过来放在掌心:"那不行,我们签了合同的。"

也不知道谢长昼是伤口太疼还是怎样,孟昭每晚都要给他读书,不读他就睡不着,所以她三不五时地还得去图书馆帮他借法语小说。

谢长昼每天清醒的时间都比前一天要更长一些,好几次,孟昭读完两个章节,感觉差不多了,转头去看,他还醒着。

他眼瞳很黑,很安静,被笼在温和的夜灯光辉里,就那么一动不动地看着她,见她转过来,他就小小地做个口型:"昭昭。"

孟昭歪着头小声提醒:"你今天睡着的时间,又比昨天要晚一刻钟。"

谢长昼淡淡地笑笑，摸摸她的头："嗯，可以多看你一会儿。"

她眨着眼问："这是不是意味着，你的身体也在慢慢变好？"

他只是笑："大概吧。"

又在医院里住了四五天，谢长昼身体还未完全恢复，但他一天都不想在这里待下去了，转院手续已经办得差不多，他后天就想走。

赵辞树有点不放心："你干吗啊，干吗非要回北京？"

谢长昼摆出一副理所当然的态度："病房里头没法做饭，我要回家。"

"可是你每天的饭菜，不都是营养师出单子，我再让私厨给你做好了送过来的？"赵辞树不懂，"在不在病房里做，有什么关系？"

"那不一样。"谢长昼轻飘飘抬起眼皮，"我想吃我们昭昭做的。"

赵辞树："滚！老子这辈子最烦恩爱狗！"

孟昭有点不好意思，摸摸鼻子："你想吃我做的东西吗？"

其实在过去很长一段时间里，她都从不下厨。

谢长昼从来不懂"洗手做羹汤"这件事的情趣所在，闻到油烟的味道就直皱眉头，直到两个人在一起后，有几次，他忽然被病魔打倒，身体抱恙，什么也吃不下，她才开始学着给他熬粥或是煲汤。

但她做的东西，他也没吃上几次。两人在一起很快，分手也很快，谢长昼甚至不记得她熬的粥是什么味道，对于"家人的饭菜"的一切记忆，只是清晨醒过来，床边无人，他掀开被子迟缓地走下楼，看到有小小的人影在厨房里忙碌，鼻尖嗅到藜麦香气。那是他对于"幸福"的一部分认知。

谢长昼叹息："没，我就是想单独跟你待着。"

赵辞树尖叫："那不是很容易！我走，我走就是了！"

孟昭被逗笑，一双眼弯成小桥。她偷偷拽拽谢长昼的手指，小声道："那我们后天就走，我等会儿就把徐老师寄来的材料给他寄回去，跟他说，我不需要异地办公了，马上能回京。"

"你怎么还在给他打工。"谢长昼微眯起眼，"不是很早之前就跟你说，把他的活儿都推了。"

"是之前那个公建的……我没接新的。"孟昭很好脾气，轻声道，"不是你说的，做人做事，要有始有终呀。"

医院走廊人来人往，巨大的落地窗下，整座城市被笼入薄暮的夕光。

她的脸颊被一部分夕阳光芒映照着，离得足够近，连脸上细小的绒毛都能看得很清楚，一双眼明净温和，装着万物，像没有完全绽开的、白色的栀子花。谢长昼忽然非常、非常想要亲吻她。

他盯着她看了会儿，有点遗憾，低声道："那行，你先把材料给徐东明寄回去。"他一边说着，一边慵懒地朝赵辞树伸手，"你，扶我回去。"

"我上辈子欠你的？"赵辞树一边骂骂咧咧，一边握住他的手臂，让他能将身体的力量放到自己身上，"昭昭还在这儿呢，你怎么不让昭昭送你回去？你一向只心疼她，不心疼我。"

"我就是心疼你，才让你来的。"谢长昼掀起眼皮，声音颇有磁性，缓缓道，"看着我俩在眼皮子底下搂搂抱抱，你挺痛苦的吧？毕竟我们就是这种——恩爱狗啊。"

赵辞树："滚滚滚！"

两人闹腾一阵，孟昭接了个徐东明的电话，简单跟他们告个别，下楼寄东西去了。赵辞树见她离开，慢慢扶着谢长昼回病房，皱眉问："你到底感觉怎么样啊？好点儿没？"

"不知道。"孟昭一走，谢长昼又有点困了。最近他很容易困，其实并没有比刚醒来时好多少，只不过他意识完全清醒了，能撑住不睡。

他语气懒洋洋，慢吞吞道："可能好点儿了吧，不过这么一来，我复健白做了。"又要有挺长一段时间，没法自己走路。

"命还在就不错了。"赵辞树带他回房间，推开门，叹息，"其他的，慢慢来……""吧"字未出口，他忽然停住。

病房内放着孟昭前几日买的鲜切百合，四散的香气中，谢长昼敏感地捕捉到，不属于这间房间的气息。他微皱一下眉，抬起头。

外间会客室的沙发上，窗台旁，身形高大的男人靠坐在沙发上，穿着整齐的西装四件套，手中拿着谢长昼的病历本，波澜不惊地翻看。

另一人是个女人，长发随意地垂在肩膀，逆光站着，望向窗外。她穿一条柔软的蓝色吊带长裙，裙摆上印着整幅梵高的《星月夜》，白色的披肩流苏坠下来，细瘦腰肢不盈一握。

谢长昼深呼吸，正要开口，沙发上的男人放下病历，云淡风轻抬起眼，朝他看过来："病成这样，怎么也不跟家里人说？要不是有人说在医院里看见你了，你这病还打算瞒多久,阿昼?"

夕阳的最后一丝余晖在天边落尽,孟昭寄完文件,徒步往回走。傍晚的烟火气与夕阳中,她忽然心下一动,转身改变了路线,想去超市挑选一些食材。

她没跟谢长昼一起逛过超市,无论过去还是现在,他的每一个家里,都什么也不缺。他不喜欢生人,对吃食类的东西也从不上心,但总有住家保姆悄悄买好蔬菜水果塞满他的冰箱,以备主人不时之需。

其实也不是那么需要她做饭。但是,既然他都提出来了……

孟昭没犹豫,买了煲汤用的半截排骨、半只鸡,熬粥用的藜麦、小米,以及若干香料。结账前,途经冷饮区,她又挑了两盒桑葚酸奶。

今天周末,收银台前队伍很长,孟昭环顾左右,去自助结账的机器前排队。队伍缓慢前行,孟昭一手拎着购物筐,一手给谢长昼发短信:我买了煲汤和做粥的食材,离开广州之前,你还可以吃一顿。

等了几分钟,他没回。队伍缩短了些,下一个就是自己。孟昭也没多想,收起手机,等前头的人收好东西,把自己的购物筐放上去,把商品拿出来一件件扫码,刚扫完排骨和鸡肉,就听到旁边传来活跃的对话声。

一父一子,儿子活跃,父亲沉稳。辨出声音,孟昭整个人僵在原地,不能动弹。她埋下头,手心浸出冷汗,飞快地点击"确认",给两个肉类结了账。剩下那些不要也行,付完钱,她拿起肉转身就走。

就是转身那个瞬间,身后传来一声响亮的叫声:"姐!"脚步声响起,孟向辰放下手里的东西,一脸兴奋地快步跑过来,一把拽住她,"你回广州了?姐,你什么时候回来的,怎么也不跟我们说一声!"

孟昭匆忙地回了下头,看到隔着十几米的地方,钱敏实去而又返,隔着人群,遥遥投来一瞥。她如遭雷击,而后不管不顾,用力甩开孟向辰:"我还有事,改天再说。"说完,她背着包,飞快地跑掉了,一次头也没有回。

华灯初上,病房内温暖干燥,气氛却并不怎么融洽。

谢长昼坐在床上,随着时间流逝,感觉自己的耐心彻底告罄。

天已经黑透了,孟昭还没回来,谢竹非和钟颜一直杵在这儿,算个什么事?他皱眉,第三次强调:"我病得不严重,后天就回北京。"

然后他表示:"人也看了,吃的也送了,你们到位了礼数也到位了,我很高兴,你们可以走了。"

钟颜一直没怎么说话,思绪游移着,不知道在想什么。

谢竹非看她一眼,转过来笑笑,对着谢长昼道:"你在北京,跟钟颜联系得还多吗?她最近半年跟中国美术馆合作得不少,隔三岔五就跑北京。"

谢长昼看她一眼,想起上次见面,是质问她四年前有没有打孟昭,他心里一瞬间更烦了,他的昭昭还不知道在哪儿呢,天都黑了!

"见过几面。"

"挺好的。"谢竹非平静道,"要是你实在跟钟颜没缘分,她还有个闺密,刚在斯坦福读完经济学博士。既然身体不好,就别走了,好好休养一阵子,留在广州,你们见一面。"

谢长昼冷笑:"我见个屁。"

钟颜的思绪似乎终于游移了回来,隔着昏暗的光线,将目光落在他身上,意味不明,轻飘飘的。

"谢竹非,我不关心你们几个是怎么想的,趁早断了这方面的想法,别打我主意。"谢长昼冷淡,"我没打算要个豪门夫人搁家里摆着看,爱干什么干什么去,少瞎操心。"

谢竹非一只手落在膝盖上,食指不紧不慢地偶尔敲一敲。他不动声色地打量室内,谢长昼这间病房是最常见的VIP套间,里头是床,外面是小会客室。整个套间里都没什么多余的东西,窗边花瓶里插着几枝鲜切百合,不是花篮,也不是名贵品种,天桥下小贩推着车卖二十块钱一把。沙发上挂了个灰色的兔子包,不是大牌新款,目测价格不超过三百块。

谢竹非无声笑笑,声音很有磁性,不急不缓地道:"这世界上钱、权力,都有可能是稀缺资源,唯独年轻小女孩不是。结了婚也不耽误你玩儿,找个家族联姻,我就不管你了。以后你在外头,想跟哪个女孩做一家人,就跟哪个女孩做一家人。"

谢长昼被气笑了:"这是你的意思,还是爸的意思?"

谢竹非:"都有。"

谢长昼掀开被子,整个人滑进去:"那你跟他,以后都别再来找我。"

室内静默几秒,谢竹非给自己倒茶,修长手指松松地搭在茶壶把手上:"你几岁了?总不会还在做梦,幻想娶一个真正的爱人吧。"

谢长昼闷声闷气回:"那是你,你没有!"

谢竹非:"她们并不是爱你,她们爱的是有钱的你。"

谢长昼:"你瞧,这就对了,所以你不配拥有爱人。"

病房虚掩的门被风吹动,钟颜盯着门口,忽然起身:"我去抽个烟。"

虽然的确是过去很多年了,但是她应该没看错。钟颜不紧不慢地整理了一下披肩的流苏,走到门前背对着两人,挥挥手:"你们慢慢吵。"

刚刚门口有个人过去了,是孟昭。

孟昭从医院逃离,随着人潮走到楼下,冬夜微凉的风迎面而来。她忽然清醒了几分,旋即又感到茫然,不知道该去哪儿,以及为什么想逃跑。

她拎着超市的购物袋,慢吞吞走到楼下花园坐下。外面气温并不算高,但她袋子里冷冻肉类的冰已经有些化了,一层白气糊在袋子上,就快要化成水。孟昭被巨大的沮丧感包裹,她没听见三个人的对话内容,但她看到,并认出了谢竹非和钟颜。

谢长昼的大哥带着人上门,还能是为了什么。无论四年前还是四年后,面对同样的问题,她能想到的只有逃跑。也许她也觉得,自己并不是应当与谢长昼站在一起的那个人。

孟昭坐了会儿,深吸一口气起身,走到垃圾桶旁,攥着装鸡肉和排骨的袋子,一只手悬到半空,扔下去的前一秒,身后飘来一阵柑橘的电子烟香气,接着是一道淡淡的女声:"好好的东西,扔了干什么?"

孟昭整个人僵住,她收回手,缓慢地回过身。

昏黄的灯光下,面前女人的脸庞被身后住院大楼的大堂光照得格外白皙,她穿一件深蓝色的吊带裙,身形纤细,气场高傲清冷,像是将星空印了巨大的长裙裙摆上。

钟颜侧过去,稍稍挡了一下鼻息间吞吐的白烟。

等这阵气息散了,才转头对着孟昭道:"聊聊?"

晚上九点半,海底捞的生意依然红红火火。

钟颜用漏勺捞辣锅里的牛肉,吃了两口,才叹息:"都这么长时间了,你怎么还跟谢长昼在一块儿啊。"

她一路上没讲话,孟昭也不知道从哪里打开话匣子。这么猛地一开口,她的注意力陡然被拽回来。孟昭愣了下，赶紧摇头："我没一直跟他在一起……我们四年前，是真的分手了。"

钟颜掀起眼皮瞟她一眼，也没多说什么。她脱了外面的针织披肩，雪白的锁骨和肩膀裸露在外，完全不怕冷一样。

"又没说你什么不好。"钟颜轻描淡写，"瞧给你紧张的。"

孟昭沉默了几秒，突然有点无可奈何："跟你在一起，我当然紧张。"

两个人又不是什么关系很好的朋友……半夜约出来见面谈话已经够奇怪的了，火锅是能跟不熟的人单独吃的吗？

钟颜夹了一筷子鸭肠，浸进辣椒蘸料碟，痛快称爽："倒也不用防着我，我不可能跟谢长昼在一起，咱们算不上情敌。"

孟昭没懂："嗯？"

"我要结婚了，下周官宣，结婚对象不是谢长昼。"

孟昭愣了下，睁大眼："你……可是你不是……"

"不是喜欢谢长昼？"钟颜笑笑，红油溅到桌面，她不紧不慢地擦擦手指，"我这么跟你说，四年前我跑来骂你，说你爸坏话，根本也不是因为我喜欢谢长昼。我跟他认识那么多年，牵他手跟牵自个儿手一样，我都没法想象以后跟他有点儿什么，脱了衣服，我俩估计能对着对方的身体笑一宿。"

孟昭一言不发，看着她。

"我当时是怎么跟你说的？"钟颜眯眼，回忆，"哦对，我说你爸筹划了那么多，就是为了把你送上谢长昼的床，他知道谢长昼家里什么情况，所以从一开始，就是想让你接近他。"

孟昭移开视线，不悦地微微绷住唇。

"我那话说得不对。"钟颜停顿一下，"但目的的确也就是那么个目的，我想让你们分开。这想法我到现在都没变，你们不合适，过不到一块儿。但是没想到吧，你俩隔这么多年，竟然还能走到一起——唉，孽缘。"

她说着举起豆浆杯，虚虚朝空中一悬："来，我们碰个杯。"

孟昭没接茬，现在听钟颜说这些话，她已经不会再像四年前那样，反应那么大。她对人的包容度提升了很多，并不仅仅是忍让，她理解了更多人的做法。也许在钟颜的观念里，她所做的一切都是合理的，哪怕伤害到别人。

但孟昭实在不懂："我跟谢长昼在一起，跟你有什么关系？碍着你什么事了吗?"

"当然啦。"钟颜理所当然,"我必然要找个人结婚啊,他是最合适的对象嘛。如果跟他在一起了,我都不需要再去结交别的公子哥从头培养感情了,多省事。"

这话前后矛盾,刚刚还说不会跟谢长昼在一起,现在又说跟谢长昼在一起比较省事。孟昭平静地问:"你到底想说什么?"

"我想说,"钟颜放下筷子,不紧不慢道,"他现在跟你在一起,是因为他还想抗争。如果有一天他不想再对抗家里人了,想明白了,发现联姻更省事,他就会放弃你。"

主动权全在别人手里,他说怎样就怎样,到时候,你会非常悲惨。

后半句话,到了嘴边,她还是咽了下去,没说。

孟昭固执地问:"你怎么知道他会放弃我?谢长昼跟别人不一样的。"

钟颜重新拿起筷子,大口吃牛肉。她面不改色,将辣锅里最后一块牛肉吃下去,脸颊被辣得浮起淡淡红晕。然后,她才深吸一口气,抬眼道:"我怎么知道?因为我放弃过别人。"

孟昭微怔。

"我比谢长昼小两岁,今年三十出头,对外称是未婚。"她撑住下巴,看着别处,不知想到什么,忽而笑了笑,"但其实,我曾经结过一次婚。"

孟昭猛地睁圆眼。

"他跟我同级,P大计算机系的,是我高中同学,叫焦臣杭。"

钟颜语速不急不缓,提到这个名字,眼神不自觉变得温和:"你看,他的名字就很好听。我从没见过姓焦的人,花名册上看一眼就移不开视线,怎么会有这么好听的名字啊!"

那时候,她就想。这个人,从头到脚,就是来要她的命的。

"十七八岁吧——他是高二那年被我们校长从地州特招过来的,一转过来就成了我们班学神,次次考第一。你学生时代肯定也有那种人,沉默寡言,穿白衬衫,啊,被他看一眼就要窒息了,一眼看到人心坎儿里。"

孟昭安静地望着她。

"那时候,我们几个家里都有钱,没发愁过读书升学的事儿,快要高考的人了,还天天打游戏写检讨,到处闹事。"

"所以,哪怕我看见焦臣杭的第一眼就喜欢他,我也没想着对他怎么样,我不读书,人家还不读书了吗?结果,这事儿被谢长昼给知道了。

"学生时代的谢长昼,比现在浑多了。他跟个恶霸似的,放了学带着一伙人就跑去堵焦臣杭。我一听这还得了,赶紧跑去找他们。"

钟颜笑着:"然后,我就像女侠一样从天而降,拯救了他。他从此对我一见钟情。"孟昭有点狐疑。

钟颜捧住下巴,叹息:"好吧,确实不是一见钟情。"

事实是,焦臣杭当着很多人的面,甩开了钟颜伸向他的手,自己将书包捡起来拍拍灰,憎恶地看了他们一眼说:"别碰我。"

钟颜无措地站在原地,少年心性,不仅没追,还后知后觉地生出点怨气。十七八岁,心高气傲,不知天高地厚。钟颜负气之下,高调地找到一个焦臣杭的替代品,隔壁班第一名,同样的白衬衫同样的好成绩。那男生脾气比焦臣杭好不知道多少倍,在食堂会主动替她排队,考试前会主动帮她补习,轮到她值日,他甚至会跑来替她打扫卫生。

可即使这样无微不至地照顾,钟颜也始终不能将注意力集中在他身上。

在食堂,她会注意到坐在角落一个人吃饭的焦臣杭;补习时,她会想到昨天焦臣杭又是最晚离开自习室的;做值日,她会想到,焦臣杭的值日小组组员是谢长昼,谢长昼那狗东西肯定不会留下来扫地,那所有清扫工作,都是焦臣杭一个人在做吧……

不到一周,钟颜就和那男生说了对不起。

她满心满眼只有焦臣杭。高岭之花看得见摸不着,她挖空心思地想将他摘下来。可是送东西根本毫无用处,他从来不拆陌生信件,也不收陌生人的礼物。他像活在真空里,永远沉默、独行,甚至很少交朋友。

钟颜坚持一段时间,坚持累了,干脆跑到他面前打直球,问:"你到底能看上什么样的?"

那回答,过去十几年,钟颜也忘不了。

晚自习时间,走廊上灯光明亮,有不少学生抱着课本背书,他莫名其妙被叫出来,风将校服吹得鼓成帆,看着她,有些古怪地笑了下,轻声说:"总不会是一个不学无术的感情骗子。"

怎么就不学无术了!怎么就感情骗子了!钟颜非常愤怒。

愤怒过后,又觉得他说得好像也没错。少女心事如同被风吹皱的一湖春水,他说什么话,她都想相信。她就是这么个人,没理想没目标,得过且过,享乐主义,能不努力就不努力。

他离开后,钟颜在晚风里一言不发地沉思很久。晚自习下课,教室四下无人,她跑回后排的黑板前,拆掉了他圣诞节时,藏在锦囊里的心愿卡。他用黑色中性笔写字,龙飞凤舞,相当简洁,只有两个字:P大。

辣锅又煮开了,丸子漂起来。钟颜收回视线,盯着沸腾的汤锅,轻声说:"然后,我为了他,考了P大。"

她的成绩并不算差,能在年级排到前百分之三十。可接近高三,她再怎么努力,也不可能在一年内考上P大。但凑巧的点恰恰在于,钟颜的母亲是一位油画家,她继承了母亲出色的绘画天赋,十几年来,哪怕不做作业,也从没停下画笔。

"祖坟冒青烟,老天眷顾我,还真给我考上了。"

家里恨不得给她摆七天流水席升学宴告诉全世界:我们家姑娘出息了。

那时候的钟颜,完全没心情想这个。她疲倦地应付各路人马,满脑子都是:赶紧开学吧,开学就能见到焦臣杭了。

可真到了开学日,她也没见到焦臣杭。他在计算机系,两个人的学院天南海北,她再找到他已经是一周之后。

话剧社社团招新,他身形高大,立在人群中,身旁站着个穿鹅黄连衣裙的短发女孩,双手递奶茶给他,离他很近,亲切地朝他笑。钟颜站在原地愣三秒,血气往脑子里涌。

她快步拨开人群,冲过去拉住焦臣杭。下一句话,明明想骂他,不知怎么眼泪就掉下来了:"不是……你怎么跟别人在一起了,焦臣杭,你跟别人在一起了!"钟颜号啕大哭,焦臣杭一脸茫然。

他想开口,钟颜不听;他想拉着她往人少的地方走,钟颜大哭:"走什么走,走哪儿去啊,你就是想找个人少的地方,把这件事糊弄过去!"

焦臣杭欲言又止,索性不解释了,等着她哭。

人来人往,夏日里夜雾浓重,她的哭声引得行人频频转头,焦臣杭也被连累,陪着她做了一整晚小丑。焦臣杭本来以为她哭一会儿自己就停了,结果没完没了。

钟颜是实打实的艺术家思维,相当能发散,流泪的主题从"我的白菜被别人拱了",到"我为了你才考P大的,我都没恋爱你怎么就恋爱了啊";从"你知不知道我从零开始准备艺考有多难,我怎么就不学无术了,不学无术能考上P大吗",到"我每天晚上做梦都梦见你,最忙的时候一天只睡四个小时,把你的照片挂在床头才没猝死"……

焦臣杭等着她哭够了,解释道:"不是女朋友,我没有女朋友。"

钟颜的眼泪瞬间止住:"那刚刚那姑娘是谁?"

焦臣杭居高临下地垂眼看她,低声道:"同学,我帮她改作业,她请我喝饮料。"他说到这里,钟颜自己笑起来:"太傻了这事儿,这辈子我也就干这么一回。"

但那一晚之后,两个人的关系莫名破了冰。钟颜再去找他,他不再排斥。大一下学期,自然而然地两人在一起了。

钟颜捧着脸轻笑:"热恋期我们是真好,他去哪儿我去哪儿,他朋友都说,'焦臣杭身边跟着条尾巴',后来大学三年,我们都在一起,没分开。"

玉渊潭春天的樱花,奥森夏天的向日葵,钓鱼台秋天的枫叶,故宫冬日的雪。焦臣杭课程其实很紧,他还有兼职要做,但钟颜想找他的时候,他总会走到她身边,钟颜牵着他的手,就以为可以一辈子那么下去。

变故发生在大四。"本科快毕业的时候,我家里人想让我出国读研,但我知道焦臣杭要留在国内,所以我也想留在国内,我不想跟他分开。"

这么做的后果是,钟颜家人直接找上了门,告诉焦臣杭:钟颜要跟门当户对的人结婚,跟你就是玩玩儿。

"他也不傻,跑到我面前来问我,为什么我家里人会那么说。我听他转述了,才知道家人的意图。但是——"

钟颜微顿,两眼弯弯,拍拍胸口,有些骄傲。

"我是谁,钟颜!我,多铁骨铮铮的一个人啊,我直接告诉他:'天底下没这回事,我钟颜想跟谁在一起,就跟谁在一起!'"

她太坚持,两人了结了这件事,感情反而更进一步。钟颜是家中独生女,父母虽然不同意,但她实在想嫁,也没什么办法。为避免夜长梦多,钟颜打算毕业就结婚,先领证,再办婚礼。焦臣杭犹豫一下,也答应了。

那时她二十出头,满脑子都是漂亮裙子和世界名画,根本不知道进入婚姻,需要准备什么。她只知道,她的毕业旅行必须得继续,哪怕焦臣杭连过年都要留在北京实习工作,她也不要留下,撂下一句"回来给你带礼物",就跑了。家里人不看好这桩婚事,什么事都要他们自己操办。可钟颜一个千金大小姐,连礼金和婚礼流程都不清楚,也完全不想过问细节。

焦臣杭打电话来问,钟颜如实说"我不想思考",他也不生气,只低声道:"那我来处理,出几个方案给你挑。"

钟颜跟闺密在日本喝醉了,抱着电话哭,傻子一样喊想他。一万三的机票,他眼也不眨,当晚就飞去见她。

火锅"咕嘟咕嘟"响,肥牛片已经煮老了。钟颜没再动筷子,声音很轻地道:"那可能是我们最好的时光。"

那时焦臣杭在大厂实习,毕业就可以转正,转正后年薪五十万。那是钟颜眼中的小数目,是大多数人眼中的"挺不错",但因为还没正式毕业,只能拿实习生的工资。

从日本回去后,整整三个月,他不敢买新衣服。这些事情,过了很多年,两人分开了,再也回不了头,钟颜才辗转从别人口中得知。

而那时,二十出头的她,一直在等婚礼,只不过没等到。

两人领证没多久,焦臣杭的母亲来北京看望儿子,发现了他压在文件夹最底下的婚前协议。她怒不可遏,直接闹到了公司。

"焦臣杭的母亲……我之前的婆婆,指着他,质问。"钟颜停顿一下,"'要那个媳妇干什么,这么有钱,离婚了一分都不分给你,想让三姑去老丈人公司找个工作,还被赶出来。娶个花瓶回来摆着看?那种女人,我能指望她给我们家生三个儿子,给你传宗接代吗?'"

"我不在那个公司,不知道当时到底是怎么回事。"当天的一切,她都是后来听别人说的。钟颜语气平缓接着道:"我先生拦着她,求她别说了。"

可他母亲的话语间,分明藏有一些钟颜不知道的东西。

当晚,两人对峙,她才知道,焦臣杭竟然签过一份连她这个妻子都不知道的"婚前协议"。早在钟颜父母找到他的时候,就要求他签订了苛刻的条款,保护钟颜的婚前财产。

他沉默地看完,平静地签字。他早做好了准备,除了她之外,他什么也没打算要。钟颜不知道该说什么,她红着眼睛,跟他亲吻拥抱。

可婆婆的问题始终不能解决。她阻止不了她三不五时来闹，非要两人分开。也不是没有商量的余地：修改婚前协议。

但这是钟家的底线，钟颜的父母坚决不让步，于是就成了死局。

"后来，是哪一天呢……"钟颜有点迷茫，思考一阵，说，"好像是，非常寻常的一天。"

非常寻常的一天，她早早结束了油画馆的工作，想去找焦臣杭，一起到外面吃晚饭。还没走到门口，就被人拦住，对方嚷嚷着，声称等了她很久，要她做自己的油画馆向导。

这已经是本周第三次，偏偏钟颜就是没法拒绝，因为这人是她婆婆。凡事总有限度，就那一天，她忽然醒悟了。

钟颜沉默一阵，说："我突然发现，我根本面对不了那种生活，我对生活的包容性非常差，一点儿瑕疵也容不下。"

她这样的人，生下来就活在云里，不懂得计划、筹谋，被全世界热烈的爱意包裹着，从来如此，应当如此。要应付这种乱七八糟的事情，她不愿意。

"所以，我提离婚，他也没拒绝。"

两个人约定了日期，离婚前夜，钟颜却找不到人。到公司去问，焦臣杭的领导说，他已经一周没去过公司。然而翌日，他宿醉过后，还是出现在民政局门口。他换了衣服，穿着整齐体面，很礼貌地低声跟她道歉："不好意思，忘了今天要去领证。"

两人一路沉默，到了目的地，他突然说："我以为我可以的。"

钟颜问："什么？"

他说："可以跟你有一个家，养一只猫，有一个孩子。"

那时已经是年底，北京深秋，落叶簌簌坠地。钟颜拿到离婚证，忽然感到非常茫然。她辞去油画馆的工作，决定遵循家人安排，继续读书。

最后一次回学校，去教务处打印成绩单，她看到新生们在办运动会，她穿过拥挤嘈杂的人群，看着那些陌生新鲜的脸孔，很莫名地，想起王小波书中的句子。

——什么是似水流年？就如一个人中了邪，躺在河底，眼看潺潺流水、粼粼波光、落叶、浮木、空玻璃瓶，一样一样从身上流过去。

那些你想要的、想留下的，都是你伸出手去，抓不住的。

钟颜说完这些事儿，苕皮已经不能吃了，几乎煮化在锅底里。

孟昭愣愣的，短短十分钟，感觉自己听了一个漫长的故事，时间横跨过女主情窦初开的整个青春期，青春是在谁身上开始的，就在谁身上轰然落幕。

她忽然非常惆怅，问："你为什么跟我说这么多？"

钟颜思考一阵，似乎也没找到什么确切的理由，扯扯唇角，笑道："想跟你说，谢长昼跟我没什么不一样的。我最近要结婚了，感慨也多，找个不熟的人倾诉一下。"

圈子太小了，这些事，不能跟熟人说。

孟昭不说话，钟颜看着她，沉默片刻，忽然笑道："你知不知道，谢长昼要留在广州，不回北京了。"

孟昭手一抖，筷子从桌上掉下去。

钟颜："看来你不知道。"

她又问："孟昭，你在北京，有没有看见过粉色的房子？"

话题太跳跃，孟昭的思维还停留在上一件事上。如果谢长昼不回北京了，那他之前说的话，哪些是真，哪些是假的……

她迷糊起来，下意识回："没有吧……"

"那谢长昼，果然是在骗我们。"钟颜笑笑，又摇头，"他四年前跟我们说有，但从没带我们去看过，我一直觉得他唬人。他说，那是他给老婆买的，要先给老婆看。"

"他说，他这辈子就一个爱人，别的谁来，都不行。"钟颜微顿，轻声说，"我们没人信。"

钟颜说完的一两秒里，孟昭怔怔的，电光石火间，脑子里闪过什么。可是，谢长昼那栋别墅，由于四周种满粉黛乱子草，整个小区都是粉白色系的建筑。那不就是……粉色的，房子吗？

晚上十点半，孟昭准时回到病房。她手机没电了，不知道谢长昼中途有没有找过她。孟昭很熟悉地形，蹑手蹑脚站在内间的门口，探头看一眼，借着窗外月色，确认了床上有人，就打算转身离开。

就她转身的那个瞬间，室内"啪"一声轻响灯亮了，亮的还不是夜灯，是头顶白色的大灯。

她下意识抬手挡光,听到身后传来一声低咳,声音稍有些哑:"回来了?"孟昭睁圆眼,下意识转过去。

谢长昼还不能立刻适应灯光,微皱着眉,稍缓了下,才慢慢从床上爬起来。他掀起眼皮朝她看过去,语气没什么波澜:"你跟钟颜,聊了什么?"

钟颜走的时候,他就猜到了,估计她是看见了孟昭。后来,见两人一直没回来,他愈发肯定,反而稍稍放下了心。

短暂的静寂后,孟昭的思绪缓缓归位:"没什么,很普通的内容……"

谢长昼心头突然蹿起火苗,他不耐烦地打断她:"说实话。"

孟昭犹豫半秒,走回他床前,将鸡肉和排骨都放进小冰箱。他转眼来看她,她的动作有条不紊,闷声闷气道:"我们今晚一直在聊'选择'。"

谢长昼眯眼看她一会儿,很肯定:"你不高兴?"

他胸膛起伏,声音很低,显得清冷:"你不高兴,为什么不告诉我?我上次怎么跟你说的?"

孟昭关上冰箱门,她跟他一步之隔,她望着床上清俊的男人,忽然声音很轻地,发出一个疑问:"你喜欢我吗?"

谢长昼下意识皱眉:"这是什么问题?"

"我从来没听过你说喜欢我。"孟昭沉默好一会儿,有点犹豫,又开口道,"我今晚,突然在想,不知道你会什么时候不想要我了,你好像只是心软或者头脑不清醒……所以答应跟我在一起。"

钟颜跑到她面前,说了那么多事,看起来是在倾诉或分享,可姿态分明是高高在上的。她直白地告诉孟昭:你和我们不一样,离开谢长昼,对你比较好。但是,孟昭非常没有出息,谢长昼只要朝她伸一伸手,她就立刻变回软弱的自己。今晚想通了,天亮又沦陷。再怎么挣扎,心始终向着他,没有办法。

钟颜离开之后,孟昭坐在海底捞门口纠结了很久,还是决定过来。她想见谢长昼,想听他亲口说。哪怕是骗她,也没关系。

谢长昼有点纳闷,他叫她:"你过来,站我旁边。"

孟昭乖乖过去,他半躺着,有点不自在,见她靠近,猝然伸手拽住她。孟昭还没反应过来,就被他用力拉住,拽进怀里,抱住。

她呼吸一顿,下巴压在他宽阔的肩膀上。他的声音低沉且有磁性,带着热气,滚到她耳边,他莫名有些沮丧:"喜欢的,我比谁都喜欢你。"

孟昭屏住呼吸，感受到他的心跳，一声一声，扑通扑通。

谢长昼嗓音有点哑："我不知道钟颜跟你说了什么，但是你……别听他们灌迷魂汤。她是不是跟你说，'谢长昼早就没打算回北京，只是打着幌子消费小女孩'？不是，你别信他们的，我的行程确实有变动，这不是还没顾上跟你说，广州突然有很急的事情要处理，等我处理完，立马就回北京找你。"

孟昭埋首在他怀抱里，一时间也不想挣脱，但被谢长昼抱着，她非常有安全感，时间为他们停留，一切风雨不复存在。可她尚存一丝理智，还是忍不住，轻声问："然后呢？"

"然后我们一起去哈佛。"谢长昼很肯定，"我要跟你在一起，谁也不管了，我们不要再分开。"

广州的一切，他都可以放下，他也已经做完选择了，他要选孟昭。

最后一班地铁停运了，孟昭今晚打算留在谢长昼这儿。

高中时父亲生病，她照顾了孟老师很长时间，有时护工不在或是周末，也会留在医院陪床。因此对于病房里的一切，她都很熟悉。

洗漱完毕，孟昭撑开陪护的弹簧床，"啪嗒"一声关掉大灯，就打算躺平。看着她做完一切，以为她要上床的谢长昼，眼前忽然陷入黑暗。

他沉默了几秒，是真的有点无语，之后张张嘴，他叹息似的提醒她："我这套房外间有沙发。你就算不睡床，好歹去外头，把沙发撑开了睡。"

孟昭眨眨眼，望向他。他的床比弹簧床高出一截，她看不太清他的脸，只能看到他转过来时一点脸庞的轮廓，线条漂亮得惊人。

孟昭说："可是我想在这里。"

谢长昼问："怎么？"

她声音很轻："在这里能感觉到你的呼吸。"

谢长昼微怔，忽然不说话了。

其实他以前也犯过病，但那时候仗着年轻，先天性的心脏病没那么严重，他身体机能还不错，每次都没当回事。吃个药住几天院，也差不多就行了。他的身体真正衰败，是在那场车祸之后。

车祸造成的最重的创伤在腿上，之后很长时间，他都无法正常行走。但这不是最致命的，最致命的是，伤口感染加剧了他原先就有的心内膜炎，诱发了全身的病症，让他变得非常虚弱。

在他澳门之行昏倒之前，孟昭都不知道，他病得这么重。他身体最差的那几年，似乎恰巧是她不在他身边的那几年。

孟昭睡不着，这些年，她并不是完全没有关注过谢长昼。

他这样的人，一举一动都被放在聚光灯下，想要知道他最近在做什么，只需要去翻财经新闻。

她有过近乎疯魔的时候，刚分手回到北京，很长一段时间没法正常吃饭，每天机械重复地刷新一切跟他有关的信息，走在路上不知道看见什么，哪怕只是盛夏阳光投落在地板上的一些圆形光点，突然想到他，就会落下泪来。

那时候，她坚信，不会再跟他有什么交集了。本来就是两个世界的人，看又有什么用，再怎么看，他也不会变成她的。

她只是一遍又一遍地清醒地认识到，什么叫"分手了"。就是没机会了，不能回头，你跟这个人，这辈子都没法再见面了。

可是她现在才知道，世界上根本没有真正的"生离"。所有活着分开的人，仅仅只是因为他们不够相爱。

孟昭思绪游移着，有些出神。下一秒，她突然感觉床上的黑影掀开被子，像是要起床。孟昭愣了下，赶紧起来，想去按床头的夜灯。

这次谢长昼动作竟然比她快很多。她都没完全反应过来，就感觉一双手臂穿过她的臂弯，落在她的后背，短暂地失重感后，她整个人被他抱起来。

谢长昼叹息，嗓音有些哑："去床上睡。"

特护病房，他的病床也比正常的床稍宽一些，但真的也只稍微宽了一点点，孟昭觉得，躺不下两个人。

他伸手就要盖被子，孟昭挣扎，小声道："那个，你的床，睡不下两个成年人吧……"她话没说完，谢长昼绕到另一侧上床，伸长手臂将她用力捞过来按到怀里，另一只手顺势拉上被子。

就短短几秒，男人的气息包围着孟昭，她脑子发晕，下意识屏住呼吸。

"睡吧。"他的声音也带着热气，从头顶轻轻落下。他煞有介事地拍拍她，说："这样就能躺下了。"

病房里安安静静，窗户关紧了，窗边没有风。蓝色的窗帘下，有霜白的月光在地板上游移。孟昭没说话，沉默地揪住一点他胸前的病号服。他体温似乎永远比她高,身上热热的,心跳声很平稳,在黑暗中发出轻盈的响声。

半晌,她小声叫:"谢长昼。"

谢长昼果然也没睡着,回给她一声慵懒鼻音:"嗯?"

"我今天在超市遇见我继父了。"谢长昼落在她肩膀上的手微顿一下。

孟昭敏锐地感知到一些悄悄滋生的戾气。她并没有再展开讲,将声音放轻像是想安抚他:"我跟你分手之后,他来找过我……来北京。"

三不五时,钱敏实会有学术会议,需要到北京去开。孟昭从孟向辰口中得知他的完整行程,然后计算着时间,每次都避开他。

虽然一直以来,钱敏实并没有对她造成什么实质性的伤害,但是,只要一想到他跟乔曼欣结婚那天,他一手攥着她两条小细胳膊,举高过头顶,将她按在化妆间门上,另一只手来摸她的脸颊,挑逗似的在她耳边说:"我早就知道,乔乔有个特别好看的女儿。你是不是还没成年?真好,以后你也可以叫我爸爸,在这里,或是在别的地方。"只要一想到,她就觉得,非常恶心。

"虽然知道他的完整行程,但我……不敢回宿舍,怕他去宿舍堵我。"孟昭小声道,"我就,每天都在徐老师的工作室通宵,今天叫这个师姐一起,明天叫那个师姐一起。"她谨慎小心,如履薄冰。

假如孟向辰告诉她,钱敏实要出差三天,那么她会一整个星期都留宿工作室,直到孟向辰告诉她钱敏实回到广州了,才会恢复正常的学习生活。

"我有时候,半夜惊醒,会很恐惧。如果他哪次突然来北京,孟向辰不知道,我怎么办;如果他某天突然出现在学校,说他是我爸爸,要带我走,我要怎么办。"

黑暗中,孟昭揪着他胸前那一小块布料,停顿很久,有些艰难地说:"但是这些……以前,跟你在一起的时候,我都没有害怕过。"

她曾经对世界非常无畏,以前有孟老师爱她,后来有谢长昼和很多人爱她,但是这些人全都离开了,一个也没有留下。

谢长昼沉默着,无声地抱紧她。感受到他的体温,孟昭忽然想要流泪。

她的声音越来越小,语无伦次道:"你……你如果喜欢我,能不能喜欢我久一点,我胆子其实特别小,我什么也没有。我没有别的愿望,我就是……就是希望你能喜欢我。"

世界上所有的二选一,都没有人选她。在极其漫长的时间里,在孟老师去世后,谢长昼也不在的岁月里,她就是一个没人要的小孩。

到头来,她发现,她想要的其实很多,也很少。是爱,只是爱,谢长昼的爱,独一无二的爱。在他面前,没有平等可言。她就是这样无望甚至绝望地,没有理由地,信任着、依赖着、爱着他。

黑暗中,谢长昼一言不发,拥紧她的肩膀。沉默很久,他低头用脸颊轻轻蹭她的脸颊,声音很低很轻:"是我的错,我没有保护好你,昭昭。"

他嗓音低沉:"四年前我曾经拜托谢晚晚,交一些东西到你手上。"一张记在她名下的卡,一笔钱,以及一些信息,能在紧要关头帮到她的人的信息。他那时候病得太厉害,去追孟昭,没有追到,回来之后又进了一次ICU,好不容易出来了,身体虚弱得厉害,几乎在医院里养病养了一个季度。

意识都不太清楚了,还记得自己曾经有过一个应急方案。实在不行了,实在是到了,没法留在孟昭身边的时候,他留给她的那笔钱,足够她读书、留学,在北京买一套不算太大的但能落脚的房子,安稳度过余生。

他躺在病床上时,身体不能动弹,脑子里走马灯似的想过孟昭的一生。

她性格平和,宽容又努力,以后不管从事什么行业,应该都能活得不错,会有很多人喜欢她。

也许她在大学里,或是工作中,会遇到一个跟她差不多大的男孩,两个人顺理成章地恋爱、结婚,不一定生活在北京,也许去江浙或是川渝,两个人工作不忙,共同养育一个可爱的孩子。

她的未来总不会很差,只不过她的人生里,不再有他。

"但是,"谢长昼一想到这里,他就觉得非常难过,深夜回忆,甚至心生恨意,"我不知道,谢晚晚压根儿没有把那些东西给你。"

他信任家人,直到重逢之前,都没怀疑过谢晚晚,所以在上海,他不解,困惑,乃至生出一点点怨气:孟昭为什么会过得不好?她凭什么过得不好?她怎么可以,在那么用力决绝地离开他之后,过得还不如在他身边时好?

孟昭哽咽:"因为你不在我身边啊。"

她说:"只有你可以。"

只有你可以给我,热爱世界的勇气。记忆反复地在过去与现在之间游离,他不在身边的四年,好像一场幻梦。

谢长昼抱着她,感觉到她的脸颊埋在他胸前,有呼吸,热热的。

但她没有哭,他猜她又把眼泪憋回去了,他一下又一下抚摸她脑后柔软的头发,将吻落在她额头上。

他重复着,说:"我爱你,昭昭。"

他这一生得到的太多,没见过谁至死热爱谁,才会感到贫瘠,一无所有。可孟昭从来不要别的,她只要爱,从始至终,她竟然只要爱。

"我会好好爱你。"他说。到我生命终结的那一刻。

孟昭在谢长昼身边又待了几天。过完十五,他身体情况稍稍好转,可以扶着手杖下地行走,她订了回北京的机票。

谢长昼去送她,两个人在机场拥抱、分别。

"你要快点来北京找我。"孟昭一步三回头,仰着脸,认真地提醒他,"我很快就能拿到录取通知了。"

人群中,谢长昼坐在轮椅上,清俊的面孔引得行人纷纷投去目光。

他许诺似的朝她笑:"好。"

孟昭过了安检,再往前走,又回头。人潮汹涌,谢长昼的身影被淹没,已经看不到了。她突然想起二〇〇八年的北京。那年,她参加学校组织的夏令营,谢长昼不放心,亲自送她到首都,才独自离开。那时候他多年轻,立在盛夏光影中,像一幅画。

她坐在公交车上,忍不住将头探出去,回头看他,风一吹,蹭掉了束发的皮筋。虚浮的光影中,黑色长发在空气中张开成一张小网,她伸手去扶。再一回神,前行的公交车已经将他的身影远远甩开,他静默地注视着她,然后像一滴水,重新融入海洋。

那年,水立方竣工,首都机场三号航站楼投入运营,奥运火炬登上珠峰峰顶,大街小巷都在唱《北京欢迎你》。很多年后,她独自一人,在北京读书、生活,逐渐明白,其实北京不欢迎任何人。与城市地域和来者何人都无关,只是你做什么,你是谁,它根本不在乎。

那天她头绳的颜色,经年累月褪了色,只有谢长昼记得。

时间从来不等人,是谢长昼在等她。

两个人,走到最后。不知道是谁,一直在看着谁远行。

进入三月，新学期开学，发生两件大事。谢长昼在家族企业内暂时卸任，将名下半数公司的管理权转给了大哥谢竹非。此举一出，资本市场剧烈震动。

谢长昼对外称自己将要远赴海外开拓市场，暂时移交一部分国内的产业给大哥管理，但具体"暂时"多久，他也没有明说。

有人放出消息，称不久前谢长昼才在澳门犯心脏病，被医护人员用专机连夜送回广州救治，刚出院没多久。外界纷纷猜测，是他大限将至，才开始放权。然而真相如何，无人得知。一直到三月底，这些流言才逐渐平息。

北京春暖花开时，孟昭拿到了哈佛的录取通知。她第一个打电话给谢长昼报喜，年后，南方气温也逐渐升高了，她声音细细地叮嘱他注意倒春寒。

谢长昼低咳了一声，在电话里慵懒地笑："哪有那么娇贵。"

孟昭听到他那边翻动纸页的声音，猜测他还在办公。思考一阵，她还是想问："我看到新闻，关于你和你大哥的。"

孟昭有点犹豫："你身体确定没事吗？"

那头传来低低的笑声，窗前早樱开了，花影投射到屋内，谢长昼嗓音微哑，摇头叹息："我只是有一点累了，想休息一下。"

而且，不把该放的东西放走，谢竹非也不会退让。

"我也在看新闻，订阅了北京的天气预报。"谢长昼停顿一下，轻描淡写地移开她的注意力，低声道，"看到后海冰化了，想到你；看到钓鱼台叶子绿了，也想到你。"

孟昭呼吸一顿，一颗心都软下来："我也是。"

谢长昼叹息："你有没有梦见我？梦见我，就是我又想你了，昭昭。"

第八章 最热烈

孟昭摸摸耳朵，小声回："想。"她每天都想见到他，但是知道他非常忙碌，又不敢太频繁地找他。

"哦——"谢长昼笑了笑，拖着尾音，声音慵懒道，"想我，但从不联系我。一个月就这几个电话，几乎全是我打的。"

孟昭有点局促，解释："我怕打扰到你，不知道你什么时候有空。"

毕竟新闻上，他看起来日理万机，每日忙得脚不沾地。谢长昼交出去的仅仅是管理权，股份还在自己手里。孟昭不知道他们家内部具体是什么情况，但这么大的变动，他肯定有很多事情要处理。

谢长昼似笑非笑，低声反问："知道我忙，也不哄哄你男朋友？"

"嗯？"这称呼猝不及防，孟昭先是感觉被神秘的心动力量击中，随后又有点蒙，"可我不在你身边，怎么哄……哟。"

她突然反应过来："你是想要那种，单纯的，言语上的哄？"

"不然呢？"谢长昼本来只是想逗逗她，没想到她认真了，他低笑，非常正经、理所当然地道，"我都没法抱你，连软绵绵的情话也不能听？"

孟昭忽然感觉耳朵有点烫，其实她连情话也不怎么会说。

她从来也不是很会讲话的人，以前跟谢长昼恋爱时，他好像也不是很在乎这个，只有在动情时，他才会咬着她的耳朵，低声提醒她：甭憋着，来，我们说一说话。

孟昭捧住脸，太难了。她犹豫片刻，思考了一会儿，说："二月二龙抬头，我去剪了头发。没有剪太多，只剪短了一点点……也没烫，但不知道为什么，头发现在毛毛的。"

电话那头静悄悄的,她听见他轻盈的呼吸声。谢长昼像是没懂她的意图,一时没回应。孟昭声音很轻很小地试探着,继续道:"昼昼乖,等你回北京,我允许你,摸摸它。"

谢长昼静默几秒,电话那头传来憋不住的低笑声:"孟昭。"他说,"你这么可爱,我有时候真的,忍不住想——"

孟昭屏住呼吸,睁圆眼:"嗯?"

"要是没有分开,就好了。"如果没有那场车祸,没有中间这分离的四年,我们一直好好在一起,现在一定也非常幸福。

他大概每天都在疯狂摸她的头。

她微怔一下,笑盈盈道:"那你更要快点来找我了呀,男朋友。"

我也迫不及待,想回到你身边了。

周末,谢长昼在广州的工作终于告一段落,订了回北京的机票。他是周日下午的航班,孟昭掐着时间,周六傍晚,请几个同学朋友吃饭,庆祝自己拿到哈佛录取通知。

孟昭返京之后开始实习,晚饭时分从"风光"赶回海淀,路上堵了会儿车,比几个客人到得还晚。她推开包间门时,金色灯光洒落,叶初然坐在一旁百无聊赖地玩手机游戏。

商泊帆也在场,当时为把稳,他投了不止一所学校,现在开始纠结,究竟去哪里比较好。程承坐在商泊帆身边,正冷静地帮他分析利弊。

孟昭放下包,脱掉风衣,温和地向两个男生表示歉意:"不好意思,我路上耽误了一下。"

程承扶一扶眼镜,很平静地表示:"是正常情况,没关系的。"

商泊帆也抬头应了一声,挺高兴地招呼她:"我点了几个菜,还没让他们上,昭昭你看看?"

孟昭走过去在两人旁边坐下,拿起菜单,突然意识到:"赵桑桑呢?"

程承说:"她在学院,不知道在干吗,大概等会儿就会过来。"

孟昭纳罕:"你俩没有一起?"

程承推推眼镜:"不知道,她说不用等她,我就过来了。"

孟昭"哦"了一声,心里还是觉得奇怪。以前赵桑桑和程承连体婴儿似的,谈了那么多年恋爱也不嫌累，但凡出席什么场合，程承一定雷打不动，风雨无阻地等赵桑桑，非要等着她一起出现。

孟昭收回注意力，没再往下问，等她加菜加得差不多，徐东明推门走了进来。最近孟昭埋头搞毕业设计，把之前的项目全了结了以后也没再搞新的，年后就没再怎么见过徐东明。眼下他就这么推门进来，脸上表情看似含蓄，实际看起来，还是很凶。

她手指微顿，想起一些有的没的流言。上次被举报后，徐东明大概是在学校里听说了什么，那举报虽然对外称是匿名，但世界上哪有不透风的墙。

自那之后，他对童喻就非常冷淡。新学期开学童喻没回宿舍住，孟昭只在教研室附近远远地看到过她一次，她拉着徐东明的手恳求似的在说什么，徐东明头也不回地甩开了她的手。

看起来，这事儿还有得闹腾，但这些事情，从今往后跟孟昭再也没有关系了。她会像谢长昼说的那样，一直往前走，到更高更远的地方去。

"桑桑说她晚点儿过来，不用等她吃饭。等她过会儿到了，可以再点别的食物。"人到得差不多了，孟昭看看时间，起身敬酒，"谢谢大家几年来的照顾，毕业之后，希望你们一切都好。"

觥筹交错，杯子碰在一起，落在酒水正中的灯光也被搅碎。

赵桑桑姗姗来迟，她到时已经是饭局下半场，看起来有些疲惫。孟昭起身帮她把呢子大衣挂起来，随口问："什么事儿这么急，导师找？"

"没。"赵桑桑犹豫一下，似有若无地抬头看了眼程承，又收回视线，"一些别的事情。"

"连体夫妇"连吃饭都不坐一起了，孟昭怀疑他们是不是又在暗暗吵架。她拉着赵桑桑坐下，将菜单递过去："几个男生都在喝酒，你就别喝了。看看想吃点儿什么，叫人给你加。"

赵桑桑不跟她客气，一连点了三四道菜，拿起筷子大快朵颐。

孟昭撑着下巴，看着她吃，不知怎么突然想到一件事。那天在广州，原本想给谢长昼做个汤，或者粥，结果被钟颜一打断，这件事抛之脑后，一直到她离开广州，谢长昼都没吃到她做的东西。

她慢吞吞地掏出手机，想给他发消息。冥冥之中有感应似的，下一秒，他那头先发来一条："干什么呢，女朋友？"

孟昭如实告知："在请导师和朋友吃饭。"

谢长昼："我明天就回去了，你安排今晚吃饭？"

在座的几个本来就都只是孟昭的同学，跟谢长昼也不熟……

孟昭不懂这么安排有什么问题："怎么？"

谢长昼很肯定："你不想让身边的人，知道我的存在。"

孟昭有点郁闷："你少倒打一耙。"

谢长昼："不然，你就会趁这个机会，把我介绍给他们。"

孟昭还真没想过这件事，谢长昼的身份有点特殊，如果她大张旗鼓告诉全世界，他是她男朋友，不知道会招来什么麻烦。已经有谢竹非、谢晚晚和钟颜的警告在前，当初他出车祸，她也不是没见过他那位远在香港的祖父……

他家庭关系复杂，她不知道他家里那些真正把持话语权的家长，是怎么想的，总归是不会太赞成他和一个普通女孩在一起。一个谢竹非就让他头疼成这样了，再多来几个，万一他忙得死掉了该怎么办。孟昭怕给他添麻烦。

她沉默着，没说话。谢长昼等了几分钟，看见对话框上方，一会儿显示"对方正在输入"，一会儿没反应，等来等去等到最后，她什么也没发。

谢长昼心头蓦地蹿起一团小火苗，他咬了咬牙，一字一顿地发语音："喂，我说孟昭，你总不会都到这时候了，还想着抽身而退，未来有朝一日跟我分手吧？"因为抱着这样的心态，所以从现在起，就在给自己留后路。

孟昭语音转文字，哪怕没听见声音，也能从言语间感受到他不佳的情绪。她舔舔唇，小心地敲字："我没有……"

"那你现在出来，到饭店门口，这两个石狮子这儿来。"

孟昭蒙了一下："为什么？"他又生气了，所以要她在门口雪地里站一宿，面壁思过然后去跟他道歉吗？

"冷死了。"他一只手揣在黑色大衣口袋，另一只手拿着手机，低低地道，"服务员说，不知道你在哪个包间。"

他不悦道："你下来，来接一下你特地改签航班提前赶回北京，还不受你待见的男朋友。"

孟昭一直觉得，谢长昼骨子里浮动着一些小小的幼稚因子。这些因子导致他骨子里跟表面上看起来，并不是很一致。大多数时候，他在新闻里，或是工作中，表现得寡淡冷情，雷厉风行，说一不二。

但一旦生病，或是没有睡够，脑子迷糊，就会解锁性格中完全不同于对外表现的另一面。比如握着她的手不准她走，孩子气地跟她赌气，故意不吃药，试图引起她的注意，以及，小小地闹别扭。

孟昭收起手机，跟几个人简单地说了声，抱起大衣和围巾，推开门就往下跑。就下楼的这么几步路里，她还在想他有点可爱，这么可爱的谢长昼，只在她一个人面前可爱。

孟昭跨过门口石阶，跑出大门，直奔石狮子。她冲出门一转头，就看见立在石狮子旁，身形高大的青年。他穿一件黑色大衣，一只手撑着手杖，立在光线不太能照到的地方。由于身形高大且气场过于逼人，就算站在阴影里，也让人一眼望过去，就不能再移开视线。

她呼吸一顿，深吸一口气，后退半步，加速朝他跑过去："谢长昼！"

谢长昼闻声，转眼看过来。还没完全看清，她就像一枚小小的炮弹，带着残影冲进他怀里。谢长昼差点稳不住身形，更怕她摔倒，伸手扶了她一下，失笑垂眼，低声道："你站好。"

孟昭控制着力道，没敢太用力地撞他，却也没放开。两条小细胳膊挂在谢长昼脖子上，要不是他大病初愈她怕他受不住，她想整个人都挂到他身上。

谢长昼微垂着眼看她，眼皮显露出细小的褶皱。

她炫耀似的小声说："谢长昼，我拿到哈佛录取通知啦，我可以出国读书啦。"上周就在电话里说过了。

谢长昼温和地低笑："还是我们昭昭厉害。"

"你呢？"她仰着脸，问，"你公司的事情，都解决完了吗？"

这不是一码事，他公司的事儿，一时半会儿解决不完。

然而谢长昼与她视线相接，轻声骗她："都解决完了，安排得妥妥帖帖。你什么时候需要陪读，我随叫随到。"

孟昭一双眼弯成桥，在香港的时候，也没见她这么高兴。

北京毕竟天高皇帝远，两个人在这儿做什么，都不用担心他家里人突然出现。谢长昼凑过去，蹭蹭她的鼻子："你现在像只小猴。"

孟昭皱皱鼻子："你怎么就不会把女生形容成可爱点的动物。"

谢长昼虚心求教："比如呢？"

孟昭想了想："睡熊、水獭之类的。"

谢长昼摇头，一只手从黑色大衣口袋中抽出来，落在她毛茸茸的脑袋上，轻轻地摸了摸："你不如说自己现在是只小狮子。"

她的头发真的有点乱糟糟，今年的冬天似乎比前几年都要稍冷一些，此刻碰到她的脑袋，她仍然感觉到了清淡的凉意。

孟昭维持着那个扑进他怀中的姿势，下巴压在他肩膀上，两只扣在一起的手松开，朝他身上上下摸摸。摸外头的风衣也就算了，偏偏她记得他这件衬衣也有口袋，风衣空空如也，她毫不避讳地伸手朝他胸口探。

谢长昼眼神一变，捉住她细白手指："光天化日的，你干什么？"

孟昭一本正经："看看你有没有随身带药呀，你不可以忘记吃药！"

他身体底子不好，做完瓣膜修复的手术，一直很禁不起冻，在室外待一阵子再回室内，体温要很久才会恢复正常。

医生给他开了一堆药，用以恢复身体机能。

谢长昼攥着她的手指没松开，语气不太在意："我没带，在阿旭那儿。"然后他又强调，"你也知道冷，冷还让我在外头等。"

他话音刚落，感觉孟昭踮起脚，一道模糊的红色影子猝不及防地落到他脖子上，铺天盖地的暖香，带着他最熟悉的气息。

他微怔一下，发现孟昭把她的红围巾取下来，给了他。

"你的围巾，我上次洗过之后，忘了还给你。本来想明天接机时给你带去的……结果你提前回来了。"孟昭有点抱歉，挠挠脸，"只能等下次了，你先用我的应一下急。"

谢长昼身形微微僵了一下，没再开口。他当然不缺围巾，但很莫名地，他竟然有点不想还回去。甚至想到，怎么以前两人恋爱时，就没想过，彼此互换一下围巾？这种亲密的、会沾染爱人气息的小物件，总是令人无意识地感到眷恋，不自觉流露出软弱。

孟昭没注意到他在想什么，她低着头，很认真地将他泛凉的手掌合在自己手中，轻轻揉了揉："你要见见我的同学吗？都是你认识的人，赵桑桑、程承，我的室友叶初然，以及商泊帆。嗯……还有老师，徐老师也在。"

"你叫商泊帆，"然而谢长昼并不在意徐东明，他胸膛起伏，低声道，"都不叫我。"孟昭挠挠脸。

"我不上去了。"谢长昼垂眼，大掌反扣住她的手指，沉声道，"我去车上等你,你饭局散了,再来找我,我送你回去。"

"那我要是真走了,"孟昭眼巴巴看着他,"你不会偷偷生气吧?"

谢长昼沉默了一下,声音低低地徐徐道:"我哪敢生气。"

他语气慵懒,有点漫不经心又有点故作可怜地,低笑道:"这不是刚复合吗?不敢让女朋友为难。"

孟昭本来磨磨叽叽的,还想多留一会儿,无奈赵桑桑给她打电话,问她去哪儿了。她接受了谢长昼的方案:"我们也快吃完了,我马上就回来。"

她出来得急,羽绒服也没穿好,谢长昼紧了紧她的领子,把最上头的小扣子扣住,才放她走:"去吧。"

夜色深沉,街边低调的黑色奥迪车门打开又关闭,"砰"一声轻响,坐进去个高个儿男人。正低头回邮件的赵辞树放下iPad,一抬头,就见谢长昼脖子上多了条风骚的红围巾。他表情有些不自在,又不肯将围巾放下来,绷着一张脸转过去,黑色风衣下只露出一截红色流苏,上面竟然还用别针别着两只白色的针织兔子,萌萌的。

赵辞树看得一愣,立马乐了:"这是什么东西?"

几百年遇不见的稀奇景象,赵辞树憋着笑,伸手去碰:"谢总,你怎么还跟人家小姑娘抢围巾,这是你这年纪该戴的?"

手指从流苏边边擦过,赵辞树根本没碰到围巾。

谢长昼非常凶地拍开他的手,一点儿没留情,"啪"一声响:"滚。"

他压根儿懒得看赵辞树:"别把老子的兔子摸脏了。"

赵辞树无语地收回手,手是收回来了,目光还停在上面。

谢长昼看他一眼,冷漠地将露在外面的一点流苏也从他眼前抽走。

赵辞树朝后一靠,看热闹似的:"哟,火急火燎赶回来,人家一条围巾就给你打发了?瞧我说什么来着,没带你去见她朋友和老师吧?你这没名没分的,着个什么急?"

谢长昼不看他,唇角微绷着,路灯清淡的光芒投在他侧脸,只能照亮一半脸庞,看不出喜怒。

赵辞树奚落够了,稍稍收敛一些笑意:"你也甭瞒着她,就你这身体情况,该说的,趁早都跟她说说。你已经做过一次瓣膜修复了,就算一时半会儿,谢竹非能帮你瞒着,香港那边也不可能一直没有风声。等你爸妈、祖父找上门,你打算怎么收场?"

"我怎么收场?"谢长昼看着路边残雪,冷笑,"命不是我自己说了算?我要走,他们谁能拦得住?"

赵辞树是希望他换人工瓣膜的。这技术很成熟了,一般不会出什么问题,单纯是谢长昼自己不想做,嫌耽误时间耽误事儿。不过,反正他刚做完修复手术,一时半会儿,应该也不会再出岔子,还有时间再想想。

赵辞树嘱咐他:"那你好好休息,要是哪儿又不舒服了,立刻跟我们说,别又像上次一样,别拖。"

半晌,谢长昼淡淡道:"嗯。"

结束这晚的饭局,没多久,孟昭就正式告别了自己的住校生活。她住进了谢长昼家。这事儿严格说起来,其实是个意外。

孟昭大五最后一学期,徐东明早早帮她审核了毕设方案,他这边过完这一道,基本算是没问题了。他工作室里那些项目也早在年初做了收尾,后头的,都不需要孟昭跟进。

学校这边的事儿结束得差不多了,就剩那一门选修课。对于孟昭来说,学业压力称得上"轻松"。于是,她所有精力,都转移到了"风光"的实习上。她回北京没多久,就把民宿的设计稿交了上去。在她的设计中,原先的小楼没有完全拆除,保留了一部分旧的楼体作为过渡。她在原来的基础上,完善了整个建筑,既有现代建筑的特征,又没有完全抹除旧时代的底蕴。

参与比稿的并不只有她和"阿拉蕾",但这个设计还是在一众方案中脱颖而出。"阿拉蕾"是个很好的师傅,平和客观地指出她的不足,并毫不吝啬地夸奖她:"你的设计理念,会让你成为了不起的建筑师。"

孟昭忍不住想,这个理念,好像是谢长昼曾言传身教,徐东明又着意强调过的。在她遥远的少女时代,谢长昼曾为保护某些古建筑奔波;而徐东明的教学里,自始至终贯穿着"继往开来"。

好的坏的,她的经历,以及她遇见过的,那些在漫长时间长河里,沉默着、披着星星、匆匆夜行的人,让她成为了现在的"孟昭"。

她开始频繁地奔波于"风光"与宿舍。北京交通还算方便,可海淀跑一趟朝阳怎么也得一小时,她每天通勤来回两小时。谢长昼觉得心疼:"你住我这儿得了,早上骑车也就五六分钟。要是还嫌远,我在'风光'旁边,再给你买套房子。"

孟昭一听,摇头:"不了吧。"

谢长昼瞄她一眼:"那你自个儿租一个。"

孟昭思考几秒,觉得这方案可以:"行。"

她行动很快,在附近找了个合租的单间。三居室,次卧,另两间卧室都是女孩儿,一个月租金三千四,结果孟昭就在这儿住了不到一个星期。

周五,她下班约谢长昼看电影,散场后,夜已经深了。他叫司机开车送她到家,到了楼下,她想起他的围巾还在她那儿,叫他一起上楼去拿。

谢长昼没拒绝,偏就是这么巧,密码锁门出了点故障,孟昭打不开,谢长昼上前帮她。门一开,他与客厅一个赤身裸体的男生四目相对。对方年纪挺轻,刚洗完澡,头发还湿着,锁骨往下滚水珠,手里连条毛巾都没有。

见他看过来,男生放下了开冰箱门的手,朝他笑笑,还挺自来熟:"你是次卧搞建筑那女孩的男朋友吧?我是跟着主卧这女孩回来的,不好意思啊,体谅下没找着浴巾。"

谢总大声骂了句脏话,铁青着脸把门砸上了。他拽着孟昭转身就走,说什么都不让她回去了。

孟昭解释:"是个意外……我们三个约好了不带男生回家过夜的……"

"哎,我说。"谢长昼眉峰微聚,打断她,"我就不是很明白。"

他很不高兴道:"我们现在也是男女朋友的关系,你跟我矫情什么?又不白住,我还在手术恢复期,正缺个人照看我,还有我这腿最近又动不了了。"他面无表情,挺一本正经地看她,"哪天半夜死在家里,都不知道。"

孟昭屈服了,但她又不知道该不该算钱,以及怎么算钱。

谢长昼看出她的心思,直言不讳:"我给你记着账,看在你照顾我,又是我女朋友的分儿上,给你算便宜点。"

孟昭点点头,又忍不住小声问:"算多少?"

谢长昼皱眉,不知道现在租房什么价位。他思考半秒,煞有介事地下了个集卖房租房于一体的软件:"你等我看看市价。"

朝阳国贸附近的人扎堆搞金融,海淀中关村附近的人扎堆搞互联网,这两拨儿人都不差钱，三环内哪儿房价都不便宜。看完价格，谢长昼冷静地删除了这个软件。

"我看这附近房子也不是很贵。"谢长昼面不改色，停顿一下，平静地提出，"你看，我收你一个月两百，怎么样？"

孟昭沉默了几秒，忍不住道："两百块，你不如不收。"

谢长昼点头称是："说得对，那就不收了。"

孟昭动作停了一下，以为他下头还有话，很耐心地等他继续。

结果，他悠闲地坐在车上，摩挲自己左手无名指上的银色指环，一副很平淡的神情，竟然就打算这样了。

孟昭舔舔唇："不是——"

"孟昭。"谢长昼完全能猜到她接下来的每一句话，打断她，"我很早之前就跟你说过，不要跟我算钱。或者说，别跟男人算钱，你算不过男人。我们俩这不叫合租，叫同居，同居让女朋友出房钱，没这样的道理。"

"何况，就算是合租，你也得分情况。"他停顿一下，窗外路灯灯光从他眼前扫过，在谢长昼眼睛上方停留了半秒，眼底漾起一抹光。

"我不是初出社会的男大学生，假如我跟你同岁，我俩都北漂，经济情况不相上下，那算明白点也行。"他说，"可现在不是这样，我不差这几千块钱。咱俩互换下身份——你以前也送过我很多东西，假如我住你家，你也不想收我钱，不是吗？"

孟昭思考一会儿，觉得他说得对，又似乎不太对。

她说不上来："可是我总觉得，这不是一码事。"

"因为你觉得你没价值，但孟昭假如我半夜真犯病了，你不可能不来扶我，哪怕找个二十四小时的护工，也得付人工资。"谢长昼掀起眼皮，很肯定地表示，"不管怎么算，你住我这儿，吃亏的人不会是我。"

不知道是谢长昼语气太笃定，还是他表现出来的气场和态度，太令人难以辩驳，孟昭想了半天，竟然想不到他的逻辑有什么破绽。房租的事儿暂且搁置，她东西不多，放在出租屋里的只有电脑、一床被子以及一些冬季的衣物。

第二天，向旭尧叫人帮她把东西放到了谢长昼家。

谢总跟个地主似的很豪气地表示："你看上哪儿了就睡哪儿，随意。"

孟昭恍惚地想起，上一次她来这儿，他跟她说的，好像还是："这是我私人地盘儿,不对外开放。"

两个人分分合合,有很长时间没有在一起,但这些流逝的时光,似乎并未在他身上留下太多痕迹。谢长昼还是谢长昼,霸道独断护短,在爱人面前,总有点孩子气。

孟昭选了一间次卧,这房间紧贴着他的主卧,他那儿半夜如果有什么动静,她第一时间就能听见。生活兜了一个巨大的圈子,又回到最初。

过完年,孟昭的生活重心放在实习上,她跟谢长昼住在一起,两人照常工作、约会,一起吃饭,送对方去公司上班,或是到医院复查。

日子一天天过去,孟昭仍然为谢长昼读书,只是身份发生了改变,她比过去更有耐心。谢长昼将谢家大半的工作都放下了,不再像过去那样忙碌,仍全心全意在跟进的只有"POLAR"的相关项目。

孟昭几次撞见他在房间内对着巨大的电脑屏幕研究别墅花园,她认出那是谢长昼的粉色房子。他好像打算亲自动手,做花园的设计。

而更多一些时候,黄昏或华灯初上,谢长昼喜欢靠在沙发上,听她说白天公司里发生的事;或是把孟昭放在怀里,让她靠在自己身上,随手拿一本书让她读。她听着他的心跳,为他读普鲁斯特的《追忆似水年华》,攥着他的手指,用他的手来翻页。谢长昼话不多,姿态总显得矜贵又漫不经心。

他垂着眼看书,注意力游移,目光不自觉往她身上偏,然后很多次,他被诱惑似的,她读着书,他闭眼就睡过去。

谢长昼的睡眠时间变得非常长,孟昭起初没意识到这件事。直到四月初,清明节。她下班后离开公司,跟同事一起,找了个地方给父亲烧纸。

路上,她给谢长昼打电话确认情况。那头等待音响了很久他才接,声音带着点儿鼻音,低沉微哑:"怎么了?"在广州做完瓣膜修复手术之后,他的嗓子韧带有点被导管损伤,说话一直哑哑的。

黄昏时分,孟昭坐在车内,提醒他:"你多喝水呀,我有叫秦姨给你煮柚子蜂蜜茶,就放在茶几上,是保温的,你别忘记喝。"

谢长昼有点迟钝,停了几秒,才说:"嗯。"

"我晚点回去。"孟昭声音和缓,碎碎念,"我去给爸爸烧点钱,很快就回来,你别着急。"

谢长昼又"嗯"了一声，转而才反应过来："怎么不叫我一起。"

"下次吧。我也是临时起意，被同事一提才想起有这件事。"

那头忽而沉默，谢长昼没头没脑地，低声问："昭昭，今天是几号？"

孟昭理所当然："四月四号，今天清明啊。"

谢长昼沉默了下，低声说："没事，你先去吧，早点回来。"

孟昭觉得他有点奇怪，但是，他这人一直就有点无厘头。而且，住家保姆每天上门三次，医生也是隔日就会去家里的，他应该不会有什么事。

她没再多想，飞快地给父亲烧完纸钱，打道回府。结果，一个小时之后，孟昭走到楼下，再给谢长昼打电话，他竟然挂断了。

她觉得不对劲，打开家里的摄像头软件看，发现他竟然在沙发上小憩。

她才忽然觉得，最近谢长昼的觉，会不会太多了点。他今天没去上班，睡到午后才醒的，刚刚嗓音哑哑的，细想，应该也是在睡觉。

所以，她不在家里的时间，他一直在睡觉。

她收起手机，开门上楼。抵达楼层，楼道间灯光亮起，孟昭加快步伐出电梯，猝不及防地在门口撞见一个人。是个女生，身形与她相仿，一手抱着文件夹，一手攥着手机，听见孟昭的脚步声转过身来。

两个人四目相对，孟昭恍惚了一下，认出对方——文璟。

结果是文璟先开口："你也来找谢总？"

孟昭忽然感到一丝非常微妙的烦躁。眼前这人是谁呢，虽然她只见过一面，但她始终没忘记这张脸——她过生日那天，跟赵桑桑一起，在商场里遇见过的，跟着谢长昼一起买衣服的那姑娘。

她没说话，文璟又问："你也是谢总的秘书？不对，你这年纪看起来不像是能跟向总平级，那你是实习生？你来得比我晚吧？应届生？怎么没在公司里见过你？"

这问题跟连珠炮似的，孟昭没搭理她，伸长手臂越过去摸向指纹锁。

文璟睁圆一双眼："你干什么？谢总不在家，我刚刚按门铃，都没动静。"孟昭被她挡住，指纹锁角度不对，没识别出来。

"麻烦让让。"孟昭有点急，头也不抬，把她扒拉开，"你最后一次给他打电话，是什么时候？"

"就几分钟前吧……你这人怎么这么没礼貌。"文璟轻轻地皱眉，"按辈分,你得叫我前辈的。"

"前辈"二字话音刚落,指纹锁发出"嘀"一声轻响,应声而开。

孟昭请文璟进门,文璟谨慎地跟在她身后进屋,照着她的指示脱下外套,换鞋。孟昭在玄关放下包,立刻进屋去找谢长昼。

文璟此前没来过谢长昼这个家,对周遭一切充满好奇,跟在孟昭身后,喋喋不休地问:"原来你不是秘书啊?你是谢总的朋友?可你看起来跟我年纪差不多大的样子,就算是朋友,他家门锁也不该录入了你的指纹呀,或者说……我知道了,你是赵桑桑对不对?谢总喜欢了很多年的那个,赵小姐?"

孟昭头痛欲裂,这秘书,到底,在说什么。她无语,没回应,快步转过木屏风。一走过去,就看到了靠在沙发上,微蹙着眉的谢长昼。

客厅内没开灯,只有靠近落地窗边,安装在窗帘滚轮旁边那几个小感应灯亮着,顶灯光芒很柔和,落在他沉静的脸上。

谢长昼身上盖着毯子,睡得并不沉,被她俩的动静给闹腾醒了。她走过来时,他也正好掀起眼皮,带着点起床气,有些困倦又有些冷淡地朝她投去一瞥。情绪有十几秒的回落时间,他认出来人是她,才将起床气压回去,低声叫:"昭昭。"

孟昭什么也没说,在他身边坐下,飞快地扒开他眼皮看看瞳底,试试体温,拿出仪器给他测了心跳,才将他放回去。

"好了,没事了。"孟昭平静,"一切正常,你继续睡。"

谢长昼穿着睡袍,靠在沙发上,有点无奈地看她,将她掉到眼前的一撮刘海捋到耳后,扣住她细白的手腕:"谁又惹你不高兴了,昭昭?"

站在屏风旁阴影处的文璟,还没完全回过神,她被孟昭这一系列行云流水的动作弄得有点蒙,结果更让她诧异的是谢长昼的态度。

半躺在这儿的这位,温柔得跟她印象里雷厉风行的谢总判若两人。她到底是不是在做梦。另外,把人惹生气的,不会是她吧……

孟昭垂着眼把测心跳的仪器收起来,"啪嗒"一声扣好盒子,沉默一下,说:"谢长昼,你跟我透个底。"

谢长昼看着她,发出淡淡的鼻音:"嗯?"

孟昭:"你是不是喜欢过桑桑?"

谢长昼深吸一口气:"你在哪里听到了这种,发疯的流言?"

"是流言吗？但连你秘书的实习生都知道了。"孟昭谨慎做出判断，认真地指出，"可见大概率是真的。"

既然文璟在场，谢长昼气场一压，很轻而易举地也就把前因后果给问出来了。他头疼得要命，挥手让她把东西放下就走。文璟脸皮薄，觉得自己出了大丑，道歉过后飞快逃走。她一走，客厅内恢复安静。

孟昭坐在沙发上，低着头扒拉温度计的盒子。她压住了毯子一角，谢长昼靠坐在沙发上，将毯子从她身下抽出来，对折一下，意味不明地问："对这结果不满意？"

孟昭没说话，他伸长手臂，用毯子将她裹起来，抱住她放进自己怀里，眼中浮起点儿笑意，身体朝后一靠，她就不受控制，整个人都靠到了他身上。

毯子内侧有绒毛，孟昭脸颊被绒毛碰到，有些痒，她很自觉地稍往上拱拱。被人抱着，还特地挑个舒服的姿势，下巴压住毯子，脸颊贴到他的肩膀上。太可爱了。谢长昼忍俊不禁，轻蹭了蹭她的脸颊，一本正经地沉着嗓音问："我们昭昭，不会是在吃醋吧？"

孟昭瞬间睁圆眼："我怎么会！"

谢长昼垂眼，不急不缓："上次我们在SKP买东西，你看见了？"

孟昭闷声闷气回："嗯。"

"文璟刚刚跟你说了，那些东西是给赵桑桑'买'的。"谢长昼跟她讲道理，"文璟不知道，但你该知道，不是给赵桑桑，是给你的。"

头顶灯光安静垂落，一道玻璃之隔，楼下的国贸大街永远车水马龙，川流不息。孟昭窝在他怀里，半晌，往他怀里蹭了蹭。

谢长昼抱紧她，摸她的脑袋，低声问："你是不是还没吃饭，饿不饿？时间还早，我们可以叫厨师上门，上次带回来的鱼圆还冻在冰箱里，一直没吃。"

孟昭张嘴，在他脖颈处轻轻咬了一下，含混道："谁关心鱼圆。"

他脖颈皮肤白皙，被咬的位置很靠近喉结，她动作很轻盈，像是很用力地吻了他一下。谢长昼眼神微沉，发出一声闷哼，警告似的哑着嗓子叫她："孟昭。"孟昭听见那声"哼"，心情似乎突然好了起来。

她仰起头，眼睛亮晶晶，抬头去看他："所以这些年，你没有跟其他人在一起过，哪怕只是短期的女朋友，也没有。"

谢长昼没答话，他微绷着唇，开始斟酌。在她眼里，一个老男人，整整四年,没有女伴,甚至没有性生活,会不会被她认为是,失去魅力,没人喜欢。

"昼昼。"孟昭等了几秒,没等到他回应,也不是很在意。

她轻声道:"这些年,你还好吗?我很担心你……现在也是。"她靠在他肩上眨眼睛,黑色卷翘的睫毛像两把小刷子,挠得谢长昼心里痒痒。

房间内安静温暖,因为他畏寒,地暖一直开到现在。

"我也没有跟别人在一起,跟你谈过恋爱后,我看不上别人了。"孟昭嘀咕,"好想一直跟你在一起啊,每次在新闻上看到你,都觉得你比过去瘦。你做完手术之后,我也没顾上好好跟你说说话……你是不是很累,你不舒服吗?你能不能跟我说一说,我不放心你。"

她叹息:"我每天给你打三个电话,还是不放心你……好想把你放进口袋带走,我想一直看着你,昼昼。"

谢长昼沉默着,而后放低声音,安慰似的:"没有不舒服。"

他抚摸她的脑袋:"我只是觉得有点累,一停下来就很想睡觉。"

虽说是家中老二,但父母从小到大对他的期望并不算小。谢家在海上发迹,骨子里流动着不安分的掠夺者因子,三个孩子,都没什么快乐童年。

谢晚晚被放在外祖母家,谢长昼就从小跟着祖父。他们几个跟父母关系都不亲密,一直到读初中,回到家里,才逐渐熟悉起来。

缺失了前头那几年的亲情,谢长昼从小到大,虽说朋友不少,可也没把谁真放在心上过,以至人近三十被大病袭倒,每每午夜梦回,身边床铺冰凉,他都感到心惊,觉得自己这一生,除了权力与钱,没什么可握在手里的东西。

过去几年,他一个人,对抗繁重的工作,也对抗难以战胜的病魔。

很多次,以为余生就这样了,可这世上有孟昭。每一次都是她,毫无征兆、从天而降,闯进他的生命,让他拥有了朝夕昼夜不肯落下的星。凛冬苍雪,春夜晴明,他平庸的心生出浪漫,翻山越岭,仍不敢看她的眼睛。

"昭昭啊。"许久,谢长昼拍拍她的脑袋,低声道,"等你毕业,我们就结婚吧。"在这个夜晚,他再一次,想起普鲁斯特书中的句子:

唯一真实的乐园,是我们已经失去的乐园:唯一有吸引力的世界,是我们尚未踏入的世界。

他轻声说:"让我给你一个乐园。"

四下寂静,孟昭被他卷在毯子里抱着,两条手臂动弹不得,只能靠在他身上，脸颊贴近他的肩膀。安静的客厅内，他的声音落在耳边，她听见他平稳有力的心跳。孟昭鼻子忽然发酸："要重来一次。"

谢长昼轻声问："什么？"

"等到我毕业的时候。"她小声道，"你要重新求一次婚。"

现在这样，太草率了，程承向赵桑桑求婚，也准备了好几个方案啊。

"好。"谢长昼抱紧她，低声道，"等我们昭昭毕业了，我一定认认真真地，求一次婚。"

他亲吻她的额头，像落下一片轻盈的羽毛。停顿一下，他又说："那我们昭昭，从现在起，就可以开始想了。"

孟昭茫然抬起眼："嗯？"

"可以想想看。"他垂眼看她，嗓音有些哑，轻声道，"想要办一个，什么样的婚礼。"

当晚，孟昭一个人躺在床上，盯着黑漆漆的天花板数日子。现在四月初，距离她毕业，只剩两个月了。谢长昼腿不舒服，最近不太能走，一直是轮椅代步，但是，六月的时候，他应该就可以走了吧。

哪有人坐轮椅求婚的，如果能顺利订婚，婚纱需要准备将近半年，等到可以办婚礼的时候，谢长昼的身体应该也完全养好了……

孟昭迷迷糊糊，最后一秒猛地想到，她都还没答应求婚！为什么就开始想那么遥远的事情了！想得非常长远的孟昭，在这一刻——在这个和风骀荡、思绪飘得无限远的深夜里，因为一个人，突然非常期待，明天的到来。

然而她失算了，一直过完四月，北京的桃花都开了，谢长昼的睡眠时间也没有减少。他并没有表现出太明显的不舒服或强烈的术后反应，当时修复瓣膜没有开胸，做的是微创，创口愈和很快。但他总是感到精神倦怠，有时甚至跟她说着话，就会睡过去。

医生定期来家中复查，有几次孟昭也在场。他认为谢长昼没什么大毛病，疲倦是手术后的正常反应，反反复复就那么几句话，连孟昭都会背了："不要总想着工作，要多休息，多晒太阳，戒烟戒酒，吃饭多注意点，营养要跟上。"可谢长昼明明很久不喝酒了。

五月初，孟昭取消了原本的"五一"出行计划。谢长昼本来就不怎么爱动弹，身体不舒服，更加不愿意出远门，只想待在家中。

从广州离开之后，谢家没人再来打扰他们，但最近香港的股市似乎有一些波动，孟昭好几次撞见谢长昼站在窗前打电话，外面天气晴明，他眼中永远深不见底，微蹙着眉，转过来看见她时，又平淡地舒展开。

孟昭也不知道他在忙什么，他的祖父好像对他下了些命令，让他去做一些事。谢长昼每天清晨爬起来处理公司事务，开跨国会议，然后戴着眼镜在书房处理她看不明白的数据，一坐就是一整天。

八点半，孟昭抱着自己的被子，跑进他的卧室："谢长昼！"

此刻，他刚刚醒过来，正坐在床上换衣服。等会儿要开会，他特地挑了件淡蓝白条纹的长袖衬衣，看起来会正式一些；下半身衣服没换，仍旧是亚麻色居家长裤，款式宽松。

听见孟昭叫自己，谢长昼头也不抬，唇角无声地勾了勾："我这房子隔音这么差，我起个床的动静，也能把你吵醒？"

孟昭抱着被子脱掉拖鞋，"噜噜"几步跑到他床上，在他背后躺下，缩进被窝，嘀咕："医生说你每天至少得睡十个小时的。"

"我昨晚十二点上床，一点睡着。"谢长昼回头看她一眼，只看到一双黑白分明的眼睛，他低声道，"四舍五入，也有十个小时。"

孟昭提醒他："可你之前，每天都睡将近十二个小时。"

谢长昼微顿，有点不解："所以？"

"不要工作了，你已经早起五天了，今天是假期呢。"孟昭捏着被子边，探头看他，小心地道，"来睡觉吧。"

谢长昼微眯起眼，眼中意味不明地带着点儿笑，上下打量她。

那晚"求婚"之后，也没再发生别的什么。

那之后，也不知道孟昭在想什么，隔三岔五，就跑来找他，以各种理由，往他床上扑。谢长昼黑色的眼瞳，被阳光照得如同琉璃。他沉默一阵，拿起床头的遥控器，拉上里头那层白色薄窗帘。

"不睡了。"谢长昼声音有些清冷，站起身，哑声问："不是跟赵桑桑约好了，五一要一起出去玩？"

"临时改了行程……不出去了，下午我们一起在校内拍拍照。"遭到他的拒绝，孟昭忽然有点没底气，无意识地又往被子里缩缩，瓮声道，"她好像有事情要跟程承谈,挺突然的,我们就把票退了,而且,我不放心你。"

本来是打算去古水北镇的,不带谢长昼,但孟昭其实并不放心让他一个人在家待三四天,因此赵桑桑一提出想取消行程,她反而舒了口气。

"好的,我知道了,主要是不放心我。"谢长昼迅速捕捉到真正的重点,走到沙发边坐下,戴上眼镜打开电脑,平静道,"等你毕业,我身体好点儿了,陪你去趟古水北镇。"

"那还是不要去了。"孟昭睁圆眼,嘀咕,"古水北镇没什么东西,本来也是图它挨得近……如果跟你一起毕业旅行,那当然去云南。"

谢长昼没说话,孟昭停顿一会儿,又嘟嘟囔囔地道:"我们不是在医院时,就说好了吗?"

谢长昼盯着电脑屏幕,还是没说话。他不接茬,孟昭也沉默下去。八点五十分,外头做早餐的阿姨准时离开,客厅发出小小的关门声。

距离会议开始还剩十分钟,谢长昼站起身,目光落在被子里拱来拱去的孟昭身上。她正借着被子掩盖,在他的大床上偷偷打滚,看上去好像一只精力过剩的虎皮鹦鹉。

曾经那个在他面前肆无忌惮的孟昭,似乎又回来了一点点。

谢长昼微怔,走过去拍拍她,低声叫:"昭昭。"

孟昭倏地掀开被子,钻出脑袋抬起头,一双眼黑白分明,清澈明亮:"怎么了?你要吃早饭吗?我听见秦姨的动静了,她应该刚走,不知道饭菜有没有凉,我去给你热热?"

谢长昼呼吸一顿,她皮肤很白,长袖衬衣的领口松松垮垮,能看到细瘦的锁骨,头发没扎,刚刚在被窝里拱乱了,毛烘烘的。

孟昭见他不语,又探着头,小声问了句:"谢长昼?"

被蛊惑了一样,他居高临下,眼神微变,喉结一动,眸光渐深,忽然俯身,伸手按住她的后脑勺,压着她的唇,用力吻了下来。

孟昭脑子"嗡"的一声,瞬间睁大眼。

这个吻,跟他过往的吻都不太一样。无论过去还是重逢后,谢长昼始终高傲,漫不经心,又带点儿骄矜。哪怕在床上,她也很少看他失态,以前他精力旺盛,在这种事情上游刃有余,更多的是时间长以及力气大,但从不会让人觉得,他很认真,或十分动情。

然而这一次，唇瓣相抵，他的吻攻城略地，舌尖扫过她的上腭，卷走她所有的呼吸。孟昭两条手臂无意识环住他的脖子，被他放开的瞬间，两只手还搭在他肩膀上，松垮的领口掉下去一半，露出半截雪白的肩膀。

氧气重新灌入，她大口呼吸。谢长昼把她掉下来的领口拉回去，揽着她在床边坐下，声音透出点莫名的危险和性感："以后，别用那种眼神看我。"

孟昭茫然："嗯？"

"我的心跳，不能再加速了。"谢长昼眼中的欲望消减三分，像是为了转移注意力，他给她看自己的腕表上的数据，"再快，会发警报，你总不想，做到一半，医生冲进来。"

他的话太直白，孟昭也不知是被亲的还是怎样，面颊微微泛红。她有些窘迫："那我以后，尽量少来你房间找你……"

她神情纠结，在很认真地思考。这种单纯的天真，好像又回到很多年前，在东山口书房。谢长昼眼神微动，忽然想到一些别的事。

少女害羞内敛，青涩但又主动地靠近他，仰着头亲吻他的喉结，明明紧张到身体颤抖，还不愿意发声喊停。

谢长昼深吸一口气，重新捏住她的下巴。九点钟开会，距离会议开始时间，还剩六分钟零三十一秒。他可以不吃早饭，用这些时间，做一些更有意义的事情。谢长昼重新吻住她，比刚才更缓慢，也更细致。他温柔勾勒她的唇线，在她一脸茫然地看着他微张着唇时，伸舌头进去。

"但是，我们可以多练一练口语。"他轻咬一下她的下唇，嗓音有些哑，低低道，"几年不见，生疏了。"

孟昭也不知道，她的吻技是不是真的有所退步。但是和四年前一样，在这种事情上，她永远聪明不起来，只要谢长昼一靠近她，她就变得笨拙，手足无措，接吻时可以伸舌头，是谢长昼教她的；在床上可以发出声音，也是谢长昼教她的。谢长昼倒是很有经验的样子，以至于，虽然谢长昼总是告诉她，除了她之外，他没跟别人在一起过，但是，孟昭始终对这件事保持微妙的怀疑。

吃完午饭赶回学校，已经三点多。

赵桑桑在美术博物馆附近等孟昭，孟昭跑过去，拍拍她："桑桑。"

她气喘不匀，胸膛起伏，赵桑桑回过头看她一眼，乐了："早听我哥说你跟谢长昼住一起了,现在看来,还挺激烈?"

孟昭耳根不自觉发红,憋了半天,憋出一句:"只是接吻而已。"

"我又不是没谈过恋爱。"赵桑桑挤眉弄眼地使眼色,"我跟程承在一起的时间,可比你跟谢长昼在一起的时间长多了,要你跟我解释。"

孟昭一言不发,沉默地伸出两只手,朝自己扇风。她知道自己嘴唇微微发肿,于是就这么自欺欺人地,试图将脸上红晕给扇下去。

赵桑桑哈哈大笑,两个人沿着主干道向下走。赵桑桑抱着相机,一路走一路拍。学士服还没发,她穿自己的衣服,偶尔停下来跟孟昭说:"帮我拍张照吧。"孟昭连着拍了几张,总觉得哪里不太对劲。

她终于想起:"程承呢?你拍照,他为什么没跟你一起来?"

临近毕业,很多人都会在校内拍照留念,毕竟以后可能很久不会回T大,甚至不会回北京,但如果是有对象的,一般会跟对象一起来。

赵桑桑微眯着眼,目光放远又收回,轻声道:"以前我以为只要能跟程承在一起,我愿意去往任何地方、做任何职业、过任何一种生活。只要他爱我,让我怎么样都可以,哪怕立刻、马上,让我放弃现在拥有的一切,跟他走,只是跟他走。"

赵桑桑停顿一下,说:"但程承不是这么想的。"

这次这事儿,最开始其实跟他俩没什么关系,是从两个博士师姐身上引来的火。也就三四月那会儿,两个物理系的博士师姐为争抢一个院士的儿子,在宿舍里大打出手。没关门,被看热闹的路人拍下来发到论坛,又有好事者录屏传到微博,没几分钟,就爬到了热搜前五十。

那天赵桑桑回到家,看见程承正在外放看那条短视频,两个美女扯着头发,吵得很是激烈。见赵桑桑进门,程承掀起眼皮瞟她一眼,道:"太逗了,怎么就没女的为我吵成这样。"

赵桑桑无奈:"那你要是有的选,选哪个?"

程承不假思索:"选漂亮的那个。"

赵桑桑突然生气了,她走到他面前,向他提要求:"重说。"

程承瞥她一眼,不紧不慢坐起来,朝她伸手作势要哄她,声音也跟着放低:"行了,别作。且不论我身边压根儿没这样的姑娘——就算真有,不管我跟她们是什么关系,最后不还是要娶你?"

赵桑桑一点都没觉得被安慰到,她以前从没问过程承类似的问题,那些埋伏在漫长生活中的小矛盾,在这一刻积压到爆发点。

程承的下一句话,是压死骆驼的最后一根稻草。

他说:"我只会娶你啊。"

"你会不会觉得我太夸张了,小题大做,我跟程承吵了一架。"赵桑桑现在想起,一方面觉得自己莫名其妙,另一方面又觉得一切都有迹可循。她平静道,"我质问他,究竟是喜欢'我',还是'出生在赵家的我'。"

程承不耐烦地拒绝回答这个问题:"又开始了,你活在幻想里吗?你不出生在赵家,我怎么认识你;我不认识你,怎么跟你在一起?"

赵桑桑茫然。孟昭觉得她走进了怪圈,提醒:"可是桑桑,他说的也没错,没有这种'假如'。你和程承各自的家世和经历,本来就是构成'你们'的一部分,像他说的那样,假如真的将其中某个部分剥离,你们也不再是你们。"赵桑桑没看她,望着球场上跑来跑去的年轻男孩儿们。

"但是,昭昭,我真的好喜欢、好喜欢程承。"沉默一阵,她轻声道,"我不要他仅仅是'喜欢我',我希望他永远永远,只选择我。"

哪怕选项中没有"赵桑桑",也开天辟地般,去为她造出这一个选项来。但现在的程承,显然不这样认为。她跟他在一起太久太久,久到想不起来自己原本要去哪儿。日久天长到程承也忘了,最开始他跟赵桑桑是独立的两个人。

孟昭微怔,忽然想到,在非常长久的过去,她也以为爱情是固定的,谁爱谁就会一直爱谁,但事实上,并非如此,爱情是流动的。

世上到底有没有地老天荒这回事?太幸福的时候,总忍不住想,死在这一刻,不如就死在这一刻。她跟谢长昼分手又复合,兜兜转转,才意识到,人们真正能够完全拥有的,其实仅仅是回忆,以及当下的一些瞬间。

孟昭静默一阵,问:"那你们现在……"

"应该会分开一段时间。"程承的本科是五年制,赵桑桑为了等他,甚至特地延期毕业了一年。她坐在台阶上,叹息:"我要好好想一想,我到底想要什么。"不是作为"程承的女朋友"去想,而是作为"赵桑桑"。

孟昭无法评判别人的感情,朝她伸手:"祝你早日找到人生目标。"

赵桑桑笑起来,跟她握握手:"你有点奇怪,我说了这么多,你都没什么反应,不该跟我一起痛骂男朋友,附和着说'谢长昼也是'吗?"

"那我们可能不太一样。"孟昭两眼弯弯,轻声道,"我……不期待这个。我不期待谢长昼会爱我爱到死。"

虽然过去,他说过许多让人昏头的情话,重逢后,他也反复向她告白过,但是,一切违背人性的爱情,都是不合常理的。孟昭不觉得,有人会牺牲自己的一切,只为了跟某个人在一起,尤其这人是谢长昼。

其实他能喜欢她,她已经觉得很好了,一点点也行,骗她也行。在谢长昼面前,她的欲望被压到无穷低,仅是可以在他床上打滚,她就感到很开心。

赵桑桑"啧"了几声:"我一直以为我恋爱脑,现在看来,你才真的无可救药。"孟昭反驳不了,慢吞吞地移开视线。

两人在校内逛到天黑,又步行到五道口附近吃晚饭。这顿饭吃了很久,逼近十点,谢长昼打电话来问要不要去接孟昭。孟昭想到他的腿又不方便,没法自己开车,要过来只能叫司机,但是都这么晚了,她不想再麻烦别人。

谢长昼提醒她:"很晚了。"

"地铁运行到十一点。"孟昭下意识道,"我可以坐地铁回去,也不用很久。"她想了想,又说,"而且,我不是立刻回家,吃完饭还要回一趟学校,要回学院拿东西……等会儿直接从学校走。总之挺麻烦的。"

谢长昼没顺着她的话茬往下说,只问:"你打算几点上地铁?"

孟昭非常敏感地察觉到他情绪有变化,他是不是有点不高兴,因为什么呢,因为自己回去太晚吗……

她不知道该说什么,有点慌:"十点半……十点四十吧。"

谢长昼声音清冷:"好的,我知道了。"

他嘱咐了句"你回学院自己小心一点",就结束了通话。

孟昭要回学院拿的是一份研究传统木建筑架构的文件,是徐东明以前开古建筑课时,做的业内公开报告,内容相当翔实。前几天她无意间瞥见谢长昼在看相关设计,第一反应就是,他应该用得到。

拿完文件,孟昭走出学院,冷风兜头来,街边路灯坏了一盏,剩下那盏也明灭不定。宿舍有门禁,这个点儿,学校周围早没人了。学院楼离校门口还有一段距离,孟昭望着光线不大明朗的道路,心里忽然有些没底。

她匀速往前走,走着走着,深吸一口气,下定决心,突然跑起来。跟随着她跑动的动作,身后立刻响起"啪嗒啪嗒"的脚步声,也跟着跑动。孟昭心里一紧，猛地加快速度，所以刚才不是她的错觉，有人跟着她。

从出学院楼起，就有人，一直跟着她！

风从耳边呼啸而过，她脑子空白了一秒，飞快转动起来，一边跑一边思考：校内遍布摄像头，这个时间，一定有校警巡逻。她可以跑到有光的地方，或者弄出点动静，吸引他们的注意力——脑子里计划成形，没等她真正实施。

身后的人速度比她快，下一秒，几步追到她身后，猛地拽住她的背包带子，用力向后一扯。

孟昭躲闪不及，一个趔趄重重摔到他身上。粗重的男声带着些呼吸不稳的喘息，在她头顶响起，唤醒她脑海中一些模糊且讨厌的记忆。

"你怎么回事，看见爸爸就跑？上次在超市也是，认出爸爸了，连声招呼也不打。"钱敏实一只手落在她的肩膀上，"你这样让爸爸怎么做人呢，你弟弟特别好奇，回去之后天天缠着我问，姐姐为什么不喜欢爸爸。"

孟昭手臂被撞得发麻，咬住唇，用力甩掉他落在自己肩上的手，有些艰难地站直身体。

"昭昭啊。"钱敏实帮她把掉下去的书包带子扶正，两手握住她肩膀，"跟我们做快乐一家人不好吗？为什么要跑？"

"昭昭，我们以后就是一家人了，我是你爸爸。

"爸爸很喜欢你，你长得真好看，肩膀很好看，手臂也好看，爸爸帮你换衣服好不好？今天是你妈妈的婚礼，你应该穿一条漂亮的小裙子。"

他离得太近，手掌看起来没用什么力气，实则极其有力，是孟昭完全挣脱不了的成年男人的力量。孟昭的思维混沌起来，忽然有些不能呼吸。

明明刚刚还在想，如果他拽着背包，那背包可以扔掉，文件也可以先放下，她大声尖叫，应该能引来校警。但是此刻，这个姿势，让她的记忆回到很多年前。被他按在门上，同样挣脱不了。

这么多年过去，她好像并不比年少时，强大多少。

她绷着唇一言不发，昏黄灯光下，钱敏实按着她的肩膀，喃喃道："好久没见过你了，你快毕业了吧？爸爸抱抱你，好不好，昭昭？爸爸好久没有抱过你了。"孟昭整个人抖起来。

她发不出声音，两只手死命攥住他的手，指甲深深掐进他的手掌，几乎掐出血痕。然而钱敏实无动于衷，他躬身来抱她。

肌肤相触的前一秒，一只大手扯住钱敏实的后衣领，猛地将他从孟昭身前拉开，她肩膀上的压力陡然消失。

　　谢长昼身上戾气浓重，面无表情地拽着钱敏实，按着他的后脑勺，狠狠砸向一旁的车窗，发出"咣"的巨大撞击声。

　　不知道是哪个教授的车，立马发出报警的"嘀嘀"声。在寂静黑夜中，极其刺耳，可谢长昼完全没有停下来的意思。他好像丧失理智，死死揪着钱敏实脑后的头发，一下一下狠狠往车上撞。

　　先撞碎的是牙，钱敏实难以呼救，呜咽求饶。

　　谢长昼揪着钱敏实撞到车门都变形了，他手里的人动静渐弱。

　　他胸膛起伏，几乎从牙缝里挤出来一句话："你还敢，来找孟昭！"

第九章 雪山下

路灯下夜雾蒙蒙，钱敏实两手撑着车门，勉强稳住身形。

他被谢长昼拎着衣领按在门上，眼镜早就不知道掉在了哪儿，脸颊紧贴着玻璃，门牙被撞碎两颗，唇齿间弥漫着血腥气。

"怎么，"半晌，他舔了下唇角，笑道，"跟男朋友可以做的事，不能跟爸爸做吗？昭昭，你为什么就不明白？这个世界上很多人都爱你，我也只是喜欢你而已，就像你男朋友一样。不信你问问他，他肯定也想跟你上——"

他话没说完，谢长昼拉开钱敏实的头，重新重重甩到车上。

黑暗中，"嗡"一声长鸣，他半晌没能再发出声音。

谢长昼一言不发，好像被触到逆鳞，胸膛剧烈起伏，另一只手攥着手杖。沁凉夜风兜头吹来，钱敏实挣扎几下，没动静了。

孟昭心里一惊："谢……"

体温回升，她飘远的思绪终于飘回来，张开嘴，嗓子里好像含着一块炭，声音都是哑的。

冷汗从背后滑下来，她快步走过去："谢长昼，你别……别打了。"

谢长昼没看她，他居高临下，黑色眼瞳深不见底，唇角渐渐泛白，下颌线紧绷着，显出冷硬的弧度。玻璃上的蜘蛛网纹路摇摇欲坠，"咣"一声巨响，他松开手。

死寂里，孟昭眼睛发胀，下一秒，听见谢长昼冷淡的声音。他站在那儿，眼睛中没什么温度，目光由上往下，情绪中流动着浓烈的不耐烦与恨意。

"钱敏实。"夜风中，谢长昼呼吸急促，冷漠地，一字一顿道，"你到底，什么时候，才去死？"

无人应答,寂静深夜,月色霜白,校警终于听到动静,强光手电与他的喊声、脚步声,一并由远及近。

谢长昼心脏剧烈跳动着,耳中传来熟悉的蜂鸣,自己的呼吸声被无限放大,胸腔里的器官"扑通扑通"直跳。他一动不动望着钱敏实,已是强弩之末,忍耐到了极限,精神稍一松懈,身体立刻跟着朝前倾倒。

意识模糊的前一秒,孟昭伸出手臂,稳稳将他拽进怀里。

谢长昼再一次昏了过去,但这回,他昏迷的时间非常短。

他弄坏了别人的车,旁边还躺着个意识不清的成年男人,不管孟昭怎么讲道理,校警都不让他们走。孟昭心急如焚,好在这局面只僵持了几十秒,她先打电话叫救护车,又联系了向旭尧。

本来就在附近待命的向秘书,立刻跑过来:"我来解决,昭昭,你先带二少去医院。"然后也不知道他跟校警说了什么,但总之,她成功带走了谢长昼。救护车来得很快,谢长昼刚刚上车,就醒过来。医生给他打了针,他唇角泛白,挣扎着想坐起身。孟昭的手一直被他攥着,见他意识清醒,连忙让他别乱动:"你躺着吧。"

谢长昼半弓起身,掀起眼皮环顾四周,哑声:"钱敏实人呢?"

孟昭茫然:"我不知道。"刚刚太混乱,也没人管他。

她满心满眼都是谢长昼,哪有工夫管一个无关紧要的人的死活。

谢长昼一言不发盯着她,静静的,不说话。

孟昭忽然有点忐忑:"怎么了?"

谢长昼静默一阵,平淡地移开目光。他握着她一只手,一直没放开,手背上,落着四五道醒目的血痕——是刚刚在学校,他抓住钱敏实的脑袋撞击时被玻璃弄破的。

孟昭心里没底,忍不住握紧他的手,又重复一遍:"怎么了?不出意外,钱敏实他应该也被送医院去了……等会儿我们下了车,我问问阿旭——"

"你害怕,"谢长昼忽然开口打断她,声音低沉,"为什么不叫我,哪怕给我打个电话。"谢长昼收回目光,视线重又落在她身上。

他微绷着下颌,情绪一开口就绷不住,无法掩饰地透出狼狈相:"就算不让我去接,你走夜路,为什么连个电话,都不给我打。"孟昭睁圆眼。

"你到底把我当你男朋友,"他看着她的眼睛,胸膛起伏,受伤似的哑着嗓子质问,"还是,一个需要被照顾的病人。"

孟昭下意识道:"这两个不冲突啊。"

"昭昭。"谢长昼忽然闭了闭眼,心头不可遏制地浮起烦躁,哑声说,"我不需要你时时刻刻想着照顾我,你有问题的时候,就应该向我求救。"

他说话说得有些艰难,但又很坚定,一定要把心里的意思传达出来。

孟昭微抿了下唇,低声道:"我也没有一直想着照顾你。"

她没明白他在说什么,谢长昼又开始感到缺氧。有个瞬间,他心头火起,想狠心拂开她的手,抬眼又撞上她安静的眼睛,好像一只哪怕被抛弃在森林中,也不会叫,只会一言不发站在原地,等人去找她的小动物。

谢长昼在心里漫长地叹气,因为情绪起伏太大,短时间内增大了心脏负荷,注射过药物之后,他的心跳才慢慢恢复正常。

谢长昼住特护病房,是赵辞树连夜给他叫了专家过来看诊。

他的意识一会儿清醒一会儿迷糊,医生让他先休息:"观察一下吧,应该没什么大问题。他做完瓣膜修复手术还不到半年,内脏病变,人确实很容易感到累。"孟昭向医生道谢,送他出门。

关上门,孟昭趴在床边,盯着谢长昼看。从遇见钱敏实起,一整晚,她的思维都很混沌。直到现在,跟他独处在一个小空间内。她才真真正正、完完全全地感受到"安全"。

孟昭沉默地看了一会儿,起身帮他把枕头放得稍低一些。月色穿堂,谢长昼的脸庞被月光照亮一瞬,有白色的被子映衬着,他皮肤白皙,黑发散落在枕头上,像童话里被诅咒的小王子。

由于吃了药,他睡得比以往都要沉,整个人气场都变得平和,躺下就没再动过。他睡相极佳,胸膛平缓起伏,呼吸很轻。

许久,孟昭歪头,嘀咕:"我怎么可能只把你当病人。"

他最近睡着的时间很长,她经常偷偷盯着他看,他都不知道。

她轻声道:"谁会一直盯着个病人看。"

谢长昼似乎若有所觉,微皱一下眉,翻了个身,一只手落到被子外。

手背上的划痕已经结痂了。孟昭思考半秒,认真地伸出手,握住。

——跟他十指相扣。

后半夜,起了风。孟昭刚睡着两个小时,就被冻醒。她起身关窗,忽然看到手机屏幕亮了一下,又熄灭。她走过去拿起手机,按亮屏幕。凌晨三点半,上面有五个未接来电,全都来自同一个人:乔曼欣。

孟昭微怔,几乎瞬间猜到,她为什么找她。她回头看看尚在沉睡的谢长昼,犹豫半秒,"咔嚓"一声轻响,拉开病房的门。

走廊上沁凉的夜风,顺着缝隙钻进来。她抬腿想往外走,几乎是同一时刻,头顶大灯忽然"啪"地亮起,套间一室亮堂。

孟昭心里一惊,连忙折身看内间,谢长昼果然醒了。他没穿病号服,表情不太好看,黑发散落在额前,唇角泛白。遥遥隔着这几步路的距离,他掀起眼皮,有点冷淡地看了她一眼,掀被子起身。白色的T恤勾勒出修长身形,整个人气场强大,唯独情绪让人捉摸不透。

"大半夜的,凌晨三点。"他嗓音哑得厉害,轻咳一声,一步步朝她走过来,"你不在床上待着,要去哪儿?"

"我……"孟昭下意识道,"去打个电话。"

"跟谁?"

"我妈妈。"

室内一时静寂,话出口那瞬间,孟昭看到他眼底出现小小的裂痕,有些恍然地惊醒。是不是又说错了话,应该隐瞒他吗?还是她把他给吵醒了?

谢长昼与她对视,眼中光线几度变化,脸上始终一丝表情也没有。他沉默一阵,微抿着唇,走到她身边,心情似乎尤其不佳,"砰"一脚踹上门,将把手向上提,"啪嗒"落了锁。

孟昭无措:"谢——"

连他名字都没完整喊出,谢长昼已经居高临下地用力攥住她的手腕。

他不由分说地将她朝着会客室的茶几沙发拖:"走。"

孟昭被毯子绊住,下一秒,就被他用力按在沙发上:"坐。"

孟昭抬起头,见他也迈动长腿,跟着在她身旁坐了下来。片刻后,他才不紧不慢地理了理袖口,哑着嗓子,说:"用不着出去,你就在这儿打。"

"就当着我的面,跟你妈,把话说清楚。"谢长昼绷着下颌,眼底没什么情绪,漫不经心道,"我倒要看看,有我在这儿,还有谁敢给你脸色看。"

等待音响过三声,乔曼欣接起来,外放的声音在寂静病房内尤其明显:

"喂？昭昭？"

孟昭恍惚了一下，她好像守在电话旁，就等着女儿回电，但是孟昭忍不住想，凌晨三点多，给她打电话，她怎么可能接得到呢。

她回过神，轻声："妈妈，你找我吗？"

"是啊，你爸爸去北京拜访一个老同学，顺路去看你。"乔曼欣直入主题，"你电话怎么回事呀，他今天傍晚就说一直给你打电话，但老打不通。我本来想替他联系你一下，结果他说不用，他就在楼下等……你们见面了吗？"

孟昭舔舔唇："见面了。"钱敏实打不通她的电话，是因为很早之前，她就把他所有的手机号，都拉黑了。

"见到了就好。"乔曼欣松口气，又说，"但是晚上那会儿，你爸爸的电话突然就也没人接了，我想你们既然见面了，那应该是还在一起。你知不知道他——"

"我不知道，你凌晨三点半，打电话过来，就是为了问这些。"

乔曼欣微怔，连忙道："妈妈不是着急嘛，你爸爸以往出差，到了下榻酒店，都会发短信报平安。结果今天，这不是他一直没发，所以妈妈才想问问你，你有没有……"

"我没有。"三句话不离钱敏实，孟昭停顿一下，说，"找不着他，你就报警，我不关心他。"这话一出口，电话两端都静默了。

谢长昼撩起眼皮，意味不明地看孟昭一眼。他抬起手，食指指尖落在她另一只手的手背上，轻轻敲敲，像无声的安慰：没事，我在这儿。

孟昭忽然就有些不懂，大半夜的，她拉着谢长昼，不睡觉，在这里跟乔曼欣通话。难道就是为了，听她说这些没有意义的废话。

空气静默着，孟昭越等越失望，等到耐心告罄。再开口，她的语气变得僵硬："如果没事，我去睡了。"

"昭昭，你现在怎么这样？"乔曼欣终于出了声，有点惊讶，"我刚刚都被你吓到，你太冷漠了，那可是你钱叔叔。"

孟昭气笑了："所以呢？"

她不懂，乔曼欣是怎么能，从一个话题跳跃到另一个，完全不相关的话题上。到头来，竟然是在指责她：是你做得不对。

乔曼欣说："你应该关心他啊。"

谢长昼靠在旁边，一言不发地听着，眼神始终晦暗不明。

听到这句，没忍住。她胸腔震动，发出一声意味不明的冷笑。

"你身边还有别人？"乔曼欣敏感地察觉到，"这么晚，你没回宿舍，跟谁在一起？"

孟昭闷声闷气道："男朋友。"

乔曼欣更诧异："你交男朋友了？什么时候？跟他一起住多久了？是什么人啊？现在社会上都乱七八糟的，你可别被骗了。"

"再怎么样，都比你靠谱吧。"孟昭忍无可忍，"我不跟他在一起，这个时间，难道跟钱敏实在一起。我跟钱敏实去开房，你就高兴了？"

"昭昭，你怎么这么跟妈妈说话？"

"你又不是第一天知道。"孟昭忍耐到极点，话出口，眼眶不受控制地发热，"钱敏实为什么来找我，他想干什么，他为什么不敢叫你联系我，宁愿自己在学院楼下干站着等——你真的不知道吗，你真的不知道？"

孟昭说不出更重的话，眼睛突然红了，攥着手机，胸膛委屈地起伏。

谢长昼坐在她身边，一只手落在她的后背，安抚小孩似的，轻轻拍打。

像是给她顺气，又像是仅仅，告诉他：没事儿。

"什么事啊，我知道什么事啊？"乔曼欣不解，"我就只知道，你一直对你钱叔叔有误解，从你第一次见他起，你就……等一下。"

她突然意识到："昭昭，你说的，不会是你小时候那件事吧？"

孟昭抿着唇，难得没吭声。沉默几秒，这就是默认了。

乔曼欣却忽然有些词穷，她思索半天，叹息："你太敏感了……你钱叔叔没有孩子，不知道怎么跟小孩相处。他没有别的意思，只是想抱抱你……你是不是，直到现在，还对你钱叔叔有偏见？"

乔曼欣是记得"那件事"的，婚礼之前，她带着孟昭去试婚纱。那时秋老虎热得厉害，孟昭穿一件鹅黄色的吊带蓬蓬裙，坐在休息处吃冰西瓜，小细胳膊小细腿，天鹅颈裸露在外，整个人白得发光。

乔曼欣在更衣室里时，钱敏实主动提出："我帮你看着昭昭。"

她欣然答应，那天从头到尾，乔曼欣不知道钱敏实跟孟昭在一起，发生了什么。但似乎不太愉快，返程时，孟昭上了车才拉着她，问："妈妈可以不跟钱叔叔结婚吗？"

乔曼欣有点诧异，问她："怎么啦？你不喜欢钱叔叔啊？"

孟昭犹豫一下，说："他对我说了一些很奇怪的话。"

"比如呢？"

"比如……"孟昭有点难以启齿，"叫我，小美女。"

乔曼欣笑起来："我们昭昭确实是小美女，你钱叔叔以前见过你的照片，也夸你好看。"

孟昭不说话，沉默好一会儿，她又说："他还抱我了，但我不喜欢他抱我的姿势，所以没让他抱……他，反正，他怪怪的。"

"你钱叔叔，跟你亲爸，性格很不一样。"乔曼欣完全没多想，以为孟昭只是不适应继父，笑道，"他是个很好的人，博学，待人温柔又热情，等你们熟悉了，你会喜欢他的。"

孟昭觉得不会有那一天，她不死心，还是问："真的不能不结婚吗？"

孟昭很认真地仰着头说："我再有四年，就读大学了。到时候，可以赚钱养妈妈。"

乔曼欣笑着拍拍她的头："你有这份心就很好了，不用养妈妈，你理解一下妈妈，妈妈就很高兴。"

乔曼欣又说："以前妈妈不管做什么，都把你放在第一位。所以，现在你也为妈妈考虑一下，好不好？妈妈跟你钱叔叔在一起时，觉得很幸福。妈妈想嫁给他，一直跟他在一起。"

——以前妈妈不管做什么，都把你放在第一位。

——你也为妈妈考虑一下。

这两句话像诅咒一样，一直缠绕着孟昭。时隔十来年，这个深夜，她坐在病房中，觉得好笑，又有些想哭。

她深吸一口气："我说的根本不是试婚纱时的事……当然，可能也有关系，你第一次就纵容他。"

后来一次又一次，钱敏实一直在试探，直到结婚当天。

孟昭平静："你结婚那天，钱敏实到后台来找我，想脱我衣服。刚好有人敲门，我就挣脱他，逃跑了。"

孟昭后来也想过，如果当时没人敲门，她确实被侵犯了，她会怎么做。

没有第二个选项，她会当场报警，哪怕毁掉乔曼欣的婚礼，她也一定要让钱敏实付出代价。然而,不幸中的万幸是她成功逃脱,在台风过境的雨夜,遇见了开车从广州大桥上路过的谢长昼。

十年过去了,这个人,如今仍坐在她身边,与她并肩。

乔曼欣愣住,好一会儿,说:"你为什么不跟妈妈说,你——"

"我说了,有用吗?"孟昭打断她,"你会因为我,跟他离婚吗?"

读高中时,乔曼欣也问过她:"为什么突然就什么心里话都不跟妈妈说了,甚至连节假日也留校不回家?"

孟昭非常直白:"不想见到钱敏实。"

她说过的,她全都说过的,但乔曼欣的态度永远都是:你对钱叔叔有偏见啊,这样不好的。

手机屏幕上,通话时长还在增加,乔曼欣陷入长久的沉默。这些年来她忽视的、断续的细节,捂住眼睛不愿意看、不想接受的事,被直白地抛到眼前。许久,她翕动着嘴唇,苍白地解释:"昭昭,妈妈不是故意——"

"不重要了。"孟昭垂眼,"我以后跟家里也不会有什么关系。"

乔曼欣急了:"那你,就打算一直跟来历不明的社会男孩同居?你——"

"终于轮到我说话了,是吗?"谢长昼轻笑一声,嗓音颇有磁性地打断她,"我可不是什么来历不明的社会男孩,阿姨,认识一下,我是你未来的女婿。"他语速不紧不慢,慵懒,甚至是傲慢的。

"我就不叫您妈了,反正你也不配给我们昭昭做妈妈。"

"你怎么这么说话?我不会把昭昭托付给你这种人。"

"那就不劳您费心了。"谢长昼冷笑,"您有空,不如多计划一下,后半辈子,多久给钱先生探一次监。"

这话像是宣判,将电话那头与电话这头远远地隔开。

乔曼欣还在说话,但后头的内容,谢长昼都没听。他伸长手臂将孟昭抱起来,放在自己腿上,让她能够一抬眼就看见自己。

孟昭有些失神,垂着眼,鼻尖泛红,不知道在想什么,憋着一口气。

"别憋着。"谢长昼一手揽着她,一手捏住她的脸,轻轻掐一掐,他嗓音低哑,亲了下她的脸颊,语气很正经,"想说什么?来,跟哥哥说说。"他的动作亲昵又极具安抚性,孟昭抬眼看看他,又将目光收回去。

她还是没开口,听见乔曼欣后面的话。

乔曼欣乱了阵脚，语无伦次，说出来的话没什么逻辑，无非也就是：她不记得了，她不知道那么严重，她没多想，她被爱情冲昏了头脑。说到后面，乔曼欣几乎都要落下泪来，她说："我一个人抚养向辰也不容易，如果没有你钱叔叔，我该怎么办呢？无论如何，你钱叔叔他为这个家做了很多贡献啊。"

孟昭觉得非常恶心，她有点困了，脑子出奇地清醒。那种被恶心到，听见某人名字胃里就翻江倒海的感觉，反反复复，涌上心头。

她不再听下去，抬手挂断了乔曼欣的电话。然后就着这个靠在谢长昼身上的姿势，攥住他的衣领，将整张脸埋上去，低头抵在他肩膀上。

谢长昼顺势抱住她，手掌落在她纤瘦的后背。他哄小孩似的手掌轻轻拍她："不想这些事了，我抱你去睡觉，好不好？"

他的气息将她包裹，孟昭躲在这个怀抱里，一动也不想动。

谢长昼用手指替她梳理长发，贴在她耳边，热气席卷，眼睛里温度很低："等天亮了，我们就去告他，嗯？"

孟昭停顿一下，眼尾红红的，迟疑着小声道："没证据的。"

过了这么多年了，没法举证，何况，钱敏实直到目前也还停留在"骚扰"阶段，没对她做什么实质性的事。

谢长昼亲她嘴角，很肯定："有。"他说有，就会有。

孟昭一双眼黑的净，白的冷，沉默一阵，问："在哪儿？给我看看。"

谢长昼这会儿也不困了，慵懒拖着尾音的调子，问她："叫我什么？"

孟昭知道，他是想转移她的注意力，可她偏偏还真就吃这套。

幽寂长夜，她沉默半秒，很温顺地轻声道："给我看看，哥哥。"

寂静深夜，孟昭坐在他的腿上，两条细瘦手臂环绕他的脖颈，整个人的身体软绵绵，热乎乎，轻声叫他"哥哥"。

谢长昼心里拉警报，眼中一暗，卷起小小的风暴，几乎控制不住地，他低头吻住她的唇。男人的气息铺天盖地，他唇瓣湿软，舌尖带着热度，从唇齿开始侵入，一只手按着她的后脑勺，迫不及待地攫取她口中的空气。

两个人贴得无穷近，孟昭微垂着眼，热情地回应他。

无论现在还是过去，在这种事情上，她从来就没什么天赋，像个笨拙的学生，一触碰到他的体温，立刻无措地开始失语。

第一次接吻也是谢长昼教的，他那时候烟瘾还没那么大，身上沾满张扬清冷的气息,唇舌交缠,她紧张得碰到他的牙齿,他也没放开她。

后来在床上,她说不出别的话,一声一声,小小地喊"哥哥"。

他看她的眼神,就像现在一样,浓烈又凝重。

孟昭开始感到缺氧,小声叫:"昼……"

谢长昼喉结一动,稍稍放开她。她眼尾有些红,眼底波光潋滟,看他的目光迷茫柔软,似乎对他的一切动作都毫不抵触。

就这么几秒的喘息时间。谢长昼重新低下头,再一次吻住她。

这个吻比刚才的更加热烈深入,他咬住她的唇,舌尖搅进去,撬开她的牙关,像是要把她吞噬。

孟昭身体紧绷着,外套的扣子被蹭开了,也不知道是他什么时候解的。很久他轻轻松开她,拇指摩挲她隐约泛水光的唇瓣,盖章似的:"我的。"

房间内安静如常,月色悄然游移。氧气汹涌地回到胸腔内,孟昭面颊泛红,气喘吁吁好一会儿,才意识到他的手停在某处,没有再深入。

她突然一点都想不起来了,刚刚,在跟谢长昼讨论什么?似乎也不是什么不高兴的事,他们只是半夜起来,趁着月色,接了个吻。

孟昭鼻腔中忽然涌入一股酸意。深夜,被他抱着,被他安慰,被他亲吻……乃至现在,他的拇指还停留在她脸颊上,落在她泛红的眼尾。

这一切都让她觉得,谢长昼,非常在意她。他在照顾她的情绪,像抚慰一只幼兽,将她放在怀里拍头,好像随时准备好了,只要她一声令下,他立刻为她披荆斩棘。

"她怎么能……"孟昭两手扣在谢长昼肩上,脑袋埋下去,肩膀抖动,声音忽然浮起哭腔,"怎么能说那种话。"

她是我妈妈,但是为什么,她从来就不在意我。她的学生很重要,事业很重要,爱情很重要;但是我不重要,她不需要我。

"昭昭。"谢长昼低下头,亲昵地触碰她的脸颊,吻去她的眼泪,哑声重复,"不是你的错,你做得已经够好了,嗯?"

孟昭咬唇,眼泪如断线的珠子似的"啪嗒啪嗒"往下掉,但又强忍着不发出声音,只是肩膀在抖。

谢长昼没见过女生这样哭,确切说是,他好像就没见过孟昭哭。

以前,她偶尔掉眼泪,也总是在床上。她永远是柔软含蓄的,忍耐过后仍感到痛，才会小声叫他的名字。连哭也哭得静悄悄，从来不会用眼泪给自己争取别的东西，受了伤就藏起来，被问到有没有不舒服，只会温柔地摇头。

那时候谢长昼就可以预见她的未来，她可能永远没办法独自面对丛林的暴风，不会虚与委蛇，不会卖惨上位，不会见风使舵。别人八面玲珑的本事，她学十年，未必能模仿到皮毛。

明明，早在她十四岁那年，他就问过她钱敏实的事情。那时，小女孩眼巴巴跟在他身后，像条尾巴，鼓起了很大的勇气，才敢对他说："我可不可以，周末也来东山口读书？"

他欣然应允，想到她手腕的红痕，于是又好奇："你跟家里人，关系不好吗？"

孟昭抿抿唇，只是说："家里没有爸爸了。"

谢长昼就一直以为，孟昭不过是思念父亲，跟家里人起了冲突，过段时间，也许他们的关系还会缓和。毕竟，孟老师刚刚去世没几个月，乔曼欣就立刻组建了新的家庭。

放在哪个十四岁小女孩儿身上，都接受不了。谢长昼一直这么以为。

孟昭从不主动在他面前提起钱敏实，他那时很忙，也没那么多精力和时间，去关注她。等他发现不对劲，已经是她大一那年的跨年夜。

他到北京找她，坐在台下看着他的小姑娘在新年晚会上表演节目，晚会结束后，他带她离开，路过学校旁的胡同，遇见尾随他们的钱敏实。

在那之前，谢长昼没见过这个人。一开始，他根本没反应过来眼前人是谁，直到眼前男人笑着说："你交男朋友啦？他比爸爸好吗，昭昭？"

他才恍然大悟，这是孟昭的继父。

他正要上前打招呼，身旁忽然传来一股力量，孟昭拽着他的袖子，恳求他别走，小声说："你别过去，他不是我爸。"

孟昭一句话都没多解释，只说："他是个变态，纠缠我很久了……我们走吧，好不好？"

一听这话，谢长昼当然更不可能走了。就几步路的距离，他冲上去，迎面给了钱敏实一拳，拎着他的头往墙上撞，当晚就把他打进了医院。

可真等到了医院，他才知道，这人真的就是孟昭的继父。

他问孟昭，孟昭犹豫很久，非常难以启齿，仍然只是说："我跟他关系不好,小时候他打过我,我跟我妈告状,他就一直怀恨在心,还想打我。"

谢长昼这次没信,他让向旭尧去查钱敏实,辗转很多渠道,海量繁杂的信息里,大多都非常正常,只有一条不太一样,引起他的注意:钱敏实做大学辅导员时,曾经被一个学生举报,说他与自己在读小学的妹妹交往非常密切,对妹妹进行了猥亵,但不知道为什么,被压下来了,没有处理,不了了之。这事儿没什么热度,也没有证据,过去一段时间,甚至没人再提。

谢长昼听完,将孟昭叫到面前,很认真地又重复了一遍:"你确定,钱敏实他仅仅是打过你?"

孟昭坐在他身边思考很久,这次终于说了实话。

"但是,他没有得手。"她很小心地,又强调,"前几次我躲开了,后来就对他很防备……每次有要跟他单独相处的时候,我都避开。所以之后,他也没再找到机会下手。"

谢长昼脸上没有情绪,只点点头,云淡风轻说了声:"嗯。"

然后,他连夜潜入钱敏实的病房,又打折了他两根肋骨。那次钱敏实在医院住了小两个月,从北京转院回广州,乔曼欣还很惊讶。

谢长昼问孟昭:"要不要报警?"

孟昭思考了很久,打电话给乔曼欣,最后给他的答案是不报警。

搁在过去,谢长昼一定第一时间报警,钱敏实到底是什么熊心豹子胆,敢来动他的人。但是,他不知道孟昭家里是什么情况,他跟她妈妈乔曼欣也不熟,只是总从她口中听说,她的母亲是老师,脾气很好,非常温柔,会烤小饼干。所以,他能感知到,孟昭什么也不懂,又非常依赖母亲。

她的天真和柔软,一半来自理想主义的孟老师,一半来自浪漫主义的母亲。他顾及她的感受,怕破坏她和母亲的关系,所以不敢贸然行动,每走一步,都来征求她的意见。

谢长昼对这个答案并不意外,平静地提醒她:"他逍遥法外,以后可能还会来找你。如果是你妈妈没法接受,你可以安排我们见面,我来跟她说。"

孟昭婉拒了。她不想把太多人牵扯进这件事情里,谢长昼明明就跟这一切都无关,他只是跟她恋爱而已,他应该像所有有热恋期的男生一样,把精力用在跟女朋友接吻、拥抱、约会上,而不是把时间都花费在处理她这些烂事上。

反正,他能保护好她,那时候,谢长昼这么想。

然而四年后，仍然是北京，春天的病房里。谢长昼回忆起过去种种，非常后悔。从一开始就不该手软，他就应该直接把钱敏实送进监狱！

去他的母慈女孝，早知道她妈是这样的人，他就不该心软。现在抱着孟昭，她的眼泪浸湿他胸前的衣服，谢长昼心都要碎了。

他亲吻她的额头，声音很哑："对不起，昭昭，是我没有保护好你。"

他说："你别怕，你哭出来。"

孟昭没怎么发出声音，沉默地落泪，哭得喘不上气。

她像被剥了皮的小兽，声音断断续续，小小地传出来："可是……我妈妈，我妈妈，以前明明，对我很好。"像天底下所有母亲一样，早起为她做早餐，给她梳漂亮的小辫子，偶尔跟先生拌嘴，周末又牵着两个人的手去划船。

孟昭偶尔下一次厨，乔曼欣惊奇得像是发现新大陆，菜炒煳了也珍惜地吃完；孟昭第一次自己动手洗冬装外套，乔曼欣蹲在旁边鼓掌，又对她说："没关系，公主还是公主的时候，可以不做这些事。"

所以，每一次，乔曼欣叹息："妈妈做错了什么呢？为什么，你好像不希望我幸福。"孟昭都会觉得，她是天底下最糟糕的女儿。

乔曼欣是老师，一心工作就没办法照顾家庭，孟老师去世时，离弟弟向辰出生不到半年，她要休产假，娘家帮不上忙，家里连个能做饭的人都没有。也不指望孟昭，她什么都不会，也是那时候，孟昭发觉自己没有任何用处。

"怎么会？"谢长昼有点哭笑不得，觉得她可爱，又止不住心疼，他捧着她的脸，看着她的眼睛，低声道，"你是全世界最好的孟昭。"

"我不是。"脸颊感受到他的体温，他捏了她的脸。

她彻底绷不住，哇哇大哭："我是一个废物……我什么都不会，什么也做不好。我挂了她的电话，但我很想她，我明明很想她……我好爱她，她为什么不可以爱我啊！"

她本来有母亲的爱，但现在，也被她弄丢了。她攥着他的衬衣，像个走丢的小孩，眼角绯红，哭得肝肠寸断。

谢长昼用力抱紧她，喃喃道："我爱你……昭昭，我爱你。"

他忽然明白了一件事，这些年来，束缚住孟昭的，从来就不是某个人或某件事，而是如影随形的，根本不存在的，她臆想中的"母亲的目光"。

她曾经真的认为，乔曼欣非常爱她，以为乔曼欣把一切都给了她。

"你那个妈，"谢长昼贴近她，拍着她的后背，给她顺气，低沉微哑的嗓音落在她耳边，卷起一道清浅的热气，"根本没那么爱你。"

这些话，他四年前就想说，但总是怕伤害到孟昭所以没说。可现在才意识到，她并不是一直躲在他怀里的小女孩。她在生活，在成长，总得学着审视自我，面对世界，跟原生家庭做切割，所以他要帮一帮她。

"你是不是很难接受这件事？但就像我四年前说的那样，如果她不报警，那她最爱的人一定不是你，而是她自己。"

谢长昼轻声道："她也许确实爱你，但她有她做得不对的地方，这不是你的错。你可以带着她给你的爱活下去，但并不是非得照着她期待的样子活，才能拥有这些爱。"

"昭昭。"他用手指拨开她额前散落的黑发，低低道，"很多人都爱你，你看看我。"孟昭没看他，她垂着眼，睫毛沾了泪水，显得尤其纤长。大哭过后，胸膛因抽噎起伏，但情绪似乎得到安抚，没有再疯狂掉眼泪。

谢长昼也没说话，安静地看着她，拇指落在她的脸颊上。

他的体温传达到她身上，很久很久，她垂着眼，像是下定什么决心，声音很低，但坚定地说："要做什么？"

谢长昼尾音上扬，发出疑问："嗯？"

"报警，向警方举证的话，"孟昭嗓音里带着悲伤，微抿了下唇，又重复一遍，"需要我，做什么？"

事情过去这么多年，她也不知道，谢长昼手上是不是有什么确凿的证据。她刚才迷迷糊糊地想问，被他绵长的吻给打断了。

"暂时什么都不用做。"谢长昼轻笑，声音很低，"我手上有别的证据，需要你出庭做证的时候，会来告诉你。"

孟昭很认真地点头，"我会把我知道的所有事情，都说出来。"

"昭昭乖。"谢长昼摸摸她柔软的头发，哑声道，"还有一件更重要的事，你得记得做。"

"……什么？"

谢长昼揽住她的腰，向上托了托，让她在他腿上坐得更稳一些。然后，他轻轻碰了碰她的嘴唇，说："不管做什么，让我陪着。"

孟昭微怔，她被推进深渊，又在深渊里看到月亮。

月亮不仅朝她奔来,还朝她伸手。

"你得记着,你一直就不是一个人。"

他伸手将她的脸捧起来,她猝不及防地睁圆眼,正对上他幽深的目光。

谢长昼一字一顿,宣誓似的哑声道:"你有我呢,昭昭。"

谢长昼将孟昭抱到床上,脱掉她的外套和卫衣,将她塞到自己旁边,抱着她入睡。两人躺下时,已经快五点了。孟昭脑子混混沌沌的,本来没什么困意,可是嗅到谢长昼身上熟悉的气息,又开始犯迷糊。

她在他怀里睡过去,这一觉漫长而安稳,谢长昼一整夜没有翻身,她中途醒过来两次,恍惚间听到他的心跳声,又觉得非常安心。

就好像,这些年,他们从来没有分开过。每一次,她哭过之后,都能在梦里,找到他的体温。这是她的谢长昼。年少热烈的喜欢,跨过漫长的时光,时至今日,痛苦的记忆也变得透明,暴雨不再只淋湿一个人的眼睛。

这一觉睡到日上三竿,病房的门"咣"的一声,被人一脚踹开。屋里所有窗帘都拉着,几乎一丝光线也无。赵辞树一路冲进来,一边跑一边喊:"谢长昼!别躲着了,医生都跟我说了你没事,你怎么回事啊,三十几岁的人了还在街头跟人打架,你觉得你是年纪还小,还是身体特别好啊?"

他猛地拉开会客室的窗帘,热烈的阳光瞬间奔涌进屋内,在光洁的地板上留下明亮的痕迹。

谢长昼从睡梦中惊醒,皱着眉在心中大骂,在赵辞树嚷嚷着"我进来了!你穿衣服没!"的前一秒,眼疾手快,一把将旁边的被子拉过孟昭头顶。

下一秒,赵辞树已经兴冲冲出现在他面前:"surprise!谢总!您休眠的这个上午,我们已经帮您把钱敏实的变态罪名坐实了!好消息是他被拘留啦;坏消息是他昨晚那情况太轻,只能口头警告拘留三天,不会坐牢哟!"

内间一室死寂,谢长昼穿着病号服,面无表情地坐在床上,宽肩窄腰,因为刚醒,头发有点乱,被昏暗的光线照着,眉眼清俊得不像话。

赵辞树收起浮夸的肢体动作:"你怎么就这反应,你难道不——"

谢长昼轻轻打断他:"滚。"

赵辞树失望:"这就不厚道了吧兄弟,我们给你扛事儿,你怎么天天让人滚啊,我就不信你对昭昭也这样,昭昭呢,她怎么不在这儿,上班去了?"

谢长昼一动不动,面无表情的脸上,缓慢地出现一丝裂痕。

然后，赵辞树就看到，他身边白色被子鼓起的那个包迟缓地动了动。

赵辞树微怔，喉结一动，突然懂了什么。

他退后半步，犹豫了下，谨慎地问："昭昭知道吗？"

"昭昭知道，你犯病，还在病房里，跟别的女人……吗？"

看到兄弟越来越冷漠的眼神。

赵辞树懂了，他舔舔唇，发誓："你放心，我不会告诉昭昭的。"

然而事实上，孟昭早就被他们折腾醒了。她生物钟很准，天亮就会醒，只是昨天睡得太晚又哭累了，今天才会睡得久一些。脑子迷迷糊糊的，也不知道这两个男人在说什么，她缓了缓神，才从被子里爬起来。

谢长昼最先注意到，将她从被窝里捞出来，低声问："醒了？"

孟昭头发乱糟糟的，点点头："嗯。"

他又问："你饿不饿？"

孟昭挠挠脸，摇头，又点头，很诚实地道："我想吃艇仔粥。"

谢长昼颔首，伸手去拿床头的手机："想去店里吃，还是在这里？"

"在这里吧。"孟昭小声道，"我不想扎头发。"

谢长昼眼中浮起笑意。

"行。"他修长手指在手机屏幕上滑了几下，发消息给别的助理，托他们叫厨师送吃的过来，"头发我等会儿给你扎。"

孟昭轻声道："嗯。"

两个人的互动对白，自然熟稔得就像一对新婚小夫妻。赵辞树站在门口，愣了好一会儿，迟缓地咽咽唾沫。

屋内光线太暗，孟昭才发现这里站着个人，连忙叫了声："辞树哥？"

赵辞树没动，他还在一个字一个字地回忆，自己刚刚到底说了多少，不该说的话。

孟昭奇怪，回过头，小声道："他怎么了？"

谢长昼胸膛微动，皮笑肉不笑地勾了下嘴角，修长手指撑着皮筋，慵懒道："大概在怀疑人生。"

"不用管他。"他头也不抬，哑着嗓子，高调炫耀，"从来没有谈过恋爱的人，应该很难理解，生病的时候，有人陪在身边是一件多幸福的事情。"

谢长昼的手指穿过孟昭的长发，将她柔软的长发束起来一半，发绳绕两圈，在脑后扎了个髻儿。皮筋上缀着两枚小小的金属向日葵,随着他松手的动作,垂落下来。

孟昭坐在床上,盯着镜子里的自己看了一会儿。这发型很利落,又不失俏皮。她想了想,还是谨慎客观地点评:"你的动作很娴熟。"

谢长昼似笑非笑,拍拍她的腰,自己也掀开被子下床:"去洗漱。"

年后反反复复地犯病,他的复健暂时停了,左腿不太灵活。

赵辞树等孟昭穿好外套,才走过来扶谢长昼:"昭昭,外面茶几上放着的那个是你的手机吗?刚刚屏幕一直在亮,我看好多未接来电。"

谢长昼微怔了下,漫不经心地抬眼看孟昭。

阳光落进屋内,孟昭情绪没什么起伏,轻"嗯"了一声,转身去洗漱。

等孟昭和谢长昼都收拾完,秘书已经将午餐送了过来。谢长昼将盖子打开,除去一锅艇仔粥,送来的还有几样小菜以及茶点。

孟昭邀请赵辞树一起吃,赵辞树坐下来,发现并没有准备他的筷子。

谢长昼冷淡地掀起眼皮:"本来就没你的份儿,客气一下而已,你还真吃。说吧,你今天来找我,到底什么事?"

"哦,一个是钱敏实的情况,另一个,香港那边——"赵辞树停顿一下,见谢长昼完全没叫孟昭回避的意思,干脆直说,"你祖父找你。"

谢长昼将手里百分之三十的产业的管理权放到了大哥谢竹非手里,谢长昼的祖父,在此前,并不知情。

他们这种家族,表面上平和,哪怕兄弟姊妹关系真的好,产业跟人情也实在分不开。就算祖父没意见,祖父底下的人也得闹一闹。

谢长昼沉默片刻,摩挲左手的戒指,漫不经心转过头,低声对着孟昭道:"昭昭,我们订六月初的票去云南,可以吗?"

赵辞树头顶冒出一个问号,他刚刚说的好像是香港?

"嗯?"孟昭吃完一碗粥,舔掉唇上沾着的一点点汤汁。

她问:"你不需要回香港看看吗?"

"不是什么很严重的事。"谢长昼摇头,"我在线上处理,也一样。"

孟昭:"但辞树哥他……"好像不是这个意思。

"辞树跟我不一样,他不能线上解决问题——"谢长昼没抬头,仍看着孟昭的眼睛,哄她似的哑声说,"是因为他,工作能力不够强。"

赵辞树："……"

孟昭在心里很认真地算了算时间，说："那我们五月底就可以走。"

咬着筷子尖，思索几秒，她又有点高兴："我们是先到昆明吗？这个季节到昆明，下飞机就能去吃野生菌。然后我们可以住在滇池附近，白天去吃过桥米线，晚上到翠湖喂鸭子。观察几天，如果你身体没有不舒服，再去香格里拉……那样也不容易高反。"

谢长昼低低笑起来："你这攻略做得挺全。"

"行。"他说着掏出手机，修长手指滑开备忘录，"你等我记记。"

赵辞树看到这儿，明白了。谢长昼是真的不打算回香港。他忽然觉得有点棘手，斟酌着，怎么开口。

孟昭放在茶几上的手机屏幕，忽然又亮了。这次她不假思索地拿起来挂断。已经过了中午，是下午了，就算消息再怎么不灵通，乔曼欣应该也已经知道了，钱敏实昨晚的事。她妈妈并不仅仅是给她打电话，还发了很多短信。

"昭昭，接一下妈妈电话。

"对不起……昭昭，妈妈不是一个好妈妈，妈妈反思了一整晚，非常愧疚，但妈妈是爱你的，昭昭。"

孟昭的指尖悬在"一键清除"，停顿两秒，点击。发件人为"乔曼欣"的短信，一条条在她眼前消失。

像是从没出现过，再见啦，妈妈。

孟昭默不作声地想——我也要去过我的新生活了。

进入五月，时间忽然变得非常快。赵桑桑是最早离开宿舍的，她只是延期毕业，结束了学业，最后一门课程学分拿满，就能离开学校。她放在学校的东西不多，走也走得悄无声息，收拾一下，桌子、床铺就空了。程承的求婚计划，并没有如期进行。

第二个走的是童喻，她明年才毕业，跟学校申请换宿舍，学校批准了。来收拾东西那天，她穿一件牛仔裙，头发高高束起，是孟昭从没见过的利落装扮。她瘦了一些，进来收东西，跟谁也没搭腔，临走不轻不重地把门关上，算是结束了这几年的室友情分。

叶初然说："她爸妈做生意的，上游有一批货一直压着不肯给他们，下游付了定金的客人都还在等，没耗多久，资金链就断了，家里就负债了。"

"什么时候的事儿？"

"就今年吧。"叶初然想了想，说，"她父母卖了套房，最近还在奔走，想把欠的债都还上。不过就算是这样，他们家也还是比普通人家有钱。"

也许来日，还有机会，东山再起。

孟昭什么也没说，她站在阳台上，看着童喻拎行李箱离开。

五月中旬，孟昭和谢长昼一起，将钱敏实告上法庭。这种案子取证周期长，很多证据要等核实，孟昭索性就没太关注后续，每次有了新进展，谢长昼会主动跟她说。

五月底，孟昭跟同学们一起拍了毕业照。大家互相写祝福语、留联系方式，穿着学士服拨穗，扔学士帽，然后告别。五月的最后一天，天空蔚蓝，孟昭收拾好旅行的衣物，拎着箱子下楼，站在公寓门口，抬头看骄阳。

没等几分钟，谢长昼的奥迪低调地开过来，停在她面前。向旭尧帮她把箱子放在后座上，孟昭拉车门，还没看清，就被一双长臂拽进怀中。

"来。"谢长昼的下巴轻压在她头顶，孟昭整个人陷进他的怀抱。

他掐着她的下巴，将她捉过来，轻轻亲一亲她的脸颊："我买了票，照你说的，先去昆明。"

孟昭挣扎着在他怀里爬起来一些，探头想吻他的嘴唇。谢长昼垂眼看她，姿态慵懒散漫，眼神似笑非笑，察觉到手机在振，他目光停留在她身上，一只手按着这个乱动的姑娘，一只手伸进口袋，拿出手机。

谢长昼微微一怔，孟昭亲偏了。她只亲到他的唇角，头稍稍后仰，有些茫然地眨眼："怎么了？"谢长昼没说话。

他盯着手机屏幕上的信息，沉默两秒，立刻删除。然后，重新将孟昭抱起来，放进怀里，吻住她的唇："没事。"彼时的谢长昼，并不知道，未来有朝一日，他会为自己今天的决定后悔。

此时，他只是低声说："发错了。"然后微顿一下，扣住她的后脑勺。

车子启动，他声音低哑，唇辗转厮磨着，情绪有些复杂地哑声道："恭喜毕业——从今往后是大人了，昭昭。"

按照计划，孟昭和谢长昼先乘飞机到昆明。孟昭有点担心谢长昼的身体，看着他扣好安全带，仍旧不放心。好在这一路无惊无险，飞机甚至没怎么产生颠簸，三小时后，准时落地长水机场。

六月初，北京天气还有些冷，昆明的气温已经渐渐攀升起来，即使还没热到可以穿小裙子的程度，孟昭也已经很满意。还没出机场，她就迫不及待脱了厚外套，小跑到落地窗前，隔着玻璃看飞机起飞："天空好蓝啊。"

跟北方的"蓝"不太一样。高原空气稀薄，日光更加热烈，蓝天白云，云彩一团团抱在一起，厚重得像静物油画。

谢长昼拎着她的行李箱，不紧不慢跟在身后，在她旁边停下来。他穿一件浅咖色风衣，居高临下地伸手拍拍她的头："下次旅行还让你选目的地。"

孟昭微怔一下，用力点头："好！"两人在滇池附近住下。

这次出行，孟昭和谢长昼分工相当明确：一个做景点攻略，一个做路线规划。早在出发之前，找酒店时，谢长昼就发现了海埂边上这一溜小别墅——是民居，有人往外租，跟滇池就隔着窄窄一条行人道，每户还附带一个小花园。他没犹豫，拍板订了这房子。

晚上到家，孟昭有点茫然地看着这装潢漂亮但空旷的小两层，纠结："会不会太大了点，我们只在这儿待一周，你租了一个月？"

三个月起租，其实谢长昼租了三个月，但他坐在阳台藤椅上，看着落地窗外，一道玻璃之隔的广阔水面，感受到久违的平静。

他干脆就顺着应下来，只轻点点头："嗯。"

"我们之前不是说……"孟昭迟疑一下，小声说，"这次毕业旅行，让我来算账。"

今日天气晴好，入了夜，水面上遥遥升起一轮圆月。滇池取名为"池"，实际上是内陆最大的高原湖泊，水域广而大，西山将它环抱其中。

他坐在这里，能看到西山脚下的夜色，而室内开着灯，落地窗上，有孟昭纤瘦的身影。

他沉吟一会儿，道："过来，我跟你算。"说着，他朝后一靠，半躺进藤椅，一把攥住她的手腕，将她拉过来放到腿上抱住。

"我不抽烟了，往后，这个钱能省出来。"谢长昼说着，很郑重地从口袋掏出烟盒，攥着她柔软纤长的手指，放进她掌心，"还有……"

他一只手落在她腰上，嗓音有点哑，煞有介事地低声道："我藏了几瓶酒，你也拿去卖掉。"

孟昭恍惚了一秒，有个瞬间，觉得他们好像那种，没钱了，半夜把孩子哄睡后，偷偷讨论卖哪个镯子的寻常夫妻。

她睁圆眼，悄悄问："能卖多少钱？"

谢长昼轻吻她的唇角，哑声："能买三套这样的房子。"

孟昭伸手拍他，谢长昼低笑躲开。两个人在昆明住了一个多星期，在翠湖喂鸭子，在海埂散步。

水边风大，孟昭披肩下的米白色流苏被吹得往后翻飞，她牵着谢长昼的手，跟他讲自己看到的攻略："据说冬天会有成群结队的海鸥飞过来越冬。"

谢长昼拽住她，拍拍手背："日子还长，冬天再来。"

孟昭安静地看着他，没有接这个话茬。

他们启程往北，去香格里拉。走国道经过德钦，过了梅里雪山，再往北走，就是西藏。孟昭不觉得谢长昼还能再往北：昆明平均海拔一千八，他的睡眠时间已经比在北京时多了近一个半小时；走到梅里雪山观景台，海拔又比昆明高了近一倍。于是，她在每个背包里都塞满红景天和其他的高原药物。

乘大巴去往梅里雪山观景台，她趴在谢长昼肩膀上，掰着指头数："你看这些药，全都是给你准备的。"

梅里雪山观景台，观的是太子雪山主峰卡瓦博格，每天都有世界各地的游客跑到太子十三峰前，等待日照金山。还没放暑假，车上人一点儿也不少，一群大学生青春洋溢，笑声一阵一阵飘过来。

谢长昼的视线从窗外收回，感受到她说话时，落在自己耳边的热气。

他侧过头，在她脸颊上轻轻一碰："你总让我觉得，我非常虚弱。"

孟昭小声道："可你确实不强壮。"

谢长昼微微一怔，咬着她的耳朵，轻声道："你最近，好像一直很在意这件事，三番五次地提到。所以，你到底是不是……"他一字一顿，慵懒散漫，"希望我，证明给你看。"

山路九曲十八弯，大巴一个甩尾，孟昭结结实实摔进谢长昼怀里。

司机在前头喊："你们系好安全带啊！"

孟昭没动，她的手臂，碰到某个东西，硬的。

车后排，那群大学生还在笑闹。孟昭脑子"嗡"的一声，被谢长昼两条手臂圈在这个狭小的空间内，他的呼吸变得很近很近，热热的，所有感官都被放得无穷大。她心跳加速，脸忽然红了，想爬起来："我说的是心脏。"

话没说完，谢长昼就着这个姿势把她抱住，一手按着前排的车座后背，防止下一个转弯她的脑袋撞上去，另一只手攥住她的手腕，不由分说地拽着她伸向自己。孟昭微怔，心里警铃大作。她挣扎了一下，没挣脱，谢长昼居高临下，无论体形还是力量，都比她有优势。

"你别在这里……"孟昭忽然慌了，耳根的红晕迅速蔓延到脖子，小声道，"谢长昼，手也不行……"下一秒，她的手掌越过某处，结结实实，精准地落在他的左胸膛上。

有一个瞬间，大巴上的嘈杂喧笑声，都如潮水般远去了。他的心跳平稳有力，通过她的手掌，传递过来，孟昭睁圆眼。

谢长昼按着她的手，慵懒的目光落在她身上，似笑非笑地低声问："手也不行，不用手，你还打算用什么？"

孟昭没说话，手指微曲，用指尖摸摸他柔软的针织衫。

"昭昭。"谢长昼的脸庞浸没在阳光中，连睫毛都被染上一层金粉似的光芒，他说，"我现在很健康，不是吗？你看，上一次手术，我恢复得很好，也一直在按时吃药。"

孟昭凑近他的胸口，嘀咕："你的身体会越来越好吗？"

"会的。"谢长昼把她放在怀里，撸小动物似的摸摸她脑袋，一本正经道，"我目前的打算是，比你多活十年。"这也是可以打算的吗？

孟昭好笑："为什么？"

"我俩本来就差十岁了。"他轻声道，"我想再多喜欢你十年。"

大巴在飞来寺附近的车站停下，距离观景台还有一段路，那群大学生"叽叽喳喳"下了车，转头过来邀请孟昭和谢长昼一起拼车。

孟昭婉拒了，他们有车接送，何况谢长昼的腿不太方便，坐大巴体验一下盘山公路就够了，她不打算再叫他跟别人坐在一起。

司机开车往飞来寺观景台的方向去。梅里雪山的雪终年不化，这会儿还不到落日时间，日光明亮，天空蓝得很，十三峰峰顶风起云涌，经幡在风中猎猎飘扬，越靠近观景台，体感温度越低。

坐车时间太长，谢长昼有些疲惫，在车上短暂地睡了一觉。前后也就几分钟的工夫，孟昭捞出后备厢的袋子，在他身上披一件毛呢大衣。

他就这么醒过来，再抬头，窗外已经是绵延的雪山。谢长昼沉默一下，握住她的手，轻咳一声："就停这儿吧，我们下去走走。"

海拔三千六百米的梅里雪山山脚，孟昭帮他支开手杖，红色的围巾被风吹得向后飘扬。香格里拉仰藏传佛教，路上走几步就能看到石头垒成的玛尼堆，偶尔有喇嘛从旁经过，都会低声说一句："扎西德勒。"

谢长昼一手撑着手杖，一手牵着孟昭，不急不缓地向前走。没走几步，看见个寺庙。他抬腿进去，这庙外头看着不大，里面别有洞天。谢长昼伸手进口袋，摸到钱夹。孟昭犹豫一下，觉得她不太该说这话，但忍了忍，没忍住。

她小声提醒："我们已经拜过松赞林寺了。"

谢长昼低笑："进都进来了。"

他身上没带什么钱，钱夹里就三千现金，还是向旭尧放进去的，怕他们遇到不支持扫码转账的地方，身上一块钱也拿不出来。谢长昼思索半秒，抽出一百块，对折放进口袋，剩下的一沓，全都放进功德箱。

寺庙钟声悠悠，主持捧着功德簿，请他留名字。谢长昼一身黑色风衣，身姿挺拔，靠一根手杖站着，殿内被一团团小小的火光映得昏昧不清，光芒映在他的侧脸，他看起来清俊得不像话。佛祖慈眉善目，孟昭安静地望着他。

"我做了个不太好的梦。"谢长昼笔锋往里收，思绪有些迟缓，笔尖停顿一下，写完了，才想起来说。

"所以，也没有求别的，希望我们朝夕，这辈子，平平安安。"

很多年后，孟昭回想起这一天，仍然觉得，天空实在太蓝太蓝了，蓝得让人忘记最开始来这里是为了什么。你走这么远的路，是为了看一段风景，完成一个梦，还是千千万万次地，爱上同一个人。

一切时间都为你，停留在朝夕昼夜里。

孟昭和谢长昼没能如愿看到日照金山。在酒店放下行李箱，两人出门吃东西。天色暗了，雪山下的村庄纷纷燃起灯，像一条发光的路。

孟昭随机点到一家野生菌火锅店，店铺不大，这店是夫妻档，店里总共就两个人，老板和老板娘，但客人并不少，两个人忙前忙后，菜上得有些慢。

海拔三千六百米，沸点已经开始发生变化。火锅煮了很久连水都没煮开，等孟昭和谢长昼闹腾着吃完晚饭，顶着初夏星河回到酒店，已经是半夜。

谢长昼等孟昭洗完澡，才去洗漱。浴室水声"哗哗"，孟昭穿着件奶白色的睡衣趴在床上，用遥控器将落地窗的窗帘开到最大，一抬头，就能看到满天星辰。这里没有光污染，星星离得太近，甚至显得摇摇欲坠。

她捧着脸看半天，感觉谢长昼放在床头的手机微微一振，孟昭没动；没几分钟，又是一振，孟昭还是没动。

事不过三，振第三次的时候，她伸长手臂，将手机拿起来，看不到短信内容，但眼前一闪而过两个字：祖父。

孟昭眨眨眼，几乎同一时刻，浴室水声停了。浴室门"咔嚓"一声轻响，一股氤氲的热气，从玻璃门里滚出来。

谢长昼穿常穿的那件银灰色浴袍，右下角绣着一个小小的"X"，衣襟微敞，显露大片紧致胸膛，黑发随意散落额前，剔透的水珠流到发梢，自喉结滚动着滑下；还有几颗，沿着坚实的胸肌，滑入衣服深处，非常赤裸裸地勾引。

孟昭眼睛一眨不眨，看着他迈动长腿，有些散漫地走过来，在床边坐下。床铺微微地凹陷，谢长昼很随意地将吹风机递给她："你来。"

孟昭放下手机，凑过去。他身上有一股清新的气息，是热气，混着一点点薄荷香味，刚洗完澡，让人想亲亲。

吹风机"呜呜"地运转，孟昭心猿意马地想，这吹风机，质量是不是不大好？机身越来越烫，也就算了；她感觉连谢长昼身上，都升温了。

孟昭脑子混沌，看着他的黑发在自己手中颠来倒去，关停小机器："好啦，已经干……"话没说完，两个人调了个过儿。

谢长昼攥着她的手腕，忽然转过身，用力按住她，膝盖跟着顶上来。孟昭毫无防备地被按倒在床上。

吹风机应声落地，夜灯灯光从头顶垂落。夜里风急，电动窗帘缓缓拉上，高原万籁俱寂，无边的寂静里，遥远的星星被阻隔在外。

谢长昼刚洗完澡，身上带着燥热的薄荷气息，浴袍腰带的结被刚刚的动作扯松了，孟昭视线稍一偏移，就能看到领口底下。

她咽咽唾沫，小声叫："昼昼，我能问你公司的事儿吗？"

谢长昼眼神晦暗，嗓音有点哑："你说。"

"为什么你爷爷一直找你？我看到他给你发短信，你都……"

谢长昼没耐心听她说完，低头含住她的唇，舌尖慢条斯理地撬开她的牙关。

孟昭不自觉地，小小地"嗯"了一声。

谢长昼眼中点起星火，他像一只闲庭信步的鹿，不急不缓，将她锁在怀抱中，吻得比刚才更用力，舌尖在她牙齿内侧描摹，来回吮吸。

孟昭喘不过气，逐渐缺氧，身体紧绷着，思维陷入短暂的混乱。他亲够了，放开她，孟昭仰着头，露出白皙的脖颈。

他的唇又带着热度抵达，谢长昼忽然停顿了一下，哑声问："可以吗？"孟昭一张脸憋得红透了。

谢长昼有点恶意，没移开，又低低问了一遍："可以吗？"

"但是……谢长昼！"她两条手臂被他按在脸颊旁边，挣扎了下，没挣扎开，只能试图通过发出声音，让他短暂地清醒一下，"你先……先把你祖父发的短信，跟我……跟我解释一下。"

谢长昼还真停下了。"应该是想让我回香港吧……不知道。"谢长昼嗓音很哑，"你让我先，我有点难受。"

"你哪……哪里难受？"

"这里。"谢长昼稍稍起身，松开她一只手，攥着，哑着嗓子，很正经地低声说，"忍太久，会有一点疼。"

孟昭对谢长昼的身体很熟悉。

这种"熟悉"来自一种遥远的、青春期的记忆，她第一次被人认真小心地牵手，第一次被人按着脑袋混沌地亲吻，第一次被人咬着耳朵说情话，第一次被人用力掐住腰抵在镜子上：都来自谢长昼。

孟昭到后面，还是起了哭腔，后半夜的记忆断断续续，谢长昼低声哄她，抱她去洗澡。孟昭脑海中残留的最后一句话，是自己洗过澡后，被他放在怀中擦拭头发时，一句带着哭腔的、憋闷的小声控诉："你还在生病啊！"

他似笑非笑，慵懒看她："然后呢？"然后孟昭睡了过去。

这一觉比她过去四年间睡的任何一个觉都要安稳，没有导师，没有论文，没有学生社团和临时活动。她在梦中抱着书穿过盛夏的树林，她被清新的薄荷气息包裹着，像从谁身上带过来的味道，也像是一路前行，追随在她身后不愿离开的一道目光。

一觉醒来，天光已经大亮。谢长昼穿着灰色针织衫侧对着她，坐在落地窗前剥烤栗子。他身后是近在咫尺的巨大的雪山，天空蔚蓝，有鹰振翅高飞。

手中栗子"咔嚓"一声脆响，谢长昼若有所觉，偏过头来，黑色的眼瞳中有笑意浮起："醒了？"他声音很低，好像浮生长梦，寻常一日，寻常夫妻。孟昭没来由地眼眶一热。

　　他起身，朝她走过去，在床边坐下，柔软的床垫微微地凹陷，孟昭不自觉地滑向他，下一秒，他俯身，将她从被窝里捞起来，把她的脑袋放到自己腿上，手指擦过她的脸颊，触感极其柔软。

　　谢长昼干脆就着这个姿势掐了她一下，低沉的声音从她头顶飘下来："我给你买了栗子，要不要吃一点？"

　　孟昭的身体发生了一些说不上来的变化，她没睡醒，眼里带水光，茫然地小声道："所有钱不是都在我手里吗？你怎么还……"

　　谢长昼笑起来，手指拂过她秀气的鼻梁，把散在她眼前的碎发拨开："你不记得了？我身上，还留了一百块现金。昨天来店里放行李时，烤架没点火，上头放着一把毛栗子，你多看了几眼，应该是想吃。今天早上，我去找店主买了一点，还煮了一壶茶。"

　　孟昭视线偏移，这时候才注意到，窗前小几上还放着一只透明水壶。她沉默一会儿，掀开被子爬起来，钻进谢长昼怀里，闷声闷气道："谢长昼。"这姑娘昨晚睡衣被弄脏了，洗完澡之后说什么都不肯再穿，从行李箱里拖出他的黑色衬衣，套到身上就睡着了，连扣子都是他给系的。

　　此时此刻被她抱着，谢长昼感觉到两个人交织的气息。

　　他的手臂伸至她后背，轻轻拍拍："不饿，要抱抱？"

　　孟昭小声说："我想你，好奇怪，你就在我面前，我还是想你。"

　　"是吗？"谢长昼声音清亮，尾音上扬，发问的语气也很寻常，"想谢先生，还是想小谢？"孟昭没答，抱着他往旁边倒。

　　谢长昼看着她黑白分明的眼睛，跟着她栽在柔软的床铺上。他伸长手臂，拉高被子。孟昭蜷在他胸前，嘀咕："我还想再睡一会儿。你不在的时候，我总是睡不好。我总梦到你……但又找不到你。"

　　谢长昼垂眼，嘴唇轻轻碰一碰她的额头，哑声："你都梦见我什么？"

　　"好多事。"孟昭掰着指头数，"梦见我放学，你去接我，给我带葡萄味的酸奶；我在你办公室里写作业，有高管工作出了错，你打内线骂人，骂完转过来问我有没有被吓到；你时不时要去见一些家里长辈介绍的女孩子，我偷听到她们的名字，就在网上搜，然后发现，她们的履历一个比一个漂亮……"

孟昭停顿一下，忽然有点恍惚地小声说："会不会，其实我现在在经历的这些，才是梦。这一切都是我想象出来的。"

谢长昼在她后脑勺轻拍一下："说什么胡话。"

孟昭认真："但是，谢长昼，现在的你，好像是假的。"

"我总觉得，你太好了，不像是我的。"

孟昭抱着他，她没有变化，仍然稚嫩，天真得泛傻气，脑子里想过最多的，也仅仅是，跟他在一起的样子。

她想一直跟谢长昼在一起啊。可他永远难以捉摸，像高原上的风，或流动的云。她当年没有勇气告白，现在也不敢逼问，更不知道从何说起。

孟昭垂着眼，下一秒，谢长昼掐住她的脸，迫使她稍稍抬起目光。他声音低沉："我大哥和妹妹都在香港，最近半年海内外市场有变动，家里几个小派系冒头，祖父想让我也回去帮他解决问题，我们仨接他的班。"

停顿一下，他说："但我不想动了，至少最近两年，想休假。"

他把北京的一部分产业交到了谢竹非手上，既是因为谢竹非想要，也是因为，从澳门回来后，他的身体，没办法再负担高强度的工作。

"没跟你说，是因为我祖父可能会去哈佛找我，怕告诉你了，你想太多。"谢长昼叹息，"他比我大哥执着多了，也不知道那么大年纪的人，哪里来的那么旺盛的精力。"

他头一次主动解释这些，后半句话好像碎碎念，孟昭听着听着，笑出声。她仰着脸，问："你祖父，不知道你的身体……不舒服吗？"

"他知道了的话，会要求我立刻回香港。"

谢长昼思索半秒，声音低缓："我父母关系不太好，他们是因为家族联姻结的婚，我妈本来一个小孩都不想生，我爸让她生，生完之后她身体就垮了，搞得我们三个小孩，她谁都不待见。"

不待见也没关系，家里有的是人帮忙带孩子，谢长昼被放到了祖父家。

"我祖父，特别凶。"谢长昼从没跟人说过他的童年，有些不自在地皱了下鼻子，低声，"控制欲很强，动不动就发火。我和谢竹非读小学时，大年三十，他把我俩按在书房练字，我俩趁他不注意揣着钱和炮仗就跑了，打车跑了三十里地，逃回我爸公司。"他停顿一下，"当晚他连年都不过了，亲自带着人上门来抓人。"

谢长昼记得祖父一句话也没多说,言简意赅:"给我弄回去。"

他带来的那些人,个个身材高大,身穿制服,肩章发亮。朝着谢家两个少爷立正敬了礼,才动手绑人。谢长昼和谢竹非,在多年与祖父交手的过程中,学会了打架和反抗。随便哪个放到学校里,都是一顶一的霸王人物,浑不吝的性子,没干过什么好事。结果祖父一军棍下来,两人都没声儿了。

"跟他一起生活的那几年,被罚跪罚站都是常事。"谢长昼抱着孟昭,把玩她的脸,语气散漫,说得云淡风轻,"直到我那次犯病,他才停止了对我的虐待和体罚。"

孟昭被他的措辞逗笑,他是不是有点可怜?但她又很难想象,怎么有人能"虐待"谢长昼啊。

"你一点同理心都没有。"谢长昼感受到她微微抖动的肩膀,漫不经心地揉她脸颊,"你还笑了?"

孟昭的脸被他揉得变形,话语含混:"不是……我就是,就是在想……"她往前凑凑,讨好似的,把头埋进他怀中,"那我抱抱你,昼昼。"

他低声道:"我跟你说这些事儿,你心里会舒服点吗?"

"会不会觉得,我还挺可靠的?"谢长昼笑,"也没那么不可捉摸。"

孟昭无声地抱紧他,很久很久,她低声道:"谢长昼,我做攻略的时候,看到有人说,梅里雪山是神山。等到未来某日,我也去世了,我想跟你一起被葬在这儿。"

他们说,寂静巨大的蔚蓝苍穹下,你做什么,想什么,神都听得见。

这一刻,孟昭忽然想,这可能是谢长昼,一生之中,最爱她的时刻。

神啊,如果时间不能停住,不如让我和他一起死去。

这段作为毕业旅行的云南之旅,在香格里拉画上了句号。谢长昼牵着孟昭出门,出酒店没几步,收到向旭尧的消息。突然有人向法院递交了一堆与钱敏实猥亵案有关的证据和信息,举报人实名提供材料,留下的名字是:孟向辰。

孟昭站在海拔三千六百米的地方,给孟向辰打电话。她的思维忽然变得混沌,这些年她跟弟弟从没断过联系,但从没提过相关话题。如果世界上存在一个,她必须要保护的人,她觉得,这个人,只能是孟向辰。

她不想让他面对任何糟糕的事情。电话那头,孟向辰的声音一如既往地清亮温和:"姐姐,你还好吗?我很好,你不要担心我。"

孟昭突然失语,到头来,仍然是孟向辰在保护她。一开始,孟向辰真没觉得钱敏实有什么不对劲,因为大多数时候,钱敏实就是个普通的老师,正常的父亲,直到出了这次的事。震惊之余,他和乔曼欣的意见也出现了冲突:乔曼欣觉得只是谣言,并没有确凿证据;但孟向辰觉得这事情很严重,必须严肃对待,后来他找到钱敏实藏在书房里的录像带。

"姐姐。"末了,他说,"你也好好地去过你的人生吧。"

过往的人生像一场幻梦,孟昭挂断通话,放下手机。上车的前一秒,听见司机的惊呼。她回过头,身后云开雾散,就那么个短暂的瞬间,夕阳西下,万千道金色的光芒照在雪山山巅。日照金山,指的原来是这个瞬间。

孟昭长久地伫立,谢长昼领她上车。绵延的雪山在窗外掠过,她回过神,突然歪着头,说:"我有的时候会想,如果没有发生那些事情就好了。"

谢长昼安静看着她,一言不发。

"但是,"孟昭轻声道,"如果没那些事,我就遇不到你了——我更怕遇不到你。"

梅里雪山山顶的云雾短暂地散开,很快又聚合。夕阳的光辉透过玻璃,温暖地倾洒在谢长昼脸上,他专注地看着她,沉默一下,慵懒地轻声道:"你不如许愿,让我早十年遇见你。"

"早十年……然后呢?"

"然后我们青梅竹马,一起长大。"他轻声道,"因为时间线改动了,所以孟老师没去世,你妈也没改嫁,也不会出现'钱敏实'这号人。"

没有车祸,没有心脏病。钟颜和谢晚晚没来找过孟昭。他们一起读书、长大、领证、旅行,过完幸福的一生。

孟昭闭上眼,谢长昼为她扣好安全带,"啪嗒"一声轻响。

"再睡一觉吧。"他说,"醒了,就到哈佛了。"

第十章 复乐园

抵达波士顿，是在七月初。国内的事情全部处理完，孟昭抱着牛皮文件袋中的毕业证书、学位证书以及签证，离开T大。

十三个小时的飞行时间，从北京到美国，她与谢长昼一起，跨过白昼与黑夜，来到另一个国度。

谢长昼在波士顿也有很多房产。他像个什么都不在乎的骄矜资本家，落地第一天，先带她在酒店住下来，晚上，松松垮垮披着浴袍，在床上悠闲地划拉地图给她看："想住哪儿？"

孟昭不跟他客气，选了个离学校近的。查尔斯河畔，三层小楼，装潢古典，带一个巨大的后花园。房子太久没人住，谢长昼先叫人清理打扫了一遍，才带着孟昭过去。家里家具都齐全，古董沙发太老旧，谢长昼抱着孟昭一坐上去，后背立刻发出绷断的闷响，软垫随之朝后一塌。

他身形微顿，手还停留在孟昭腰上，声音很低，发出闷哼："嗯。"

孟昭的注意力全都集中在某处，红着眼尾抬头："怎么了？"

谢长昼嗓音低哑，落在她耳边的声音带热气："坐坏了。"

孟昭被吓一跳："啊？"

谢长昼咬她嘴角："我说沙发。"

孟昭捂脸："啊啊啊啊！"也不知道他说的是哪个"做"。

八月初，开学之前，两个人一起去了趟阿拉斯加。这个季节，美国最北有极昼可看，亘古的冰川之上，时间沦为示数，白昼永不结束。

两个人一起钓鱼、烤火，在海边小餐馆里吃扇贝，拿着小刀，撬开据说已经活了两百年的海胆的壳。

谢长昼遵循着医生给的严格的饮食清单，很多东西完全不能吃，但孟昭觉得，他的身体比在香格里拉时稍好了一些。即使大多数时候还是要依靠轮椅出行，可他的睡眠时间，已经明显变短。所以，哪怕带着个行动不便的残疾人，旅行时长被大大延长，她依然感到开心。

再回到波士顿，已经是八月底。哈佛秋季学年开学，孟昭申领了校服校徽，正式开启新的求学生涯。课业并不轻松，哈佛校风很卷，跟T大比起来，有过之而无不及。教授们要求学生海量读文献，先做作业再上课。

前两个月，孟昭忙得焦头烂额，等她意识到，谢长昼的睡眠时间又在增加，十月已经快要过完。波士顿刚刚入秋时，家中开始用上地暖。

赵辞树给谢长昼安排了两个医生，几乎二十四小时跟着他。他定期做复查、每日吃药，白天仍然很难清醒，没办法长时间站立。十月下旬，又推掉了一部分工作。

谢家传出消息，老谢总要卸任，一时间外界都在猜测，位子最终会落在谁手上。谢长昼手上的权力每放出去一点，祖父那边的流言就多一些。但他似乎铁了心，"POLAR"总部就设在波士顿，他来波士顿这么久，一次也没露过面。

他将唯一的工作重心放在金融上，大段大段时间耗在家中，处理祖父交代必须要做的事务。

十一月来临之前，孟昭意识到问题所在。上课时间，她回家拿文件，听到谢长昼在书房里，打电话跟人吵架。隔着虚掩的房门，他喘息声非常剧烈，她听不太清他在吵什么，依稀听见关键词，提到"祖父"以及"结婚"。

正犹豫要不要过去，屋内传来玻璃杯砸碎的声音。孟昭心里一惊，连忙推门进去。室内一片狼藉，水杯被砸在墙上，文件散落一地，谢长昼坐在窗边的工学椅上，胸口剧烈起伏，脸色白得像纸。

电话已经挂断，声音惊动了家里的医生，两人前后脚跑过来，给谢长昼测心跳量血压，让他用温水服药。一群人围着安抚好他，他疲倦地挥手，让他们出去："让我静静。"

孟昭没走，她在旁边沉默地看着他，很久才问："发生什么了？"

"谁知道，一个两个的都有病。"他非常冷淡地移开目光，"如果有一天我真死了，一定是被气死的。"

孟昭没说话。很久，谢长昼突然哑声开口："昭昭，你来。"

他说:"你抱抱我。"孟昭沉默地走过去,抱住他。

两个人非常默契地,没再提过这天的事。谢长昼开始花更多的时间,在跟孟昭约会上。

秋高气爽,孟昭推着谢长昼在查尔斯河畔散步,在波士顿的公园里,围观那群异常肥美的松鼠。更多一些时候,谢长昼坐在家中,帮笨蛋女友选课、挑教授,或者,有时,指导她做作业。

孟昭的脑子相当不会拐弯,由于学不会偷懒,从本科起,每次小组作业,都是她做得最多。来哈佛后,也不例外。谢长昼看着她叹气,除了帮她,别无他法。

十月底,谢长昼的精神状态稍好了些。孟昭频繁找他,不知道多少次,抱着电脑眼泪汪汪,拜托他帮忙修改设计:"有男朋友真是太好了,你会帮我的,对吧?"

谢长昼处理完白天的工作,斜靠在软垫上,从电脑前移开目光。他轻轻掀起眼皮看着她,很久才笑:"有什么办法?你现在是我的学妹了,你问我的那些问题,我要说自己不知道,不是很不像话?"

学妹。两人的青春隔着一片遥远的时间海,孟昭从来都不知道,他学生时代是什么样子。她从没见过他穿校服在自习室做题,或是被捉去做旗手。然而兜兜转转,她还是踩在他走过的路上。

孟昭歪着头,抱着膝盖坐在厚厚的地毯上,好奇地问:"你当时读建筑,为什么后来没有做全职的建筑师?"

"不赚钱,而且课不够满。"谢长昼声音低沉,意有所指,慵懒道,"所以第二学期,我还多修了一个金融学位。"

"但是……"谢长昼停顿一下,又有点烦躁地微皱了下眉,背部往后靠,仰天低叹,"我现在有点后悔。"

早知今日何必当初,挨打就挨打呗,他应该什么都不学的,不跟谢竹非争第一,不参与家族内斗,做个废物,混吃等死。然后把所有的工作,交给大哥去干,累死大哥,解放自己。

孟昭完全能猜到,他没说出口的后半句话是什么。

她好奇:"你祖父,现在给你安排的工作,很多吗?"

谢长昼耷拉着眼皮,没说话。好半晌,他才回应一声低低的鼻音:"嗯。"

也不仅仅是多,还有一些麻烦,祖父安排给他的工作里,有很多需要谈判的地方。处理这种问题,最好的方式是跟合作方见面,但偏偏这一帮人,全都在香港。祖父在用这种方式,无声地要求他回去。但是,谢长昼不仅不想动,也没打算去跟这些人聊。他仍然不想聊祖父的事,沉默几秒,朝孟昭伸手,伸长手臂将她捞进怀中:"你过来。"

孟昭抱着电脑,倒在他身上。谢长昼手臂越过她的肩膀,习惯性地捏捏她腮帮上那一点点肉,低声道:"听我说,我找人定做了新的沙发,明天上午送货上门。但我白天不在家,你叫老吴他们看着点,别把地毯蹭脏了。"

孟昭仰起脸:"你要出门?"

谢长昼言简意赅:"嗯,去见个人。"

孟昭停顿一下,没再往下问,她想了想:"要我送你过去吗?"

来波士顿之后,谢长昼按照医生的建议,换了新的电动轮椅。这新品侧面装着两个转向小轮子,比之前那款要灵活很多,但恰恰因为太灵活,向旭尧有时会觉得难以操控;倒是孟昭,常常推着谢长昼散步,对新的小机器上手很快,现在已经非常熟悉。

"不用,我叫了人来接。"谢长昼摇头,安抚似的又补充一句,"我会在晚饭之前回来,我们一起去吃龙虾卷。"

其实他根本就吃不了龙虾,每次孟昭想尝试没吃过的新食物,谢长昼都会点两份,坐在旁边,但并不动刀叉,只是似笑非笑地盯着她,好像看到她,就已经非常满足。

孟昭答应下来:"好。"谢长昼无声叹息,忽然心生怜爱,摸摸她的头:"昭昭,下个月月初,我们出去玩吧。"

"下个月?"孟昭茫然,"下个月是什么特殊日子吗?我记得万圣节……"她眼睛一亮,突然有了答案,"是你的生日?"

谢长昼不置可否,眼底漾着点儿笑,捏她的脸。

"你别捏了。"孟昭兴奋起来,"你想要什么生日礼物?我给你设计北京家里的花园,好不好?"

谢长昼笑着摇头,哑声道:"你什么都不用送,我什么也不缺。陪我出去走走吧,很多地方,我们都还没去过。"

孟昭点头,不知道是说给自己还是说给谁听,很笃定地道:"我们要一起走很多很多路。"

谢长昼修长的手指落在她的额头,有意无意地挡住她投来的热烈的视线。他也不知是在想什么,思绪飘远又飘回来,才低低道:"嗯。"

翌日没有早课,孟昭难得多睡一会儿。梦里,她迷迷糊糊地被一双手拎着胳膊抱起来。孟昭一脸茫然,纯棉睡裙卷到了大腿根,毛绒眼罩挂在头顶,迷迷糊糊地坐在床上。

谢长昼已经换好了衣服,西装衬衣,衣服刚刚熨烫过,笔直挺括,裤脚严谨地与地面垂直。他转过来,一手拿一条领带,问她:"今天用哪条?"

很久没见他穿得这么正式,孟昭有些蒙。她迟疑几秒,指指他的左手:"深蓝色。"

谢长昼在她脸颊留下一个轻盈的吻:"好,你再睡会儿。"

孟昭躺回被窝,跟做梦一样,她重新闭上眼。

好一会儿,他身上清爽的、须后水的薄荷气息,都没有散去。

就好像谢长昼根本没有离开,一直在这里,拥抱着她一样。

孟昭再醒过来,已经十点多。她睡前没关窗,楼下的门铃声一响,声音顺着窗户缝往里面钻,想听不见也难。猜想应该是送沙发的人来了,她连忙换了衣服,穿鞋跑出去。

沙发刚搬到门口,老吴正指挥工人们小心。新沙发是暗红色皮质的,跟室内原先的装潢很搭,完全看不出是后来者。

孟昭想起之前跟谢长昼上床,弄坏了旧沙发。那时候他就逗她,咬着她的耳朵,跟她说:"下回定制沙发,我就不跟他们提别的要求了。就一条:不会被'坐'散。"

孟昭认为谢长昼这个习惯,一时半会儿不会改变。所以不能放在窗边,不然容易被看见,所以最后那沙发被放在了离落地窗比较远的地方。

孟昭一个人吃了午饭,靠在新沙发上看文献。室内安静温暖,她没看多久就睡着了。醒来时四点出头,夕阳透过巨大的落地窗洒进来。她打开手机,看到谢长昼几小时前的留言:"午饭吃的什么?"

中间间隔两小时,她没有回应,谢长昼又发了句:"睡着了?"

明明是文字,可很莫名地,孟昭眼前浮现出他漂亮的脸,耳朵里也灌入微风,好像听到他低沉的嗓音。她在沙发上打个滚:"中午吃了自己做的垃圾食品,热狗,还有一份藜麦沙拉。"

等了一阵,谢长昼没回复。孟昭盯着手机,想问问他什么时候回来。但这会儿才四点多,也不知道他在干什么。他这次出行,连去哪儿,见谁都没跟她讲,是不是还是别打扰他比较好。

孟昭犹豫半秒,放下手机,拿着iPad,将文献看完。

五点整,结束明天的功课预习,她关了iPad,拿起茶几上的诗集——是她最近在为谢长昼读的书,波德莱尔的《恶之花》。

打开翻没两页,手机一振。孟昭立刻拿起来解开锁屏,屏幕还停留在刚刚跟谢长昼的对话界面。她微怔,默默退出去。这才发现,小红点在商泊帆头上。孟昭点进去,发现商泊帆给她发了好几张图。

她没放大:"怎么?"

商泊帆笑笑:"刚刚遇见你了,跟你隔着一条街,就没过去打招呼,站在你们旁边那个是谢长昼的爷爷吗?我好像在新闻里见过他。"

孟昭一头雾水,返回去放大他发来的图。不知道是在哪儿,看起来像纽伯里街,又似乎不是。异国街头,行人如织,身形高大的男人衣着整洁体面,撑着手杖,侧过身,伸手去扶一位精神矍铄的老人。

老人同样刚巧侧脸,神情严肃,精神很好,另一只手被一个穿鹅黄长裙的年轻女孩搀着。女孩纤瘦高挑,柔软的长发垂在肩膀上,看不清脸,但身形跟孟昭极为相似。

孟昭感觉自己呼吸都停了一瞬。商泊帆没认出来,但是谢长昼身边的女生不是她。怎么可能是她,她今天一整天,都在家里。

按着书页的手无意间松开,孟昭失神地低头,恍惚地看见书中句子:你究竟来自深渊,还是降自星空?让我们温柔相爱。阴险的爱神,潜伏在哨所里,拉开他致命的弓。

谢长昼回到家中,已经是后半夜。外面起了一些薄薄的雾,他脑子有些不太清醒,破天荒地头一遭,竟然觉得这外套很重。

向旭尧帮他开门,指纹按开门锁,他欲言又止。

"家里住着两个医生,我要是真出了什么事儿,也轮不上你来抢救。"谢长昼自嘲地动了动唇角,淡淡道,"你走吧,我没事。"

向旭尧拗不过他。跟在谢长昼身边这么多年,向旭尧做事向来圆滑周全,在外也是四平八稳、八面玲珑的人物,从不在人前失态,这是头一次,他非常不放心,被强烈的不安包裹,离开的时候,他几乎一步三回头。

浓郁的夜色中,谢长昼听见引擎声走远,站在门口,缓了缓,才进屋。在玄关放下外套,换了拖鞋,谢长昼缓步来到客厅,看到崭新的沙发上铺着米白的沙发布,流苏掉到了地上,孟昭小小一团蜷在角落里。

谢长昼想笑一下,有点笑不出来。他走过去,拖鞋踩到地板上的乐高,发出"咔嗒"轻响。

孟昭立刻惊醒,揉着眼睛坐起来,从沙发后探出头,迷迷糊糊地问:"谢长昼?"窗边的感应夜灯应声而亮,昏暗的灯光中,她只看见一道颀长的身影。他在她面前止步。

孟昭起身,看不太清他的脸,犹豫一下,问:"你喝酒了吗?"

谢长昼没说话,交织游移的光线中,他凭借本能靠近孟昭,膝盖一软,直挺挺倒下去。孟昭心里猝然一惊,赶紧伸手抱住他。

"昭昭。"他声音很低很低地说,"疼。"

向旭尧连小区都没驶出,孟昭一个电话,他立刻掉头折返。

谢长昼枕着软垫,靠在沙发扶手一侧,腿上盖着孟昭的薄毯,背对着进门的方向,情绪莫辨。孟昭一步三回头,引向旭尧进门,低声问:"今天发生什么了?"

"一言难尽,二少和谢老先生起了点冲突。"向旭尧边走边低声说,"他还好吗?有没有叫医生?"

孟昭茫然:"他不让我叫医生……我才把你叫过来了。"

向旭尧点头表示知道了,跟她一起,走到客厅沙发前。谢长昼意识还很清醒,只是嘴唇没什么血色,面无表情地望着一处,不知道在想什么。

"二少。"向旭尧在他对面坐下,低声问,"您有哪儿,不舒服吗?"

谢长昼置若罔闻,脑袋一动未动。

他一言不发绷着唇,目光直直地落在绛紫色的地毯上。

孟昭心里没底,忍不住,跟着补充了句:"谢长昼?"

刚刚她扶着他在沙发坐下,他也是这样。她习惯性地想叫医生,话刚到嘴边，被他一把拉住，就撂下两个字：别叫。

他没有发烧，没有犯心脏病，但他看起来又真的很难受。脸上几乎没有血色，连站都站不稳了，靠在她身上，才能坐下，仿佛是撑着最后一点点力气回来的，一旦走到她面前，就完全不再能支撑。孟昭也不知道怎么办，只能先扶着他在沙发上坐下，再打电话去叫向旭尧。

谢长昼沉默着，半晌他慢条斯理地叫："向旭尧。"

向旭尧沉默一下，挺直背脊，站起身。

谢长昼还是没看他，只哑着嗓子，问："你到底是哪一派的人？"

孟昭微怔，向旭尧像是猜到他要这么说。他声音温和，不急不缓："我从进公司起就跟着二少。"

谢长昼胸膛微微起伏，像是笑了一下，这道笑意浅而冷。

"我祖父对我生活和身体状态的了解程度，可能比我自己还要深。"谢长昼不是很明白，自嘲道，"你说，是谁一直在我身边，跟他说这些事？"

向旭尧静静望着他，有那么几秒，没有开口。

"昭昭。"须臾，他突然转过来叫孟昭，"去二楼找一下医药箱好不好？把放在药箱旁边的白药也一并拿过来。"

孟昭有点茫然，本能地站起来答应："好。"孟昭很快去而又返，短短几分钟，再回到客厅，谢长昼对面的沙发上已经没有人了。

向旭尧离开了，屋内灯光幽暗，谢长昼维持着刚才的姿势，窗帘也拉上了一半，遥控器落在手边。

孟昭走过去，在谢长昼身边坐下，谢长昼没看她。

她将药箱放在腿上，有些不知所措地问："阿旭走了吗？"

谢长昼唇角微绷着，撑着脑袋，表情很淡，一言不发。

"那我，我应该做什么？"孟昭也不知道他是哪儿不舒服，这人一回来就一副谁都不想搭理的神情，她不懂医，他又不让她叫医生，"你……你要用白药？"

谢长昼总算有了点反应，目光望过来，在她身上停留几秒，才不太高兴地低低道："我刚刚有没有跟你说，不需要叫人。"

孟昭微抿了下唇："可是你看起来很不舒服，我以为你……"

"为什么不问我去哪儿了，跟谁在一起，为什么晚饭不回来？"

"我问了……"

"孟昭!"谢长昼突然叫她,目光定定的,嗓音微哑,"你真的打算,一直跟我,在一起吗?"

孟昭心里一惊,手里白药没拿稳,"咕噜咕噜"地滚到地毯上,最后在茶几下停住。她这才回过神,连忙去捡。

谢长昼没动,沉默地看着她。她肩膀很瘦,长发垂着,穿一件米白色家居服,胸前印有一只巨大的毛团小精灵,像一团柔软的云朵。衣服是刚来波士顿时,两人一起去买的。情侣装,他也有一件,是灰色的,只不过买回来就没怎么穿过,只是孟昭一个人在穿。

他看着她躬身,半跪到地毯上,一声不吭地伸手去茶几下探,白色的袖子被灰尘弄脏,仍旧毫无所觉。

孟昭将白药捡起来,坐回他身边,拧开瓶盖,轻声问:"喷哪里?"

谢长昼不答,孟昭声音很轻,又问了一遍:"喷哪里?"

"昭昭。"谢长昼伸手想要触碰她的脸颊,"我觉得我们——"

"你什么时候给我选过。"她垂着眼忽然出声打断他。

谢长昼微怔:"什么?"

"你什么时候给我选过,要不要一直跟你在一起?"

孟昭被巨大的委屈感包裹,拿着药瓶和瓶盖,嗅到药物的气息在空气中浓重地飘散开。她想到,在非常遥远的过去,在她的青春期,跑步摔倒弄伤膝盖,谢长昼也曾经拿着白药,问她:疼不疼啊?她几乎想要落泪。

"我又不是没有问过,但你什么都不告诉我。也许你有你的安排,你从来就不喜欢别人打乱你的步调,我一直缠着你问东问西,你不会觉得烦吗?没有回家一定是有事耽搁了,我们今天不能去吃龙虾卷,就不能明天再去吗?"

"我和你之间的事情。"孟昭攥住瓶盖,"从来都是你说了算。"

其实重逢时她就明白,她跟谢长昼永远不可能真正平等,钟颜说的话一句也没错,主动权全不在她手里,她什么也做不了。

什么时候在一起,要在一起多久,什么时候分手,全都在谢长昼一句话。她能做的仅仅是爱他,等待,以及不要问。

谢长昼从来就不是什么有耐心的人,他的工作已经够多了,明明没精神还要每天强撑着跟香港那边的人接洽、处理家里的事,她怕被扔掉,不敢找他要解释。他又不是不知道,她就是一个,什么也不敢问的,胆小的人。

他凭什么,来指责她。谢长昼安静望着她,没开口。

"所以,你希望我怎么做?"孟昭胸膛起伏,努力将鼻子里的酸意挥散,"你要回香港,还是要在这里,跟别人结婚?"

谢长昼手指微顿,平淡地问:"你看见了?"

"不是我。"孟昭手中白药的盖子打开又合上,声音很轻,"是一个朋友,很恰巧地看见了,告诉我的。"

她不认识那个女生,但是她认出了她手腕上的腕表。可能连商泊帆都没注意到,那姑娘手上的表是一块大牌古董表,上世纪末就停产了,有市无价,在黑市被炒到近七位数。这么稀缺少见的表,很容易就能顺藤摸瓜找到它的主人。孟昭用识图软件先识别出了这表的名字,然后搜近几年的拍卖会,搜到了它。拍走这块表的人,姓阮。

圈子里就那么一个阮家,父辈是在国内做军工芯片的,这一代有个小女儿,玲珑活泼,身形纤细。跟照片里的背影,全都对得上号。

"你之前跟我说过,你祖父可能会来找你,所以我很早之前,就有心理准备。"他惜字如金,孟昭只能自顾自地说,"他来找你,或者带着……带着谁来找你,不都是很正常的事情吗?所以我……我……"

察觉到他安静的目光,她忽然说不下去,为什么他不来安慰她。她像个坏掉的机器人,糊涂地重复:"我问过你的……我问过,是你没有跟我说。"

谢长昼目光幽深,很久,低咳一声,问:"你现在,是在跟我解释?"

孟昭眼角泛红,一言不发地看着他。她眼尾天然有些下垂,这么茫然,猜不准他下一句要说什么,只能闷声闷气道:"嗯……"

"我问你为什么不催我回家,你就跟我解释,跟我讲道理。"谢长昼嘴唇颜色很淡,他看她,低声问,"你为什么,不跟我发脾气?"

"怎么不来质问我,那个女生是谁,我跟祖父谈了什么,我为什么突然迁怒向旭尧?"他声音低沉,好像他口中说的这一切,才是她应该做的。

孟昭艰难地问:"你说了那么多,就是希望我学这个?"

谢长昼被她问得恍惚了下,忽然觉得有些好笑,紧绷一整天的神经,在这一刻,竟然放松下来。

他摇头,缓声道:"昭昭,我就是想要你个准话。"

"你是想一直跟我在一起的，对吗？像我想一直跟你在一起一样。"

他感觉自己今晚脑子不太清醒，情绪占据上风，先是迁怒向旭尧，之后又对着孟昭发脾气。他的思维好像被鲜明地分为了两块，理性的那部分希望他克制一点，想办法去跟祖父继续谈判；但感性的那部分，现在只想发疯，找一个安全的地方，倾诉情绪。

孟昭深吸一口气，目光移开了，声音很轻："嗯。"

下一秒，谢长昼低头，下巴抵在她肩膀上。孟昭身形微僵，后知后觉地吸吸鼻子。谢长昼忽然觉得，他非常像一个浑蛋。

他轻拍她后背，闷声闷气道："是我的错。我不该把乱七八糟的情绪带进家门。"孟昭不说话，垂着眼，手指揪揪他肩膀处的衬衫褶皱。

"今晚，我跟爷爷吵了一架。"这回轮到谢长昼做解释，他声音很低，梦呓似的，"原因很多，工作、身体、恋爱状况。"

他于是突然意识到，其实孟昭也没要求过他，一起来哈佛，是他就这么跟着来了。"我就在想。"他停顿一下，说，"是不是不该把你，拉扯进我们家这些事情里来。"

孟昭思考一阵，说："我以前也是这么想的。"但谢长昼不管不顾，还是冲进她的世界里，帮她把问题一个个解决掉了。

她这么说，谢长昼就明白了。他没放开她，贪恋她身上热气，低低道："昭昭。"

"我不认识那个女生，今天才第一次见面，我拒绝她了。"

孟昭微怔，轻声道："好。"

谢长昼就这么静默下去。过了会儿，孟昭后知后觉，终于感觉到不对。

她稍稍离开他的怀抱，看他有些无力地耷拉着眼皮，比之前任何时候都要虚弱，反应比生病时还慢半拍。

孟昭皱眉："你是……哪里，受伤了吗？"

很奇怪，谢长昼点名让她拿白药，但是她一整晚都在悄悄观察，谢长昼身上根本没有伤口。她凑近他，伸长手臂，在他身上四处试探着摸摸："还是说，你在哪儿撞到了……"

碰到背脊，谢长昼一声闷哼。孟昭立刻松开他，屋内灯光昏暗，她起身又开了一盏夜灯，才折回身来，伸手去解他的衬衫扣子。

谢长昼侧着点儿身体，似乎被这道光亮刺激得稍清醒了些，靠在软垫上，在她探过来的瞬间，一把攥住她的手："别闹。"

他的意识和力量都流失了一部分，力气仍旧比孟昭大得多。

"我不闹。"他这个反应，她心里立刻肯定了，表面反而平静下来，"你衣服脱了，让我看看。"

她一边说着，一边爬到沙发上，按住谢长昼，然后连扯带扒，好不容易，把他的衬衫脱下来。

望着衬衣内的光景，孟昭愣了好一会儿，有些难以置信。只见一条红痕，几乎横跨整个背部，接近尾椎的地方破了点皮，细小的血痕已经结痂。

孟昭愣了很久，缓过神，心脏好像被人狠狠地刺了一下。

她有些艰难地问："这谁打的，你爷爷？"

谢长昼耷拉着眼皮，没有说话。

孟昭心里那一点点火气，在这一瞬间忽然被拉满："他干吗打你啊！你多大了他还打你，他凭什么，他知不知道你在生病，他——"

谢长昼忽然伸出手臂，无声地抱住她。

"昭昭。"许久，他说，"我告诉祖父，我想跟你结婚。"

谢长昼没穿衣服，身上热热的。孟昭小心地伸手回抱他，怕碰到他背上的伤，隔着肩膀，打开白药的药瓶。

她心情复杂，问："就因为这个？"她的手有些凉，在他背上将药粉揉开，谢长昼闷哼一声，背脊不自觉地绷紧。

他低声："不完全是。"停了停，他又补充，"跟你没关系，主要是我早就想跟他吵架了。"

祖父希望他回香港帮大哥分担工作，顺路也回家调养身体，但是他为什么要回去。他有自己的人生，家里又不是要破产了，内斗而已，打两天就消停了，谢竹非身边心腹还少吗？他大哥一个人的战斗力抵得上他两个。

他觉得非常奇怪，谢家人，无论他祖父还是他父母，乃至他大哥，对身边人的掌控欲，都非常强。谢晚晚被要求必须嫁给某人，谢竹非被要求必须从事金融行业，两人兜兜转转，挣扎过后，现在都回到了父辈希望他们走的道路上，只有谢长昼脱轨。

于是祖父问他："你打算怎么办？"

谢长昼沉默一阵，笑道："什么怎么办？我只是不在香港而已，又不是不工作了。我也没那么叛逆吧，您交代给我的事儿，每一件我都好好做了。"

祖父说："你应当向竹非学一学，多花一些时间在家族的事务上，也抽空去见见那些世家的女孩。"

谢长昼回他一句："您早点逼死我算了呗。谢竹非他用得上我帮？"

祖父又说："我知道你想娶那姓孟的女孩，趁早打消这个念头。别人也就算了，她从小到大一直跟在你身边，真在一块儿了，你要别人怎么看你？"

谢长昼胸膛起伏："谁关心别人怎么看，她成年后我俩才在一起的，我不在乎。"

祖父说一句，谢长昼跟着反驳一句。一来二去，也不知道是哪句话，把祖父给触怒了。谢老先生脾气一向不好，但身体保养得相当好。上了年纪，力气和血性分毫未减，宅子里有根金属的高尔夫球杆，就放在手边，他随手绰起来直直冲着谢长昼背上抡去。

一声闷响，谢长昼猛地向前趔趄。这动作太突然，毫无征兆，向旭尧脸都吓白了，赶紧上来扶他。祖父并不知道谢长昼后来犯过几次病，在澳门做瓣膜修复那次，消息被谢竹非封锁了。

他这孙子一向又轴又倔，他以为他是叛逆期没结束，还想挥杆子。是向旭尧匆忙拦住，连连摇头："不能打不能打，再打真打坏了。"

孟昭微凉的手指停在他后腰。这个姿势，她没法看到他完整的后背，只能摸索着喷药，揉开："那他也不该下手这么重……他都，不心疼你的。"

谢长昼觉得，其实大概率是老头子也没想到，他这么不禁打。以他中学时天天翻墙逃课的功夫，竟然躲不过这一杆子。

谢长昼摇头："他确实六亲不认。"但凡事业非常成功的人，都断情绝爱。停顿一下，他像一条大狗，微闭上眼，无意识地轻蹭一蹭她，轻声道："但你会心疼我。"

孟昭被他蹭得脸都热了，手指够不着底下，她的手停在他腰间，纠结地小声道："你……你把裤子稍微往下拉一点点……"

谢长昼稍稍离开这个拥抱，一只手向下，修长手指落到腰腹间。

安静的房间中，"咔嗒"一声轻响，金属皮带的锁扣被他解开。

孟昭将手伸进去，碰到他伤疤的尾部。到底是怎么打的，她心里嘀咕，从肩胛以下，斜着蔓延到腰。他真的是祖父亲生的孙子吗？

孟昭吸吸鼻子，瓮声瓮气道："你是不是，其实是抱养的。"

谢长昼笑笑，没力气了，草率地"嗯"了一声，安静地伏在她肩头，等着她上药。她的动作非常轻，很怕弄疼他，一点一点地揉。谢长昼有些困，偏头在她脸颊轻轻亲一下，哑声："弄好没，我想睡了。"

"你这样要怎么睡。"孟昭上完药，拧好瓶盖，担忧之余又有点生气，"你连躺都躺不下去。"

谢长昼手指掐掐她另一侧的脸颊，哑声道："你抱着我不就好了。"

孟昭扶谢长昼上楼，已经凌晨三点多了，来美国之后，医生要求他早睡，他已经很久没有熬过夜。孟昭看着他洗漱，擦身，换衣服，上床。

凌晨四点，谢长昼一只手揽着孟昭，将她抱在怀里，终于躺下。孟昭迷迷糊糊，鼻息间嗅到药味，头沾枕头就犯困。谢长昼呼吸轻打在她耳侧，孟昭快睡着时，他突然抱紧她，哑声道："昭昭，你有多少存款？"

孟昭被他弄醒，翻个身转过来，面对着他，在他怀里挑了个舒服的姿势，靠在他胸口，小声问："怎么了，要逃跑吗？能花的钱……好像有十来万的样子。"

谢长昼安静地看她："我朋友想开个店，你要不要入股？"

"嗯。"孟昭眼睛没睁，嘀咕，"什么店？"

"就……"谢长昼被她问住，停顿一下，"事务所也行，我朋友可能也想开事务所。"

孟昭沉默一阵，揉揉眼睛，软声问："你是在考虑，给我置办产业吗？"她问得这么直白，谢长昼一瞬间无语。

这姑娘半梦半醒，怎么也能问出这么清醒的问题。

谢长昼摸摸她的脑袋："没，你睡吧，我就问问。"

孟昭没睡醒，思维飘忽，手臂伸到他的腰腹间，抱紧他："昼昼，我没什么可失去的，不会被威胁，也不会因为别的……就离开你。"孟昭嘀咕，"你不要太担心我，好不好。"谢长昼没说话，沉默地抚摸她的头发。其实她没说错，他确实是那么想的。

四年前，跟孟昭分手时，他给她留了一张卡，一笔钱；但这些东西，最终没能送到她手上，后来他意识到自己把问题想得太简单了。他早就想写遗嘱做公证，死了以后直接留一部分财产给孟昭——但按照她的性格，大概率不会接受这笔钱，可能会用他的名义把钱捐掉，或者根本不要。

他也想过把POLAR留给孟昭，但她现在年纪太轻，没法直接做空降领导，从新人开始往上爬，又需要时间，他没法再等了。他能给的、她需要的，也许是产业或者股票——这样，就算她躺着不动，钱也会自己生钱。哪怕他真的死了，没有人能那么轻易地动她，他仍然可以保证她一生无虞。

许久没有得到回应，孟昭在他怀里动了动，又小声重复："昼昼？"

"嗯。"谢长昼回过神，吻落在她额头，低低道，"我们昭昭最棒了，我不担心，你继续睡。"

孟昭只听见最后四个字。这一睡，再醒来，已经天光大亮。孟昭悄悄起床，动作很轻，也没发出什么声音。

卧室里窗帘拉得很死，只留了一盏小小的壁灯，照亮谢长昼半边脸庞。他侧卧着，似乎疲倦到极点，唇角微绷，黑发散落在枕头上。

换好衣服，孟昭凑过去，探探他的额头，有点烫。

她伸手将他摇醒："昼昼，昼昼。"

谢长昼皱着眉低哼一声，好一会儿才掀起眼皮，问："……怎么了？"

"你有点发烧。"孟昭说着，想扶他起来，"不想叫医生的话，我陪你去医院。"谢长昼静默一会儿，哪儿也不想去，哑声道："我没病。"

孟昭置若罔闻，拿起放在床头的白药，喷到掌心："穿衣服之前，我再给你上一次药，好不好？"

谢长昼耷拉着眼皮，沉默几秒，决定认输："那你叫医生过来。"

空气里都是白药味。解决完外伤，孟昭帮他穿好家居服，扶着他洗漱。等他收拾得足够体面，才去叫家庭医生。医生做检查的空当里，孟昭溜到门外接了个电话。

波士顿和国内时差十三个小时，这会儿国内是晚上，孟向辰掐着这个时间打电话，有点抱歉："没打扰到姐姐吧？"

"没有没有，这儿天刚亮。"孟昭一边打电话一边往楼下走，给自己倒了杯牛奶，靠在料理台上喝，"你最近怎么样，一切都好吗？"

"都好，我收到姐姐的明信片了，跟你讲一声。"孟向辰有些小兴奋，"哈佛好漂亮，以后我也想去。"

孟昭笑起来："你快点长大,祖坟就靠你冒青烟了。"

两人来回聊了几句,才挂掉电话。孟昭始终没问乔曼欣的情况。钱敏实的案子,由于牵扯到了不少人,过程被拉得很长。这种案子一般不对社会公开,但钱敏实是大学老师,很难不走漏风声。身边人知道以后,乔曼欣也遭到牵连,她有些郁郁寡欢。孟向辰曾无意中提过一次,之后再没说过。

孟昭攥着手机上楼,谢长昼已经结束了检查。他虚掩着门,也在打电话,只不过用的是电脑投屏,开视频。电话已经接近尾声,她进门前,只听到谢长昼在对着那头的人下命令："……去把文璟弄走。"

孟昭停住脚步,敲敲门,谢长昼低声道："进。"

他们挂电话的前一秒,孟昭看到投屏上的脸——男人,看起来相当温和斯文,是向旭尧。

孟昭走过去,问:"你跟阿旭和好啦?"

谢长昼坐在床上,掀眼皮看她一眼,缓声:"在你心里,我俩是小学生吗?"停顿一下,他打量她,表情忽然变得有些古怪,"你要出门?"

孟昭点头:"我回学校交方案,要不要下楼吃早饭,我推你下去?"

谢长昼现在确实没法行走,但这么直白地被她说出来,他仍然感到郁闷。移开目光,他有点冷淡地道:"不吃。"

"那我先走了。"孟昭以为他有起床气,也没多想,"我叫阿姨送热牛奶上来,你多少喝点。"说完,她还真打算走,手伸向门把手去开门。

"孟昭。"身后传来谢长昼低沉的声音,他几乎是一字一顿道,"你就这么走了?你是不是忘了什么事?"

孟昭回过身:"啊?"

"今天是我的生日。"谢长昼正襟危坐在床边,一动不动地盯着她,现在确信了,她真的不记得这件事。手杖放在窗边,他也没法站起来去追她。谢长昼莫名有些狼狈,嗓音低沉微哑:"你有没有良心?一点儿都不打算,给我庆生吗?"

谢长昼的生日是十一月一日。孟昭属于"火象三傻",但他是铁打的天蝎,每当想到他出生的这个日子,孟昭都有种被邪恶生物盯上的感觉。

"我没有忘。"她愣了一下,走回来,软声讲道理,"我本来想,等我交完方案回来……你也睡醒了,再商量下午去哪儿。"

原本两人打算一起去帝国大厦，从哈佛所在的州，去往纽约，只要一个小时，下午出发，当夜就能返回，赶得上看一场落日，但是现在……

谢长昼："为什么还要商量，不是早就商量好了？"

"可你受伤了啊。"孟昭犹豫一下，"你还能坐飞机吗？"

谢长昼反问："我为什么不能？"

孟昭现在大概知道，为什么他会跟祖父吵起来了。他真的非常讨厌别人说他残疾，不能走，或者不能行动。

"那好吧。"孟昭想了想，说，"你吃点东西，我很快就回来。"

谢长昼移开目光，轻"嗯"一声。

下一秒，感觉眼前投下小小的阴影。孟昭轻盈地停在他面前，微微躬身凑近他，在他脸颊上留下一个吻。热气一触即离，谢长昼愣住。

"辛苦啦，男朋友。"她站在床边，细白手指帮他重新整理了下衣领，轻声说，"生日快乐，希望你快快好起来，从今往后，无病无灾。"

明亮温和的晨光里，窗前铃兰花悄悄向阳。

谢长昼坐在原地，愣了几秒，才迟缓地闷声闷气道："……嗯。"

孟昭小组最近的项目作业，是为一位长期生活在美国的华裔，设计一套中式庭院。组内总共只有三个中国同学，虽然在国内也参与过类似的项目，但每个人对"中式"的理解都不一样，仍然存在分歧。

等她跟同学们讨论结束，刚好十一点一刻。她转身下楼，走出图书馆。打开手机，谢长昼的消息一条条弹出来，问她想吃什么。孟昭一边看，一边一条条，笑着回应。

"孟小姐。"

一双细瘦笔直的女生的腿，踩着职业的裸色高跟鞋，停在她视野内。

孟昭停住脚步，抬眼。大道两旁的学生们背着电脑来来去去，用各个国家的语言相互攀谈。立在她面前的女生两手交叉放在身体前，松松握着一个档案袋，穿一条温婉又不失干练的黑色毛衣长裙。

"你好，我叫文璟，是向旭尧秘书的实习生，也是他的徒弟。"文璟很礼貌地看着她，问，"我们以前见过的，可以谈谈吗？不会占用你太多时间——"

孟昭静静站立。

文璟正色，道："关于，谢先生，谢二少的病。"

阳光晴明，波士顿所在的位置很靠北，深秋的温度比北京还要低一些。

谢长昼抬手将窗户的缝隙关小，把一束青白色的新鲜栀子放进花瓶，摆到书房中靠近孟昭的那一侧书桌上。

"冷不冷啊，你多穿点。"电脑视频通信开着，大屏上投出谢竹非斯文和煦的一张脸，他正襟危坐在办公室，笑着揶揄弟弟，"听说老头儿去找你了？他精力够旺盛的。"

"岂止。"谢长昼冷笑一声，"他身体也好得很，还能打人，我迟早被他弄死。"

"他打你？"谢竹非微愣，哈哈大笑，"我总算知道你这驴脾气是从谁那儿来的了，爷爷比你犟多了。回香港来吧，回家就可以休息了。"

谢长昼绷着脸，不说话。谢老先生昨天才刚刚教训过亲孙子，今天又开始疯狂给他找事安排工作。

一整个上午焦头烂额，等他处理完工作，已经十二点半。由于弟弟在家族产业方面毫无进取之心，谢竹非对他一向温和。两人讨论完正事，他还不忘问："你真打算，就一直跟那女孩儿在一块儿？"

谢长昼厌烦地耷拉着眼皮，提起这个，又想起当年的旧怨。谢竹非也去找过孟昭，在私德方面，他这哥哥也不是什么好东西，所以他不是很想搭理。

把手中的笔一扔，他慵懒地反问："关你什么事？"

"是不关我事。"谢竹非拿起黑咖啡喝了一口，笑笑，放下，"但前段时间，祖父突然跟我打听了个人，跟你那小女朋友有点关系。"

谢长昼微怔，眉峰微聚："谁？"

"叫什么来着。"谢竹非眼中笑意不减，思考，"孟，孟——"

谢长昼脸色不好看："孟向辰。"

"对，就这人，看来你认识。"谢竹非笑吟吟，"我看他拿了不少奖，还跳过级。孟家基因确实厉害，姐姐就是个学霸，弟弟考试也这么厉害……"

他话没说完，"砰"一声巨响，栀子花的花瓶碰到投影墙面，尖锐的瓷片狠狠砸到白墙，墙体出现小小的凹坑。瓶中的水残留在墙上，谢竹非的脸还投在那儿，水渍好像在他衣服上流开一样，然而他笑意不减。

似乎弟弟现在所有行为都在意料之中，他可以平静地看着，不做任何评价。谢长昼呼吸不稳，胸膛起伏，低声问："你们到底还要干什么？"

谢竹非摇头："我什么都没做，但祖父希望你尽快结婚。"

谢长昼冷笑："你们什么时候变得这么下作，无关的人也要拉入场？"

谢竹非沉默一阵，有些无厘头地突然说："听说前阵子，你在拍卖会上，拍下一颗钻石，交给了美国一个很出名的戒指设计师。"

近七位数的蓝色钻石，来自一位早逝的贵族。十九世纪时，就被宫廷画师画入油画。

"孟向辰也好，孟昭也好，现在，他们确实跟谢家没关系。"谢竹非停顿一下，说，"但如果你把这戒指送出去了，那孟向辰就不是无关的人了。"

谢长昼攥紧的指节泛出青白色，脸色苍白如纸。书房里静默很久，猝然发出什么东西的碎裂声，白墙上的影像一瞬消失，遥控器也被摔得粉碎。

孟昭回到家中，比她和谢长昼约定的时间，晚了一个多小时。她换了鞋外套也没脱，匆匆跑上楼："昼昼，昼昼。"没动静。

她跑到书房敲门，见门虚掩着，索性伸手敲敲。敲了两下，没人应，推门发现里头静悄悄的，阳光无声游移，没人。

孟昭挠头，退出来。这时间，他能去哪儿？她在走廊上走了两步，四处转转："昼昼，谢长昼？我们再不走，就赶不上航——"

次卧突然探出一颗头，是两位家庭医生中的一位，姓方："这里这里，孟小姐，谢先生在做检查。"

孟昭连忙噤声，她走到次卧门前，悄悄看了一眼，谢长昼坐在桌前，没穿上衣，露出腹肌诱人的曲线。机器显示屏上的数字无声跳动，另一位医生正在他面前，给他测身体数据。

孟昭收回目光，压低声音："他不是早上刚测过？"

方医生："下午他突然发火了。"

孟昭等着谢长昼做完检查。最近他一直在吃药，隔三岔五就换一两个，孟昭已经不知道他在吃什么了，但感觉药量越来越大，一次一把，她有时候看得心惊胆战。

孟昭在落地窗前停下脚步。这个季节，一切都光秃秃的，似乎什么也没有。她想起他们重逢的季节，北京一点都不秃，粉黛乱子草漫山遍野，看起来软绵绵

277

的，像小女孩梦境里的棉花糖。

孟昭立在门口，身后响起脚步声。男人的声音低低的，略带一些哑："看什么呢？"她回过身，谢长昼长衣长裤，穿着件高领的白色毛衣，一手撑着手杖，被医生扶着，站在她面前。

上一秒，孟昭还想问他——你能走吗？我们要不，不去纽约了？

就在这里，我一样可以给你庆生。我们不用去帝国大厦，我给你切草莓夹心的生日蛋糕。但这一刻，孟昭忽然释然了。

不管谢长昼怎么骗她，她又怎么自欺欺人，他的身体根本就一点儿都没有变好。他甚至已经不能自己站立。

孟昭望着他，很柔软地笑开："我什么也没看，在等你一起出门。你换好衣服了吗？我们现在就走吧。"

司机载着两人，一路往机场去。谢长昼的身体不太能长途奔波，一小时的航班时间，快要接近他的忍耐极限。然而下飞机时，他被孟昭扶着，仍然对她说："你想好没有，圣诞节，我们去哪里玩？"

孟昭有些恍惚，从她大学毕业，到年底，这半年多的时间里，她和谢长昼一起，去了几乎所有，她以前想去，但没机会去的地方。

巨大寂灭的雪山山脚，日落黄昏的渔人码头，蓝冰浮动的北极圈，亘古不化的雪山冰川。他们一起在百老汇看《歌剧院幽灵》，在圣帕特里克大教堂祷告，在时代广场散步，在世界尽头接吻。

夕阳西下，孟昭趴在窗边。谢长昼的烧退了，仍不能吹风，他将窗户悄悄降下一部分，让她能感受到新鲜空气，纽约的风迎面拂来。

孟昭半趴在他身上，探着身子，朝窗玻璃探头，卷而翘的睫毛都被染成金黄色。很久，她喃喃着摇头："没想好。"

我最想去的地方，你都已经，陪我去过了。我这一生，最想爱的人，最想得到的爱，也都已经得到了。

谢长昼低声问："今年生日，给我准备了什么礼物？"

孟昭回过头，故作难色："忘记准备了。"

谢长昼轻掐了下她的腰，哑声道："这你也能忘，把你自己赔给我。"

"我错了。"孟昭怕痒，求饶，"礼物提前说了，就不叫惊喜了呀。"

谢长昼咬她耳朵："你最好是……"

抵达目的地,天色已经完全黑下来。

谢长昼选择的餐厅在六十层楼,高楼之下华灯璀璨,街灯如同流水,月色霜白,纽约的行人与车流在夜色中变成遥远的光带。

今天是万圣节,米其林的服务员也戴上了南瓜造型的帽子,拎着竹筐四处发糖。孟昭陪谢长昼切蛋糕,草莓流心一切就爆浆,沾到餐刀上。

她只给他一小片:"老谢,你又长大一岁,甜食也不能多吃了。"

"你有没有良心。"谢长昼慵懒地瞥她,似笑非笑,"昨天还叫哥哥,现在就成了老谢。"

孟昭撑着下巴,静静地望他。从她十四岁,到她二十四岁。

"昼昼。"她轻声,"我们已经认识十年了。"

秋去冬来,她从当年的小女孩成长到如今的样子,但记忆中的谢长昼好像没怎么变,那时候是脾气不太好的大哥哥,现在依然有点孩子气。只要她在,他就不会老去。

"嗯。"谢长昼淡淡地应了一声,像是明白她的意思又像是不明白。

他望着窗外,今夜月色皎洁,轻声道:"我们还有很多个十年。"

孟昭推着谢长昼在附近散步。街道上游人如织,节日的纽约亮如白昼,城市灯光璀璨流动着,黑夜之中也浮起长明的光点。

他们避开游人,登上帝国大厦。黑色夜空下,摩天大楼高耸入云,置身于世界中心,世界足够大,也足够小。一百零二层观景台,游人散去,曼哈顿尽收眼底。

谢长昼膝上覆着薄毯,转过来握她的手指:"你冷不冷?"

孟昭摇头,说:"你看,安妮和山姆在这里重逢,金刚在这里登顶发疯,Chuck在这里捧着花等待Blair,但是他心爱的女孩没有出现。"

谢长昼眼睛深邃,笑意飞扬,声音低低的,不急不缓:"当你被某人吸引,只意味着你们潜意识里互相吸引,所以所谓命运……"

"……不过是,"孟昭望着夜空,轻声接上《西雅图夜未眠》里,这后半句台词,"两个疯子,认为他们,天造地设。"

有那么多爱情,降临在这里。这些年,从广州到北京,从香港到澳门,从五道口到曼哈顿。是不是有这么一种可能,世界上,确实是存在爱情的。遇见它的那个人,得到它的那个人,为什么不可以是我。

"昭昭。"高楼之上,夜风微凉,谢长昼叫她。

他伸手,握住孟昭右手的瞬间,黑暗的天空中,猝然有光点绽开。

一束束,一簇簇地,从地面升起,攀到高空。

孟昭下意识仰头,脸庞被光芒照亮,寂静的夜空中,她听到游客的惊呼声。百尺高楼,无人机编队悬浮在眼前,飘浮着闪耀着,用灯光组成一句英文:"Shall I compare thee to a summer's day?"(我可否将你比作夏天?)

孟昭微怔,辨认出来:"十四行诗?"

谢长昼没说话,她手指被他攥着。高楼冷风迎面吹拂,面前的无人机改变排序,灯光灭了又亮。

依旧由左至右,组成一句话:"Thou art more lovely and more temperate."(你比夏天,更加可爱温和。)

曼哈顿的灯火五光十色,城市景色尽收眼底。在美国,在纽约,在万圣节街头浓厚的节日氛围里,在游客们仰头看天的躁动气息中,沉寂的黑夜被无人机的灯光照亮。

谢长昼攥住她的手,在下一句话浮现之前,用她听得到的声音,低低说:"Thy eternal summer shall not fade."(你的长夏永不凋零。)

他的嗓音明朗清亮,随着夜幕之下深秋的风,一起灌入耳中:"昭昭。"他说,"我爱你。"

孟昭心头猛地一颤,金属的凉意,顺着无名指指尖,缓慢推移到指腹。他牵着她的手,不急不缓,很认真地,将一枚铂金环套上她的无名指。

孟昭低头,见他正将戒指套到她的手指根部。银色的指环,一点也不低调,尽管顶楼灯光暗淡,仍然能看清上面堪称巨大的蓝色宝石。

无人机还在变换队形,孟昭心头猛跳,对上谢长昼的目光。他坐在轮椅里,也转头来看她。那眼瞳很黑,映着星星点点的灯光,如同一簇簇星火。

"我的腿还没完全康复,没法单膝下跪了,但是——"他微顿一下,低低地轻声道,"嫁给我好不好,昭昭?"

孟昭猛地屏住呼吸。

切割成星形的蓝色宝石,不大不小,刚刚好落在她无名指底部。优雅明净,璀璨夺目。像十九岁那年,他送她的那条,蓝色的小礼服裙。

——我的昭昭,是全世界最好的昭昭。

——但凡你想要的,但凡我能有的,都给你求来。

孟昭眼中热意上涌。她为什么可以拥有谢长昼的爱?

如果没有遇见他,她可能中途辍学,可能被继父性侵,可能听从母亲的建议,成为一位语文老师。她这一生,因谢长昼而不致平庸。他送她积木,在荒原之上,为她搭建乐园。是他给了她永不凋零的盛夏,永不结束的极昼,永远闪光的青春。她拥有世界上最好的爱。她已经不能拥有更多了。

百尺高楼,灯火璀璨,手可摘星辰。无人机编队如同星辰,在他背后形成巨大的"Marry me"·(嫁给我)。

孟昭眼眶发热,两手伸到脖子后,摘下颈间吊坠,俯身拥抱他:"我想的。"她的声音落在他耳边,带着某种克制的情绪,"我想嫁给你的。"

谢长昼攥着她的手腕,感觉她在自己颈间挂了个东西。玉石质地,由于带着她的体温,并不显得冰冷。他恍然想起以前,她对他说,平安扣是父亲留给她的,最后的东西。

"但是,谢长昼,"她半跪在轮椅前,拥抱他,留恋他的体温,仍然轻声说,"我们分开一段时间吧。"

谢长昼身形微僵,猛地转头看她。有些难以置信,但如今的场面,似乎又在预料之中。他早知道,两人迟早要告别。

"你回香港做手术,我留在美国,好好读书。"

他的身体,不可以再拖下去。他必须做手术,但是在文璟的说法中,他很不情愿。"我已经不是不能保护自己的孟朝夕了,你不用时时刻刻陪着我,我可以过好我的人生。"

孟昭红着眼眶,像过去十年,无数个昼夜,伏在他膝前,抬头看他。

"如果一年之后,你仍然想跟我在一起,无论多远,我一定去见你。"孟昭吸吸鼻子,笑笑,朝他伸出小指,"戒指我先帮你保存啦,如果你以后有了别的赠送对象,我就还给你;如果没有,我就自己留着——跟你拉钩。"

夜风冰凉,谢长昼长久地望着她。那个盛夏光影里,尾巴一样,穿着海蓝色蓬蓬裙追在他身后的小姑娘,终于也长大了。终于也跟他,走到了分别时。很久,他哑声:"一年之后,我来见你。你在美国等我,不要乱跑,不要跟别人在一起。"

孟昭专注地望着他,许诺似的轻声说:"我在千寻之下等你。"

谢长昼心头一震,几乎情难自禁地,握起她的手,低头亲吻。

他手指修长,无名指同样戴着相似的铂金环,简单质朴,不失美感。

孟昭一直没有认出,她中学时随意粗糙的手工课作业,他放在身上,戴了七年。便宜的金属在岁月中变得斑驳,他用比它昂贵上千倍的铂金修复它,哪怕更改面貌,它的铁芯从来没有变过。

他说:"水来,我在水中等你;火来,我在灰烬中等你。"

夜风吹乱谢长昼额前刘海,孟昭一点一点,放开他的手。就在不久之前,她还和他依偎在一起,在家庭影院用投影看《西雅图夜未眠》。

能在帝国大厦与爱人重逢,是世界级的浪漫。然而如今,她二十四岁这一年,在美国,在纽约,在见证了无数爱情的帝国大厦——

在一个有风的夜,她收下一枚戒指。然后,送别了她年少的爱人。

十一月中旬,孟昭搬离了谢长昼在查尔斯河畔的房子。她只带走了那枚戒指。十一月底,办完手续,孟昭正式住进学生公寓。

日子回归平淡,她开始像一个普通的留学生,三点一线,上课、读书、做项目,将大把大把的时间花在图书馆里,参与辩论和研讨,顶着波士顿的星光夜行。偶尔跟同学出去聚餐,同组的女生后知后觉,发现万圣节后,孟昭很长时间都是一个人出现,不见她迟到早退,也不见她身边有任何男性的影子。

女生以为两人分手,从此再也不提这件事。后来再有聚会或派对,同组的同学总想为她牵线:"某某很不错,与你十分登对。"

孟昭都笑着拒绝:"不了。"

她们问:"不是已经分手了,还沉迷前任,走不出来?"

"不是前任,那是我的未婚夫。"孟昭将脸埋进围巾里,温和小心地,有些傻气地说,"我们只是暂时异地,未来我会去找他结婚的。"

尽管她也不知道,那个"未来",究竟会不会来。

二〇一七年的最后一天,她的朋友们租了个场,在纽约跨年。低音炮在耳边"轰炸"一整晚,孟昭的脑袋"嗡嗡"响,从灯红酒绿的酒吧离开,她跟朋友们告别:"祝你们新年快乐。"

新的一年,孟昭推开玻璃门,异国的冷风扑面而来。街边飘浮着淡淡的白雾,沿着主干道向前走,大街上张灯结彩,到处是跨年的人群。

孟昭穿过人潮，一个人再次来到纽约广场。人头攒动，高楼灯光亮如白昼，涌动着的是等待新年倒计时的人群。她穿一件白色的羽绒服，毫不起眼，独自立在人潮中，戴着毛茸茸的小熊帽子。

夜空沉寂，四下喧嚣，她仰头盯着大厦灯光，摘下一侧手套，点开谢长昼的对话框。手指停顿一下，长按录音键，声音很轻地道："昼昼。"

过去两个月，她每天都给谢长昼发消息，谢长昼很少回。她频繁地收到快递，从香港或美国本地寄出的，整箱装的零食、应季配套的围巾、手套、帽子、礼盒装的大牌护肤品——甚至是，她童年时曾非常喜欢的，广州某个老牌子的桑葚酸奶，但谢长昼始终沉默。

她起初还在新闻上看他，他回到香港，在做什么项目，参与什么工作，与谁短暂结盟，跟大哥谢竹非的关系时好时坏——后来渐渐地，不敢再多看。

无论看多少遍，都是不能拥抱，不能牵手……未来可能，不再属于她的人。孟昭仰头，沉寂夜空中有星子般的光点浮现，新年来临前的最后几秒，时代广场大屏幕显示出倒计时。

二〇一七年的年尾，孟昭安静立在人群中，记忆飘忽着，回到二零零七的夏天。台风过境的夜，她十四岁，在惶恐不安中，被谢长昼大大的手掌牵着，带到钟颜家中。

那年谢长昼二十四岁，风华正茂，尚未被疾病缠身，低笑着对钟颜说："你可得照顾好这姑娘。"

钟颜问："不然呢？"

谢长昼笑了一声，开玩笑似的说："她救过我，她现在就是我的命。"

"……三！二！一！"冷风迎面吹来，钟声在那瞬间敲响。新年来临，在人群排山倒海的欢呼与尖叫中，焰火飞升到半空，细碎的光点如雪一般落下。孟昭闭上眼，纤细手指仍握着手机，良久，她将未完的后半句话，轻声录给他听："……新年快乐，昼昼。"

与他相遇的第十年，她又变成孤身一人。在时代广场，宇宙的中心。右手空空，心里发了疯一样叫他的名字，微冷的空气中，无人回应。

她想到张国荣的歌，这么远那么近，千禧年的时代广场，涌动的人潮中，我们会不会已经错过了。亲爱的，人山人海里，你有没有见过我？

二月末三月初，春寒料峭。国内传回消息，钱敏实的案子尘埃落定。

证据确凿，因其身份、职位，他造成的影响十分恶劣，法院驳回了他的上诉，第二次开庭审理，仍旧没有减刑。

孟昭听说这件事时，正坐在窗边读书。这个季节，波士顿仍冷得要命。她懒洋洋的也不是很想去图书馆，清晨醒了，就裹着毯子坐在床上写论文，或做一做设计手稿。孟向辰打电话来，委婉地向她转述乔曼欣的情况。

后头这半年，乔曼欣也有好几次，试图联系孟昭。但非常不巧，不是孟昭正好没接到电话，就是乔曼欣在等待的时间内，后悔了，又挂断。

她纠结了很久，犹豫了很久，想跟孟昭说的话一直没有说出口，只能寄希望于早慧的孟向辰。

孟向辰说："妈妈的精神状态比之前好很多。"

孟昭远在国外，孟向辰又立场鲜明，一点都不愿意跟乔曼欣讨论钱敏实的事情。乔曼欣惶惶然地找不到任何情绪支撑点，孤独地思考了很久，才能以正常、平常的心态，去面对这件事。

孟向辰告诉孟昭："妈妈打算等开学了，就去办离婚。"微顿，他说，"真好，都过去了。"

孟昭微怔，坐在飘窗上，扭头看窗户。她的房间在二楼，靠近街区，今天天气不好，波士顿起了雾。她伸手在玻璃上划开雾气，凝结的水珠缀在指尖，像一滴泪水。

她停顿了很久，半响，才说："嗯。"她想要的，十五六岁时希望发生的事，现在都实现了，还有什么，不满意的呢？

三月中旬，孟昭收到一封来自POLAR的录用通知邮件。尽管谢长昼本人并不在波士顿，但他名下的任何一个产业、公司，都仍然在飞速地运行。

"POLAR"在国外的名头比在国内要大很多，承办了好几个地标性的公建项目。哪怕在高手云集的波士顿，依旧是年轻设计师们挤破头想要进入的地方。而如今，这样一个建筑设计事务所，向她抛出橄榄枝。

在邮件中，对方对她说："欢迎加入POLAR，最优秀的建筑师，孟昭。"

三月末，查尔斯河畔的橡树，缓慢地抽出第一枝绿芽。告别谢长昼的第一百七十六天，封言发来消息，给孟昭看民宿改建成的楼。iPad上的图片一点点显示出来，孟昭望着建成的民宿场馆，几乎要落下泪来。

这是她真正意义上的，"人生中第一栋楼"。虽然项目不算大，楼也只有两层，从开始设计到完全落成，只花了不到一年。

新的墙体以旧的墙体为依托，既没有抛弃旧建筑的传统风格，又在基础上加入现代风格，与庭院设计相呼应，令人眼前一亮。

她抱着iPad，反复看他发来的几张照片。第一时间，转发给谢长昼。她像一只兴奋的虎皮鹦鹉，蹦跳着给他发语音："你看！昼昼！这是我的楼！还有，还有我本科时，跟徐老师一起做的那个公建项目，也已经开始了……"

"虽然后续不是我在跟进，但商泊帆他们最后定下来的方案里，有我参与的部分，所以，四舍五入，那也是我的楼！"

你看，这都是我的，是我自己设计的。我也站在二十五岁的关口，走在了你走过的路上。虽然没能成为像你一样卓越的建筑师，但我也已经很厉害了。我已经，我已经长大了。我有没有离你更近一点？

谢长昼，你看看我。手机那头从始至终，无人回应。

五月底，孟昭收到邀请。之前小组几位同学从导师那儿接到一位华人的委托，帮他设计中式庭院。他们给出设计稿之后，对方在几个方案里犹豫，迟迟没有下定决心。今年年初，终于定了方案，开始施工。

新的建筑还未落成，但这位J先生声称非常喜欢他们的设计，前几个月太忙，没顾上约他们几个见面，现在终于过完了年，自己总算有了时间，想叫几位同学去家中做客。他住在纽约，室友帮大家一起订机票。

当天下午，她又收到一箱国内寄来的桑葚酸奶。一箱有十八盒，其实够她喝一个月，但谢长昼似乎总是担心她照顾不好自己，习惯月初寄一箱，月中寄一箱。孟昭喝不完，每次都分一半给室友，结果她刚在桌前坐下，没两分钟，又听门响："昭昭，昭昭。"

起身开门，见室友站在门前，手指间夹着一个牛皮纸封袋，朝她挤眉弄眼："看看这是什么？我在酸奶的箱子里拆出来的。我见底下写着给昭昭，赶紧给你送过来了——是情书吗？你那未婚夫写给你的？"

孟昭一愣，赶紧接过来，翻过牛皮纸袋，她看见背后三个字：给昭昭。钢笔写的，龙飞凤舞，力透纸背。仿佛有遥远的男生低沉的嗓音，带着慵懒的笑意，从时光中遥遥传来：

——"来，昭昭，哥哥教你写字。"

——"别小看我啊,我祖父的墨宝千金难求,我这手字,可是他手把手教的。"

孟昭突然有种想哭的冲动,她抱住纸袋,朝着室友,很认真地颔首:"谢谢你。"室友都没想到她这么大反应,赶紧摆手:"你跟我客气什么!"

关上门,牛皮纸袋放在桌上,孟昭小心地拿着小刀,沿边划开。纸袋很薄,她的神经无意识绷紧,打开的过程里,脑海中闪过无数个念头——

谢长昼给的,会不会是银行卡、转让证明,甚至、公证的回执材料。

她将手伸进纸袋,左右摸摸。纸状的,相当单薄,巴掌大小,材质比较硬,末尾挂了一个小小的结扣。

她将东西拿出来,红色外壳上鎏金的字体被光一照,正正映进孟昭眼中。她看不懂这上面写的什么,翻到背面,背后倒是落着一个水印状的名字:青檀寺。

是一枚护身符。

孟昭将护身符拿在手中,想起两人分别时,她把自己的平安扣,挂在了他颈间。那时候,她仰着头告诉他:"爸爸去世之后,我戴着它,这么多年,都没生过大病。爸爸会保佑我们的,你戴着它,也会平平安安。"

那晚,帝国大厦夜风冰凉,谢长昼长久地望着她,刘海被风吹乱。

他没拒绝,许久,才说:"这个我收下,下次给你换个新的。"

孟昭忽然感到难以忍受,她的忍耐力已经达到了极点,她跟谢长昼约定一年后见,又不是说,这一年里,都不跟对方讲话了。

他为什么不回她消息,他怎么可以不搭理她。

孟昭放下护身符,近乎执拗地翻出手机,打电话给向旭尧。等待音响了很久,那头没有人接。孟昭平静地挂断,继续打。打到第四个,向旭尧温润的声音终于在那头响起:"你好,昭昭?"

孟昭深吸一口气:"阿旭。"

"不好意思啊,刚刚有点事。"微顿一下,向旭尧充满歉意地笑笑,先跟她解释,"我在医院,换了衣服,手机放在外套里忘记了,这才想起来。"

在医院,孟昭心头猛地一跳,中邪似的,她问:"你生病了吗?"

向旭尧摇头:"不是我,昭昭。"孟昭咬着唇,不说话了。

向旭尧点到即止,将话题转移开:"这段时间,你过得还好吗?"

"我还好。"孟昭抿唇,沉默一下,鼓起勇气似的,坚定道,"你能不能让谢长昼接电话。我打他电话,一直没人接。"

这次向旭尧拒绝得很果断:"二少在接受治疗,不太方便。"

他总不会一直在治疗中,这都多久了,他一直不出现。

孟昭垂着眼踢踢毯子:"能不能替我带句话给他,告诉他我很想他!等他身体好一点……或者,工作不那么忙了,能不能,来联系我。"跟我说说话,哪怕一句也好。

向旭尧沉默了一会儿,他说:"我会向二少转达,但医生不允许他使用电子产品,所以——"

"阿旭。"孟昭纠结地打断他,"他病得很严重吗?"

向旭尧沉默着,没说话。

"为什么?他不是回去做手术的吗?他……"

"昭昭,昭昭。"向旭尧安慰她,"你听我说,你不要急,等二少身体情况稳定一些了,一定会来找你的。"

孟昭犹豫一下,还想说话。室友在外面敲门:"昭昭,你收拾好了吗?我们要出发啦。"

孟昭只能说:"那好,我晚点再联系你。"

向旭尧声音一如既往地平和:"好。"

邀请大家去家中做客的甲方J先生,目前住在纽约。新庭院还没建好,他将大家带到了他和未婚妻现在的住处,是一栋二层小别墅。

区域不大,在布鲁克林边缘,街区很安静,看起来十分宜居。

像大多数待在国外又思念家乡的华人一样,J先生性格随和,热爱中国菜,招待留学生用的也是自己最喜欢的菜系。

菜品十分丰盛,一半是买的,另一半据说是他亲自下厨做的。桌上大家聊得热火朝天,整顿饭下来,只有孟昭吃得心不在焉。她一碗饺子就吃了半小时,注意力始终停留在手机上,但谢长昼并没有来电。

酒至半酣,J先生忍不住问:"是饭菜不合胃口吗?"

孟昭愣了下,耳根瞬间红了,她充满了歉意,赶紧摇头:"不是的不是的,是我自己……"

室友笑着接话,开玩笑道:"失恋啦。"

J先生微怔一下，温和地笑开："没关系，以后会遇到更合适的。"

他说着，红酒杯轻轻碰一碰孟昭的："祝你早日从旧感情中走出来。"

孟昭耷拉着眉毛，沮丧地跟他干杯。

"好吧。"她不想解释，也没什么别的办法，喃喃道，"那，祝我前男友幸福。"大家"哈哈哈"地笑开。

J先生安排了客房，今晚大家在他家中休息。

孟昭跟室友仍然住同一间，大家开始玩"狼人杀"，但她实在精神不济，告别大部队，退出喧闹的书房。

谢长昼仍然没有回音。孟昭走到沙发前，突然脱了力，眼前一片漆黑，所有感觉都被放得无穷大，被排山倒海的委屈感包裹。她想哭，又不敢在这里哭。她怕弄脏别人的沙发，也怕别人问她发生了什么事。但是，他到底怎么了？为什么……连消息都不回。

孟昭在黑暗中沉思，不知道过去多久，突然有人从后面轻拍了拍她肩膀，继而是一道温和低沉的男声："哭了？"

孟昭看清来人，是J先生，她抱歉道："不好意思，让你见笑了。"

顿了顿，她憋红耳根，又小声补充："……没哭。"

J先生笑起来："我要出门给未婚妻买止痛药，一起走走吗，孟昭？"

车子平稳驶出小区，时间已经不早，夜色沉沉。J开车不快，很稳，目视前方，十分专心。两人沉默很久，孟昭倒也没觉得尴尬，反正她跟对方不熟。但她想了想，又有些好奇："您记得我的名字？"

"嗯。"J先生笑了下，平静地说，"你跟同学比稿，我看到了你的设计，觉得作品很不错，所以记住了作者名字。"

孟昭心花怒放，低落的情绪稍稍舒缓了一点："感谢夸奖。"

J先生随意问："刚分手？"

孟昭赶紧解释："不是，我室友开玩笑的。"

"真相是？"

"我跟未婚夫异国，他回国了。"

"这样。"J先生笑了笑，没有再往下问。

车子驶离街区，来到药店。夜色凉凉，J先生很快去而又返，换了条路回家。

一路上,好几次,孟昭以为他要跟自己说什么大道理,但完全没有。他并不健谈,似乎对这些八卦没什么兴趣,路上聊了会儿建筑,聊了会儿学习,也没再说别的。

返程经过布鲁克林大桥,车速渐渐慢下来。大半夜的竟然堵车,远远望去,车流形成长龙,余光之外,温柔的灯火在水上漂浮。

孟昭降下车窗趴上去,刘海被夜风吹乱,不知道是想到什么,没头没脑地,喃喃道:"我好想我未婚夫,我跟他第一次见面,就是在一座……跟这个有点像的桥上。"停了停,她又纠正,"不对,应该说,他第一次告诉我真名是在桥上。"

J先生笑笑:"你们很早就认识?"

"嗯,十多年了。"孟昭回头,"J先生,你家在中国的哪里?"

"南方。"J先生说,"也有桥。"

"啊,上海?"

"广州。"

孟昭愣了下,惊喜:"我们竟然是老乡?"

J先生似笑非笑,看她一眼,视线又移开。

"猜到了。"他轻声道,"在饭桌上,听你说话,能听出一点。"

难怪他会注意到自己。孟昭忽然对他备感亲切:"那你也是在北方读书,然后到国外来工作的?"

J先生点头:"对。"

孟昭恍惚想起,室友说过,这位甲方,是学计算机的。

她张张嘴,试探着小声问:"五道口……工程技术大学?"

跟对暗号似的,J先生笑意飞扬:"我们不是校友,我在你对面。嗯……圆明园,职业技术学院。"

孟昭微怔,兴奋起来:"那也可以算半个校友!"

五道口,圆明园,代指中国地位最高的两大学府。

两所高校在一条路上,遥遥相对。车流挪动缓慢,孟昭的注意力被他吸引,好奇:"那你现在就一直待在国外?一个人异国他乡,不会想家吗?"

J先生不置可否:"我有未婚妻。"

"也对。"孟昭思索半秒,嘀咕,"如果半年前,我未婚夫没有回国,我现在应该也每天都挺开心的。"

"你们已经分开半年了？"J先生笑着摇头，"异国半年，你还这么笃定，觉得你们会结婚？"

"为什么不？"孟昭睁圆眼，"我很爱他，他也爱我。"

J先生唇畔笑意未消，又摇摇头："他给过你什么？"

"给过我……"孟昭被问得愣了一下，理所当然，"爱情呀。"

J先生望着她，眼神很深，停顿几秒，笑着移开目光。

他似乎不欲多谈，前方拥堵稍稍缓解，他淡淡道："挺好的。"

车上重又陷入沉寂。J先生换了张CD，钢琴曲变成小提琴曲，悠扬的曲子在空气中飘荡。车子行驶出去一段路，孟昭忽然有点沮丧："好吧，我室友也一直说，我未婚夫，大概率是不想再跟我在一起了。"

"但是……"她又微微地皱眉，"我觉得，他是爱我的。"

总有人问她，他有没有给你留下什么，有没有送你什么，有没有什么，摸得着看得见的东西。是不是没有？那他可能，没有你想象中那么爱你。

但孟昭觉得，不是这样的。她现在去想，自己似乎从未在谢长昼那里得到过纯粹的所谓"宠爱"，两个人为数不多以恋人相称的时光里，他把她当作一个人。一个女人，而不是一个女孩。他教会她怎么跟男性相处，怎么表达诉求，直面欲望。即使此后他不在她身边，他留给她的一切无形的东西，足以让她独自面对社会丛林中的每一场暴风雨。

这才是真正的"痕迹"。我爱过你，我尽力了。此后你独行山川，拥抱的每一阵风，踏过的每一条河，都是我与你，共同走过。

孟昭想要的东西从来就不多，但她贪心地想要谢长昼所有的爱。

J先生单手握方向盘，长久地沉默着。很久后，他突然说："我不知道，只是在想，你在北京的那些年有没有见过初雪？"

"北京的初雪，一般都很短暂，雪留不住，就薄薄一层。"J先生停顿一下，说，"一片雪，一朵花，一枚落叶。它们存在的时间，就是我理解的，'爱情'存在的时间。"漫长的车流，在远处汇成长长的光带。

孟昭屏住呼吸，听他说："一生一世，可能比我们想象中，更加短暂。"风从河上来，吹入狭小的车内。

孟昭怔怔的，J先生有些抱歉地笑道："不好意思，不该跟你说这些。"

孟昭正要摇头，车内响起"嗡嗡"的手机振动声。

J先生回头看了眼："是我的手机，我够不到，可以帮我把后座的手机和钱夹一起拿过来吗？"

孟昭回过神，连忙："好。"她放低座位，伸长手臂，去够后座的钱夹。就那么电光石火，一个瞬间，她的视线漫不经心地转过去。

车内光线昏暗，她的手指只攥住钱夹一角，夹子顺势打开，夹在里面的剪了角的身份证，被光一照，正正映入她眼底，孟昭一愣。

J先生接过手机和钱夹，轻轻道了声谢，手指一滑接通来电。

他声音很低，温柔缓慢："我很快就回去。"

孟昭愣愣地望着他，后面他再跟未婚妻说什么，她都听不见了。好像一瞬间坠入深海，彻底失去了听觉。

真的有巧合吗？世界上，怎么可能，有这种巧合？他的名字、他的姓，都不常见。她在异国他乡，有可能遇到一个同名同姓的人吗？

安慰完未婚妻，他挂断电话，车仍堵在桥上。J先生无可奈何地摇头，一抬眼，却见孟昭怔怔地还在盯着他看。

他失笑："怎么了？"

孟昭脑子"嗡嗡"响，喃喃着问："你中文名，叫焦臣杭？"

"是啊。"他问，"你认识？"

孟昭有点难以置信，鼻尖被风吹得泛红，说话一急，不自觉地磕巴起来："你，你是P大毕业的，南方人，学计算机？你……"

J先生挑眉："都对，怎么？"

"你认不认识……"孟昭张张嘴，声音发涩，"钟颜？"

这一瞬间好似有一秒天崩地裂，她在焦臣杭眼中，看到肉眼可见的惊愕。

"我……我有一张照片，你认不认识，这个人？"

明明不该这么做，明明是跟她没关系的人，明明……

可孟昭像是中了邪一样，打开背包，疯狂翻找，从背包夹层里，取出一张卡片，递给焦臣杭。

霜白月色下，异国他乡，他沉默着，单手接过，然后垂下眼。四方卡片，上面的少女长发绾起，穿白色婚纱，安静地站着，朝镜头微笑。据新闻说，钟大小姐的婚纱设计图出了十六版，最后从中选了六版，十二个工人加急赶工，才在今年初夏之前,赶出这其中一条。巨大的鱼尾缀满珍珠,知性温柔,又璀璨夺目,价格高得令人咋舌。

微风吹动焦臣杭衬衫的衣领,他看着照片,陷入长久的沉默。

孟昭犹豫一下,忍不住:"这照片,是几个月前,她寄给我的。"

确切说,是寄给谢长昼的——钟颜婚期将近,邀请好友们观赏她婚纱,给谢长昼的照片寄到了查尔斯河畔,被孟昭收到了。

"嗯。"焦臣杭低低地,说,"我认识她。"

停顿一下,他谦逊地低声问:"这张卡片,可以送给我吗?"

孟昭用力点头:"可以的。"

"谢谢你。"他声音温和低沉。下一秒,他手指用力捏住照片边缘,几下撕成碎片。寂静的夜色中,他背后灯火流动着,布鲁克林桥在沉寂天色下发出模糊的光。孟昭屏住呼吸,焦臣杭降下车窗,松了手。

漫长的车流中,桥上的灯光在黑夜中连成遥远的光带,像一部陈旧的电影。那些记忆,时光,随着他的动作远去飘扬,消失在风里。

他收回视线,声音依旧低沉温和,表示抱歉道:"不好意思,我有点失态。"前尘往事,唯有如此,才能过去。

"她也要结婚了,对不对?"虽然人在国外,但他频繁看到国内的新闻,各大媒体争相推送,这一场世纪婚礼。

据说钟颜要嫁给一位商业巨富的次子,他也偶然在新闻中,瞥见她挽着那位的手。她那么张扬跋扈的一个人,竟然也有典雅温和的一面。蓄起长发,白裙曳地,眉眼平淡,演技不似当年初遇时拙劣。

焦臣杭想,他都没看到她为他穿一次婚纱。以后余生,也不会再有机会。你以为是开始的,在初见时就结束了;你以为是你拥有的,在相遇之前就被剥夺了。北京初雪,长安街上他回头看时也不知道,那已是他和她的全部。

前方事故解除,车子终于可以加速。焦臣杭升起车窗,低声道:"我也要结婚了,孟小姐。"

"什么时候?"

"今年年底。"微顿,他平静道,"如果有机会,请你也带着未婚夫,为我们见证。"

纽约东河吹来的风,拂乱孟昭的刘海。车从布鲁克林大桥上过,底下是滚滚河水。孟昭攥着手机,眼前模糊一片。

被清凉的风吹着,她恍惚间,好像回到二〇一八年的盛夏。谢长昼带她去阿拉斯加看极昼,两人牵着手,沿着海岸线走。极目远眺,两片海域呈现两种颜色,由于密度不同,它们紧密相拥,但永不相融。

她忽然觉得奇怪:"百年好合,指的到底是什么?"

谢长昼说:"就是百年之后,两个人合葬在一起的意思。"

她问:"我们会葬在一起吗?"

"会的,我们会一辈子在一起。"

"那是多久?"

他说:"到我死去的那一刻。"

孟昭低头,看着手机上向旭尧发来的"二少现在脱离危险了",忽然明白。她其实从来不曾真正拥有时间。

她的爱情,跟壮阔的、亘古的事物比起来,是多么微不足道的存在。

孟昭像个走丢在异国的小孩,突然大哭起来。

上天啊,难道你不知道,我很爱他。

谢长昼并不是接受治疗,他在接受抢救。早在几个星期前,孟昭就很怀疑他的行踪。他不回她消息,向旭尧那边也一直神神秘秘遮遮掩掩,明明几个月前,她还在新闻上看到谢长昼跟谢竹非起争执,媒体看热闹不嫌事大说他们兄弟阋墙——但这些消息,最近几个星期,都消失了。

谢长昼好像在媒体眼中凭空蒸发了一样。老谢总尚未卸任,孟昭并不觉得他们家内部的争斗都结束了。那么,谢长昼的消息突然全方位中止,只能是,有人对这些消息进行了拦截,或是买下来,或是掐断了。

直到今晚,孟昭收到向旭尧那条"二少现在脱离危险了"的短信,她此前的一切猜测都得到坐实:谢长昼真的有事。

他大概率一直在生病,且病得不轻。

"阿旭。"孟昭在布鲁克林大桥上哭了一路,回到住处,情绪反而平静下来。她算了算时差,中国还是白天。

于是搬出电脑,发消息给向旭尧:"如果谢长昼真的病到了不能说话的地步,或者你们实在不方便在线上告诉我实情,我可以明天就买机票回一趟香港。"对方许久没回复。

向旭尧的电话仍旧很难打通,他口袋里装着三部手机,忙得焦头烂额,不断有电话接进去,又不停地有人打断他。

孟昭干脆先去洗漱,卸了妆洗了脸,平静地回到桌前,半躺在椅子上,翻看明日回国的机票。看没一会儿,向旭尧的电话打了过来。

她接起来,向旭尧温和平静的嗓音在那头响起:"昭昭。"

孟昭闷声闷气道:"阿旭。"

"你收到我的短信了吗?"向旭尧好像刚刚跑了一段路,微有些气喘,说道,"不好意思,我实在太忙了,一直没顾上给你回信,也没跟你说最近的情况。你今天早上给我打电话时,二少犯病正在接受抢救,现在没事了。"

孟昭不说话。向旭尧以为她信号中断:"昭昭?你在听吗?"

"你确定,只是犯病被抢救?"孟昭有点苦笑,扶住额头,"去年他回国时,跟我约定,做完手术一年后见。但满打满算,从做完手术到身体康复,根本不需要一整年的时间。他十一月初回国,十二月底就失联了,一直到现在,我都找不到他。"

孟昭心里其实早有猜测,她只是不敢往那个方向想。但今晚,焦臣杭开车路过纽约东河,她忽然非常、非常地,想要一个答案,怎样都好。

向旭尧陷入沉默,他有些头疼,不知道该怎么讲述这半年来发生的事,哪些能说哪些不能说,本来也不是他说了算的。他试图蒙混过关:"昭昭,其实二少回香港之后,就一直……"

孟昭屏住呼吸,等了一阵,忍不住:"就一直什么?阿旭?"

一段短短的杂音,她听见向旭尧跟话筒隔着一段距离,低声说:"好,知道了。"下一秒,他叫她,"二少醒了,你要不要现在跟他说说话?"

孟昭一颗心明明已经从九万尺高空狠狠砸下无数次,没想到事情到这个地步,竟然还有转机。"我……我可以吗?"再开口,她的声音不自觉地发抖,"他现在……现在,能跟我说话吗?"

向旭尧点头:"可以的,只是需要控制时间,你等等,我把电话拿给他。"

孟昭用力屏住呼吸。

向旭尧没挂电话,隔着无法估量长度的电磁波,她听到他换鞋套"窸窸窣窣"的声音,护士为他开门,低声嘱托:"注意点时间。"

向旭尧说:"好的,辛苦了。"他走进去,将手机放在谢长昼脸旁。

孟昭看不到那边的状况,手机似乎碰到导管,传回极其轻微的"咔嗒"声。下一秒,谢长昼低沉的、微哑的嗓音,跨过遥远的时间与空间,落到她的耳边:"昭昭。"

他声音很轻,胸腔像是受到压迫,呼吸声很重。她一时间无法判断他是没力气还是没睡醒,也或许仅仅是麻药的药效还没有过去。

他呓语似的,吐字有些费劲,带着一点笑意,问:"你有没有好好吃饭?"孟昭眼眶发热,眼前忽然又开始模糊。

她有千百个糟糕的念头和想法,在这个瞬间——这一秒,全都像今晚倾泻的情绪一样,就这样蒸发掉了。

"没有⋯⋯"孟昭声音里不自觉地,浮起哭腔,"我没有。"

眼泪不受控制地掉下来,她小声哽咽:"昨天晚上,有甲方请我们吃中国菜,在他家他包了饺子,每一个饺子里都包着两只虾仁,但我就是吃不下。"

她停顿一下,听到他沉重但有规律的呼吸声,低下头,泪珠一颗一颗掉下来,"啪嗒啪嗒"掉到桌子上。

"谢长昼。"泪珠一颗接一颗,她委屈得像弄丢东西的小孩,难以克制,大哭起来,"你不在这里,要我怎么好好吃饭。"

谢长昼胸膛起伏,呼吸声从那头传过来。他停顿了好久,轻咳一声,低低笑道:"你别⋯⋯别哭了。我心疼,又没办法哄你。"

他声音很轻,像是不太能说得动话,有些吃力,几乎是一个字一个字地往外吐,但仍然透着笑意:"我现在实在是,没办法长时间坐飞机。可能,下个月就好了,到时候⋯⋯"

"到时候就来找我?你又开始给我画饼了,我俩分开的时候,你还说,会一直跟我保持联系的。"孟昭哇哇大哭,"谢长昼,你不是回去做手术的吗?你怎么把自己弄成这样!"

"我以为你死了⋯⋯"她哭得语无伦次,"我⋯⋯我刚刚给阿旭打电话的时候,他还骗我,他说的话前后都不一致,干吗骗我啊,我以为你死了!"

她声音比刚才大,向旭尧将手机稍稍撤开了一些。谢长昼苍白手臂吃力地抬起来,固执地扣住他的手腕,无声地示意他:放回去。

向旭尧又给他推回脸旁,谢长昼意识不是很清醒。

最近半年太频繁地做手术，让他的身体比以往任何一个时刻，都更加容易感到疲惫。他没有力气，也不知道怎么跟孟昭讲述，过去半年发生的事。

一开始，十一月初，他回到香港，确实是打算休养身体，准备手术。

但谢竹非和祖父都以为他跟孟昭分手了，又起了别的念头，仍然希望他能找个人完成家族联姻。他一直不置可否，不赞成，但也没再跟他们起剧烈的争执。直到某个深夜，他躺在阳台上星空下，被照耀在泳池水光上的月色刺痛眼睛，看到孟昭白天的留言——她在哈佛参与了一些从没见过的新项目，每天都有新启发和新想法，她跟他讲学校的经历，兴奋得像第一次吃到糖的小孩子。就那么个瞬间，谢长昼忽然觉得，非常恨。恨自己沉疴久治不愈，恨身边的人明明已经拥有很多，却永不知足。

人的欲望没有止境，他退后半步，别人就会拿着诱饵跟进半步，诱惑着问他：你不想要吗？这是很好的东西，大家都是这么过来的，你再退一步，就能把手中所有资源的利用率发挥到最大。

谢竹非和谢晚晚，就是这么一步一步地退后着，妥协的。谢长昼意识到一些错误。在过去很长一段时间，他都认为家人之间不可分割，跟谢竹非或祖父站在一边，大家属于同一个阵营，就会拥有相同的利益立场。

但事实上，哪怕同一阵营，他们也会有意见相左的时刻。他跟家人关系紧密，但并不意味着，他必须像谢竹非和祖父那样活。所以，他需要的是更大的话语权，以及能跟谢竹非，甚至祖父，抗衡的力量。

为了让孟昭可以好好地留在他身边，他将原定的手术日期，往后推了两个月。然后，毫无征兆地以一种极其强势的姿态，与谢竹非对立起来。

家族内部本来就正处在划分阵营的混乱时期，祖父底下好几个亲信原本就是谢长昼的人，他这么一搅和，把谢竹非原本的打算全打乱了。

谢竹非以为谢长昼和孟昭已经分手，谢长昼干脆顺水推舟，逐渐降低了跟她联系的频率。他一旦下定决心，下手速度比谢竹非还要快且狠。

这场小范围的高层动荡终结在年底，尘埃落定的新年夜，谢长昼的身体在连日高负荷的工作压力下不堪重负，在家中犯病昏倒，被送到医院抢救。

医生想按原计划给他换瓣膜更换手术，但他身体条件太差，并不是做手术的最佳时机，只好在医院休养。

一直等到过了年，一月底二月初，才更换了机械瓣膜。按理说这手术很成熟，恢复期顶多一个月，可他硬生生多花了一倍的时间，才能下地行走。

中途有很多次，他想跟孟昭说一声。可是，说了又能怎么样。

他术后反应比别的病人都要大，三五不时眼前一黑，睁眼就又在特护病房。香港到波士顿的直飞航班要十几个小时，他现在的身体，根本坐不住。

他没法去找她，如果这些事情全告诉孟昭，她肯定会立刻赶回来。

但是，然后呢？然后他要她放下学业，一直留在香港，陪着他康复吗？

光线昏暗的病房内，谢长昼沉默良久，自言自语似的低声说："也不怪你，有好几次……我也觉得，我应该是要死了。"

做手术的前一天下午，他连日昏沉的脑子忽然清醒了。病房里阳光融融，他情绪平和，呼吸顺畅，明明前一天才犯过病，一觉醒来，却觉得浑身上下充满力量。南方入冬，窗边树木也秃了，一树枯枝。

他愣了一会儿，忽然反应过来，脑子里浮现这样的念头：以前家中老人去世，似乎也会有这么个阶段。在他们嘴里，这是不是叫，回光返照。

他让赵辞树陪他去青檀寺。

开快车也要三个小时，且上山没有车行道，只能走上去。赵辞树觉得，以谢长昼的身体情况，可能还没走到山脚，就要被拉去急救。然而谢长昼只是望着窗外枯枝，沉默一会儿，哑声说："我今天，可以走。"

赵辞树犹豫："但是……"

"辞树。"谢长昼抬眼看他，唇角没有血色，近乎郑重地对他说，"我们认识这么多年，就这一件事，算我求你。"

南方寒冬已至，山顶朔风凛冽，谢长昼撑着手杖向上走，直到很久以后，也不太能想起，当时的自己是怎么爬到了山顶。

寺前一百零八级石阶，他觉得，那是他能为孟昭做的最后一点点事。

他很早就写好遗嘱并给律师做过公证了，北京那套粉色房子是她的，POLAR也是她的，他想给她的远不止这些。但站在寺前，被佛祖垂眼望着，他又觉得，好像只能如此了。

这一生岁月漫长，动心只是一瞬间的事。她留给他的，是很多年的思念，和很多年的耿耿于怀。到头来，仅仅是留不住，仅仅是意难平。

病房里夜灯光芒弥散，谢长昼的思绪飘忽着，游移着，忽近忽远。

孟昭哭了一会儿，后来似乎又跟他说了一些话，但他的注意力开始涣散，开不了口，没有回复。

护士敲门走进来，提醒向旭尧时间，向旭尧连忙躬身，拿起手机："昭昭，二少得休息了。"他话音刚落，谢长昼的手再一次艰难地抬起来。

向旭尧会意，连忙将手机听筒靠近他的脸。

"昭昭。"谢长昼缓了缓，撑着最后一点精神，哑声说，"我休息一下，会来找你的，你别怕。"

孟昭擦干眼泪："你别来找我了，我去找你吧。"

谢长昼没接话。他失去力气，手却没有放下，很久很久，哑着嗓子，低声道："昭昭。"

他说："极昼又快要来了。"孟昭再一次涌起想哭的冲动。

她说："我知道，谢长昼。"

极昼将至，你我的长夏，永不凋零。

六月初，孟昭回到波士顿，飞快地处理掉手上的学习和工作，实在处理不掉的，她疯狂找人交接。六月中旬，她跟导师请了假，想要订机票回国。

二〇一九年夏天，孟昭回国，检查比以往都要严格。她无法直飞香港，连广州的票也没抢到，只能先回北京或者上海。

谢长昼放不下工作，身体断断续续地出问题。七月，他坐在书房里，跟孟昭打视频电话。南方夏季热得要命，他似乎毫无感觉，在室内仍穿着长袖，窗外高大的樟树绿意盎然，摇曳的树影投射在桌上。

他唇角仍没什么血色，问她："你想不想先回北京？我去北京等你。"

广州到北京也要三个多小时，孟昭摇头："你能不能别动了？在原地坐着等我就行。"

"我明明已经做过手术了，医生也说，之后会好。"谢长昼唇角微绷，对她的回复显然不满意，"你不相信医生说的话？"

那倒真没有，孟昭心想，主要是上一次在澳门做瓣膜修复，他也是这么忽悠她的。实际呢，实际医生跟他说的压根儿不是会好，而是：你要尽快考虑置换瓣膜。可谢长昼这个人比她还轴，不到最后一刻，死都不进手术室。

他现在的确要长期服药，终生抗凝，但是，总比死掉好吧。

孟昭舔舔唇："没有不相信，我就是……"

她眼巴巴:"我心疼你啊,不想让你再奔波了。"

谢长昼唇角微动,风轻云淡地笑了笑,很吃这一套:"行,北京见。"

孟昭最终还是订了返京的票,这一路走得磕磕绊绊,回国的检查比她想象中还要严格一些。十几个小时后,飞机穿破云层,在北京大兴机场降落。

谢长昼本人出行不便,叫向旭尧亲自来接。时隔一年又踏上这片土地,孟昭心里感慨万千,连北方的风都让她感到轻盈。

车子驶入城区,到东三环,开进粉黛子生长的小区。孟昭愣了下神,距离她第一次来到这里,竟然已经过去整整两年。白色的房子一点没变,门虚掩着,然而两年前,这还是一扇,将她拒在外面的门。

她上前一步,推开,在玄关放下行李箱,脱了外套换好拖鞋,缓步走进去。客厅巨大的落地窗正对后院漫山遍野的粉黛子,越往内,光线越明亮。好像冥冥之中被什么东西吸引,孟昭透过落地玻璃窗,看到后院的建筑,坐落在盈盈茸茸的粉色植物中,拱形门承接午后阳光,高高低低的植物簇拥着吧台,像误入大型的纪念碑谷游戏,如同进入乐园。

孟昭走到落地窗旁,用力推开玻璃门。盛夏燥热的风迎面而来,带起她柔软的刘海。她的呼吸忽然变得急促,沿着粉黛子丛中的鹅卵石小径向前走,走着走着,她忍不住,跑起来。

建筑光景——后退,明媚的阳光下,好像连时光也在倒流。

她想起父亲去世后,母亲改嫁,她被继父要求改名跟他姓"钱"。她不愿意,周末在东山口书房,想到这件事,难以忍受,躲到书柜后哭。谢长昼路过,听见了,伸手将她拉出来。

高大的青年半蹲下身,用拇指给她擦眼泪,听她说完前因后果,有点讶异地笑笑:"就这么点儿小事,哭成这样?"

孟昭眼尾红红,泪珠"啪嗒啪嗒"地往下掉。

谢长昼居高临下,宽大的手掌停留在她额头,慵懒地拍了拍,沉默两秒,低声说:"不过,我说,朝夕……要不,你别改姓,我给你改个名字吧。"他笑得漫不经心,说话却十分狂妄,话里话外自信十足,"改个跟我一块儿的,出去了,别人就都知道你是我的人了。"

孟昭向前跑,北京的风,将她的黑色长发高高扬起。时光之中,她听到遥远的十余年前,谢长昼在说话。那时他二十多岁,声音清亮,不疾不徐,如同盛夏的阳光，一寸寸落下来："你看。"

他倚着书架，姿态闲适，随手拿书来翻，一句句，读得字正腔圆："昼，参诸日中之景；夜，考之极星，以正朝夕。贤者以其昭昭，使人昭昭——你就叫孟昭，行不行？"

她生命里所有夏天，不如那与他相遇的那一个，来得真切热烈。他是她生命的不可重复，无法战胜的盛夏与旧时光。孟昭气喘吁吁，停下脚步。白色的建筑之下，粉黛子随风摇曳，余光之外，全世界都被阳光映照得暖融融。

她转过拐角，终于看到熟悉的人影。他穿一件寻常的浅色家居服，身形修长如同青松，坐在轮椅上，膝上盖着浅灰薄毯，仍能看出双腿修长。

孟昭屏住呼吸，走向他的每一步，都虔诚得像是在朝圣。

这些年来，她常听人说，跟某人在一起，最最快乐。但对于她来说，谢长昼从不是她的"最最"，因为没有人可以跟他比拟。与他在一起的时间，是她人生中所有快乐的时间，仿佛待在一个只属于她的乐园。

耳边风声都变慢了，孟昭停在他身后，轻声叫："谢长昼。"

他不在她身边的时候，她没有快乐过。有他的十年，是她人生中，最好的十年。奔腾热烈的阳光之中，谢长昼身形微顿，放下水管，转头，看过来。

四目相对，他望着她，双眼沉静，又清澈见底。这漫长的一眼，跨过两人初识、分开、重逢的十余年。

喜欢从来只是开始，是爱永不落幕。谢长昼望着她，忽然徐徐笑开。

他朝她张开双臂，轻声说："昭昭，欢迎回家。"

—正文完—

番外一 谢先生

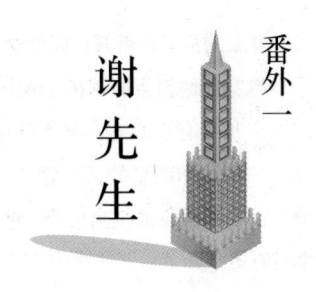

孟昭回来的时间不前不后,刚过午饭的点,又还没到晚饭的点。下午三四点,两个人坐在花园里聊了会儿天,夏日和风徐徐,天光还很亮。

向旭尧怕谢长昼吹风吹久了头疼,没多久,来叫他进屋。谢长昼索性坐直身子,摇头叹息:"我还没到七老八十,大夏天的,坐在室外也不行。"

向旭尧犹豫了下,转头看孟昭。孟昭当然不会犹豫,推着他的轮椅转身就走:"我们去里面吧,正好我困了,你看着我睡一会儿。"

谢长昼擦擦手指,侧过头问她:"你今年多大,睡觉还要人看着?"

孟昭不假思索:"你如果不想,我去让别人看着我好了。"停顿一下,她补充,"我去换个会包饺子,并且在每一个饺子里都包两只虾的人。"

也不知道是不是冲着她这句话,孟昭小憩期间,谢长昼一步也没离开。她太久没睡安稳觉,十几个小时的航班又耗尽精力,这一觉睡了很久。从下午到晚上,再醒来时,太阳已经完全落下去。孟昭迷迷糊糊的,一边打着哈欠揉眼,一边嘟囔着去摸自己身边的床:"谢长昼。"

空间不大,她稍往他那儿挪了挪,就碰到他结实的胸膛。

谢长昼半靠在床头,攥住她的手,顺势亲了亲:"嗯。"

床头传来轻响,是他将刚拿起来的手机又放了回去。他应了声,嗓音低低的,带点儿笑意,有些哑:"醒了?"

"真的是你啊。"孟昭不太清醒,连眼睛都没睁开,本能地凑过去靠到他身上,嘀咕道,"我以为我又在做梦。"

"嗯?"谢长昼抱住她,挑起眉,"不是我,还能是别人?"

"我老是梦见你。"孟昭好像根本没有听他在说什么,将脑袋埋在他怀中,挑了个舒服的位置，就开始碎碎念，"但是你不在，又不回我消息。"

她穿着他新买的睡衣，整个人热乎乎的，像一朵柔软的棉花糖。

谢长昼有点心疼，又不知道说什么好，拍拍她的脑袋，低声说："我错了，我不该不回你消息的，不管什么情况，我都该告诉你。只是当时，我实在是……啧。"猝不及防被碰到某处，他倒抽一口气，半明半昧之中，漫不经心的眼神一瞬变得有点危险。

谢长昼盯着孟昭看了两秒，两只手落在她肩膀上，将人从自己身上揪起来，嗓音低哑，一字一顿："你掐我哪儿？"

孟昭柔软的黑发垂在胸前，刚睡醒，头发有点毛，眼睛终于睁开了，黑白分明的，透着点无辜的水汽，被他的动作一弄，她的睡衣领子垮下去，半截白皙的肩膀露出来。她舔舔唇，慢吞吞道："你疼啊？那太好了，那你是真人，不是假的。"

谢长昼深吸一口气，手臂用力，将她整个人提起来放到自己怀里，声音低哑道："你过来。"

孟昭下楼吃饭，已经是晚上八点半之后的事情。

晚饭是阿姨包的饺子，早在两小时前就做好了，谁也不知道谢长昼他们俩为什么一直没出现。向旭尧觉得他们久别重逢，可能有不少话要讲，而且要是出事了，孟昭一定会叫人，所以也没管他们，只交代了两句，便离开。

孟昭乖巧地坐在凳子上，不断地点头，等人走后，开始吃饺子。家里阿姨得到谢长昼的授意，将饺子包得很大，她一口咬下去，咬到饱满新鲜的虾仁。是刚刚出锅的，还很热，她小心地吃完一个，身后传来电动轮椅低低的声音。孟昭背脊绷住，谢长昼在她身后停下，一只手摩挲指环，微眯着眼盯着她看了会儿，散漫地问："阿旭走了？"

孟昭警惕地往旁边挪挪，不想被他从背后盯着："嗯。"

谢长昼注意到她的小动作，失笑，索性又往前走了几步，停在她身边。

他穿一件偏米色的格子衬衫，非常居家，很随意地敞着领口。但由于肤色太白，且喉结上的吻痕过于明显，整个人都透出一种散漫的，有点痞气的纨绔感。他掀起眼皮看她："他走了，现在我可以出来了？没有外人，你就可以假装，我俩刚刚，什么也没干了？"

孟昭："……"她确实有些愚蠢。

像那种遇见危险会把头埋进沙子的鸵鸟，觉得只要两人不同时出现，向旭尧就不会觉得，他俩做了什么。孟昭短暂地负气，不想跟他说话。

她闷声不响，咬开第二个饺子，带热气的汤汁一瞬流进口腔，她被小小地烫了一下，赶紧伸舌头。

谢长昼看到她吐舌头，微皱一下眉，转身去帮她拿冰块："你怎么一天到晚傻乎乎的。"

"不用冰块……"孟昭也没想到这一下烫得这么狠，她被烫出了生理性眼泪，嗓音也不自觉地变了调，"没那么夸张。"

谢长昼已经拉开冰箱二层，将用来调酒的蓝莓冰球拿了出来，转身控制轮椅，回到她身边。孟昭有些不自在地看着他。

餐厅打的是顶灯，她在明他在暗，一眼这么看过来，小女孩脸颊白皙，脂粉不施，仿佛玉石，连一个毛孔都没有。

她不让他在她脸上留痕迹，他连"种草莓"都只能避开她的脖子，但这姑娘今天是不是有点上头，逮着他的脖子啃。

谢长昼一言不发地凑过去，微眯下眼，伸手捏住她往后缩的下巴。

他手腕稍稍用力，迫使她张开嘴，然后，好像看到什么不得了的东西似的，轻笑一声，坏心眼地低低地道："你知不知道，为什么会被烫到？"

他的声音好像蛊惑，孟昭下意识觉得他说不出什么好话，不搭腔。

"因为，嘴唇里面。"他徐徐道，"破皮了。"

"……"她想往后退，退不开。

"为什么会破皮？"谢长昼拆开冰格，用小镊子夹一颗，放到她嘴里，低声，"哦，是被我亲的。"他说着就凑上来，在她唇角又亲了一下。

这一下很轻，碰到她唇尖带寒气的冰球，他哄她似的低低说："来，再亲一下，就不疼了。"

四下寂静，没有旁人。他的亲吻蜻蜓点水，热气一触即离，但人并没有立刻离开。高挺鼻梁依然碰着她的鼻尖，眼睛明亮，小小的火焰有燎原之势。

孟昭嘴里含着冰球，寒气慢慢绽开，唇齿间的痛感的确有所减轻。只是被他盯着，她脑子不自觉犯迷糊。

好一会儿，嘴里的蓝莓冰球都化得差不多了，她感觉他又要靠过来，才如梦初醒，有点慌张地推开他。"我们……"她嘴唇泛着水光，不自在地退后，"不……

不亲了。"

几乎是下意识地,她想表示:我不是因为讨厌,才推开。甫一退后,她旋即就又转头朝他看了过来,很较真地补充:"等……等我吃完再亲。"

孟昭穿着居家的短袖和长裤,胸前印有一枚大大的橙子图案,长发柔软地垂在肩膀上,一双眼睛黑白分明。

她声音很小,带着一些娇羞。这次嗓子倒是没有哑,因为刚刚在楼上,谢长昼非常坏心眼地咬着她的耳朵,漫不经心地低声喃喃:"这房子隔音没那么好,叫太大声,楼下听得到。"

她就……全程咬着他的肩膀,没敢叫。然后,因为抱得太紧,整个人都要碎掉了一样。孟昭难以控制,思绪游移着飘走。太久没见面了,她的身体,还是轻而易举地被唤醒,但她觉得,谢长昼似乎变得有点不太一样。

无论是两人分开四年后复合,在雪山下;或是他陪她去读书时,在查尔斯河畔的别墅里;甚至是更早更早之前,两个人在东山口书房……他都没有,这么用力,抱着她时,好像非常担心她消失一样。

今天黄昏时,她跟他在一起,几乎生出一种错觉。这些年来,她非常想确认他的存在和他的爱,但对于谢长昼来说,是不是,他其实,也非常需要确认这件事……因为孟昭也不是那种,会把很喜欢谁,一直挂在嘴边的人。

谢长昼半侧着身子看她,不太明白,她怎么一个人坐着,他什么都不跟她说,她也会突然害羞。他有些失笑,又觉得她可爱,伸手去捏她的脸:"你怎么回事,把我推开了,然后一个人坐着傻乐?"

孟昭眼睛很清澈,迟缓地眨眨眼。

"是不是在想……"谢长昼声音充满磁性,好像那种藏在海里诱惑来往游船的妖怪,但凡谁夸他一句唱歌好听,立马就会死无葬身之地。

他凑过来,哑声问:"等会儿,吃完晚饭了,要亲我哪儿?"

孟昭微怔半秒,猛地反应过来。她像一颗小番茄精,露出来的皮肤一瞬全红了,捂住脸:"谢长昼,我不是……我不是那个意思!我没想着亲你!"

她不断后撤,再撤就要撤到餐桌外了。谢长昼失笑,伸长手臂,将刚刚放在她眼前的饺子端过来,柔软的灯光从头顶打下来,他侧脸线条清俊得无法言喻。把她收拾好了,将她抱起来放回桌前,他才将筷子并起来,递给她:"行了,不折腾你了,赶紧吃饭,再不吃要凉了。"

孟昭乖乖接过来，夹起一个饺子，咬开一点点，往混了辣椒的醋碟里蘸。夏天，饭菜凉得慢，这碗饺子还很热。她这次很小心，咬开边之后，避开了下唇被咬伤的地方。谢长昼坐在旁边，盯着她看了会儿，没再动手动脚。孟昭后知后觉感觉到饿，被新鲜虾仁的香气勾引，一口气吃掉了五个饺子。动作连贯，毫无不适。

谢长昼似笑非笑地看她一眼，默不作声转过头，操控轮椅，走向餐厅另一侧的冰箱。孟昭一边吃一边用余光偷瞄他，见他起身从冰箱上头拿出个很长的单子，从上看到下，又从下看到上，像是在找什么。

她吞掉嘴里的东西，问："那是什么？"

谢长昼说："医生开的菜单。"

孟昭本来还想伸手去夹下一个饺子，想到向旭尧临走前说的"他不能吃海鲜"，筷子一顿，忽然就觉得眼前的食物不香了。她问："你不是已经做完手术挺长时间了，现在不能吃海鲜，还是以后，再也不能吃了？"

"应该是暂时的。"谢长昼也不知道怎么解释这个事儿，他身体底子太差了，正常来说换完瓣膜身体应该一天比一天好才对，可是他二月换完瓣膜，病情一直到四五月才稳定下来，甚至四月还又因为工作的事情，被气得进了两次ICU。"总之。"他说，"先按照医生的嘱咐，吃吃看吧。"

医生给了很详细的单子，拿去给家里的阿姨熬粥。孟昭一开始都没注意到，经他一提才看见，厨房料理台上还放着电饭煲，掀开之后，里面确实是粥。虽然，原料挺丰富的，但是，孟昭还是觉得，他有点可怜。

她起身帮他盛粥，犹豫了下，问："你吃这个，要吃多久？"

谢长昼掐指一算："我已经吃了两个月了。"

孟昭嘀咕："以前不见你这么听话。"

医生早八百年前就让他戒烟戒酒了，结果呢，他一直拖着，两人在北京重逢时，他还抽烟喝酒两不误。虽然他现在确实也把烟酒给戒掉了，但孟昭就觉得，他这个人，一直挺叛逆的，从来就没听过话。

"嗯。"谢长昼从她手中接过碗，很平静地转了个方向，电动轮椅回到餐桌前，他将碗放下。他腿上还放着那张长长的单子，头也未抬，低头咬开笔盖，自然而然地在菜单上勾画，有点含混不清地答道："那不是答应过你，要活久点吗，我总不能死在你前面吧。"

孟昭微怔，两个人面对面坐着，这顿饭吃得很安静。

孟昭坐了很长时间的飞机,下午回来睡了一觉之后又被捉去卧室,体力消耗殆尽,非常需要补充能量,这一顿吃掉了在焦臣杭家里时两倍的饺子。

而谢长昼,纯粹就是用餐时间长。谢家规矩很多,他一旦开始吃饭,就非常慢条斯理,食不言寝不语,像个斯文贵公子。

虽然,孟昭知道,这人所有的斯文,都是表面的假象。他在别的地方,用牙齿咬开别人衣服上的蝴蝶结时,可完全不是这样的。

她吃掉第十四个饺子,开始百无聊赖左顾右盼时,他刚好也喝掉了最后一口粥。白色灯光下,他不紧不慢地收起筷子,将餐具归拢。

孟昭憋了好久没开口,见他吃完了,忍了又忍,没忍住,还是问:"那个,谢长昼,我能不能问你个问题。"

谢长昼没看她:"嗯?"

"我本来以为,你的身体都恢复得差不多了,没想到要求还这么严格,连吃的也要控制类别和量……那,医生有没有说,那个啥,算不算激烈运动?"她非常怕伤害到"老人家"脆弱的自尊心,措辞十分谨慎,"我感觉,那什么,是不是,也挺消耗体力的?"

谢长昼身形微顿,掀起眼皮来看她,眼睛又黑又亮,带着一点很轻很轻的笑意,好像在问:你又在说什么猪话?

偏偏孟昭的眼神殷切又坦诚。两个人四目相对。孟昭觉得,他投注在她身上的目光有点怪。怎么说呢,似笑非笑的,又漫不经心。

"你觉得呢?"许久,谢长昼轻启薄唇,缓缓地道,"还是说,你实在觉得,太激烈了,非常心疼我,很怕我做到一半死掉——"

孟昭睁圆眼,若有所思地看他,觉得自己就不该问。她一言不发,将自己的碗也收起来。

"你现在倒是很主动,下午怎么不见你这么主动。"谢长昼低声道。

孟昭忍了忍,忍不住道:"你能不能不要再提今天下午了。"

谢长昼掀起眼皮:"你先动的手。"

"你别恶人先告状,我明明就……"孟昭埋着头将两只碗放进洗碗机,耳根又红起来,折身回来,讲道理,"我明明就没有碰你!"

谢长昼坐在轮椅中抬眼看她,男人肤色白净,眼底漾着点儿灯光,周身气场清冷,看她的眼神却很温和。

孟昭一言不发地收拾干净桌子,洗了手,直直朝着后院走去。谢长昼坐在原地没动,等她走出去两步了,他才慢悠悠地叫她:"你不来推推我?"

孟昭回过头,奇怪:"你的轮椅不是电动的?"

谢长昼掀起眼皮:"你在这里,还要我自己走?"

孟昭看着他,不动弹。谢长昼胸膛起伏,像是散漫地笑了一下,自嘲道:"我在你眼里的地位,是不是越来越低了。"

孟昭舔了舔唇,有点纠结地说:"也不是,我就是奇怪,我知道你的腿一直不太好,但你有时候又表现得还挺健康的,我就忍不住想,想……"

谢长昼耐心望着她:"想什么?"

"想,你是不是,其实是可以正常使用那条腿的,只是……"孟昭一个大喘气,盯着他停顿了很久,才谨慎地表示猜测,"想要,折腾我。"

她话音落下,整个客厅都陷入静默。谢长昼长久地望着她,目光热得像是要将她的脸烫出一个洞。

他有时候不明白孟昭在想什么,偶尔表现得非常了解他,偶尔又表现得很没逻辑。她也不是不知道,他是一个自尊心有多强的人。

这样的人,如果能走,就绝不会坐轮椅。两人分别四年刚刚重逢时,但凡是要去见她,他哪怕强撑着,也绝不在她面前坐轮椅。

"昭昭。"很久,直到孟昭被他看得都有些心虚了,谢长昼才不紧不慢,声音低沉,幽幽道,"你是不是太久没见我了,所以忘了我是一个,什么脾气的人。"

孟昭用力揉揉冒热气的耳朵,转身一溜烟就跑了。她这会儿动作非常灵敏,一点儿也不是刚刚在楼上时,小声哭着让他放开自己的样子了。

谢长昼微眯起眼,修长手指落在轮椅上,他默不作声地跟上。

夏夜室外,四下宁静,蝉声不绝。谢长昼在后院搭了一个透明的星空帐篷。帐篷架子是八角形,鼓鼓的,像半颗圆形的蛋,坐落在成片的粉黛乱子草丛,里面挂着绕了一圈一圈的橙色藤球灯,到了晚上,会自己发亮。风一吹,帐篷轻轻晃动,里面的灯也跟着小幅度摇摆。孟昭和谢长昼坐在帐篷里,抬头看星星,夏天的夜晚,微风中带着遥遥花香,天空宁静高远。

天空中一弯新月,银白的月华在池塘粼粼波光中一圈圈漾开。孟昭两手捧脸,盯着天空,许久,发出叹息:"看不到星星啊,这帐篷你白搭了。"

"冬天就能看到了。"北方冬天的天空,比夏天要漂亮很多。谢长昼跟着她仰头,手臂朝后撑在软垫上,将她虚虚环在怀中,神情平淡,"或者,我们去密云看。"密云有一个观景台,天文台也建在那里,每年夏天冬天,都有很多人跑去拍星星。

孟昭愣了下,有点意外:"你还记得这个?"

那都是多久多久之前的事情了。谢长昼陪她去北京天文馆,两个人在馆内看到密云水库的照片,说以后有机会,要一起去拍星云。但这个机会后来一直没有来,久而久之,孟昭把这件事也抛到了脑后。

谢长昼失笑:"在你心里,我什么都不记得,什么都不在乎。"

孟昭想了下,还是说:"你本来就是。"

微顿,她小心地补充:"比如,你记不记得,我们在美国帝国大厦,分开的时候,我们是怎么约定的?"

谢长昼张了张嘴,没出声,被孟昭抢先一步:"我们约定,分开一年,但是一年之后,你来美国找我,结果呢?"

孟昭转过去,细白的手指戳在他胸前:"结果你刚走没几个月就失联了,你也没病到躺在床上连手指都动不了吧?跟我讲一声很难吗?你知不知道我在美国的时候特别担心你?你这个人……"她声音不大,说着说着变成碎碎念,声音一点一点低下去。

谢长昼专注地望着她,攥住她的手指。

"你这个人,是不是觉得……"孟昭抿唇,"不管我在不在你身边,知不知道你的身体情况,都无所谓。"

他那个病,可能反而一个人待着更好,听说他做完手术之后没多久就又进了两次重症监护室,原因一致,都是被人给气的。

谢长昼有点不知道该怎么解释,沉默很久,才说:"不是觉得你无所谓,是觉得,如果我的身体一直这样下去,可能反而跟你分开,比较好。"

分开的时间里,谢长昼几乎一直在纠结,犹豫。他的身体状况过于不稳定,不知道该怎么跟孟昭说,不希望她到自己身边来,又不想编谎话去骗她。他在很多方之间做权衡和选择,最后觉得,也许在一年之期来临之前,两个人都各自静一静,会比较好。反正他身边很多人,都是这么分手的。

根本不需要发生什么很严重的事,也不需要盛大的正式地分手,异国的距离是跨不过去的鸿沟,也许某天孟昭出门时突然想要一个拥抱,但谢长昼给不了,她就会想通。

听到这里,孟昭拽着抱枕,忍不住打断:"为什么不需要正式地分手,凭什么不需要?"她觉得委屈,一口气上不来,"我们明明约定好的,我们没说过要分手!"

谢长昼安静地看着她,月色之下,她的眼尾不自觉地又开始泛红,她看他的眼神非常专注,从始至终,眼里就只有他一个人。

"你如果真的想跟我分开,为什么不跟我直说?我一直在等你,等你等不到,你又不理我,我好几次以为你死了,你就是……"孟昭语无伦次,说到底,说到底,她声音又弱下去,"你就是,仗着我喜欢你比较多,才敢这样做。"她垂眼,揪住帐篷内的软垫,纠结地皱起秀气的眉毛。

谢长昼沉默了会儿,捧住她的脸:"我错了,对不起,昭昭。"

"当时……"他难得地流露出犹豫的神情,停顿一下,才说,"其实当时,在帝国大厦,我就以为,你是想跟我分手。但是,我没敢问。"

孟昭一张脸不高兴地鼓起来,疑惑地看他。

"感觉你不该会想要,跟我这么个……"他停顿好一会儿,表情古怪,有些不自在道,"年纪很大,又……身体不好的人,一直在一起。"

说出来连自己都觉得可笑。他一贯张扬,从没在什么事情上这么没底气又没自信,这辈子就那么两次。第一次,是车祸结束之后,孟昭找他分手;第二次,是他过生日,孟昭将他带到帝国大厦,没有直接接受他的求婚。

也许孟昭不那么想,但在成年人的世界中,没有一口答应,就是委婉的拒绝。他没有不相信孟昭的约定,而是不相信自己。他甚至有想过,是不是孟昭习惯了委婉的表达,她就是想拒绝自己的,只是不好意思直说。

这些问题,他在手术前手术后,思索无数遍。想来想去,想到最后,意识本来就不清醒,拿着手机听到她的语音,愈发不知道该怎么回复。

他开始拖延,一开始想等手术结束再告诉她;后来想等出特护病房就告诉她;再后来,他反复地出医院又进医院,几次游走在病危的边缘,生命好像始终停留在广州那个盛夏,他被禁锢住一样,动弹不了,也没法喊她的名字。

最后一次,他想,如果没死,一定立刻回去找她。但事实是,孟昭的行动力比他要强很多,在他去找她之前,她先回来了。

孟昭懂了："所以你，做出这些事，就是为了勾引我回国。"

谢长昼："不是……"

孟昭难得有点不讲道理："你就是。"

"我是担心，如果我死了还跟你有牵扯，我家里人，又去找你。"寂静夜色下，谢长昼停顿一下，很认地看着她，哑声说，"昭昭，我怕我这辈子太短了，保护不好你。"

寂静的夜，雾气在余光之外飘散开。孟昭被他捧着脸，感受着他手掌心的温度。他的目光落在她身上，仿佛有重量。孟昭跟他对视了一会儿，垂下眼，长长的睫毛像小刷子一样，温和的灯光落在上面。

沉默好一会儿，她问："那现在，你那枚戒指，还打算放在我这儿吗？"谢长昼稍稍俯身，吻一吻她柔软的唇角："除了你之外，我没打算给任何人戴戒指。"

孟昭又是一阵沉默，嗅到他身上清淡熟悉的气息，脑子有些混沌，偶尔感到清醒，但更多的时候，是觉得说不清。她和谢长昼之间，谁喜欢谁多一点，谁等谁久一点，谁欠谁什么，好像从来都说不清。

"谢长昼。"许久，她微歪了歪头，将脑袋枕在他手心，抬起眼看他，"其实，一直以来，不管什么事情……要不要做手术也好，要不要跟我复合也好，我觉得，你心里都有很坚定的决断。"

从某种层面上来说，他可能是一个比她更固执的人。若非如此，不会这么多年兜兜转转，放不下一个人。

"但是，你好像，在遇到跟我有关的事情时，总是会突然变得，很不坚定。"这种游移，并不是来自"要不要选择"孟昭，或"要不要将孟昭放进他的人生"，而是，"你似乎总是在怀疑，我会不会一直跟你在一起"。

夜色沉寂，谢长昼眼底微动，几乎情难自禁地朝她的方向稍稍挪了挪。他抱着她的肩膀朝后靠，两个人双双栽倒在软枕上。

头上是看不见星河的夜空，孟昭顺势倒在他胸口，她抬眼看他，很认真地思考了一下，声音柔软坚定，眼睛亮亮的："我们把证领了吧。"

谢长昼微怔，眼中有一瞬惊愕，旋即是巨大的惊喜："你再说一遍？"

"我不要。"孟昭翻个身从他怀中挣脱出去，揪住旁边的棉花糖抱枕捂住脸，露出来的耳垂出卖情绪，偷偷变红。

她闷声闷气道："为什么告白是我主动，复合是我主动，结婚也是。"

她穿着材质柔软的短袖家居服，白皙的手臂露出来，像一朵棉花糖，在软垫上滚来滚去："我不要说第二遍，谢长昼，你偶尔也该主——"

后面"主动点吧"几个字没说完，谢长昼就伸长手臂揽住她的腰，将她拖进怀里，低声道："我也不是没主动过，第一次告白，是我主动提的。"

孟昭耳朵一动，停止挣扎。她头发被刚才的动作弄乱了，黑发之下露出来的耳垂白皙如同上好的玉石。她放下棉花糖抱枕，回过头，有点匪夷所思："你在说什么？"

"第一次……告白。"谢长昼微抿了下唇，一直就有点犹豫要不要说这件事，"是我先提出的，不是你。"

孟昭抱着抱枕，思考三秒，猛地反应过来，睁大眼："你不会是……"

谢长昼神情有些不自然，嗓音微哑道："当时，你喝醉了，我问你，要不要跟我在一起，你说，考虑一下。"

他本来以为，孟昭醒了之后，多少会有点印象。结果这姑娘真的醉得特别彻底，他明明一直叫身边人看着她的，她也没喝多少。

十来度的鸡尾酒，她总共喝了不到一杯，后半夜就醉得连路都走不动了，坐在那里，一晚上背了五遍《出师表》。他本来想让钟颜她们带她去休息，结果这小孩路过阳台，看到他，突然撒开钟颜的手，就跑了。

也是这么个看不见星星，又有点躁动的夏夜。空气中蔷薇花香馥郁，后院泳池波光粼粼，映着洁白的月光。他靠在阳台的黑色围栏上，刚点上烟，手指间白烟甫一飘散，就被人从后面死死抱住腰腹。

谢长昼回神，看到耳根红红的孟昭。她穿一条细吊带连衣裙，颜色很浅，带一点点橘，胸口落着个巨大的蝴蝶结，腰肢被掐得十分纤细。

晚风吹过，裙摆翻飞，她四肢白皙细瘦，整个人都显得异常单薄。她连眼神都是迷茫的，撞疼了鼻子，还仰着头问："你怎么在这里？"

谢长昼就笑了，慵懒反问："你醉成这样，还能认出我是谁？"

孟昭眨眨眼，扯他衣角，声音很小很轻："你是昼昼。"

谢长昼夹着烟的手指一顿，那瞬间非常清晰地感觉到，心跳停了一拍。

人生百八十年，能有多少次怦然心动。

"昼昼。"小女孩低头揉鼻子，声音里带着娇羞，整个人柔软得不像话，嘟嘟囔囔，"我捉住了。"

他稍稍低头，哑声问："什么？"

孟昭突然抬头，抱住他的脖子，在他脸颊上轻轻碰了碰："星星。"

谢长昼整个人愣在原地，柔软的，温热的，一触即离。

孟昭放开谢长昼，他还僵在原地不动。很久很久，他有些失神，转过去看她，突然就有点词穷："你这是，在向我表达，喜欢吗？"

她眨眨眼，也不知道听懂了还是没听懂，眼睛湿漉漉的，不说话。

"不是……"谢长昼索性蹲下身子，两手握住她的肩膀，"你现在，你现在清醒吗？你怎么能亲……我是男生，孟昭，你喝醉了也不能随便亲别的男生，你知不知道？"

孟昭盯着他看了一会儿，说："我没有随便亲啊，我认得你的。"

"我……"对，她刚刚一见到他，就喊他名字了。

而且，极其亲昵，是他从没听过的那种称呼。

她以往不是都叫他，长昼哥？谢长昼忽然间不知道自己该不该为今晚这个吻负责。他察觉到她清亮的目光，就是因为她的目光太干净太无所畏惧，他感觉自己的良心受到拷问与谴责。

不知道她的心思吗？谢长昼，你真的，不知道吗？

孟昭一动不动，盯着他，像是在等答案，也像是在发蒙。

燥热的风从头顶吹过，蔷薇花香在两人之间弥漫。沉寂的夏夜，他长久地望着她的浅色裙摆，在某个瞬间，着了迷，或是被下了咒似的。

他抿唇，帮她整理裙子，低声说："既然这样，你要不要跟哥哥……在一起，试一试。我没谈过恋爱，但我会尽我所能对你好的，昭昭。"

孟昭缓慢地眨眼，看着他，像是在思考。

这个人，在说什么。他耐心地等着，帮她拂开被风吹到眼前的碎发，等孟昭差不多能消化那句话了，才听她柔声说："那我考虑一下。"

谢长昼牵着她，送她回卧室睡觉。他叫阿姨帮她洗漱、换衣服，看着她休息了，才离开。那晚，孟昭睡得很好，但谢长昼却是失眠到天明。他不后悔对孟昭说了那样的话，毕竟那种场景下，总不能让小女孩来收尾。

但是，他还是对自己的道德感，感到震撼。他的道德感，会不会太差了点。她这么小，两个人之间差着十岁。他是怎么，能说出"要不要跟哥哥在一起"这样不要脸的话来的。

谢长昼活到二十七八岁，没为什么事情发过愁，哪怕人生第一次下场进行价值九位数的项目的谈判，也没有失眠。但那晚，他辗转反侧，被很多乱七八糟的念头反复击倒。害怕她会不会只是喝多了，明天早上就会忘记一切，可是谢长昼啊，要说她单单是喝醉了，在说胡话，你信吗？

你明明见过她的眼神，在东山口时，每次遇到她，少女含蓄的、温柔的眼神。你明明早就知道她喜欢你。你只是，没有这么明确地，从她口中确认过。

"谢长昼。"天色将明时，他掀开被子坐起来，望着盛夏泛起鱼肚白的天空，发出长长的叹息，"你可真是一个禽兽啊。"

时隔六七年，孟昭终于，在同样的天空下，同样的盛夏深夜，听到这个谢长昼视角里的，真正的版本。她的惊讶与愕然程度，不亚于亲眼看到小行星撞地球。她失语好一会儿，细白手指攥住抱枕："你还记不记得，当初怎么跟我说的？"

谢长昼身形微顿，沉默着望天。

"你跟我说，是我跑去找你告白，然后你勉为其难地答应了。"虽然他那时候一直就不怎么正经，从他口中说出的"勉为其难"，多少有夸张的成分，但是……孟昭本来就觉得，自己是不被爱的。

她在很长一段时间里，甚至两人分手后的那四年里，都觉得谢长昼没那么喜欢她，本来也只是随便跟她在一起了而已。

这些年来，向他示好的人那么多，比她好看的，家世好的，跟谢长昼不相上下的，不计其数，那些人也没有入谢长昼的眼啊。

所以，她怎么能去奢求，他热烈地爱自己。

"昭昭。"谢长昼声音低沉，"我不知道你会这样想。"

他当时只是觉得，也许用半带玩笑的语气说出来，孟昭会摇头拒绝。这样一来，发生在深夜的事情，就会变成一个没有人记得的玩笑。他也没想到，孟昭清醒过后，哪怕对前夜的事情记忆全无，仍然大着胆子承认了，也许她确实比他勇敢。

"是我的问题，我考虑不周全。"谢长昼攥住她的手指，她没戴戒指。

"我们明天就去把证领了吧，我买了一颗新的宝石，如果不喜欢上次那颗，戒指你可以换着戴。"

虽然谢长昼嘴上是这么说了，但孟昭没打算明天立刻去领证。她的户口本还放在广州家中，让孟向辰寄过来，最快也得二十多个小时。

广州到北京，一南一北，简直是横跨两极。她对快递的效率不怎么抱希望，之前好几次寄航空件，也没有准时到。所以，翌日清晨，哪怕谢长昼趁她没睡醒，悄悄将新的铂金戒指推到了她的指腹，她睁眼之后，也只是盯着戒指看一会儿，叹息着摇头："不行，今天没法领证。"

谢长昼坐在床头，有点意外，低声问："怎么？"

他趁着早上她没醒的那半个多小时，把出行的车、后续的行程、庆祝的酒店，都安排好了。

就差叫一帮人来一起吃饭狂欢庆祝新婚了。他有一些迫不及待。

孟昭躺在床上，黑发散落在枕头上，非常平静地看着天花板，说："今天不是黄道吉日。"

谢长昼失笑："你信这个。"

"难道你不信？"孟昭"噌"地转过去，黑白分明的眼睛直直盯住他，"那你还给我寄青檀寺的护身符？"

"嗯。"谢长昼俯身亲她眼睛，声音低而轻盈，"没关系，那就等吉日再去。"他也没解释那护身符。

孟昭躺在床上没起来，谢长昼伸手拽着被子边缘，往上轻拉一拉盖住她的肩膀。孟昭其实没有赖床的习惯，但是，她很珍惜跟谢长昼在一起，什么都不做的时光。过去的日子过得太着急了，她没什么机会，能就这么闲着，好好地跟他待在一起，好好地看他。她从被子中伸出一只手，举在空中，映着晨光，看自己无名指上的戒指。

铂金环，外表很朴素，边缘细细地刻着"MZ&XCZ"，非常有仪式感。孟昭转动戒指，前一晚，谢长昼说，他买了一颗新的宝石。但准确来说，这其实并不是"一颗"，而是很多颗小小的碎钻。粉色的，镶嵌在铂金指环内，外面看不出来，摘下来，里面闪闪发光。

孟昭有点喜欢这戒指，转来转去看了又看，仰着头问："这里面嵌着的宝石，是怎么做到，每一粒都一样大，但看起来又都不太一样的？"

她看了好几遍，没看出任何不规则。她知道谢长昼偏爱有秩序感的东西，所以戒指也设计得完美无缺好似设计师患有强迫症，但他是从哪儿找到这么多大小一致，切割面又各有千秋的宝石的？

"你好奇这个？"谢长昼低咳一声，看她，"我买了一颗大的，找人，切成了这么多小的。"

这话给孟昭说得都愣了,好半天才反应过来:"你买了颗大的,然后切……但,但是为什么要切?不是说,大钻石切小之后,价格会骤跌?"

哪有人这么买钻石的,他会不会太败家了。

"嗯。"可谢长昼显然并不在乎,他语气平淡,不在意地说,"我是想,如果你喜欢大的,以后还能再买。但这颗你日常戴,切了就切了吧。"

他手上有很多宝石,做这枚戒指之前,甚至特意叫人回了趟广州,去翻了翻外祖母的藏品。也没找到比这个成色更好的。想到未来,这枚戒指会被孟昭一直戴着,就觉得也没什么骤跌不骤跌的,毕竟……

"反正你总不会拿去卖掉。"

孟昭笑起来:"你怎么知道我会一直戴着?"

谢长昼闷声闷气道:"求婚那枚……确实很不日常,想也知道你不会一直戴。所以,给你换一枚日常的。"停顿一下,他捏捏她的手指,"这个你还不戴,我也没办法了,想让你身边的人都知道,你已婚。"

孟昭请假回来看望谢长昼,假期只有一个多星期,研究生课程还没结束。还有半年,她还得在哈佛再待半年。想到,他也不会时时刻刻陪在她身边,而她又每天都在接触很多新同学……他就觉得,危机四伏。

孟昭躺在他胸口,攥着他的手指,叹息:"不知道孟向辰什么时候才能把户口本寄给我。"

他的手指比她的长一截,肤色白净,长而直,右手中指内侧有一点点硬,没有形成茧,是长期用钢笔写字留下的痕迹。

她的指尖停在他左手无名指上。那里同样落着一枚戒指,跟她手上现在这个看起来差不多,从两人重逢时,他就戴着了。

孟昭摩挲它:"在上海遇见你时,我就想问,你明明没结婚,为什么一直戴着这个?"

谢长昼挑眉:"那时候你就知道我没结婚?"

"因为一直在看新闻,新闻里没说。"他结婚不是小事,如果能结,女方家里肯定非富即贵,也不可能隐婚。她停顿一下,"而且,我这人,可能是有点自作多情。我在上海遇见你时,第一眼,以为你戴着的,是我中学时给你的那枚戒指。"

所以她在酒店里,看着他愣了很久,但转念马上就反应过来,没有这种可能。

这种素环戒指，颜色一致，外形就都差不多。她中学时做的那个，读书时也没见他戴过，何况那是铁环，这么多年早不知道锈成什么样了。

那些年，她跟着徐东明，在饭局上见过不少形形色色的人。结了婚不戴戒指，故意对外称自己没结婚的；没结婚戴着戒指，实际上是在国外跟同性恋人领过证的；还有极个别戴着戒指玩，单纯作为装饰的。

所以孟昭觉得，就一个指环，也说明不了什么，她一直没太往心上去。直到在帝国大厦，他求婚也没摘下这戒指。她才突然又有大胆的猜测，想，会不会真的是她当初送他的那个……在美国的分别太匆忙，她转个身就忘了问。

如今，攥着他的手指，孟昭又想起这个问题。她仰着头，朝他眨眼："所以，这东西哪儿来的？"

谢长昼跟她十指相扣，无名指的戒指和她的碰在一起，声音低低道："你明知故问。"

"还真是啊？"他在她脸颊旁边呼吸，热气轻轻打在耳侧，有一点痒。

尽管早有猜测，可从他口中得到肯定，孟昭仍有些难以置信："可我当时做的那个，不是铂金环啊，这么多年过去，都没生锈吗？"

"我找人重新打过。"她整个人瘫在他怀中，他将她稍稍抱起来一点，凑近自己的胸口，"给你听听我的心跳。"

孟昭睁圆眼凑过去，她屏住呼吸，听到，扑通，扑通……

谢长昼叹息："有时候，会感觉，它在发出机械的声音。"

孟昭仰头："机械？"旋即她想起来，他换的是机械瓣膜。

可能真的会有一点声音，但是，应该非常小，只有他本人能听得到。人类的器官过于精密，这种细微又巨大的差异，也许本人最敏感。

孟昭埋进他怀中，谢长昼摸摸她的脑袋，低声道："如果今天没法领证，陪我去复诊吧。"

"好啊。"孟昭没犹豫，"你现在的复诊周期，是多久一次？"

"我没什么不舒服的地方，平时，家庭医生一直都在。"谢长昼修长手指落在领口，将刚刚解开的一颗玉石扣子扣回去，说，"所以去医院的频率不高，半个月或者三周一次。再过段时间，如果没别的问题，频率会降低。"

孟昭点点头爬起来，打算先跟他一起去吃早饭。

在去医院的这件事上，她明显比他积极。谢长昼沉默了，看着她光着腿在床上跳来跳去。但她昨天没穿原来的睡衣，嚷嚷着都这么久不见了，要穿他的衬衣才睡得着。于是他给她找了件干净的、材质软的黑色衬衣。

她穿上后，袖子挽起来一截卷在手腕上，下摆刚好到大腿，腿部剩下三分之二都在外头露着，白皙得不像话。

他忽然伸手抱住她。孟昭一个趔趄，栽倒在他怀中。两人一起摔在软绵绵的被子上，并不觉得疼。她屏住呼吸，看着谢长昼的手掌，朝她伸过来。

他修长手指拨开她额前碎发，哑声说："你好像非常不信任我，迫不及待地想要去医生那儿亲自确认下，我到底还有没有事。"

孟昭不动弹，盯着他眨眨眼。他凑过来，热气一触即离。

声音落到她耳边，低沉轻盈："那再亲一下。"

两个人吃完早饭，一起出门。这时节，北京的夏天，还没到最热的时候，很适合出行。孟昭推着谢长昼，刚走到门口，他突然接到工作的电话。

孟昭好奇："你现在是不是又接了很多活儿到自己手上？"

"嗯，这样就不会有人再来烦我们。"谢长昼云淡风轻收起手机，停顿一下，低声道，"不过，这些活儿也不是很重要。"

"对我来说，现在最重要的事情，"他说，"是跟你结婚。"

孟昭带着谢长昼去医院。他有自己的主治医生，长期给他看诊。之前在广州时，为了给他治病，成立过一个临时的专家组。因此他做检查的速度，比寻常人要快一些。孟昭全程默不作声，很仔细地偷听。

这次谢长昼没骗她，他现在的身体情况，跟他之前在电话中跟她说的差不多。没有特别好，但情况也没有继续恶化。现在的他比以前几年惜命，用医生的话来说："现在的你，应当比前几年的你，预估寿命要长很多。"

孟昭被逗笑，她站在他身后，抬眼听医生说话，两只手顺势落在他肩膀上。明明也不是特别亲昵的姿势，但医生视线一扫，忽然话锋一转："谢先生，这是你的——"停顿一下，他好像不知道该怎么称呼，"女朋友？"

谢长昼颔首没回头，握住她落在他肩膀上的一只手："未婚妻。"

"啊，那我有很多注意事项，要跟她讲一下。"医生示意孟昭拖把凳子坐下，"以前没见过谢先生带女孩子过来，就感觉他一直是一个人，身边应该没人照顾他起居。你们如果要结婚的话，婚后得特别注意他的饮食还有作息，我们之前提醒过他很多次,不要给自己安排太多工作,但他总是不听……"

孟昭一边听一边点头,到后面拿出备忘录来记。医生给的建议和注意事项,非常多,而且细。跟其他换过瓣膜的病人不太一样,谢长昼除了心脏问题,身上还有其他旧疾。到了这个年纪,他这些大大小小的病很难完全治愈,只能慢慢把身体调养过来。但偏偏谢长昼一直就不是什么很惜命的人,身边没人提醒,向旭尧一个人又照看不过来,饮食作息什么的,劝也劝不住。

医生叹息:"总之他活多久,看你了。"

孟昭茫然:"啊?"她感觉肩膀很沉,她怎么突然就背负了一条人命。

"……你别听他瞎说。"谢长昼忍不住,拽着她的袖子,把她的手拿过来,放进掌心揉一揉,"他最喜欢,危言耸听。"

医生觉得奇怪了:"我是不是瞎说,你心里没数吗?"

"还没结婚。"谢长昼掀起眼皮跟他对视,声音很低,莫名透出点儿难得的急迫,不紧不慢地说,"你别把人给我吓跑了。"

孟昭默不作声地忍了许久,还是笑出声来。

两人走出医院,还不到中午。日头很好,阳光大片大片落下来。向旭尧将车停在不远处。孟昭推着谢长昼,在光影交织的道路上走了一段,突然问道:"阿旭今年几岁了?"

谢长昼下意识反问:"怎么?"

"我就是突然想到,阿旭是不是也没有女朋友。"

"是没有吧。"谢长昼想了想,低声道,"他一直在工作。"

"除了工作,还要照顾你。"

"确实,他很认真。"

孟昭沉默一下,觉得谢长昼根本理解不到她想说的重点:"我是说,如果他跟你差不多大的年纪,到现在还没有女朋友,应该是被你耽搁的。"

谢长昼沉默一阵,败下阵来:"我原本想让他带个人出来,他就不用这么忙了。"向旭尧对外挂的职位是秘书,但年薪其实接近副总裁的待遇,他干到这个地步了,手底下有很多人帮忙分担工作,他不是一个人在处理事务。

但问题在于,谢长昼又真的有很多没法交给别人的事情,这些事情,如果向旭尧分出去,既要保密,又要跟对方解释,就非常麻烦,还不如他自己做。这样一来,积压在他手上的工作就变得非常多。

"带个人……"孟昭思考半秒，问道，"你说文璟？"

"不止文璟，他手里之前带过好几个人。"谢长昼目光转回去，树影下，他的奥迪安静地停在路边，向旭尧坐在驾驶座上，降下车窗通风，低着头，脸庞被光照亮，膝盖上应该是放着电脑，或者iPad之类的东西。

谢长昼收回目光："但都不如他。"

孟昭叹息，绕到他面前，蹲下身，帮他把膝盖上被压住的毯子整理好："那好吧，你等我回来，也许……"

谢长昼掀起眼皮："也许？"

"我回来之后，他不用一直盯着你，就有空去相亲了。"

今天出门，孟昭穿的是一条阔腿牛仔背带裤，里面的白色衬衫领口系着一个蝴蝶结，她这么一低头，蝴蝶结跟着掉出来。

风吹动她毛茸茸的刘海，谢长昼伸出手，帮她把乱糟糟的蝴蝶结解开重新打个结，忽然觉得有些好笑，声音很低很低："其实，有没有这么一种可能，阿旭不谈恋爱，不是没人跟他谈，是他自己不开窍。"

孟昭下意识觉得，他还有下一句话在等着自己。

她可疑地看他："所以？"

"所以，"谢长昼哑声，"我俩更得赶紧结婚，然后秀恩爱给全世界看。到时候我们身边的人，包括阿旭在内，就都会想要，立刻结婚。"

孟昭不知道，道理是不是这么个道理，但她感受到了，谢总结婚的意愿非常迫切。可这事儿她除了祈祷快递快点跑之外，也没什么别的办法。

两个人不紧不慢吃完午饭，在家里休息了一会儿。谢长昼有些困，一个人上楼睡觉，孟昭蹲在花园里，摆弄他养的几条金鱼。日头快西斜时，谢长昼趿拉着拖鞋，从楼上走下来，没睡醒似的哑着嗓子问："律师还没有来吗？"

向旭尧回公司了，家里除了后院的这姑娘就只有住家保姆，孟昭没听清，以为他醒来之后，在找自己。她撂下手里的东西，冲回客厅一路跑到谢长昼面前，才仰着头问："你在叫我吗，谢长昼？"

谢长昼还没走下来，站在旋转楼梯上，攥着手机，整个人都愣了半秒。确实像是没醒，似乎有人把他从梦里一把拽出来了，他从梦境中走出来，一低头就撞上明亮的目光和少女轻柔的嗓音。

他住的地方,无论是现在这栋房子,还是东三环的平层……乃至,广州的家,都没有这么活跃的、流动的人气,会大声地像是要把他叫醒一样地喊他全名:谢长昼!他感觉自己慢慢清醒过来,撑着手杖慢慢往下走,嗓音仍有些哑,摇头道:"我在问阿旭。"

孟昭几步走上来,扶他:"你怎么醒过来第一件事,就是找他。"

"……也不是。"她就那么随口一说,结果谢长昼沉默了几秒,还真挺认真地跟她解释,"我刚刚在楼上,看过你了。"

他醒过来第一件事是拉窗帘,然后站在窗边,向下看,一眼就捕捉到她。他午休半个多小时,她搬个小凳子坐在后院水池那儿没动,好有耐心,在给后院的金鱼换水。那池子鱼是谢长昼朋友送的,什么品种都有,大尾巴鱼五颜六色的,在水里游过来游过去。

他不爱看,拿回来之后,就放在那儿,一直是别人在照料。前后就那么几秒,他想夏天还能看看外头的,冬天就不行了,要不要在屋里也放一个能看鱼的池子。

孟昭扶着谢长昼在沙发上坐下,重新跑去洗了洗手,才将衣服袖子捋下来,在他身边坐下。

向旭尧回电过来,谢长昼懒洋洋地听完,"嗯"了几声,挂断。转头撞到孟昭好奇的目光,他停顿一下,主动解释:"我约了律师上门,给我们过户一点东西。"

"一些……"对上她的眼睛,谢长昼忽然就有点词穷,"一些放在婚前走完比较好的合同。"

孟昭思索半秒,觉得自己对于这个流程,似乎早有耳闻:"婚前协议?"

"算不上。"谢长昼语速很慢,脸色不变,脑子转得飞快。

想怎么才能讲得委婉点儿,既说清楚了,又让她愿意接受这些东西。

"是我送你的一点礼物。"谢长昼解释,"放在婚前,这部分就属于你个人财产,不会因不可抗力的因素被分割走。"

换句话说,就算哪天谢长昼死了,今天他送给孟昭的这些东西,也是孟昭的,没人再能从她手上拿走,但孟昭似乎没懂。她觉得他说得不够直白,忍不住问:"比如呢?"

"比如……"谢长昼停顿一下,说,"POLAR,65%的股份。"

孟昭看着谢长昼,沉默一下,问:"多少?"

谢长昼抿了抿唇，将她的手拿过来握在掌心，重复："65%。"

孟昭："你怎么不干脆把POLAR送给我算了。"

那敢情好啊，谢长昼心想。你要是想要，我就把这公司送给你。而且……何况他做这些事情，最终的目的，不也是想把这东西交到她手上吗？

"你知道的，昭昭。"谢长昼沉吟片刻，跟她讲道理，"开公司都忌讳一比一持股，所以我不可能给你50%，或者51%。"

再往上，60%也不是很可靠。万一之后孟昭再稀释自己手里的股份，剩下在她手里的可能也不多了，除了绝对控股权，他还得给稀释股份留一点空间。

"我手里有90%本来想全给你，但POLAR的工作，我现在没法完全撒手不管，而且突然彻底换人，我怕你搞不定那几个高管。"

孟昭："……你也知道我搞不定了。"

"所以你要跑起来。"谢长昼拍拍她，"你先把协议签了，毕业之后，再考虑要不要接手POLAR。如果想，可以直接过来工作；如果不想，每年也可以直接拿这些股份的红利。"总归不是什么坏事情。

孟昭沉默一阵，还是忍不住："你很肯定，我毕业之后会回来工作？"

她以为谢长昼会点头，因为谢长昼现在所有的安排，看起来都像是规划好了她的人生。然而下一秒，谢长昼摇头："不，你去哪儿都行，但这些东西要给你——这几份合同，早在哈佛时，我就想让你签的。"

他真正动念头的时间，也许比口头说的这个时间，还要更早一些。跟孟昭重逢时……甚至是，重逢之前，分开的四年间，他无数次想见她。

很奇怪，你跟那个人都没关系了，但夜深人静，辗转着，睁眼闭眼，还是能想起她的脸。不知道还能为她做什么，送给她的银行卡没见她动过，就发疯一样想见她，问她冷不冷热不热，过得好不好。

"但是我都不一定回来。"孟昭困惑，"为什么要送我这么多东西？"

"昭昭。"谢长昼失笑，"想送人东西，是不需要理由的，这是婚前礼物，我希望你收下。"

孟昭问："那如果我确实不回国了呢？"

谢长昼没犹豫："我会跟你一起走。"

来的律师是一位西装革履、面相斯文的中年男人。"谢总。"他拎着公文包走进来，后头还带了个面孔年轻的男生，也是差不多的装扮。

中年男人先跟谢长昼打了招呼，又转过来问孟昭："您是孟女士吧？"

孟昭猜到他是今天的律师，点点头："你好。"

"你好，我是谢总的律师。"他说，"这是我的助手。今天是我们来给两位签婚前的财产转让协议的。"

四个人一起上楼。书房朝南，室内明亮，孟昭一言不发，看完所有协议条款。根据她浅薄的法律知识，合同里应该真的没有坑。

但他送的这些东西，确实太贵重了。除了如他所说的POLAR，65%的股份，还有脚下这栋房子，一些其他城市的房产，以及很多零零碎碎的小的股份。他名下公司和业务线很多，他从每一个里都不动声色地拆了一些给她。

除了摆在明面上最显眼的POLAR，其他大大小小的公司织成一张网，水滴汇成河流，终点在孟昭手上。她确实有一点犹豫。

律师似乎看出这种踌躇，主动问："孟女士还有什么不太明白的地方吗？我可以跟您解释。"

"不用。"孟昭摇摇头，下意识将签字笔的笔头抵到下巴上，"你已经说得很清楚了。"

律师："那您直接接受赠予，在签名的地方签字就可以。"

孟昭问："如果我签字了，是不是就必须得跟谢长昼结婚？"

她话音落下，身边谢长昼的身形明显一僵。

律师笑起来："跟结不结婚没关系，不管以后两位有没有登记，今天赠予的财产，都不可追回。"

孟昭慢吞吞道："哦。"

谢长昼身体稍稍前倾，攥住她右手："别咬笔。"

"……没咬。"

谢长昼将那支笔从她手中抽走，给她换了一支，掀起眼皮慵懒看她一眼，眼底漾着点儿细微的笑意："所以，你还在纠结，要不要跟我结婚？"

"那倒也没有。"孟昭接过来，挺认真地道，"我这不是，得问清楚。"谢长昼特别清楚，他太了解她了。她问这么多问题，其实根本就也不是真的想问，她只是犹豫，不确定自己是不是真的能接受这样的礼物。犹豫的过程里，需要问一些有的没的，乱七八糟的问题，来转移一下注意力。

他叹息，一副还真来了劲的样子，挑眉看她："那我要是真在这里头加个条款，说，你要接受赠予，就必须跟我结婚——你还签吗？"

孟昭这回想都没想，下意识觉得他问的是要不要结婚："签啊。"

谢长昼示意她："行，你签吧。"

孟昭："不是……"

对面律师都被这两个人逗笑了："孟女士，你是不是不了解条款，或者，对合同内容不放心？"

"没。"孟昭挠挠脸，"我就是……没签过数额这么大的合同。"

"对于谢先生来说，数额不算大，而且……"律师顿了一下，还是说道，"这话可能轮不到我来说，但如果他确实是想找一位一生的伴侣，这是非常基本的诚意。"一生的伴侣，孟昭恍了下神，有点被这个词击中。

到最后，她也不知道，自己是怎么把合同签完的。虽说，不是什么坏事，但她还是有一种微妙的、被忽悠了的感觉。

律师带着文件下楼时，夕阳已经在天边烧开。孟昭趴在二楼走廊上，看着他和他助手一起离开。谢长昼起身收了收桌上的书，回头见她还趴在那儿，忍不住上前捏住她的脸："你怎么像条海带一样趴在这里。"

孟昭顺着他捏脸的动作，转过来，一双眼黑白分明："你说……我是不是真的，看起来不太聪明？"

谢长昼沉默一下，深邃眼底浮起点儿微妙的笑意，但还是很给面子地低声问："怎么？"

"刚刚你的律师下楼时……"孟昭觉得有点丢脸，语速飞快，"我听到他的助手，很小声地跟他说，'谢总的夫人，不像想象中精明'。"

是的，虽然他声音非常非常小，但是，她还是听见了！律师没回头，拽着助手一路疾行，好像很怕他再说出什么不该说的话："赶紧走，别乱说。"

这语气，不就是默认了，他也觉得她不聪明！

谢长昼真的有被她逗笑。他从背后将这团伪装成海带的棉花糖抱起来，声音低低打在她耳畔："他说你不够精明？"

他轻轻地亲亲她的脸，带来一股轻盈又清新的热气："也没说错，你有什么好不高兴的？"

孟昭不服："你们都觉得我很傻。"

"不精明，跟傻，是两个意思。"虽然大多数时候，谢长昼也觉得孟昭是有点傻。他将她抱回书房,转过来放到桌上,两手落到她温热的腰间,将她扶稳,让她能够跟自己对视:"他夸你呢,说你纯真。"

孟昭仰着头,完全不信:"我现在夸你纯真,你高兴吗?"

"不行,我年纪大了。"谢长昼余光瞥一眼书房的门,挺好,关严实了,不会有人进来。她的腰好细,好像两只手就能握住。

谢长昼默不作声,修长手指从她腰间往上,看到她白皙秀挺的鼻梁,忍不住在她额头亲了一下:"现在说自己纯真,会被人骂装嫩。"

"你不要动手动脚的……"

他的吻从额头往下,最后停在唇上,撬开,深入。孟昭被吻住,声音断断续续,推推他:"把正事……说完。"

"正事?还有什么正事要说?"谢长昼稍稍离开她的唇,眼中燃起小小的火焰,两指拉住衬衣领口随意扯开,声音有些发哑,"你是想说户口本?已经寄到了,我让人去拿了,如果明天算良辰吉日,我们明天就可以去领证。"

中间空出来这一天,刚好把他一直想做的财产赠与也做完了。时间掐得刚刚好,他觉得非常完美。孟昭的呼吸被他掠夺,脑子再一次感到缺氧。她小腿悬空,手臂无意识地抱紧他的肩膀,在某个瞬间,听到谢长昼咬着她耳朵,说:"我确实不纯真,但昭昭是真的嫩。"

由于谢长昼的某些过分行为,晚饭又一次被推迟了。结束之后,他抱着孟昭走到浴室,将她洗干净,换了衣服,才带她下楼。

晚饭主食,是家里阿姨熬了三个小时的红豆薏米粥。谢长昼给她盛好粥,帮她把糖加进粥里,用小勺搅一搅,他问:"够不够?"

孟昭抿了抿唇,小声说:"可以了。"她有些瓮声瓮气,谢长昼失笑,放下勺子,手指落在她头上,非常轻地摸了两下。

"你怎么回事。"他轻捏她的脸,她现在有点气鼓鼓,像一只蓄势待发的河豚,"从楼上下来之后,连话都不跟我说了?"

孟昭清了两遍嗓子,摸摸鼻子,小声道:"感觉会被嘲笑。"

谢长昼确实有点忍不住:"我下次,不在晚饭之前了,耽误你吃饭。"

"……你也知道耽误我吃饭。"

孟昭一扬脖子,被白色短袖挡住的草莓印就露出来。谢长昼比她高,一眼看过去,暗叹这衣服没买好,怎么老是松松垮垮的。

"你好好吃饭。"谢长昼呼吸一顿,移开目光,伸手攥住她肩膀两边的短袖袖子,帮她正一正衣领,"吃完饭去把衣服换了。"

"这衣服明明是你买的!"

"好,好。"谢长昼觉得好笑,低声哄她,"是我的错,下次不买领口这么低的,睡衣也不要。"

孟昭其实没什么胃口,黄昏时又运动了一下,洗过澡后,身上依然有谢长昼的气息,他坐在她身边,她就像一个多动症的小女孩,不自觉地想往他身上拱。她就是想贴在谢长昼身上,一动不动。

谢长昼感觉到她一直在动来动去,放下筷子低声问:"身体不舒服?"

孟昭闷声闷气道:"没有。"

桌上的菜,是孟昭喜欢的透明虾饺和虎皮鸡爪,但她一直就没动过。

他问:"饭菜不合胃口?"

孟昭:"也不是。"

"那……"谢长昼将她稍稍抱起来一点,声音很低,哄她一样,"我再亲亲你?"孟昭抬头看他,脸上有些不情愿,但心里其实超爽。

她抱住他:"贴贴。"一团热气直直冲向他的胸口。

谢长昼情难自禁,笑着伸出手臂,回抱住她:"小黏人精。"

孟昭忽然非常想撒娇,脑袋埋在他胸口。谢长昼就这么抱着她没动,时不时拍一拍或者摸一摸她,等她在他怀里拱够了,她抬起头:"昼昼。"

谢长昼垂眼:"嗯?"

孟昭犹豫问:"你明天要跟我领证的事儿,你家里人知道吗?"

"知道的。"这事儿瞒不过家里人,他一意孤行,没跟谁打商量,只对父母、谢竹非这些人做了简单通知。他去年今年一直居住在香港,重病、手术、几次三番进ICU的情况,爷爷真切地看在眼里。

听说他要跟人领证,而且对象还是之前那个小女孩,爷爷绷着脸,没再对这件事发表意见。至于父母,谢长昼的母亲最近几年都一个人住在新加坡,根本不关心谁要跟谁在一起。谢长昼的父亲也很久没跟这几个孩子联系了,只在上半年,谢长昼病得最重时,他曾经赶到香港看望。

在听完谢长昼发出的通知之后,他非常难得地对小儿子表示了迂回的祝福:

"你自己想通就行。人这辈子，求仁得仁，也够了。"

唯一一个仍旧不同意的，是谢竹非，但现在也轮不到他同意不同意了。祖父不对这件事发表看法，谢竹非实际能起到的阻挠作用也不大，就那么口头几句话，被谢长昼掀起眼皮就顶回去了："关你什么事，婚礼又不请你，轮得到你不同意？"谢竹非瞬间哑声了。

孟昭的下巴压在谢长昼的胸口，眼巴巴地抬眼看着他。她的眼睛干净得不像话，谢长昼忍不住想，很多很多年前，他路过广州大桥的那个深夜，看到的也是这么一双漂亮的眼睛，映着山川、日月，还有自己的倒影。

他亲吻她的眼睛："我有很多房子，结婚之后，你想住哪儿都行……如果不喜欢手上现有的这些，也可以买新的。我们不回香港，不用见他们。"

孟昭愣了下："可你的工作不都在香港。"

"目前是，但以后不一定。你毕业之后，如果想回北京工作，我就陪你住在北京；想去上海，我们也可以去上海。"谢长昼低声道，"我的工作，总是有办法的。你可以只安排你自己。"

孟昭被他最后一句话逗笑："我只安排我自己，然后呢？你是什么？"

谢长昼徐徐道："我是一件，你不管走到哪里，必须带走的行李。"

"那一定是很贵重的行李。"她很认真地说，"我会好好保存你的。"

谢长昼拍她脑袋，似乎知道她在担心什么。他低头亲吻她的脸颊，热气在她耳朵旁边游走："昭昭，没有人能再把我们分开了。"

除了死神，没有人可以再将我们分开。孟昭眼眶发热，这一晚，她在安全感中睡去，因为能跟谢长昼在一起，所以希望日日是晴天。

第二天醒来，发现天气果然很给面子，就日历上随手这么一指的日子，黄道吉日，万里无云。司机开车送两人去民政局，这天来领证的人不多。

孟昭以前也没走过这个流程，有点紧张，从始至终，被谢长昼牵着手。

盖章的小姐姐打趣她："你以前是不是总迷路，搞得你先生很怕你走丢？我看从进门起，他就没有放开你的手。"

孟昭沉默了，耳根偷偷红了，动一动手指，想将手从谢长昼的手掌中拽出来，刚一挣脱，又被他攥住。

孟昭决定大方地承认："确实，我以前老是走丢，但以后不会了。"

她晃晃手臂，耳旁传来清脆的响声，红章落下，一声轻响。他伸出另一只手，去拿盖好章的结婚证,伸手的同时,转过来看她,眼神炙热迷恋。

孟昭声音很轻地说:"我以后都不会迷路了。"

她曾一度以为自己没机会跟人结婚了。

因为乔曼欣,也因为钱敏实。他们摧毁了父亲为她构建的乐园,将她从高空的云朵中推下来,她在下坠的过程中,满心绝望,也没想过有朝一日,还能被人这么用力地抱住。

遇到谢长昼之后,她从他那里得到了最热烈、最完美的爱。以至于分开之后,她悲观地认为,此生此世,她不会再爱上第二个人。但是,为什么要爱上第二个人。她拥有过最好的,为什么,不跟最好的在一起。

"昭昭。"走出民政局,明亮的日光落在谢长昼肩膀上,温暖而模糊。

他紧张得手心微微地出了一点汗,回头望见一直跟在自己身后的女孩,突然不知道该怎么称呼她。结婚证应该拿在手里,还是装进口袋?

他停住脚步,低声说:"你看,又是盛夏了。"

我们又一起,度过了一整年。孟昭仰头,恍了下神。时光飞快地流走,有一秒钟,好像回到某年盛夏。她穿蓝白校服裙,衣衫单薄,抱着一大捧缀着露珠的百合,推门走进父亲的病房,一抬头,正撞上窗下青年明亮含笑的眼。

"昭昭,我重新做一次自我介绍。"他声音很轻,十几年前和十几年后,眼前人的脸,一点一点,重合在一起。

"我叫谢长昼,从今天起,是你的先生了。余生多指教,夫人。"

番外二 痴情种

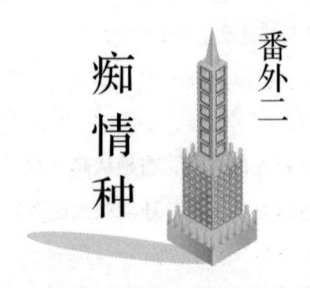

谢长昼非常暴躁。进入疗养院的第十七天,赵辞树没收了他的烟。更确切一些说——他的好兄弟把他的烟从口袋里拿出来,隔着窗户扔了出去。

谢长昼胸膛剧烈地起伏。赵辞树看不下去他颓丧的样子,指着他的鼻子警告他:"谢长昼,我告诉你,你现在立刻起来去给我做复健,不然从我的疗养院滚出去。"

"不就一条腿?"他把话说得很重,"你又不指着这条腿吃饭,就算你后半辈子都起不来了,多的是愿意给你推轮椅的人。你现在乖乖听话,说不定还能站起来,你再这么躺着,神仙来了也救不了你。"

谢长昼看都不看他,冷笑:"关你屁事,滚!"

一句话点燃怒点,赵辞树的耐心抵达尽头。护工路过,随意一瞥,透过虚掩的房门,正看见暴怒的赵公子,一边脱外套一边找家伙。

他气得急眼了,额头青筋都突出来,绰起晾衣杆,"啪啪"地拍着在掌心试力度:"谢长昼,你再说一遍,你让谁滚?"

谢长昼冷眼看他,声音半点温度也没有,拉成平直的线,唇角微微上扬,甚至带一点嘲讽:"说你,滚出去。"

"我他妈,你出车祸之后,是老子把你从你报废的车里背出来,连夜送你去医院,跟狗似的忙前忙后,通知你家里人,给你联系医生和病房。"晾衣杆太轻了,赵辞树在外间沙发内侧找到一根鸡毛掸子,觉得这个比较称手,说话都透出戾气,"现在你让我滚?"

谢长昼甚至没再看他,望着窗外,意味不明地发出冷笑。下一秒,赵辞树扑上来。谢长昼一条腿不能动弹,但由于长期锻炼,他上半身的力量也很强,轻而易举地挡住了鸡毛掸子。

他们一起长这么大,小时候也没少打架,因为太熟,那么几次交手,很快就清楚了彼此几斤几两。随后便形成默契,打架就不再使用"武器"了,改近身肉搏,谁输谁低头喊对方"哥"。

赵辞树挥舞着鸡毛掸子也没落着什么好,被谢长昼伸手挡住的那瞬间,想起这茬儿,没犹豫,直接把掸子给扔了。鸡毛掸子砸在墙上,发出"砰"一声响。两个人在疗养院病房里,迅速打成一团。走廊上安安静静,这标记着VVIP的尊贵黄金特护房间里传出来的动静,大得惊人。

护工探头一看吓坏了,赶紧去叫人。等他把其他护工和医生都叫来,第一回合已经打得差不多。两个人脸上多多少少都挂了彩,赵辞树立在窗前,手臂上青筋突出,额角破了皮。

谢长昼靠坐在床边,面色阴沉,下巴被打过的地方有些肿,浮起不太起眼的淤青。他剧烈地大口地呼吸,因辗转ICU而多日照不到阳光的脸庞上,鼻梁高挺,透出苍白色泽,嘴唇透出一点点健康的红。

"我的天。"医生大惊失色,冲进门赶紧来扶他,"你们多大的人了,还打架?有话不能好好说?你们是小学生吗!"

这医生是赵辞树一位有交情的朋友,说话直白简单,冲过来给谢长昼量血压。他血压往上飙,但并没有诱发其他问题,局促的呼吸逐渐平息,血压和心跳也渐渐正常。

天空阴沉,病房窗户大敞着,赵辞树站在窗边一动不动,就那么看着。风穿堂吹过,鼓动他白色的衬衫短袖,刚刚被谢长昼扯烂的袖子尾巴,在风中飘扬成破烂的小小旗帜。

检查完确认没事,医生盯着谢长昼,向他强调:"别发疯了,行不行?"谢长昼淡淡看他一眼,不置可否地移开视线。

医生直起身,瞪赵辞树:"还有你,他发疯,你就陪着他疯?你能不能正常点,他刚出车祸康复没多久,把人打死了算谁头上?"

赵辞树气笑了,手背擦擦破皮的脸:"算老子的。他要是死了,我天天给他烧纸。"

还有别的病人在等,医生翻白眼,不想理他们,收拾东西转身出去。护工左看看右看看,室内沉寂,也不知道该不该开口,最后也离开了。

风从敞开的窗户吹进来，广州的盛夏炎热潮湿，黄昏的风带着水汽。谢长昼一动不动盯着那儿不知道在看什么，赵辞树"砰"一声用脚踢上门，吊儿郎当地两手插兜走到他眼前："谢长昼，你看见没？"

赵辞树指指自己额角，以及那块破烂的袖子："都是你弄的。"

室内一地狼藉。他搬着凳子在窗户旁边坐下，映着背后灰蒙蒙的天空，特别认真地挑衅："下次，就是老子，把你按在地上打了。"

谢长昼没说话，坐在床上，一时间也想不起来了。刚刚赵辞树，有没有让他？小赵打架一向认真又用力，很讲规矩地避开了他不能动的那条腿，招招往他下巴和胸腹招呼。

总之也没收力道，他忽然有些想笑。最后虽然笑不出来，但这口在胸腔里憋了好几天的气，就这么无声无息地消了。

谢长昼微垂着眼，语气平淡，仍然只是说："滚出去。"

赵辞树这回没再杠他，嫌弃地看他一眼，起身拖着凳子，就到外间去了。他把凳子放到外头，拿了外套，散漫地从口袋里抖出手机，斜斜地靠在沙发上，回消息。

护工一直没走远，去而又返，推开门进来送药。

赵辞树掀起眼皮睨他一眼："放茶几上吧，等会儿再过去。"

护工问："谢先生休息了吗？"

赵辞树手指敲击屏幕，赛车的群里正有人问，二少的腿是不是以后真的都不能走了。一群富二代七嘴八舌，一会儿说："咱们组团去看看他吧。"一会儿说："他就这么废条腿也太可惜了，岂不是以后都不能再开车？"说着说着话题就跑偏了，绕回到所有人最关心的八卦上："他到底是因为什么被撞成这样的？总不能真是为一个女的吧？"

底下还有人跟着嚷嚷："确实是啊，听说后来，那女的还跟他分手了。"赵辞树微皱下眉，在群里回复："该干什么干什么去！"

群里的人再不说话，他收起手机，抬起头："他在换衣服。"

护工有些意外："啊？他一个人吗？我过去帮帮他吧。"

"不用。"赵辞树拦住他，"让他自己弄，他又不是真残废了，而且……"停顿一下，赵辞树眼里的散漫散去一些，说，"他应该想自己换。"

后半夜，下了场大雨。台风压境多日，广州一连闷热很多天，这场雨像是憋了很久，蓄势待发，憋到了这个点儿上，终于下下来。第十九天，雨停。

在赵辞树的督促下，谢长昼终于打起精神，开始进行复健。

赵辞树本人不是医生，但名下所有产业，都与医疗和疗养有关。在他的认知中，让一个残疾人变得不那么残疾，他会很快乐；让一个失明的人，能感受到一点光，他也会很开心。但让一个健康的人，突然不能走路，他大概率会非常难以接受，所以他完全可以理解谢长昼。

由于谢长昼这次生病的时间实在太长，车祸后刚出ICU没几天，去机场追人，人没追到，回来又进了ICU。以至于，他的恢复期，也非常漫长。

赵辞树托德国做户外运动的朋友，给谢长昼定制了一根手杖，是轻便但坚硬的材质，可以支撑他的体重，拿在手中又不会过于笨重。但赵辞树觉得，谢长昼虽然嘴上没说，脑子里应该还是不能理解"为什么我年纪轻轻就不能走路"这件事，那根手杖，一次也没见他用过。

谢长昼刚开始做复健，大多数时候都在重复着摔跤。仿佛回到人类的孩童时期，明明已经生长到一米八七的个头，又从头开始学习如何站立和走路。

赵辞树干脆就不来看他了。他手里有谢长昼做复健的时间表，每次都微妙地擦着边，等他复健结束了，满头大汗坐在床前换衣服，才伸着脖子探头探脑地问："结束啦？我找个妹妹来帮你洗澡啊？"

于是，也每次，都得到谢长昼始终如一的冷漠回复："滚出去。"

在疗养院的第四十二天，谢长昼的各项身体指标基本恢复正常，他终于可以回家住。复健还要继续，他回到家中，家里多了两位医生，以及一位帮他严格制定菜单的营养师。

生活恢复如常，他照旧上班、开会、加班，在书房里办公，在阳台上读书。似乎什么都没变，又似乎什么都变了。

他突然收不到赛车群的消息，那群玩儿车的富二代噤若寒蝉，不敢当着他的面，提任何与赛车相关的事。

生活中偶尔遇见，对方也只是连连摆手："我们也好久不玩了，最近天气不好，之前的场子又给人占了，没意思。"

其他人纷纷附和："是啊，阿昼，你要是有空，上哥儿几个家里玩德州扑克啊，麻将也行。斯诺克——斯诺克也挺没意思的，我们以后玩桌游吧。"

回家之后，轮椅停在巨大的落地玻璃窗前，谢长昼望着秋初时节后院蓊郁的灌木丛,思考很久。然后,他拆开了赵辞树给他的纸盒。

他将盒子放在腿上,剥掉黑色金属手杖外壳一层层包裹的半透明保护纸,打电话问:"你给我这玩意儿,要怎么用?"

谢长昼用了近四个月的时间,才能重新独立行走。由于免疫力始终很差,身体状况起起落落,但凡外头稍有点风雨,他就会感冒、发低烧。

十二月,圣诞节来临之前,谢长昼再一次,从一场漫长的低烧中清醒过来。他吃了药,但效果并不显著。起身洗漱,镜子里的自己肤色苍白,嘴唇透出不太健康的红。他换了衣服穿上黑色大衣,叫司机:"去东山口。"

广州入冬很迟,黄昏时,白日与黑夜之间,太阳将落未落,难得地起了点雾。路上堵得厉害,车子沉默地穿过清淡雾气。抵达东山口时,天色已经完全昏暗下来。附近有零星的游客在拍照,白色小别墅被绿色的藤蔓围绕着,静默在无人的黄昏。

谢长昼下了车,往前走,忍不住想,这地方,应该很久,没人来过。

司机帮他开了门,他沿着小径朝里步行。

太久没人打理,院子里杂草疯长起来。他当初亲手给某人种的那些向日葵,被几场大雨一浇,风中只剩光秃的秆子。

谢长昼上二楼,光影昏暗的傍晚,他忽然想要读一本旧书,沿着有些老旧的旋转楼梯一级一级向上走,二楼的灯感应到他的脚步声,跟着亮了。

他下意识抬头,那里空空荡荡并没有人。再也没有人趴在走廊的扶手上,长发柔软地垂落胸前,小小的身体像是要掉下去一样,探着头,兴奋地小声叫他:"谢长昼!"或是,一听见开门的动静,就耳朵很尖地,从楼上"噔噔噔"地跑下来,扑进他怀里,将他撞得趔趄,还要"咯咯"笑着反过来指责他:"你怎么站都站不稳。"

那些叫声,笑声,还有制造这些记忆的人,都像风一样远去了。

这一刻,谢长昼站在原地,感到怅惘。海水涨潮,浪花拍到胸口,胸腔内闷闷的,好像失去了什么,又似乎没有。

他靠手杖支撑着,向上走。打开书房的门,一阵清风从窗前卷过,木质的窗竟然没有关,还是半年前离开时的样子,大敞着,任风吹动桌前书页。

初秋傍晚,光线不大好,风有些凉。房间里非常安静,向很远的地方眺望,城市之中,万家灯火渐渐亮起。

他一步步走过去,仿佛陷入回忆的浅滩,每往前走一步,就朝记忆里陷一步。少女清脆温和的声音,从时光深处传来:"这里放着这么多书,你真的都看过吗?竟然还有CD,可是这里没有CD机啊?"

"你是在香港出生的,你也听粤语歌的吧?"

"我……没有很想去看演唱会,但是你特地买了票,我很高兴。谢长昼,跟你在一起,无论做什么,我都会高兴的。"

谢长昼在窗前坐下。六个月零十七天,他没回过东山口。这里没人收拾,一切还保持着孟昭离开时的样子。她喜欢趴在窗前写作业,有时会靠坐在书架旁睡着,所以椅子上放了软垫,书架附近的木地板上,也铺了毛绒地毯。

谢长昼忽然忘了自己要来找什么书,被初秋的风吹着,不明白为什么两人分别时,书房的窗是敞开的,风雨过境,如今室内堆积了一层尘土。

这里处处是她的痕迹,但没有留下她任何气息。沉默良久,谢长昼打电话给赵辞树,声音一如既往,冷淡平静:"辞树。"

赵辞树气定神闲地问:"干吗?"

"你记不记得,半年前,我让你帮我,扔过一个箱子?"

"不记得了。"赵辞树撒谎,事实上他没忘,主要是那个时间点太特殊了,谢长昼病成那样还坚持让他帮忙扔东西,他肯定要拆开看看是什么。

拆开之后,果然也跟他猜想的一样,里头满满当当,全是孟昭以前送他的礼物。小到眼镜、耳机、护腕、市面上断供的黑胶唱片;大到颈椎按摩仪、毛绒熊围巾、情侣手表。断舍离也不是这么个断法。

赵辞树叹息,当时就觉得,这事儿完不成了。

"你扔哪儿了?"谢长昼哑声,"还能捡回来吗?"

"捡回来?你有病?"赵辞树故意说得很夸张,"再这么下去你没疯,指定是我先疯了。要捡自己捡,早在不知道哪个垃圾场被烧成灰了。"

谢长昼抿唇,好久没说话,但他电话也没挂,像是思考了好一阵,才又低低开口,道:"你想想办法。"

"这有什么办法可以想啊!"赵辞树抓头,听见他的语气,忍不住叹气,自己的气势也跟着弱下去。

半年,整整半年了,他没在谢长昼嘴里,再听到"孟昭"这两个字。一个人,只字不提另一个人,绝不会是忘了,只能是太痛苦,太难忘,不能碰。

但是现在，这种紧绷的静默，好像终于抵达了"崩盘"的临界点。

"那你先回答我一个问题。"赵辞树有点犹豫，舔舔唇，还是说，"我就问一次，你这次回答了我，我再也不提了。"

谢长昼低低发出鼻音："嗯。"

赵辞树问："要是出车祸的时候，你没挡着孟昭，也不至于把腿弄得这么严重——你后悔吗？"

你后悔吗？这问题当然很没意义，人总是喜欢说：如果当年，或许万一。但事实是什么呢，你倒转世上所有的钟，也不能倒退一秒钟。

谢长昼背靠在轮椅上，沉默了会儿，低声道："你怎么不问，我后不后悔遇见她？"

赵辞树点点头："你后不后悔遇见她？"

谢长昼目光放远，望着城市之中，别人家渐渐亮起的灯火，许久，低声说："我想遇见她。"

我想的，不是后不后悔，是我想。就算倒转世界上所有的钟。逆着时间奔跑，回到前一天的前一天——我想遇见她，想再看她一眼。

赵辞树不说话了，他憋了很久，憋出一句："没扔，在我家，我明天叫人去给你送。"停顿一下，他像是怕谢长昼跟他说"谢谢"似的，又紧接着道，"哎，但是，你还惦记这个，有什么用？你生病，她都不来哄你。"

谢长昼小臂抵在桌边，修长手指攥着孟昭走前留在这儿的中性笔，笔盖做了个粉白翅膀的造型，像是要从手中飞走。

他说："你跟别的姑娘在一块儿时，难道是想着，要她来哄你？"

谢长昼望着天空看了整整十几秒，在脑子里把这个画面给想象圆了，才有点遗憾地叹息："她要是愿意哄我，我肯定很高兴的。但是……"

我们现在连见面的机会，都没有了。

晚风吹动谢长昼额前碎发，车祸留下的伤口已经看不见了，他早已拆了头上的绷带，其他地方都恢复得很好，唯独左腿，仍不能灵活如前。

他想起二〇一〇年前后，因为孟昭在书架上挑了一张CD，他误以为她喜欢那首歌，就带她去了演唱会现场。

小女孩置身人群中，抱着荧光棒兴奋起来，眼睛亮晶晶的好似落着星星。

她看台上，他转头看她。

番外三

最温柔

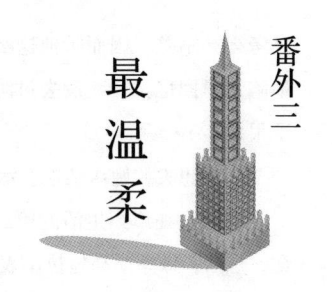

孟昭高中毕业刚跟谢长昼在一起那段时间,出去玩都不太敢叫他。

他看起来实在太忙了,高考后的暑假,她跟他住在一起,但两个人并不怎么见面。她的饭局很多,一直到一周之后,谢长昼才后知后觉地回过劲儿来。他于是索性没去公司开晨会,吃了早饭就坐在客厅守株待兔,等到九点多,才见小姑娘穿着荷叶边的白色吊带连衣裙,睡眼惺忪,慢吞吞地下楼。

一偏头撞上他含笑的目光,她显然有点意外,睁圆眼,睡意一瞬间散去大半:"你怎么在这里?"说完她就加快脚步,"噔噔噔"跑下来。

谢长昼的手机放在旁边,修长手指敲敲屏幕,狭长眼尾流露笑意:"出去玩,不叫我?"

孟昭扫一眼,全是她这几天出去玩发的朋友圈。

他竟然一条一条翻看看,她舔舔唇,一点儿不着急地坐下来,开始很有耐心地跟他解释:"我跟同学们聚会呀,要怎么叫你。"

谢长昼撑着脑袋斜睨她,小女孩说话轻柔,让人想伸手捏捏她的脸。他没动手,懒洋洋地"嗯啊"应了一声:"可我看糖水铺子、虾饺皇、海鲜粥,你都一个人去吃的。"

"因为……"孟昭眨眼说,"那种地方,找不到人跟我一起去。"

她嘴上这么说着,抬眼看他,小心思不加掩饰全写在脸上,眼里装满期待,分明是希望他跟她一起。

谢长昼笑意飞扬,终于忍不住,抬手拍她脑袋:"你接下来还想去哪儿?我来陪你。"

高考刚结束的那段日子,孟昭过得很放松,虽然成绩还没出来,但她感觉自己考得并不差。因而听他这么说，她完全没问"你有空吗"这类的问题，很自然地陷入了回忆："我没去过游乐园，距离上一次去动物园和植物园，也已经过去了很多年……"

想来想去，她纠结地表示："要不，我们看看外地游客都去哪儿玩。"

谢长昼在广州生活的第二十八年，因为一个茫然的小女孩，又开始翻游客手记。然后，效率颇高地拉出表来，为她定了一条游客的游览路线。

"你看……"他说，"这是我和昭昭的专属路线。"我和昭昭的专属。

孟昭呼吸一顿，决定原谅此前他的每一次加班，以及每一次放鸽子。

不过，话还是说早了。孟昭跟谢长昼约定明天早上一起出发去植物园，临行前，已经走到车库，谢长昼又接到公司电话，让他回去一趟。

万里晴空，孟昭穿背带裙，肩膀上斜背着印有爱丽丝兔子的水壶，立在一片摇晃的树影下，黑白分明的眼睛一眨不眨，就这么看着他。

谢长昼感到一丝棘手，挂了电话，才试着叫："昭昭，我们——"

"不去了吗？"孟昭打断他，语气倒很平静，"那我自己去。"

谢长昼思考一下觉得也行，她一个人去不放心，他可以把自己的司机给她，助理也匀过去一个……他的助理，总不至于不会带小孩。

孟昭紧接着，闷声闷气地说："后面的行程，我也自己去。"

谢长昼张张嘴，心里有些好笑，想把她抱过来亲亲。他锁了手机屏幕，微微躬身与她平视，声音很轻地问："昭昭生气了吗？"

"倒也不至于生气，但我不高兴。"孟昭望着他，非常直白地嘀咕，"难道你被人放鸽子，你会很高兴吗？"

没人敢放谢长昼鸽子，他笑意飞扬，去牵她手："那可不行，怎么能让我们昭昭不高兴？"

他握住她的手就没再放开，拉着她上了车，将小姑娘放在副驾驶位，然后自己坐上驾驶的位置，"啪嗒"一声，帮她扣好安全带。

孟昭困惑地探头："你不走了吗？"

谢长昼唇畔一点笑意未消，摇头："工作上的事，也不是非我不可。我想做一点，我必须在场的事情。"

孟昭眨眨眼，明知故问："比如？"

他启动跑车，盛夏的风迎面而来，街边树上不知名的白色小花，掉在孟昭的裙摆上。他声音很轻，温热的气息落在她耳边："陪小女孩约会啊。"

那并不是第一次真正意义上的"约会"，但孟昭还是很开心。

很多年之后，她想，其实只要是谢长昼在场的场合，不管两个人是在做什么，她都会高兴的。哪怕他们什么都不做，仅仅是坐着听雨，浪费时间和消磨时光。他们在植物园待到闭园。谢长昼握着孟昭的手散步，跟她一起吃了应季的文创雪糕，坐在蘑菇形状的书屋里，陪她做书签。

他起初没认出她选的是什么植物的叶片，封进塑膜，才看到她写在底下的名字：月兔耳。似乎是多肉的一个品种，小小的，叶片有点厚，外围裹着细细一层绒毛，如其名，像极了兔耳朵。

谢长昼声音清亮，客观地指出："它像你一样，有点毛。"

孟昭不是很明白怎么会有男人这么形容女朋友，她给书签挂了枚浅薄荷色的穗子，仰头问他："可爱吗？"

谢长昼垂眼："嗯。"

孟昭指指自己："我说的是我。"

谢长昼俯身，非常轻地蹭了下她的脸颊。他闷笑一声，声音低沉，带着点热气，轻盈地回荡在她耳边："我说的也是你。"

两个人逛到植物园闭园，步行去附近一家很吵但名气很大的小店里吃了石锅鱼，沿着江在堤坝上散步到深夜，才驱车回家。

到别墅区停了车，从停车场到他住处还有几百米的距离。孟昭趴在车窗边望着夜色，想到这里面有一间卧室永远是留给自己的，突然就一步路都不想再往前走，拽着他要抱抱："就几百米，你抱得动的吧？"

谢长昼将她放在背上，背回家中，几步路的距离，她已经抱着他的脖子，歪头睡了过去。他忽然想，似乎孟昭在他身边的时候，总是表现得很有安全感。不会再一直想东想西，躲起来哭，有想法却不敢说，遇到事只能逃跑。

现在有人给她撑腰，就希望长夏可以永不结束。

谢长昼将她带上楼，让家里阿姨帮她换了衣服。他将小姑娘塞进被窝，帮她关了卧室灯，才转身下楼。他打开一整天都没有开机的手机，短信和未接来电雪花一样积压过来，钟颜忍无可忍，隔着电话问他："你打算就这么惯着孟昭到什么时候啊？"

她做了谢长昼那么多年朋友，没见过他像现在这样，热烈地喜欢一个人。她从来不知道，骄傲如谢长昼，也会流露出那种神情，满眼藏不住的怜惜，小心翼翼，想靠近，又犹豫。

谢长昼笑着摇头，拿上车钥匙，重新出门，顶着夜色回公司。

"应该不会太久。"他扶正耳机，挺认真地思索一阵，轻笑一声："也就百八十年吧。"人一辈子，并不会很长。他二十八岁，风华正茂的年纪，也没想过一语成谶，未来竟然真有一天，疑心自己活不了百八十年。

这辈子太短，蜉蝣一日，不能陪她更久了。

钟颜隔着电话，无法探知他的神色，可他的声音前所未有地温柔。

"我比孟昭大十岁，不算老，但也确实没她那么年轻了。"余光之外，深夜的城市灯光如同打翻的银河。

二十八岁时，谢长昼只是这样想着，看起来好像很乐观又很豁达地徐徐说："要是哪天她不想跟我在一起了，再听她的，分开好了。"虽然，他自己也不知道，真到了那天，是什么样子。他又是不是真的……分得开。

但这一晚，他对于未来，忽然有了很多想象。他知道孟昭想读建筑系，在这方面，他能给她很多实际的帮助。但除此之外，他更期待的事情是，跟她一起去更远更远的地方，看更多更多的风景。

他希望自己未来，在建筑行业中向前迈进每一步，都有孟昭在身边。或者，什么都不做也好，就只是看着她，也好。

这样的时刻，谢长昼和孟昭的想法，遥遥地重合到了一起——

就这样，只要能一直一直在一起。

已经是他千百种想象中，最最温柔，最最可爱的"未来"了。

她生命里所有夏天，
不如与他相遇那一个。
真切热烈。